西街往事

—— 流涛中短篇小说集 ——

流涛 著

陕西新华出版传媒集团
太白文艺出版社

图书在版编目（CIP）数据

西街往事 : 流涛中短篇小说集 / 流涛著. -- 西安 : 太白文艺出版社, 2021.6（2022.1重印）

ISBN 978-7-5513-1906-5

Ⅰ. ①西… Ⅱ. ①流… Ⅲ. ①中篇小说－小说集－中国－当代②短篇小说－小说集－中国－当代 Ⅳ. ①I247.7

中国版本图书馆CIP数据核字(2021)第093788号

西街往事：流涛中短篇小说集

XIJIE WANGSHI：LIUTAO ZHONGDUANPIAN XIAOSHUO JI

作　　者　流　涛
责任编辑　曹　甜
封面题字　方英文
封面设计　张洪海
版式设计　建明文化
出版发行　陕西新华出版传媒集团
　　　　　太 白 文 艺 出 版 社
经　　销　新华书店
印　　刷　涿州军迪印刷有限公司
开　　本　787mm×1092mm　1/16
字　　数　350千字
印　　张　22
版　　次　2021年6月第1版
印　　次　2022年1月第2次印刷
书　　号　ISBN 978-7-5513-1906-5
定　　价　88.00元

联系电话：029-81206800
出版社地址：西安市曲江新区登高路1388号（邮编：710061）
营销中心电话：029-87277748

序

南书堂

与我的特别偏科相比，流涛称得上一个全能型作家。他小说、散文、随笔、游记都写；单论小说，他又短篇、中篇、长篇皆有涉猎。十八般武艺样样精通，且收获颇丰。多年以来，他发表了许多作品，出版了《流涛散文集》和长篇小说《蓝金子》，现又要结集出版他的中短篇小说集《西街往事》。作为身处同一地域的文友，他取得的成绩，令我脸上也挂上了几分得意。

我一直认为，老朋友见面是不必大谈文学的，就像马拉松赛场上的两个队友，没有必要交谈应怎样矫正战术，如何分配体力，要不要去补充水分，相互间一个鼓励的眼神或者一声加油的短喝已经足矣。是的，在文学创作这种马拉松运动中，我们都按各自习惯和擅长的节奏奔跑着，似乎谁给谁也帮不上多少忙。别人说得再好，还得靠自己去努力。彼此关注的方式，就是阅读对方的作品，从中了解他的创作现状和日后可能的气象，指不指出问题倒在其次，刺激和鼓励却非常重要。我便是以这样的态度和方式跟流涛交往的。持续的阅读中，我发现了他情感的饱满与炽烈、笔力的扎实与稳健，发现了他停滞不前时的困惑与焦虑，也发现了他不断超越自我的探索与勇气。

流涛的小说承续了现实主义文学的传统，因而他小说里的背景、事件、人物，包括他流于笔端的情愫样态，不浮萍，不云烟，不子虚乌有，而是从生活中来，是有根系的。这得益于他丰富的生活阅历和人生经验。

他教过书，下过海，贩过矿，跑过运输，经营过餐饮，现又从事教学管理。富于传奇的他，信手拈来皆故事，各色人等、生活百态也自然出现在他的小说里。作为一个时代的亲历者和记录者，几十年中国社会的变迁史、人物命运的沉浮史，被他在许多小说里以一个小县城的西街为支点，片段而又互文式地、客观而又形象化地呈现在了读者面前。他笔下的那些人物，像安生、黑娃、豁牙、艾虎、老五、庆堂、青豆、八饼、婉莹，现实生活中随时随地都可能碰到，甚至有的正是我们的亲人。读到这样的小说，遇见这样的人事，自然备感亲切。不仅如此，他的小说营造的世界，虽有饥贫、丑陋、苍凉、悲苦，但和谐、美善、进取、希望始终是生活的主色调，总能给人以力量。流涛的小说，再一次证明了现实主义创作的无限可能性和强大的艺术生命力。

值得称道的是，流涛在承续现实主义传统的基础上，也能兼容并蓄汲取多种艺术营养。比如，他的一些小说对人物心理活动的着意铺陈，不同场景蒙太奇手法的相互拼接，地方文化元素的氛围烘托，等等。加之他越来越自觉的对细节的器重，对闲笔的青睐，对语言尺度的有效把控，使得他的小说意境和寓意逐渐变得丰沛起来。从这部小说集里不难看出，他近几年的作品比之前些年的，手法运用明显丰富一些，可读性要强一些，分量也厚实了一些。

我知道，流涛是一个有大追求、大心气的作家。他肯定不会满足于已有的成绩，他肯定会暗暗用力打破阻碍他小说高度的那些藩篱，他肯定会写出更多好的作品来。

2019 年 11 月

注：南书堂，著名诗人，曾获首届陕西作协年度文学奖诗歌奖、《诗刊》《飞天》等杂志社举办的全国诗歌大赛奖。主要著作有《紫苜蓿》《临河而居》等。现任商洛日报社总编辑。

目录

安　生

1

安生和我哥是同学，和我也是同学。安生比我大两岁，我上四年级时他留级到我们班。安生块头大个子高，早上上操时，往队伍里一站，简直是鹤立鸡群。班主任唐老师让他当劳动干事就是看中了他牛高马大这一点。至于我嘛，老师说我活泼开朗，爱跳爱唱，学习又好，指名道姓让我做了班里的宣传干事。因为我在女孩中个子最高，也是一枝独秀，老师安排我和安生同桌，让我帮扶他学习。安生是留级生，留级生一般学习都差，让人瞧不起。他刚来我们班时，我才懒得理他。他就主动和我说话，自我介绍说他和我哥是同学，我哥帮他打过架，是哥们儿，他自然要照顾我的。哼，我才不让他照顾呢。我一个女孩子，要他照顾啥？班里的淘气鬼，哪个不知道我哥是小霸王，谁还敢惹我？

安生不光学习成绩不行，卫生习惯也不好，手上的皮肤很粗糙，黑乎乎的就像猪蹄子，也不知他一天到晚都挖抓些啥，身上总有一股怪怪的味道。为了表示对他的抗议，我常当他面捂嘴扇鼻子，跺脚翻白眼，还勇敢地在课桌上画了一条“三八线”。他见了我的挑衅行为，一点也不见怪，也不应招，歪着头，懒洋洋地说：“哈，鸡不和狗斗，男不和女斗，谁让我和你哥是哥们儿。”

安生把我对他的蔑视根本不放在眼里，他坐在他的领地里，依然我行我素，丝毫没有收敛他的坏毛病，擤鼻涕时还故意似的呜哇一下，恶心死啦！要么就用袖子把鼻子一抹。因而他衣服袖子上鼻涕一层摞一层结了痂，下课的时候，阳光一照，袖子上亮亮地泛着光泽。我们女生看见了，都抿着嘴笑。安生的不良习惯和大大咧咧的做派，让我对他的不满情绪与日俱增，以至于终于忍不住跑到班主任唐老师办公室告他状，要求唐老给我调换座位。唐老师微笑着说，安生这孩子自控力差，但心眼实，你要帮助他，不要看不起他、嫌弃他，时间久了你自然会接纳他、原谅他的。

对安生表示强烈不满的还有我们班以前的劳动干事李虎军。李虎军长得虎头虎脑，胳膊腿胖嘟嘟的，像棣花池塘的九孔莲藕。以前他是男生里的娃娃头，但是，安生的横空出世，取代了他的位置，打破了班里的平衡，他因此嫉恨安生，从他看安生的眼神里我能读出来。大概是安生的块头让他有所忌惮，才一直隐忍着。

安生劳动积极，但对学习提不起兴趣，上课总爱打瞌睡，嘴角的涎水流老长，还打呼噜，严重影响了我和周围同学上课。我一狠心，就用铅笔戳他。他醒来，很烦躁，看样子要发火。我当即义正词严地说，安生啊安生，你呼噜打的，还让人安生不安生？要打呼噜就滚出去！他见我怒目而视，就熄了火，摇摇头，很无奈，又揉揉眼睛，接着睡，但这次已没有了呼噜声。坐在我前排的杨晓慧和贺卫民自然对我训斥安生的话听得一清二楚，回过头笑眯眯地表示支持我对安生的批评和警告。

安生这家伙野性十足，常常搞一些别人意想不到的恶作剧。有一次，他竟然把一只蝈蝈笼带到了教室，里面装着蚂蚱、蛐蛐之类的玩意儿，上课的时候，蚂蚱扑腾，蛐蛐叫唤，惹得同学们交头接耳，心不在焉，一堂课简直没法进行下去。一直袒护他的唐老师最后也忍无可忍，铁青着脸把安生和他的蝈蝈笼一并请了出去。

实际上，我们班几乎所有任课老师都制止过安生上课打瞌睡和其他捣蛋的行为，只是管了几次后，他仍不能改正，老师们认为安生朽木不可雕，因而放弃了对他的管教，懒得再理他。安生不安心学习，暂时落得安然，但是，每次小测验大考试便会遭到报应。一遇到考试，他就对着试卷发愁，急得抓耳挠腮，可怜巴巴地低声向我求救。我不但不理他，还故意用胳膊遮住试卷，不让他抄。他孤立无助的样子很滑稽，让我觉得好笑极了。公布成绩的时候，也是他最难堪的时候，惨不忍睹的分数以及老师挖苦他的话语让他那颗大脑袋几乎要钻到桌斗里。老师说，安生啊安生，你真是大炮装水烟——中看不中用，还不如回家帮你大你妈干活去。安生学习差遭受了不小的打击，但过后依然挨打不记锤窝子，上课仍然不由自主地打瞌睡，要么就是对着窗外树枝上活蹦乱跳的鸟雀发呆。他依然软硬不吃，对我的劝告和警告置若罔闻。我一直弄不明白：安生这家伙，瞌睡为什么那么多？

我对安生态度的转变缘于随后发生的一件小事。我们班有个淘气鬼叫孙宏亮，他老子是杀猪匠，平常爱护短，蛮横不讲理，任课老师都不敢管他。一次，唐老师上课，孙宏亮照样不注意听讲，还公然在课堂上瞎起哄捣蛋。唐老师批评他，他犟嘴，唐老师走过去在他肩膀上拍了一下，提醒他，他竟然恼羞成怒，回敬了老师一拳。唐老师就把他拉了出去。本来是一件小事，他老子知道了，却气急败坏，竟跑到教室闹事，胡搅蛮缠说老师把他娃打了，动手撕扯唐老师。安生见了，没一丝犹豫，第一个冲过去保护唐老师，和孙宏亮父亲扭打在一起。李虎军和贺卫民几个男生也上去拉架。安生被闻讯赶来的其他老师拉开后，我看见安生的嘴唇已经被杀猪匠抠烂了，满嘴的血沫沫。杀猪匠还不断叫嚣，指着安生和唐老师大骂。大多数女生吓哭了，包括我，但安生紧握拳头，昂首挺胸，怒视着杀猪匠。自此，我们班同学明显改变了对安生的态度。以前讨厌安生的杨晓慧一反常态送给安生一本厚厚的《十万个为什么》，让其他男生好生羡慕；李虎军那天也笑盈盈地塞了一把红薯干给安生。我发现，连老师们看安生的眼神也变得柔和了、清澈了，如同春日的丹江水。

小学生大多活泼好动贪耍，连课间十分钟也不放过。那时候，男生们最爱耍的游戏叫“牵斗斗”。交战双方一条腿站着，双手托住另一条腿，蹦跳着用膝盖进攻对方，谁另一条腿先落地就算输。这种游戏很有趣，如公鸡斗架一般，场面甚是激烈。安生上阵总是以一敌二，甚至与三人相搏，也不落下风。我们女生则站在旁边观战看热闹，喊叫加油，吆狗吃稀屎。安生每次上场都异常亢奋，腿不停地蹦，嘴也不歇气，嚯嚯有声，甚是凶猛。个别男生一见安生冲过来，不是避其锋芒，就是举手投降。安生此时就如一只骄傲的公鸡，昂着头忘乎所以、得意扬扬。

安生颇有体育天赋，每学期的运动会是他大显身手的时候，也是他最开心的时候，不管是田赛还是径赛，他参加的项目全能拿奖状，尤其是最激烈的一百米接力赛，他总是第一棒。比赛一开始，我们班全体同学集体站起来扯开嗓子给他加油助威，声音高亢，在操场上回荡，而别班的学生则怨恨他、嫉妒他，联合起来喝倒彩，喊：“安生，留级生，不嫌羞！安生，留级生，不嫌羞……”安生对此毫不在乎，反而跑得更欢更起劲。

2

五年级的时候，我和杨晓慧以及另外几位同学被学校音乐老师选中，参加了学校的“红小兵”宣传队。进宣传队以后要经常排练节目，好在那时候老师布置的作业少，学校组织的活动多，不像现在的学生娃，书包重得背不动，作业多得做不完。学校一搞活动，我们这些宣传队员几天就不用上课了。随后，安生也因为个子高力气大被抽到宣传队当旗手打旗，我们表演节目时，他就给我们看管东西，跑小脚路。他干事特别认真，从没丢失过一件东西。如果遇到晚上排练节目或者搞活动结束迟，安生就会把我们班几个女生一个个送到家门口，就像一个大哥哥一样自觉履行保护弱小的职责。因此，我们女生都打心眼里感激安生。

一次，参加完县上组织的文艺演出活动，我们宣传队几个同学结伴回家，在老街道突然看见一群人围在那儿指指点点，还夹杂着女人的哭闹声。我们好奇，凑到跟前，只见一个光着脚丫的女人披头散发在哭闹，旁边几个不懂事的小孩还用石子扔她。突然，安生发疯似的扑过去赶走了那帮小孩，然后拉住那女人的手安慰她。那女人很听安生的话，温顺地跟着安生走了。

我有些惊愕，觉得安生刚才的举动怪吓人的，不知咋回事。晓慧拉了我一下，说："走吧！"她一边走一边跟我说："那疯女人是安生妈，我舅舅家离安生家不远，我知道他家里一些事。安生其实怪可怜的，他爹是瘸子，生产队照顾，让他爹当饲养员，挣工分养活他们一家人。他妈妈那病，隔三岔五犯一回。"晓慧絮絮叨叨说完，说得我鼻子酸酸的。

说来也巧，时隔不久，我对安生的家庭情况有了更多的了解。那是一个周末，班主任唐老师带我们几个班干部去安生家家访，唐老师在门口刚喊了一声安生，屋里就扑出一只大黄狗。那狗恶狠狠的，眼睛瞪得像铜铃，汪汪汪地大声示威，吓得我们急忙后退。屋里随即传出一声呵斥："阿黄，过去！"声音未落，安生已从屋里跑出来，脚在地上跺了几下，那大黄狗立即知趣地跑开，乖乖地卧到屋檐底下，目光盈盈，显得很无辜。安生见是我们，有点慌乱，他脸蛋泛红，不停地搓手，异常拘谨。这时，安生爹也瘸着一条腿从屋里出来，他胡子拉碴，穿着邋遢，听了安生介绍后，马上热情地招呼我们进屋，拉椅子递板凳，手忙脚乱地倒水，还从柜子里取出一老碗核桃让安生敲开给我们吃。面对我们的突然造访，这对父子一时瓷脚笨手，十分尴尬。唐老师说明了来意，安生爹脸上堆满了笑容，忙不迭地点头，表示欢迎，一副憨厚的样子。

安生妈则斜倚在一间小房的门框上，嘴角流着涎水，自顾自念叨：“上学好啊，上学好。”安生看见了急忙跑过去小心翼翼地替妈妈把涎水擦掉。因为家里坐具不够，安生又搬来了两个柴墩子，殷勤地让座。唐老师问了安生父子一些话，这对父子问啥答啥，气氛有点沉闷，加上屋子低矮，弥散着一股潮湿发霉的味道，让人压抑，我突然产生一种逃离的想法。唐老师也许是读懂了我们几个班干部的表情，提议到安生家院子转转。安生马上跑到前面引路。我们随着安生进了他家院子。

安生家院落不平整，显得很零乱。一只黑猫懒洋洋地卧在台阶上，似乎在打盹，又好像是在思考，我们从旁边经过，它也懒得理睬我们。院子里面有一大块菜地，菜地旁边有几棵桃树、杨树、梧桐树，树丛间地面潮湿，老远能看见绿色的苔藓和斑驳而奇异的地衣。再往里走，院墙根是一个猪圈，一头黑猪哼哼哼地叫唤，猪圈里飘出一股淡淡的青草味和浓浓的猪粪味。一截院墙有点歪斜，似乎一阵风就能吹倒。

安生爹磕磕绊绊地跟着唐老师，结结巴巴地说了安生每天要在家里帮他干家务，要养猪、浇菜、劈柴等，还要照顾妈妈，因而耽搁了学习，让老师不要责怪安生，只怨他没本事，让孩子跟着受罪。唐老师听了安生爹的话后满脸严肃，说，安生这孩子，唉！——还真不容易啊！那一刻，我终于明白安生为什么留级，为什么学习成绩差，为什么上课总爱打瞌睡，为什么手总像猪蹄子了。

离开安生家时，安生父子把我们送出好远。那条大黄狗也讨好似的不停地摇尾巴，眼里已没有了一丝凶光。

去安生家家访后，唐老师发动我们班干部带头帮扶安生，给安生送温暖。随后，我和晓慧一起帮安生掐了几回猪草，干了几回家务活。在老师们的鼓励和同学们的帮助下，安生逐渐对学习产生了兴趣，不但能静下心看书了，还能完成一些简单的作业，成绩有了起色，脸上也有了喜色。

清明节那天，学校组织我们去县烈士陵园祭奠烈士。我们穿上白衬衣蓝裤子、戴上红领巾，安生走在队伍的最前面高举队旗，雄赳赳气昂昂的，很是威风。烈士陵园在凤冠山脚下，穿过城北那一大片荒草地才能到。我们宣传队朗诵了几首诗词，唱了几首革命歌曲，表演了舞蹈《绣红旗》，活动就结束了。从烈士陵园出来，队伍一散，我们几个同学还没耍够，贺卫民提议去爬凤冠山，我和晓慧当即响应，安生也在其中，五六个同学搭伴，说着唱着往上爬。贺卫民眼尖，看见不远处荒草丛中有一只野鸡，用手指着。大家发一声喊，那只野鸡受惊，懵懵懂懂胡飞乱撞。安生玩性大发，拎着旗拔腿就追，充分发挥了他跑得快的特点，用队旗将野鸡覆盖住，大家一时欢呼雀跃。

安生活捉了野鸡，骄傲地让大家欣赏他的战利品。那野鸡一对小眼睛亮晶晶的，好可爱，我还禁不住小心翼翼地摸了摸它。安生说，野鸡也是一条命，把它放了吧？大家你看我、我看你，虽然觉得惋惜，但没有一个人反对，眼睁睁地看着安生把他捕获的野鸡释放了。那只野鸡试探着慢腾腾走了几步，回过头又望了望我们，才向草丛中走去。我看见那只野鸡的翎子在阳光下五彩缤纷，漂亮极了。

那年夏天，学校组织老师和我们高年级学生帮公社修丹江河堤，大搞农田水利基本建设。每次抬沙子的劳动结束后，我们几个同学还要在河边逗留一阵子。

安生在水里走，专挑水面宽阔的石头窝，那儿水浅鱼多，风儿轻拂，河面泛清波，若有水花溅起，他两手迅疾插到水里，一条鱼就被他活捉了。然后，他举起来兴高采烈地给我们介绍，有漂亮的花瓣鱼、大肚子麦穗鱼、滑溜溜的刺拐子鱼。介绍完，他又一一放生。别的男孩羡慕不已，埋怨安生愚笨，把美味糟践了；我们女生则拍手叫好。安生屏声静气，弓背弯腰，继续在水中慢慢移动，仔细搜索。除了逮鱼，他随便揭开一块石头也能拎出一只螃蟹或者一只鳖，又随手放掉。安生虽牛高马大，但心地善良，让我们女生赞叹不已。

小时候，虽然物资匮乏，但总感觉生活充满了乐趣。我少女时代与大自然中的山呀水呀的亲密接触，许多生动有趣的记忆几乎都有安生的影子。

3

小学毕业后，我们被一鞭子吆到同一所中学上初中。庆幸的是，安生没有再留级，他和我、杨晓慧、贺卫民以及另外几个关系比较好的同学又被分在同一个班。

刚开学不久的一天晚上，我们几个同学一块儿去学校大礼堂看县剧团演的新戏《杜鹃山》。戏演到高潮时，主角乌豆把系着红绸子的驳壳枪一甩，扮演叛徒温其久的演员立即扑倒在地。可是，后台配音的枪声没跟上，演员倒地一会儿了，后台一声鞭炮才响，惹得台下观众哈哈大笑，一些社会上的小青年就吹口哨起哄。我也忍不住跟着大伙笑。笑着笑着，我忽然瞥见前排一个大男孩回过头，正用眼睛瞟我，我一盯他，他急忙躲开，转过头去。随后，又有几次，连坐在我旁边的晓慧也瞄见了，悄悄说："那个男娃好像喜欢上你了，一直瞅你。"我说："你说啥嘛！这样的话也能说出口，羞死人了！"

戏演完，我和晓慧没动，等观众出去得差不多了，我俩才起身。我俩谝着剧情，说说笑笑从学校出来，走到一个灯光昏暗的巷道口时，见路边蹲着三个叼香烟的男孩，我俩开始并没在意，但当我俩走近时，一个人忽然站起来，把我和晓慧吓了一大跳。那人拦住我俩的去路，指着我，说想和我交朋友，要我俩和他们一块儿去丹江河边转转。我心里咚咚跳，定睛一看，认出说话的人似乎就是那个看戏时瞅我的大男孩。我嗫嚅着说："我还小、小着呢，不想交、交朋友。"那人粗鲁地说："这由不得你！"说完，就走过来拉我胳膊。我吓得瑟瑟发抖，慌得说不出话，紧紧抓住晓慧的手不放，我感觉晓慧的手也在不停地哆嗦。我愣怔了一会儿，突然急中生智，说出了我哥的大名，欲拿我哥当挡箭牌，吓唬他。谁知这一招不灵，那男孩根本就不认识我哥，他轻蔑一笑，说："别拿你哥吓人，我才不怕呢，把你哥叫来连你哥一块儿修理！"他说完还虚张声势地扬了扬拳头。那男孩扯着我胳膊不放，还不断低声威胁我让我跟他走，另外两个男孩也跟着嚷嚷。我一时感觉好像喉咙里塞了棉花，发不出声。

正僵持间，一个人扑过来，冲着扯我胳膊的小混混就是一拳，大声说："把手放下！"我看清扑过来的人是安生。安生虽然在我们班个儿高，但和这三个混混比起来个头并没有明显优势，但安生一点也不怵，反而大声嚷道："你们想干啥？"小混混一愣怔，毕竟心虚，犹豫了一下，看了看安生，放开我胳膊。安生径直走过来挡在我身前。那混混左看右看，见安生只一人，当即指着安生骂道："碎㞞，想挨揍吧？"说着顺势踢了安生一脚。安生立即冲上去和那个混混扭缠在一起，另两个混混见状，扔了纸烟，也冲过来打安生。安生很皮实，连挨了几拳也不退缩，硬是和三个混混拼命厮打。我和晓慧这时候才缓过来，急忙大声喊："抓坏人了，抓坏人了！"路上有行人扭头往这儿看。那三个混混听了，撒腿就跑。

从巷道出来，在路灯映照下，我看见安生的嘴角淌着血，他的衣领也被撕扯烂了。我忙掏出手帕递给他，他没有接，挤出一丝笑容，说："没事没事。"说完，手把嘴角一抹，一拧身，跑了。

安生性格耿直，总爱打抱不平。还有一件事情令我至今记忆犹新。

一次，老师在班里登记谁家是商品粮户口，让吃商品粮的同学举手，学校发补助粮票。我刚一举手，就发觉不对劲，因为全班举手的只有五六个同学，其他同学都用怪怪的眼神看我们。下课后我们女生平时都要去教室外面踢沙包，可这回我号召了几声也无人响应，放学也再没人愿意和我一起走，连好朋友晓慧也没等我，匆匆走了。突然间，我好像成了一个不受欢迎的另类。我感觉莫名其妙，下午饭吃毕，我专门到晓慧家里去问究竟，晓慧脸平平地说，因为你们几个是居民户口，吃商品粮，我们是农村户口，吃的是毛粮，不是一路人。我突然觉得有一种无形的东西把我们硬生生分割开来。我再也不会因为吃商品粮而自豪了，反而感到很内疚。我们家没有田地，就因为父母有工作，我就跟着父母沾光吃细粮，其他同学父母种地就跟着吃粗粮，这不公平。我完全没有那种高人一等的优越感，反而觉得我被同学们抛弃了、疏离了。

那几天，大多数同学不愿搭理我们几个，但安生没有歧视我们，他说："那不是你们的错。"在那周的班会上，安生勇敢地站起来，在教室公开为我们几个人辩解，老师也对当时社会实行商品粮户口制度的成因和必要性做了解释，同学们逐渐改变了对我们几个人的态度。

安生心眼实、性子直，说话直言快语，不会拐弯，险些惹祸上身。初二后半学期，安生的成绩开始跟不上大部队了，逃了几次学，班长劝导他，他还顶牛说："读书有屁用，读书又不能当饭吃。"安生说出这样的话，同学们都很吃惊，但他的话又噎得我们张口结舌，无言以对。我们都不知咋反驳他，只好不吭声。谁也没想到安生那天无意的一句话竟被一个同学反映到校长跟前，好在校长没有上纲上线，说他年幼无知胡咧咧哩。校长把告密者打发走后，把安生叫去，让他以后说话注意一下场合，不要信口开河、胡说八道。后来，我们听说了这事，挖苦安生，安生也不否认，说他说的那话是事实，没有错，不后悔，他还说："有屁不放，憋坏心脏。"

安生其实蛮招人喜欢的，一次，我听晓慧说，我们班一个女生偷偷喜欢上了安生。我们俩都为他高兴，一次和安生聊天的时候，我提起这事，安生脸唰一下就红了，没有否认。我还故意留意了一下他，他好像又长高了，下巴上隐隐约约蓄了点胡子，有了点男子汉的模样。仔细看，发现他脸上长出了许多小痘痘，我知道那东西叫青春美丽痘。哈，安生这家伙长成大小伙子了，他身上有一种说不出的野野的味道，蛮招女孩子喜欢的。再后来，我们都滋生了心思，男生女生在教室互相不理睬了。但是，若在外面遇见他，我会忍不住瞄他几眼。他见了我还是先脸红，像以前一样，等着我先问候他，他还故意作出一副大大咧咧的样子。

初中毕业前夕，大家忙碌地复习，可安生一连三天旷课。我觉得奇怪，就悄悄问晓慧，晓慧也摇头说不知道，我们又不好意思问喜欢安生的那个女生。第四天，安生终于来了，胳膊上箍着黑纱，眼睛红肿。放学路上我追上去问他，他眼泪就哗哗淌下来，告诉我他妈妈去世了。我鼻子酸酸的，突然有一种想哭的冲动，但我抑制住了，没有把我的悲伤表现出来，我悄悄地跑开了。我知道，女孩子一定要矜持，可不能像男孩子那样情绪外露。唉！男孩子心思好捉摸，女孩子的心思谁又能猜得透呢？

4

安生最后没考上高中，初中毕业后入伍当了一名光荣的解放军战士。我上高二的时候，一次，老师动员我们给参加对越自卫反击战的解放军战士写信，提供了十几个家乡籍解放军战士的地址和部队番号，其中就有安生的名字。我当时很激动，很动情地给他写了一封长信，鼓励他多打胜仗，报效祖国，可惜他没有回信。

几年后他复员回来，我在街上偶遇他，提起给他写信的事，他一头雾水，挠着后脑勺说："咋回事？没收到啊！那阵子部队驻地不固定，也不知是哪个环节出了问题。"我记得当时我是拿着团县委给提供的地址一字一字抄下来的，我检查了三遍，绝对不会写错。说心里话，我当时对安生还是蛮有好感的，就像对我哥一样的那种感情。

高中毕业后我考上了大学，去省城西安上学，大学毕业后被分配到家乡县城的一个行政单位上班，主要工作就是给领导写材料，随领导下乡检查。开始和以前的同学还偶有来往，还见过安生几回，那一阵子，安生很消沉。

我听晓慧提起过安生消沉的原因：喜欢安生的那个女生后来被招工到县上一家金融单位上班，端上了铁饭碗。那位女同学和安生通了几年信，安生从部队复员后，女同学父母见过安生，对安生的模样和为人没意见，只是嫌弃安生没有工作。虽然父母不同意，但那女孩和安生还偷偷来往着。后来她父母知道了，就常到单位监视她，周末把她关在家里，不让她和安生见面。后来那女孩得了一场病，一年后病逝。安生沉浸在悲痛中，一度很消沉，在家里待了一段时间，恋上了酒，整天借酒浇愁，一直不找对象。

后来，由于工作和生活的缘故，许多同学渐渐失去了联系。岁月荏苒，时代巨变的阵痛，我们深切感受到了。我们都是普通人，各自为自己的生活疲于奔命，谈恋爱，结婚，生子，忙事业、忙工作。四年后，我随老公调到市上工作，离开了家乡小城，就再也没见过安生，安生逐渐淡出了我的视野。

有一年夏天，我回家探望父母，晚上没事，我和我老公联系了几个老同学，有杨晓慧和贺卫民。我向贺卫民打听安生，知道安生后来结婚、生子了。这些年，他贩过菜，摆过羊杂摊，还做过泥水匠。听说他和媳妇感情不睦，还沉浸在对初恋情人的思念中。

我让贺卫民联系上了安生，安生开始推辞不想来，我告诉贺卫民，不管你是抬还是背，一定要把他给我叫到场。

那晚，我们来到丹江河边的夜市上，要了两箱啤酒。夜市里一片喧哗，微醺的空气流连在每个餐桌的上空。怪不得安生恋酒，我蓦然觉得，酒能让人释一季情怀，解一肚愁肠，我们虽然身处红尘，却感觉这儿到处都充满了诗意。我发觉，安生有意穿了一件崭新的衬衣，他想用一件新衣服来维护他的自尊，可他黝黑的皮肤和他的沧桑使他与我们几个衣着光鲜的同学坐在一起还是格格不入。现在和他留级到我们班时反转了，是鸡立鹤群。我心里酸酸的，很难受。安生也有意掩饰他的不安，一直躲避我的目光，故意疏远我。我感觉安生是在靠酒精来麻醉自己，微醺之中，他也许才能感受到心灵的翅膀无比自由，可以冲破那些压抑在他心里的晦暗和苦闷。

酒这东西，很奇妙。那晚上，我惬意极了，来者不拒，一杯又一杯，最后不知不觉喝醉了，被我老公搀扶着回家。至于安生是否喝醉了，我不知道。那一顿饭，我只记得安生不停地举杯挥箸，谁也不看，满脸酡红，眼神里流露出一种忧郁、挣扎和无奈，感觉就是那种无法和生活抗衡的无奈。

从那晚以后，我再也没见过安生，只是偶尔还会禁不住地想起他。有一年春节我回老家过年，在街上邂逅小学同学李虎军，就是那个胳膊腿粗得像莲藕一样的男生，我向他打听安生，李虎军说安生那几年跑到潼关背矿去了，只干了几个月就为帮朋友和地痞打架，打伤了对方，坐了三年牢，出狱后到西安一个建筑工地上待了一段时间，干得不顺心就回来了。我知道，安生那好打抱不平的犟脾气不改，迟早有一天会出事。唉！李虎军接着说，安生从西安回来后，不屑与那些日鬼弄棒槌、胡成精骗人的人同流合污，他安分守己，不好高骛远，默默跟着村里的建筑队踏踏实实地干他的泥水匠活。

时光是把神奇的雕刻刀，把每一个人雕刻得变了形，也拉远了同学间的距离。通过多年打拼，我们几个同学都有了自己的事业，过着衣食无忧的日子，可安生一把年纪了，仍在靠自己的体力生活。

我有一位同事，和安生是战友，一次闲聊中提到安生，他不无惋惜地说，安生因为性格耿直常得罪人，又不会变通，加上后来性格越来越暴躁，朋友越来越少，最后只剩下与酒为伴。家人阻止他喝酒，他就把酒藏匿在家人想不到的地方，柴堆旮旯、被褥底下，甚至厕所的墙洞里。妻子嫌他是酒鬼，无可救药，最后携子离他而去。他现在成了一个光棍，一个人孤独地生活着。

年后在超市购物，巧遇了我的同学贺卫民，他到市上来开政协会。闲聊中我问起安生的近况，卫民低沉地说，安生已去世了，是去年冬天的事，他酒醉后跌到水渠里，溺死了。我听了很吃惊，瓷在那儿。卫民看着我，问："你……没事吧？"我点了点头，强忍着我的悲痛。卫民接着说，下葬那天，天空阴沉，寒风呼啸，雪花狂舞。安生走得很凄凉，只有两个花圈，吊唁的人也没有几个。他走得很孤单，老婆孩子虽然回来了，却没流一滴泪。

我能想象出那样的场景：一片清冷中，安生成了祭拜的对象。灵堂里没有念佛诵经的声音，没有响器班和哀乐，更没有哭天抢地的号啕，只有他的遗像在寒风中孑然而立。我没想到少年时那个高高的、憨憨的、心地善良的、爱打抱不平的安生同学，最后竟是这样的结局。我觉得生活有时真的像魔术一样，会变幻出令人难以置信的结果。听了安生意外离世的消息，我再没有心情购物了，那一天，悲伤如网，从头到脚把我罩住。

幸福由三个关键词构成：物质、情感和精神。安生物质匮乏，情感失落，精神也垮了。安生喝酒喝得无力干活，无心挣钱，穷困潦倒。酒成了麻醉他的工具，侵蚀了他的健康，动摇了他的意志，迟钝了他的思维，最后剥夺了他的生命。我为安生叹息，因为安生的缘故，我以前对酒的好感如今已荡然无存。

我很内疚，安生走的时候没有赶去送他一程，也埋怨那几个去吊唁的同学没有通知我。

安生同学，你安息吧！

翅　膀

1

我喜欢自由，就像小鸟渴望蓝天一样。活泼好动是我的天性，可老师总要求我们循规蹈矩。坐在无聊的教室里，尤其上着枯燥的数学课，我只有偷偷地啃小说打发时光，可同桌叶小苗却总用胳膊碰我，将我从小说的情节里请出来。看到其他“小鸟”正翘首如饥似渴接受着“鸟妈妈”的哺育，只有我这只小鸟不安分，就咬咬牙鼓励自己：“再坚持一下吧，别人能坚持，我为啥不能呢？”教室窗外有棵雪松，虬枝茂叶，密密匝匝，具体有多少根树枝，只有我知道得一清二楚。几缕阳光洒下来，枝丫上藏着一只小鸟，小脑袋转来转去，小眼睛就像黑豆，泛着光，不时对我啾啾两声，越发惹得我心烦，让我坐卧不宁。

“刘晓豆，站起来，你不是看小说就是发呆！”麻老师一声断喝，首先把窗外那只勾引我的小鸟吓跑了，也把我吓得一哆嗦。我连小鸟都不如，它比我反应快，它受惊了可以飞，我不能跑，我是中学生，要遵守班纪、校规，听老师话。我忸怩地站起来，低头弯腰，装出一副毕恭毕敬的样子，接受麻老师的批评教育。麻老师的唾沫星子像雨点一样在我面前飞，我清晰地看见唾沫星子直接飞到了我同桌叶小苗的课本上。这时，叶小苗乖巧得就像一只小猫咪，好像麻老师正在批评的是她。麻老师的唾沫星子对我来说就是毛毛雨，已经不新鲜了，没有真正征服过我，我已经适应了，估计他暂时还没有研究出新招数，但叶小苗可怜兮兮的样子却意外地把我感化了。我没有争辩，乖乖地接受了麻老师他老人家的谆谆教导，故意把脑袋瓜耷拉得更低。我虽然极不情愿但也要表现出心悦诚服的样子。只有这样，麻老师才会最快地离开，要不然，还不知他啥时候才能用句号来结束这场猫对老鼠的操练呢。只有我心里知道，我表面的屈服完全是为了叶小苗，我不想让她受连累，无端遭受狂风暴雨。

小胖在身后偷偷地拽我，我知道，他在鼓励我起来斗争。我和他几次联合捣蛋，搞统一战线，但最后都是以我们失败而告终。斗争的结果不是麻老师让我的耳朵火辣辣地疼，就是赢来老爸两记响亮的耳刮子，有时候还要加上点“小炒”。我才没那么傻呢，小胖还不是想看河畔水涨。他昨天才被麻老师修理过，不服气，妄想把对抗老师的接力棒传递给我。我还听见小胖的同桌田静幸灾乐祸地说：“活该，活该！”我知道，并不是所有的同学都支持我。

下课的音乐声终于响起，麻老师抹了抹嘴角的唾沫，用眼睛狠狠地剜了我一下，意犹未尽地离去。麻老师刚一离开，教室立刻就炸开了锅，同学们就像煮在汤锅里的苞谷棒子，乱翻腾，有几个向我点点头，目光里满是同情。我刚受了打击，很沮丧。小胖和坐在最后一排的黑娃来安慰我。“出去透口气，换个环境吧。”小胖狡黠地说。我看见他脸上像小数点一样的麻雀屎亮亮的。我没吭声，心想，我心理承受能力还行，这点小意思算得了什么！黑娃拽着我的胳膊就走。走出教室的时候，我下意识地一回头，却分明看见我的同桌叶小苗正气哼哼地瞪着我。

叶小苗学习好，又听话，是我们班的学习委员，她爸又是商山镇的副镇长，根正苗红，是老师和家长眼中的香饽饽。我和小胖、黑娃不爱学习，因此总讨人嫌。大人们总用叶小苗来教育我，说得我耳朵都生了茧子。我爸和麻老师是高中同学，他期盼我走光明大道，希望我这粒小豆赶快发芽，将来长成一棵参天大树，成为栋梁，给国家盖房子、建大厦，不想让我荒芜成为下脚料。于是，他就和麻老师“串通”好，安排一个女“特务”，企图监督我、帮扶我，拉我一把，让我那可怜的成绩进步一点，免得丢了老爸的脸。可是我心里满存疑虑：让一个小豆芽长成参天大树，这谈何容易!

一走出校园，我长长舒了口气。太阳暖暖地照在脸上和身上，把心里的烦闷一下赶得了无踪影，小胖和黑娃也像两条撒欢子的小狗，张牙舞爪，撵着跑，兴奋得变了样，以至于干扰了旁边经过的一辆帕萨特，那车子嘎一声，轮子在马路上不情愿地摩擦出一道长长的印痕，车屁股下冒出一大股白烟。司机伸出头，狠狠地骂了一句非常脏、能污染空气的话，小胖和黑娃立即就在地上捡石头，高喊“有钱就了不起呀”。帕萨特吓得赶紧跑，就像一只耀武扬威的狼狗突然见前面的人做弯腰的动作，灵醒得很，惹得学校门口路边修鞋的李老头哈哈大笑，给一位烫着爆炸头正要取鞋子的阿姨说：“你看你看，有钱的怕耍横的。”小胖才不怕帕萨特呢，他家里就有一辆。“到哪儿去呀？”黑娃问我。我正犹豫，小胖说：“这次要听我的，绝对让你俩开心，我给你们教一种新玩法。”小胖是小玩家，满脑子都是魔兽和三国杀，我虽然兴趣不大，也不想扫他的兴，毕竟他俩是为了陪我散心才逃脱牢笼的。

没走多远，穿过一条巷道，来到了多彩网吧，网吧里光线有点暗，烟雾腾腾，也很嘈杂，站了一会儿眼睛才适应。我看见三班的“一块半”手指在不停地敲键盘，他那个大脑壳就像鸡啄米似的，嘴里还不停地嘟囔着啥。“一块半”是我们学校有名的网星，家在乡下，聪明异常，小学一直学习好，让他爹看到了希望，就托关系找亲戚把他送到县城借读初中。但是，有一次，他被同学引着到网吧转了一圈，就痴迷上了游戏，就像自己给自己用绳子绑了个死疙瘩，欲解不能。这“一块半”大名的由来很有趣。多彩网吧规定一块钱只能玩一个小时，他每次拿一块半却要玩两个小时，他在网吧老板面前装出一副可怜兮兮的样子，死磨硬缠，终于感化了老板，特许他一块半玩两个小时。这件事情被同行的同学添油加醋，有的说上，没有的捏上，于是，满校园的学生都知道了，他自然成了校园“娱乐圈”的明星。六班的王璐戴着耳机，一边听歌，一边在电脑上和谁聊天，正聊得起劲。小胖喊了他几声他也没反应。还有许多不认识但穿着校服的低年级学生，忙得连头都不抬一下。一个比我们大不了几岁、把头发染黄的大哥哥，斜叼着烟卷，正在看光身子的图像，估计听到了我们的脚步声，一回头，狠狠地瞪了我们一眼，窘得我脸发烧，小胖和黑娃也有点不好意思。网吧的内容“丰富多彩”，正应了“多彩”的名字，那里面烟雾缭绕，呛得我连连咳嗽，我说：“走吧走吧，网吧是明摆的靶子，捉鱼的网，大人们经常在这儿瓮中捉鳖——活捉娃，还是尽早离开。”黑娃赞成，小胖却有些恋恋不舍。

凤冠山上的阳光很暖和。我们仨嘻嘻哈哈地顺着石阶向上爬。没有风，几片树叶静静地挂在枝头。此刻，我才觉得天是那样蓝，白云朵朵、优哉游哉，几只小鸟叽叽喳喳，自由自在地从这棵树飞到那棵树上，惊扰了山的宁静。一簇一簇的尖尖草当中还有零星的野菊花，煞是好看。鸟儿一飞走，山坡上静悄悄，我尽情地吼叫了两声，浑身立即舒坦了，小胖和黑娃也跟着吼，声音在空旷的山谷回荡，余音袅袅，经久不息。

我长长地舒了口气，模仿海子的诗，淡淡说出“面朝丹江，草肥秋暖”的句子，小胖和黑娃疑惑地看我，像极了我同桌叶小苗惯常看我的目光。

2

叶小苗看我的目光充满了疑惑，让我读不懂。我发现她最近的目光中还多了一丝忧郁。就连我们班唯一没人逃课、集体渴盼、两周才上一次的音乐课她也高兴不起来，总好像有什么心事搁在肚里。正在教我们唱歌的漂亮活泼的音乐老师也察觉到了这一点，走过来关切地问她："不喜欢这首歌吗？"叶小苗的回答简直就像二愣子黑娃说的话一样生冷蹭倔，让我感到很意外，她冷冷地说："不关你的事！"简直和平常文质彬彬说话和气的叶小苗判若两人。音乐老师想不到她是这种态度，很尴尬，愣怔了一下就转身离开了。其实，这歌多好听呀。

今夜我又来到你的窗外
窗帘上你的影子多么可爱
悄悄地爱过你这么多年
明天我就要离开
多少回我来到你的窗外
也曾想敲敲门叫你出来
想一想你的美丽我的平凡
一次次默默走开
……

这首《窗外》我曾在她的笔记本上见过，她喜欢唱歌，也经常哼这首歌，可是我突然看见叶小苗趴在课桌上肩膀抖动，轻轻地啜泣。

她白皙的脖颈让我想起了我的妈妈。妈妈已离开我好几年了，但我总觉得她未曾离开我，一直在离我不远的地方看着我。她那苍白的笑脸就刻在我的脑子里，我上学时她微笑着送我，我回家时她又微笑着迎我，连爸教训我时她也微笑着看我，仿佛在安慰我，说爸做的一切都是为了我好。她常常在我脑海里浮现，而不仅仅是在梦中、在影集里。

叶小苗的反常行为让我觉得奇怪，就想探个究竟，一下课我就急忙让小胖找六班爱玩电脑的王璐打听。王璐和叶小苗住一栋家属楼，他妈和叶小苗她妈是麻友，经常在一块儿玩麻将，无话不说，想必知道其中缘由。果然，小胖问了话，不回教室，站在六班教室门口，神经兮兮的不说话，用手指了指外面。

我明白他的意思。溜出学校后门的时候，修鞋的李老头看见我和小胖，讪讪地笑，好像在嘲笑我俩又逃学了。他摇了摇头，一副很无奈的样子，然后低下头继续修他的鞋子。小胖说："叶小苗她妈和她爸闹离婚哩，叶小苗她爸管镇上平安创建活动的文艺演出，和大合唱打拍子的商山小学音乐老师好上了，就是大人说的耍二奶，被人家老师的男人抓住了，还修理了一顿，成了'熊猫脸'。"我说："不可能吧，他爸是副镇长，管平安创建活动却破坏人家家庭和谐，明知故犯？消息不可靠吧？"小胖急忙辩解："谁骗你谁是小狗！王璐说是他妈亲口说的，他们家属楼的人都知道，千真万确。"我想，怪不得今天叶小苗一反常态，突然对音乐老师说话那么冲，原来是这么回事，这可是"恨屋及乌"啊！我们音乐老师还弄不清叶小苗发脾气到底是咋回事。

我和小胖顺着东环路向南走，发现街道两边许多墙上新写了大大的"拆"字，外面套个圈，很好玩，曾在哪份报纸上见过，还以为那是大城市的专利，没想到这么快就传到了我们小县城。我问："'拆'是拆房，画个圈圈是啥意思？"小胖说："'拆'字画个圈，是要拆房修路，要圈起来，我爸也承包了一段工程。"我说："'拆'字套个圈圈，说明这房子已被公家划入规划、收入囊中，目标锁定，非拆不可了。"小胖说："像个靶子，让枪口对准它，一旦被圈上，就逃脱不了被拆的命运。"我说："像个公章，圆圆的，一拓上，就成了公家的。"我盼望每条路都拓宽，不然，走在路上总战战兢兢的，车越来越多，醉汉也不断涌现，害怕万一遇到酒驾挨千刀的开车把我们撞了，逃逸了怎么办？

丹江河静静地流淌。河堤上几个老人在不慌不忙地溜达，谁带的宠物狗这边闻闻、那边嗅嗅，屁股颤动了一下，落下几坨屎蛋蛋。河堤下面端坐着两个钓鱼的人，斜搭着鱼竿，静静地盯着河面，也不怕冷，耐心等待鱼儿上钩，人仿佛凝固了，像雕塑一样。对面矗立的“努力创建平安和谐县城”的巨幅广告在阳光下格外醒目。突然，扑通一声，一粒石子打破了河水的宁静，水面荡起一片涟漪，粼粼地散开，清晰地看见鱼儿们扭着腰肢四散奔逃，那两个钓鱼的人旋即站起来破口大骂，小胖撒腿就跑，跑得直喘气还不刹闸。我怕被连坐带灾，也糊里糊涂跟他跑，跑得气喘吁吁，我说：“钓……钓鱼的人又没惹你，你扔石头干啥呢？”小胖满不在乎地回答：“好玩呗。”我跑累了，不想和他啰唆，猛然想起第三节是语文课，就给他撂下一句话“我回去上语文课呀”，径直走了。小胖一个人愣在那儿，弯腰喘气好半天。

我爱语文课，除了音乐和体育课我喜欢外，另九门功课，我只喜欢语文，也只有林老师喜欢我。林巨夫林老师是我最敬佩的老师，五十多岁，人长得很矮小，名不副实，别说巨夫，高大都算不上。但他人非常和蔼，知识也渊博，戴副近视镜，一双大眼睛透出柔柔的、睿智的光芒。脑门也亮亮的，仿佛闪耀着智慧的光泽。他因为头上植被稀疏，青山遮不住，干脆剃了个光头，还解释说把缺点充分暴露出来，大家看惯了，也就习以为常不觉得难看了。他不像杨校长，总把“缺点”藏起来，本来只有一点点头发，却偏偏还要在头上绕几匝，妄想遮掩那一大片“荒地”，若不小心一低头，或者微风吹过，头发就四处张扬，用手压也压不住，师生们见了忍俊不禁。我们林老师光亮的脑袋，就是“宝葫芦”，那里面贮藏了取之不尽的知识、用之不竭的语言精华。他那张嘴更像是智慧的闸门，一打开，名言警句就会喷涌而出，妙语连珠，像活蹦乱跳的鱼儿溅起水花朵朵。我喜欢他，因为只有他表扬我、鼓励我，常在班里念我的作文，使我认识到我身上还有点微弱的光亮。他的鼓舞，让我的梦想展开了飞翔的翅膀，才认识到我并不是一无是处，才留存一点上学的念想。记得有一次语文课林老师讲“飞鸟尽，良弓藏……”本意是说与越王勾践有关的故事，用来比喻刘邦将建国时建功立业的大将悉数诛光的情形，是卸磨杀驴、过河拆桥，不道德。我要小聪明，故意调皮地反驳他，说那是讲人与自然、人与鸟的关系，鸟儿全让野蛮人的弓箭射杀了，没有了鸟，弓也就闲置起来了。他也没有因为我的胡言乱语、我的无礼而气愤，还大加赞赏，说我敢想敢说，还有环保意识，让我在同学们面前大放异彩。尤其是让我在叶小苗跟前得意扬扬了好几天。从此，我对文学的兴趣更浓厚了。我喜欢林老师，也不光是因为他喜欢我这样的淘气鬼，他喜欢所有的学生，包括爸妈在菜市场卖菜的捣蛋锤锤子黑娃。

可班主任麻老师和林老师不一样，他总以为是为我们好，经常采用强制式、命令式的语言，让我们服从他，听他的话，不管我们学生心里的想法，不容我们犯半点错误，必须对他百依百顺、言听计从，有时候还带点军阀习气。他带数学课，总把“少时不努力，人生有几何？”这句话挂在嘴边，听得我浑身起鸡皮疙瘩。他不喜欢我，我也不喜欢数学。化学老师和物理老师对我也不感冒，我就用当时化学课正学习的化合价把他们的名字编成顺口溜：“一价钾钠吴书芹（化学老师），二价氧钙麻福民（班主任兼数学老师），二、三铁，二、四碳，二、四、六硫孙崇善（物理老师）……”这顺口溜立即像长了翅膀，迅速在校园里飞翔。终于，很不幸，同学中出了内奸，给麻老师泄露了我是这个顺口溜的原创者，麻老师立刻气急败坏，紧急约见他的老同学——我老爸，一起给我上了一堂生动异常、有滋有味的政治课，让我至今记忆犹新。

3

我溜回学校时，第二节课还没有结束，离上语文课还有十几分钟。

为了防止暴露，被麻老师瞥见，我赶紧溜进了厕所。让我大吃一惊的是，厕所里面早已埋伏了几个人，有三班的“一块半”、六班的王璐，还有其他班几个爱上网的人。我惊奇：“怪啦，今天咋没到网吧去，集体躲到厕所干啥？”王璐灵巧地一闪，把藏在身后那只拿烟的手搭在嘴唇上吸了一口烟说：“吓我一跳，今天倒霉，遇到查网吧，我们几个跑得快，抓住的一律让学校和家长去认领。小胖到哪里去了？”我发现他们战战兢兢地躲在厕所里的样子，就像电影里埋伏在革命队伍中的内奸害怕被发现时诚惶诚恐、焦虑不安的样子。他们身上映出我的影子，我自己也感到羞惭不已。

林老师这节语文课讲的是《范进中举》，他把范进这个做梦都撅起屁股渴望从科举的阶梯爬上社会上层的可怜虫讲得惟妙惟肖、生动有趣。胡屠户一耳光打在范进脸上，让我又好气又好笑。教室里一会儿静悄悄的，只有林老师抑扬顿挫的声音；一会儿，大家又不约而同发出开心爽朗的笑声。连情绪不好的叶小苗也被故事的情节吸引。林老师又把《范进中举》和以前我们学过的课文《孔乙己》进行对比，满口“之乎者也”的孔乙己，青白的脸色、蓬乱的胡须、皱纹间的伤痛，无不透露出酸楚的身世——是封建科举制度把他摧残到了这个地步。两篇课文的字里行间，都展示了漫长的人生悲剧，刻在了范进和孔乙己这两个书呆子、可怜虫被科举制度毒害而异化扭曲的灵魂上。林老师讲完课，让大家思考，提问题，同学们都意犹未尽。

我心里琢磨，范进和孔乙己读书过度成了书呆子。我们不也是整天像鸟一样被关在笼子里苦读吗？而且还不停地考试，周考、月考、中考、期考，无数次地考考考，等考重点高中时非把我的屁股“烤煳”不可。我好困惑，又不敢问老师，只有拿笔在笔记本上乱画，下课林老师走出教室的时候，我写下了这些文字：

学校是锅

教师是水
应试教育是把火啊
把学生
放进锅里
煮
那熟透了的翅膀
就是我的
梦想

写完后左看右看，说是诗又觉得不像，正要撕掉，旁边叶小苗却伸出手、冷冷地说："给我！"我知道她这两天心情不好，不想惹她，就乖乖递给了她。

小胖也不知啥时候已回到座位上，正在那儿给他的同桌田静显摆手机。再消磨一节课，就可以等放学后混在学生的队伍里回家，糊弄大人——他爸妈以为他又辛苦学习了一早上。这是他惯用的伎俩，还教唆我和黑娃。

接下来是化学课，"一价钾钠"吴老师手提木篮，里面放着装实验药品的瓶瓶罐罐，让我立即想起了小时候卖烧鸡的老大爷提着装烧鸡的木篮，在街道发出富有韵律感的吆喝声的情景。我仿佛看到吴老师的木篮里装着许多香喷喷的鸡翅膀。我正美滋滋地胡思乱想，胳膊却被拧得生疼。"又发呆，笨蛋！"叶小苗把笔记本推还给我、嗔怪地说。我看见我刚才胡写的那些话已被她蛮横地涂改得惨不忍睹，还加了标题：

翅　膀
校园是锅
大人是水
考试是把火啊

把一个又一个娃
拖进锅里
煮
那熟透了的梦想
就是我的
翅膀

下面还有一行娟秀的字："太直白、不含蓄，笨蛋！"

终于放学了，学生们潮水一般淹没了操场和街道。我和小胖、黑娃说说笑笑走出校门不远，听到后面传来争吵声。回头，才发现学校大门外侧的人行道上，斜放着两辆摩托车，车上两个黄毛歪斜着身子，嘴里叼着烟，一副无赖相，旁边还蹲着两个穿着怪模怪样的人，一个嗑瓜子，一个正挥舞着手指点着王璐，旁边经过的学生都小心翼翼躲闪开。小胖见是王璐，反身往回走，我拉也拉不住，只有和黑娃一起跟着折回。到跟前才知道那几个混混是王璐在网吧认识的，正向王璐要钱，王璐嗫嚅着辩解根本就不欠他们钱。小胖拉王璐走，他们不让，那个嗑瓜子的冲着小胖吐了口瓜子皮，一脸不屑地说："滚开，滚远点！"小胖也不示弱，回击了一口痰，那痰不偏不倚，刚好唾在对方脸上。那几个混混大怒，扑过来，三拳两脚，我还没看清，小胖和王璐就被撂翻，几个混混在他们身上乱踩一通。我忙跑过去想拉架，一个黄毛手一甩，我脸上就一连响了几下，我一个趔趄，立即感觉两眼金星闪闪，脸上火辣辣地疼。旁边黑娃猛扑上去和打我的黄毛厮打在一起，场面一片混乱。突然，叶小苗过来先拉开我，然后和田静一起想把小胖拉起来。小胖满脸愤怒，掏出手机正给谁打电话。见那边黑娃已被人压在了身下，我一时被激怒，一把抓住骑在黑娃身上那黄毛的头发不放，疼得他哇哇叫，放开了黑娃。我浑身上下也不知中了几拳几脚，渐渐已不觉疼了。这时，在学校门口摆摊修鞋的李老头拿着锤子出现在我面前，用手指着那几个混混说："你们几个狗日的，整天欺负学生娃，有本事冲我老汉来！"那几个混混虽然嘴硬，骂骂咧咧，但看着李大爷手中的锤子，都定在那儿，再没有一个敢上前。此时，我的眼泪不争气地向下淌，叶小苗看我的眼光充满了怜惜。

僵持片刻，路边静悄悄停了一辆帕萨特，四个车门几乎同时打开，下来五个壮汉，当先一人，正是小胖他爸。小胖他爸五大三粗，满脸怒气，后面那四个壮汉迅即散开，分别占了方位。那几个混混见阵势不对，被更厉害的角色包围，立刻像漏气的皮球先矮了半截。小胖扑上去，手、脚、口并用，逐个分发了"奖品"，还怒气未消。几个混混早已泄了锐气，手脚稀软，哪个还敢动弹。这时，我才发现黑娃眼圈青黑，嘴唇血红，领口上也有血迹，浑身上下沾满了尘土，却始终一声不吭。我们离开的时候，李大爷已低着头，自顾自在那儿专心致志地修鞋子。

翌日是周五，黑娃一天没到学校，我也一直惴惴不安，小苗似乎读懂了我的心思。下午放学后，小苗提议去看黑娃。我、小胖、田静和另外几个同学积极响应。我们一窝蜂到黑娃家，却扑了空，黑娃妈似乎精神不好，如霜打了的茄子，有气无力地说："黑娃又在外面惹事，他爸不想叫他念书了，领到菜地浇地去了。"

我知道黑娃家的菜地在县城西关的上塬，塬上有几棵柿子树，黑娃曾领我和小胖去吃过蛋柿。我们穿过西河桥，沿西河边向上走。西河水不深，清澈见底，淙淙流淌，河上漂浮着五六片菜叶子，河岸上栽种着七八棵光秃秃的杨树，几根树枝上挂着不知从哪里飘来的塑料袋，被风吹得呼呼作响。顺河边的地垄往里走，就全是一畦畦的菜地，有扎着细草绳腰带的大白菜，有白胖胖、头上顶着绿莹莹缨子的萝卜，有葱郁郁的菠菜、嫩生生的油麦菜、绿油油的小青菜，还有紫里透红的雪里蕻。菜地旁搭了一个看菜的茅草庵。

4

黑娃爷儿俩正坐在草庵外歇息，草庵顶上的茅草被风吹得左右摇摆。黑娃先瞥见我们，急忙站起来，青眼红嘴憨憨地笑，冻得像个猴娃。黑娃他爸拍着屁股也站起来，另一只手上拈了小半截烟舍不得扔，风一吹，烟灰粘在下巴的胡子上，一抹，咧着嘴笑："这碎蛋人缘还不错嘛。"大家喊着要帮忙，他爸不让，还嘲笑说："你们这群碎娃能干啥？"小胖抢了水瓢要逞能，从水桶舀了水后，水瓢在他面前迅速划了个半圆，水泼到菜地里，却疑惑地喊："这是啥菜？"他面前是一畦像麦苗一样的东西。大家你看我，我看你，有的说是葱，有的说是蒜苗，但没人敢肯定。黑娃被逗乐了，他爸则咧开老碗嘴哈哈大笑："你们这群碎娃有屎用处？葱和蒜苗都分不清，书念到狗肚里了？不念书能行，不吃菜能行不？"

是的，连葱和蒜苗也辨不清，但这能怪我们吗？我们也不想和土地陌生、和大自然疏远，可是，初中三年，学校没有组织过一次春游和秋游，我对旅游的认识是从学校图书馆里翻出来的那些作文选中看到的。我们集体活动走出学校最远的地方就是今年清明节去祭奠革命先烈的烈士陵园。尽管烈士陵园距离学校不远，拐几个弯就到了，还精心准备了几天，然后"红旗招展，排着整齐的队伍，唱着嘹亮的歌曲"，和作文选中描写的一模一样，转一圈回来还要写篇作文，真没劲。我对大自然的感受则完全是逃学时体会来的，说真的，就是对桃花红、菊花黄、杏花白的认识也都是逃学时完成的，这可千万不能让麻老师知道。有时我好羡慕以前的学生，各种活动都开展得有声有色、有滋有味，为什么到了我们这代，非要把我们和大自然、和土地的距离弄得那么遥远？一句为了我们的安全，就剥夺了许多本该属于我们的欢乐。

我们的到来，让黑娃他爸很兴奋，他兴致勃勃地向我们介绍："今年物价上涨得就跟地里的草一样，菜价也跟着涨，这个涨了三倍，那个涨了四倍……下来还准备弄大棚呢。”黑娃爸一副得意扬扬很知足的样子，根本看不出不想让黑娃继续上学的一点迹象。

我回到家时，天已黑了。爸照旧没回来，妈在镜框里微笑着总用那一个表情看我。我肚子咕咕叫，家里却冰锅冷灶，只有早饭吃剩下的两个冷馍像一双冰冷的眼睛注视着我。我烧水泡了包方便面，就着冷馍吃了，打算坐被窝里看小说，等爸回来。突然听电话铃响，小胖兴冲冲地在电话里说：“快来我家，有好消息告诉你。我还要约黑娃、王璐、叶小苗和田静。”

小胖家的院子很大，灯火通明，有音乐声，有花园，有假山，有车库，还有三层小洋楼。那条大狼狗“斯嘎”早就认识我，用头蹭我，还殷勤地向我摇尾巴。小胖出来拉着我的手神秘兮兮地说：“晓豆，我爸已托人说好了，让我去当兵，恭喜我吧！”说完屁颠屁颠的。我疑惑：“你初中都没毕业，能当上兵？这么早当兵有啥用？”“你瓜娃，没毕业托人办个毕业证不就行了，花十万块钱买个安置卡当兵回来就能安排工作。”小胖大声对我说，我听得云山雾罩的，不太明白。客厅里的音乐很劲爆，崔健正在动情地唱：“不是我不明白，这世界变化快……”我知道，小胖他爸年轻时是崔健的粉丝，把自己的爱好遗传给了小胖。小胖妈早已准备好了瓜子、花生、水果，见我进来，笑吟吟地站起来倒水，问这问那。说话间，院子传来狗吠声，小胖和我急忙跑出去看，斯嘎对着院门吼叫，王璐探头探脑的不敢进来，身后躲着叶小苗和田静。小胖大声喊：“斯嘎，滚开！”斯嘎呼哧呼哧地喘气，不服气却怕小主人修理它，识相地躲到一边，哼哼唧唧很委屈似的。小胖和我护着被斯嘎吓得战战兢兢的三位进客厅后，小胖妈一一打了招呼就上楼去了。这时，崔健已唱到：“你问我还要去何方？我说要上你的路……”小胖挠头，像是在自言自语：“黑娃怎么还不来呢？”他关了音响，跑过去打电话，好像没人接，又挂了。这时，二楼传来哗啦哗啦搓麻将的声音，伴着嬉笑声，很嘈杂。小胖跑过去，又打开音响，是张韶涵的《隐形的翅膀》：“每一次都在徘徊孤单中坚强，每一次就算很受伤也不闪泪光……”声音柔柔的，很好听，立即压住了楼上的麻将声和嬉笑声。王璐撇嘴怪笑：“大人整天打麻将也不嫌累，也没人管；我们打个游戏，提心吊胆，千人嫌、万人恨。”我接着说：“大人爱情比海深，小娃爱情浅，只有一点点。”田静马上抢白：“发神经呀，贫嘴，酸不酸呀！”说完却看叶小苗。叶小苗和田静坐在对面的沙发上，进来后一直很拘谨，眼睛红红的，情绪不太好。王璐一使眼色，我意识到了我的唐突，可小苗好像没听见。小胖赶紧打圆场：“不等黑娃了，开始喝酒，男的喝啤酒，女的喝果啤，庆祝我即将脱离苦海，当上兵哥哥！”小苗平静地说：“高兴，高兴，都喝啤酒吧。”

我们从小胖家出来的时候，都有些迷糊，黑娃一直没有来。小胖想让他爸用车送我们，他爸却深陷在麻将场里不能自拔。我们脚下拌蒜摇摆着回家。路上，小苗突然捂着嘴伤心地哭：“我爸妈晚上又吵架闹离婚，我该怎么办呀？呜呜呜……”田静、我和王璐劝也劝不住。一瞬间，我的眼泪也滑落下来了。妈走后，爸工作忙，心情也不好，不是加班就是喝酒，我成了一条小野狗。除了妈，还有谁疼我？

送完他们，我感觉有点头晕。回到家，电视开着，里面正在枪战，鸡飞狗跳的很热闹，却没人欣赏，唯一的观众——我老爸睡着了。

老爸躺在沙发上，鼾声很有个性，就像小时候爸妈领我去西安动物园那老虎发出的喘息声。我怕老爸感冒，小心翼翼推他。一股浓烈的酒味袭来，我喝的那点酒和他喝的相比，是醪糟了。老爸睁开眼，目光迷离，却不忘骂我：“你还知道回家，翅膀硬了，敢和人打架？”甩开我，他却站不起来，又软软地溜到沙发上。他试图踢我，脚抬起来却挨不到目标。我想，一定是麻老师把我打架的事透露给老爸的，又惹他生气了。我上前扶他，他一把推开我，用手指我：“少壮不努力，老大徒伤悲。现在不好好学习，将来吃风喝屁！”话未说完，他又妄想袭击我，手脚做击打的动作，但动作太迟缓，没有效果。我怯怯地说："爸，你为啥不学学人家郑渊洁教育娃？你只会打人骂人。"爸侧着头迷惑地问："郑、郑渊洁是教啥的？"我说："郑渊洁不是老师，是作家，就是那年汶川地震时给地震灾区捐了一百万的那个作家。""噢！"爸想起来了，却叹了口气，"我要是郑渊洁，你愿意咋就咋，不上学、不看书都行。可惜，可惜我不是作家，我没本事，连自己的娃都教育不好。"

是的，爸不是郑渊洁，我也不是郑亚旗，更不是韩寒，我只是一个渺小的、学习不好的初三学生。虽是一只小小鸟，但我也渴望蓝天，我想，每个人身上都有一对小翅膀，有的长在头上，有的长在腰上，有的长在心上……我虽然学习不好，但我有梦，我也有五彩缤纷的梦想。

老爸说着骂着，在对我不厌其烦地批评教育后，又发出他那我再熟悉不过的穿透力极强的鼾声，怀着对我的强烈不满和殷切希望睡着了。

5

周一早上要升国旗，我起得格外早。路灯还亮着，灯罩上好像围了一团雾，路上冷冷清清，除了几个扫地的环卫工阿姨外，就是匆匆忙忙往学校赶的学生。学校门口停了辆警车，警灯忽闪忽闪的。出啥事了？到操场，见两个警察夹着一个弯腰弓背的人出来，擦肩而过时，我忽然发现那个耷拉着大脑壳的是初三三班的学生——学校的网星"一块半"。学生们自觉地闪开一条路，好奇地看着，不知发生了啥事情。

升旗仪式结束后，杨校长站在主席台上讲话，他脸色凝重，咳嗽了两声，几缕头发就悄悄滑下来。他语重心长地教导我们："同学们呀，这起盗窃事件又一次给我们敲响了警钟，我们一定要引以为戒，远离网吧，远离社会上那些腐蚀毒害我们的场所，努力学习，争取做一个让家长满意、让学校放心、对社会有用的‘四有’新人。”台下又一次响起了雷鸣般的掌声。

回到教室，同学们议论纷纷，我听出了个大概：原来“一块半”上网没钱了，钻到一家副食商店偷钱，被路边的监控录下。刑警队根据监控录像，走访学生，顺藤摸瓜找到了学校。

黑娃没有来学校，他辍学了。小胖也没有来，他即将穿上军装，走向远方。我坐在教室里犯迷糊，究竟是什么导致学生厌学呢？社会进步了，科学发展了，有网了，网里的世界花哨得吸人魂魄，将孩子从书本里、从课堂上拉了出来。厌倦了学校清规戒律和书山题海的孩子就钻入网中找快乐，倾诉他们不愿对父母、老师和同学说的话，沉浸在虚拟世界中，心儿飞得很远很远。网吧游戏玩多了，就开始游戏人生，吊儿郎当，教室也坐不住了，听不进教育和引导。学生痴迷网络，应该是厌学的一个原因。王璐进网吧，引起打架，导致两个好朋友离我而去。“一块半”因为进网吧，需要花销，因盗窃进了派出所。还有多少娃正在向网里飞？于是我又涂鸦了一些句子：

这可恶的蜘蛛网
粘住了一个又一个
妄想扑向光明的飞蛾
这贪婪的饕餮者
吞噬了一只又一只
懵懂天真的牛虻
这冰冷如铁的黑房子
碰折了一对又一对
梦想飞翔的翅膀
这是一张血盆大口
从学校的嘴里夺食

乱七八糟地写完，又觉得不能把厌学的原因都归咎于网吧，这好像有点不公平，人家也没拉你进去呀。茫然四顾，也不知该怨谁，突然有种很迷茫的感觉。

这时，我看见教室窗外的雪松上又飞来了几只小鸟，灵巧地从这根树枝跳跃到那根树枝上，对着我啁啾，好像在鼓励和安慰我说："刘晓豆，好好学习，注意听讲。"晨曦穿过松枝洒在小鸟的身上，漂亮极了。

第四节体育课，没等集合，同学们就兴冲冲扑到操场。操场是学生们释放热情和郁闷的地方，是最受同学们欢迎的地方。跑了几圈，做完广播操，同学们开始自由活动。篮球场挤满了人，男同学呼朋唤友，编组分队，热闹异常；女同学围了一圈，饶有兴致地当观众。几个好静的学生懒洋洋地坐在篮球场边晒太阳。足球场却空荡荡，往日有小胖、黑娃和我吆喝着勉强能组织踢个小场，这回只剩下了我孤零零一个，踽踽独行于这空荡荡的地方，也无心组织，更没有啦啦队。球迷们对足球完全失望了，现在他们爱姚明，爱易建联，所以，都爱上了篮球。那几个足球和我一样被冷落在一旁。我只有对着院墙，使劲把心中的愤懑踢出去，一脚、两脚……我也不知踢了多少脚，反正把浑身的汗都踢出来了。突然，我觉得鞋子不对劲，"狮子"大张口，袜子露出来了，脚丫子突破了鞋子的束缚，自由了。后面传来嘻嘻的笑声，叶小苗和田静也不知啥时候来的，在我身后笑得直不起腰，眼泪都流出来了，然后，手拉手大笑着跑开。我窘得恨不能钻进地缝里。这——这多丢人现眼呀！

我站在那儿，好尴尬，瞅瞅鞋子，抓耳挠腮。无奈，只能一只脚蹦着走，另一只脚挂着鞋子挪，到学校门口的鞋摊找李大爷。李大爷眯着眼示意我坐下，把我的球鞋拿在手上看了看，扇了扇鼻子说："娃呀，踢啥踢烂的吧？一天不好好走路。这穿鞋子也有讲究，走正道四平八稳、心宽气顺，爱惜鞋，穿的鞋子才经久耐用；走邪道或者心浮气躁，把鞋子不当事，鞋子就不耐穿。这和一个人一辈子走的路是一样的，走啥路由你自己定。走顺路，心里坦然，一生平安；走邪道容易崴脚，还要提心吊胆。你苗苗嫩，翅膀还没硬哩，不懂事，现在逃学不好好念书，将来和我老汉一样钉鞋也不要紧，好歹还能自食其力，要是路走偏了，跌进陷阱里，到黑笼子去哭都没眼泪。我老汉小时候上不起学，哪像你们现在有书不好好念，人在福中不知福……”李大爷闭口不提那天打架的事，只是一边给我纳鞋子，一边唠唠叨叨不厌其烦地给我讲道理，好像和老爸一样喜欢孜孜不倦地给别人上政治课。我知道爱训话、爱啰唆是大人的通病，但我觉得，面前这个历经沧桑的老人好像不是个修鞋匠而是一个教育家、哲学家，他虽然语言不太流畅而且长吁短叹的，却让我心悦诚服。我非常耐心地听他说话，就像面对的是林老师。我静静地坐着听他絮叨。一来鞋子在他手里，我走不成；二来李大爷用他的钉鞋锤子保护过我，我心里感激他，我不能走。我现在才深刻地认识到了我的愚蠢和幼稚，受了近十年的教育竟不如一个修鞋子的老人，我突然产生了一种强烈的自责感。在老人家面前我羞惭得无地自容，我已经十五岁了，长这么大了还不知好歹，对得起谁？我甚至都不敢真正面对自己的内心，我觉得我再也不能这样糊里糊涂混下去了。

穿上纳好的鞋子，我恭恭敬敬地给李大爷付了钱，鞠了躬，说了声谢谢。然后，我迅速地跑到对面的肉夹馍摊子上给李大爷买了个肉夹馍，包好后双手捧给李大爷。李大爷忙不迭地推让，不好意思地直挠头，连连表示修鞋的钱已付过了，好像忘记了保护我的那回事。这时，我明显能感觉到有一股暖流正在我心里奔涌。

走在路上，我惬意极了，我要去说服黑娃他爸，让黑娃继续上学。一首诗正在酝酿：

十五岁

十五岁
把鼻涕、眼泪连同稚气
统统擦掉

扔到垃圾箱
扔到凤冠山
把十五个圆圆的句号
统统抛掉
抛到脑后
抛到丹江河
把那些懵懂的日子
统统甩掉
甩给空气　甩给风儿
站在风口
在风中潇洒地挥一挥手
自豪地登上第十五级台阶
走向星空　走向太阳
任下巴的胡须开始生长
任脸上的青春痘闪耀着美丽的光
穿上刚修好的球鞋
从容地踏平目光围成的网
所有刮风的日子都来吧
十五岁不需要惧怕
所有下雨的日子都来吧
十五岁在雨后萌发一片新绿

黑　娃

1

丹江河日夜不停地流淌着，清澈见底的河水中有几只小鱼扭着腰肢游来游去，另外几只则悠闲地吹着气泡，逗得其他鱼儿循着泡泡追逐。两岸的稻香被风吹送到很远的地方，熨帖了行人的心肺，如鼓的蛙鸣声从稻田里传出来，和不远处芦苇丛中野鸭子的嘎嘎叫声呼应着。县中学的勤杂工黑娃，家就住在离河边不远的赵源村。

20 世纪 80 年代中期，全县招工，黑娃因其父亲是老区长可以转居民户口而获得招工资格。当时红火的葡萄酒厂、冶炼厂、工行、建行等单位招人，领导的亲戚和稍微有些关系、有些文化的人都挑了这些效益好的单位，县中学也计划为学生食堂招三个工人，但只有黑娃一人报名，白白浪费了两个名额。只念了三年小学的黑娃胡乱在县中学食堂的空表格上画了个钩，尽管考试试题都读不懂，绝大部分字他根本就没见过，试卷原封不动地交了上去，拿了个大鸭蛋，但因为他是唯一的报名者，便成为县中学食堂的一名端国家铁饭碗的正式职工。

1986 年 12 月的一天，天阴沉沉的，雪花飘飘，黑娃用背篓背着被褥在县中学的柏树院子转悠，他转了几圈也不知道该到哪儿去，乏了坐在一个台阶上歇，房子主人出来说：“我家没有啥吃的，你到别人家去。”黑娃口笨言拙，木木讷讷吭哧半天才挤出几个字，幸好旁边过来几个老师听懂了他的意思，把他引到办公室报到，问：“你学啥科的？”黑娃答：“内科。”办公室几个人都被逗笑了，又问：“文科还是理科？”黑娃小心翼翼地答：“不是里科内科就是外科。”惹得办公室人哈哈大笑，黑娃满脸迷茫，不知道大家为啥笑他。

黑娃个子矮，皮肤黝黑，鼻梁有些歪，据说是小时候摔了一跤，伤了鼻梁骨，没恢复好。村里的小孩正哭闹，若遇见他，突然就没了声音，正耍得忘乎所以的见了他却突然大哭。他喜欢逗小娃玩耍，小娃被他抱在怀里乖乖地不敢动弹，大气也不敢出，离开他的手，撒腿就跑，跑好远了才哇哇大哭。黑娃语言表达能力不行，但舍得出力，而且浑身有使不完的劲。左邻右舍若谁家正在干活，他遇见了，不声不响就主动过去帮忙。他不吸烟不喝酒不打牌，甚至没有啥像样的娱乐活动，最大的爱好就是哪家老人去世了，请响器班唱花鼓，他必抽空撵去站在旁边听得有滋有味，常常沉浸在花鼓戏的情节里，把别的事情忘得一干二净。他看学校大门的时候，有几次听花鼓戏着迷，忘了时间，误了给学生开大门而受到批评和训斥。

黑娃刚参加工作时在学生食堂当小工，担煤笼火、蒸馍压面，干些不用动脑筋的气力活。20 世纪 80 年代中期，小县城物资尚匮乏，学生们的主食就是上顿糊汤，下顿糊汤面，多几毛钱的再加个蒸馍。做糊汤时就是让黑娃先担水把几个大铁锅盛满，再在锅底加煤烧，烧开后由大师傅掌握放多少玉米糁子，接着用大铁勺在锅里反复搅拌，滚几次形成糨糊状的黄色食物就是糊汤，再放些面条就是糊汤面。糊汤是 20 世纪 80 年代以前陕南商洛的传统食物，体积大、质量小，吃得再多过不了几个小时就饿了。黑娃总吃不饱又肯出力，饿得更快，因而总想多添点水多放些糁子。大师傅不让，怕学生吃不完，卖不掉被黑娃独吞，不但不同意，还骂他、挖苦他，嫌他能吃。黑娃不敢反驳，更不敢发作，忍气吞声坐在厨房外面的煤堆上生闷气，后来连着几天大师傅吃饭的时候总找不到他的洋瓷碗，开始还不明白是咋回事，直到有一天一个大爷拿着一个摔扁了的洋瓷碗骂骂咧咧地来到食堂责问：“谁把碗从院子里扔出来险些砸了我老汉的头？”大师傅这才醒悟，拿起擀面杖就打黑娃。黑娃不躲避也不抵挡，挨一下后紧紧抱住大师傅，大师傅尽管气急败坏，却被黑娃的双臂箍得动弹不得，拿黑娃没办法。黑娃不动声色的“非暴力不合作运动”让瞧不起他的大师傅吃尽了苦头。

2

1993年，学校食堂改成承包制，黑娃被食堂清理出“革命队伍”，改行去看大门，坐在门房做掌门人兼打铃。黑娃迅速完成了从躲在食堂里面不见人，到在前台大门前天天抛头露面的角色转换。几年间，他逐渐习惯了门房的工作，闲时在学校建筑工地转悠，一直低头在地上寻找可以拿到废品收购站兑换成钱的东西，像电影《地雷战》里的鬼子在探地雷，旮旯角角也不放过。有一次拿了不该拿的钯钉被工地上四五个人抓了现行，把他拉拽到总务主任办公室，黑娃痛哭流涕，模样甚是凄惨，最后，那几个人见他可怜，反过来替他说情。

黑娃常坐在大门前，白天看北新街上人来车往，看城管撵卖菜的、贼娃子被赶得跑、小青年飙车摔了跤、卖卤肉的怪声吆喝；晚上看大黄狗乐得撒欢儿、野猫痴情地叫春、老鼠野蛮地打架。从冬到春，从秋到夏，社会大舞台一览无余地展现在他面前，黑娃装了一肚子的趣闻逸事，同时也给大家带来了许多乐子。一次学校做计划生育调查，通知让他填表，剩他一个人了他也不肯去，办公室干事没办法，就去找他，问：“你娃哪一年哪一月哪一天生的，多大啦？”他答：“大概七八岁吧，哪年、哪月生的我不知道，要问问我大和我哥。”弄得来人好尴尬没脾气，喃喃自语说：“这事也敢给他大和他哥赖，真是个二杆子。”

黑娃衣着邋遢，不讲卫生，常露出几层油腻腻的衣领，裤子沾土、鞋子带泥巴，也懒得拾掇。门房里只有一张床和一张桌子，床上被子铺展着，桌子上摆着只能收一个台的小黑白电视和一个装满白糖的大瓶子。墙旮旯、床底下是他的仓库，放着他捡的破烂，酒瓶、纸片、烂铁、锈钉，很有内涵和味道，这些破铜烂铁积攒到一定程度就被他悄悄拉出去兑换成人民币，连同工资一分不留地全交给老婆。门房的窗子永远被他拉帘子遮着，遮挡着关注他的目光，也隔断了别人了解他、亲近他的妄想。学校大部分职工都不到他那儿去，当然不了解也不屑了解他，都说二杆子黑娃一根筋。

说黑娃是二杆子，还有一个原因是因为他的牛脾气。1995年，县教育局还没有从县中学搬出去，在学校最后面的小院里，教育局职工、家属都要从县中学大门进出，平常人们根本没把这个穿得破破烂烂的猴娃脸掌门人放在眼里。有天晚上，局里一大群人在外面饮酒回来迟了，站在大门外喊黑娃。黑娃睡眼惺忪，披衣服出来，见是局里一窝人簇拥着体态臃肿的周副局长，他转身边走边说："迟啦，迟啦，必须按学校的规定办事。"说完还到墙角撒了泡尿，外边的人紧喊"是周局长"。他还口："县长他大迟了都不行！"气得周副局长狠踢门，其他人急得乱蹦却无计可施。那时没有手机，夜深又无处打电话，大伙只好抬起周副局长，拽胳膊、架腿、掀屁股翻门。周副局长体胖笨拙、费了好大劲才从门上溜下来，站在那儿直喘粗气，等缓过神后，才发现裤裆还扯裂了个大口子。据说，黑娃这二杆子把周副局长气得一宿无眠，第二天早上直接找校长告状。

黑娃有个小秘密，有一天偶尔被与他同村的学生家长捅了出来。黑娃和村里几个人经常卖血换钱贴补家用。你想，他要供养一个老婆两个娃，还有老娘，娃小老人年迈，媳妇不懂稼穑、不事劳作，黑娃一个劳力供养五个人，省吃俭用撑起一大家，真不容易。大家听了都很酸楚，才明白他桌上放着一瓶白糖的原因。他听人说白糖补血，他才奢侈一把买了白糖。

1998年世界杯时，小县城开始流行手机，黑娃也武装起来：腰里别了个传呼机，脖子上挂个哨子，屁股上吊一大串钥匙，颠前跑后地忙。学校照顾他，让他打铃兼考试时吹哨子、锁教学楼门，每月给他多加了几十块钱。黑娃脸上多了笑容，学会了利索地说笑话和讲荤段子，见别人聚堆说话就往跟前靠，挤到前边听闲话，捡拾几句后又兴高采烈跑到另外一处地方发布小道消息，成了学校的消息树、小灵通、新闻发言人。

3

黑娃是学校不容置疑的第一守门员。因为工作单一，缺乏竞争力，时间长了不免产生了些职业倦怠，沾了油条味，时间一到就关门，半秒也不延长 。正关门时，不管是谁，刚到跟前他也装没看见扭身就走，再扯嗓子喊他都装听不见，赖在门房里不出来。不谙人性化管理，教条的腿不愿多迈几步路，机械的嘴懒得说半句软话。

2002 年夏季的一天下午，天空飘着毛毛雨，黑娃正要锁大门，一女生在迟到边缘急慌慌往里挤，黑娃不让，两个人都犟，僵持片刻，不远处还有第三个人——用大踏板摩托车送女儿的妈妈正往跟前跑。黑娃脑袋瓜反应慢，不察“敌情”，犟牛脾气犯了毫不退让，结果首先中了妇女一耳光，接着又是一伞把。黑娃没有防备也没有积累和女人的作战经验，大怒，埋头胡踢，脏脚沾雨水，赫然印在女生的裤子上成了确凿证据，那位母亲手挥舞脚乱蹬，一蹦老高，污言秽语满天飞，还说黑娃拽了她的金项链。黑娃急火攻心，嘴唇颤抖，就是吐不出一个完整的句子。连着几天，学校派人多次斡旋协调，总算平息了事态，那位能骂善战的太太原来是县上一位大老板的夫人。黑娃点子背，在错误的时间、错误的地点，错误地打人，严重影响了学校声誉，被调往后院生活区看门，降格成了第二守门员。

黑娃犯了严重错误，也受到了妇女的沉重打击，自此见女人就翻白眼，整天闷塌塌灰塌塌地坐在后门口。大家安慰他，他也不吭声，只等放学下班，看地上的蚂蚁搬家，看鸟雀扑棱棱戏耍，看时间静悄悄从他面前流走。好长时间也没有人再提起他，黑娃逐渐淡出了大家的视野。

2004年3月的一天，黑娃突然制造了个新闻，立马成了满校园的议论焦点。黑娃胆大包天打了部门主管领导。原来领导因小事批评他，他较真，公然顶撞，领导按捺不住动手，他竟然反抗，把领导撂倒。学校让他暂时下岗并上交钥匙回家反省三个月。处理结果出来，黑娃面如土色，他怕愧对老娘、老婆和孩子，依然不屈不挠地推着破自行车严格按照学校的作息时间上下班。他坐在东教学楼前的亭子里，整晌一动也不动，时间不长就被主管发现，并被保卫处几个校警遣送出门。有段时间没见黑娃影影了，只见他的破自行车依然顽强地停放在学校的后门口。直到有天下雨，校警巡逻到科技实验楼，发现地下室铁门有缝隙，就下去查看，角落里先露出一双黄胶鞋，接着看见一件旧雨衣严严实实包裹着一个人，拉出来一看，竟是一声不吭黑着脸的黑娃。

后来校长心软，大家也都同情黑娃，为他说情，学校就派几个人到他家里，让他低个头道个歉给主管一个台阶下，黑娃一言不发，再启发、敦促无济于事。他妈见状只好代表黑娃发言，说黑娃是一根筋，是犟牛，从小就是打死都不低头的二杆子，但他心肠软……其他人也帮忙打圆场，这件事情总算过去了。

回到学校后，周日晚，总务处开会，主管让黑娃做检讨，黑娃龇牙咧嘴拿着刘保管帮他起草的、教了他十几遍的检讨稿子愣是不说话。会场冷清了几分钟，王会计见他难堪，拿过稿子替他念了，帮他解围，众人齐说："算啦！算啦！"主管也没再追究，放了他一马。

黑娃总算过了这一关，铁饭碗掉到地上沾了点土没摔烂，但又被重新调整了岗位，当了勤杂工，打扫厕所兼管生活区卫生并捎带打铃。

黑娃当了厕所所长，虽然又臭又累，但不和人打交道，也自由了许多，还不用起早贪黑。他见人就说美得很、不怕脏、不怕整，猴娃脸上还有了怪笑，专往人窝里钻，喜欢听闲话，成了大伙的笑话引子。

黑娃口袋里有个神秘的本本，不让一般人看，里面写满了阿拉伯数字和乱七八糟的符号，像以色列摩萨德特工的密电码。本本被拿到保卫处，大家琢磨好一会儿才看懂是他村子里左邻右舍的电话号码、七姑八姨的生日之类，有个别的还是破译不了。二杆子黑娃站在旁边捂着嘴笑。

黑娃花钱吝啬但不吝惜力气，有一次学校往电房卸大油桶，领导本来没安排他去卸油桶，他看见了，主动跑过来帮忙。可他有力气没眼色，顾上不顾下，大家卸下油桶，却听见一声惨叫。黑娃撤脚不及时，不慎让油桶把脚趾砸烂，成了瘸子，帮了倒忙。他的工伤让学校花了不少银子。

黑娃力气大的名声不胫而走，附近工地的包工头都慕名来找他，让他周末和寒暑假去帮忙当小工。雇过他的老板一致夸奖黑娃力气大，活像演义里的李元霸。

黑娃力气大、中气足，有一阵子独自坐在房里练吹哨子，钻研业务，把嘴唇都吹肿了，吹得隔壁老李坐卧不宁、烦躁不安，再三抗议黑娃也不理睬。老李无奈只好用纸塞住耳朵。黑娃吹坏了四五只哨子后，终于练就了一个绝活，他吹的哨音清脆硬朗高亢，极富穿透力。

平常不肯消费的铁公鸡黑娃，利用周末休假给建筑队干了两天活，挣了一百块钱，他自掏腰包大方了一次，让到西安买体育器械的赵老师给他捎了只好哨子。从此后，黑娃吹哨子打铃名正言顺地坐上了学校第一把交椅。每年高考都是他大显身手的时候，几声嘀嘀嘀、几声丁零零只有他心里明白。他脖子上挂着哨子，走路咚咚响，哨子和铃一响，几千师生都统一听他指挥，不敢延长一秒，他成了一方领域的权威。

4

黑娃是去年夏天给他自己的人生画上句号的。那天特别炎热，柏油路上的柏油都晒出来了，一条大黄狗卧在路边的阴凉处，伸着舌头趴在地上喘气。黑娃一放学就把衬衣敞开，裸露出胸膛，给自己降温，哼着花鼓戏飞快地蹬着自行车，要回家美美吸溜一老碗浆水面。快到村口了，丹江河边突然传来“救命，救命”的喊声，黑娃掉转车头急往河边奔去。这一段河流被人承包开了沙场，河床被挖得千疮百孔，贪耍的小孩不明河水深浅，不知天高地厚，夏季常发生让人唏嘘不已的事情。一个小孩惊慌失措、语无伦次，指着河里向跑来的黑娃喊：“从这里掉下去的！”黑娃扔了自行车，又跑了几步，没有迟疑就扑进了河里，河里溅起了好大的水花，可是，黑娃再也没有从水里爬出来。

人们闻讯赶来，村里的壮汉用长竹竿，县上武警中队的武警用橡皮筏子都在河里寻他，直到第二天上午，人们才陆续把黑娃和那个落水的小孩捞上来。黑娃被河水剥得一丝不挂，脸色惨白，惨不忍睹，两只胳膊僵硬地伸着，好像要寻什么。

黑娃走了，走得很仓促，没来得及和任何人打声招呼。下葬的时候，全村人和县中学所有教职工都去送他，他以后就永远歇息在村后的小山包上了，那儿能清晰地看见脚下汩汩流淌的丹江河。响器班照样唱了花鼓戏，那是当地的习俗，也是他最大的喜好，他可以静静地听了；没有追悼会，没有人能证明他英勇的行动是为了救人，因而他的称呼前也没有加上任何一个光辉闪亮的词语。

黑娃普通得就像商洛山满山的石头疙瘩，卑微得就像商洛山遍野的小草，但他的确是个有血有肉的人。虽然缺乏高大的形象，甚至有些猥琐，但多年过去了，校园里还有许多人不停地念叨他，说可怜的二杆子黑娃哟。

大杂院

1

我是在西街出生的，也是在西街长大的，是地地道道的西街人。小时候，西街的巷巷道道、角角落落，我熟悉得就像熟悉我的手指一样。可我们家却不是西街土著人，我们家是外来户。父亲的籍贯是商州，母亲的老家在湖北孝感。父母结合，把我空降到了西街。

我上小学的时候，我们家在西街还没有属于自己的房子，就租住在一座大杂院里，母亲在西街小学当老师，父亲是国家干部，我还有一哥一弟。我们大杂院里总共住四户人家，临街两家，西边是狗娃哨家，东边是黄瓜家。北面两家靠西是我们家，靠东是黑豹家。狗娃哨是西街生产队队长，每天早上拎个铁皮喇叭在街道连喊三声："上工啦——"声音尖锐而悠长，在寂静的早晨极具穿透力，像极了娃娃们吹的狗娃哨声，这也是社员们把他唤作"狗娃哨"的由来。狗娃哨指令声一发出，我家的爱犬"银球"最灵醒，就首先起来响应，扑腾不止，把它身上的皮毛甩得啪啪响，黑豹家那几只公鸡，也拍马屁似的跟着银球喔喔喔叫唤。于是乎，生产队社员要起床上工，学生娃要起床上学。

狗娃哨姓王，他们家老大叫王文革，是"文革"开始那一年生的，比我大一岁，老二是女娃，比我小一岁，小名叫王女，老三也是女娃，是个瘫子，还有个老四娃子，小名叫铁蛋。记得那时铁蛋刚学会走路，是院子里的小玩具，谁都想逗他耍。黄瓜和我同年，本名叫黄华，名字叫着叫着叫转音了，都唤他黄瓜。他有个兄弟叫黄辉，另外还有一姐一妹。黄瓜他爸是国家干部，他妈是社员，因此，他家里也只有他爸一人吃商品粮，其他人则是农村户口，当时农村人把这种现象称作“一头沉”。黑豹姓史，他爸他妈都是社员，在生产队里挣工分，是标准的农民家庭，他们家只有黑豹一个男娃，另有两姐一妹，毋庸置疑他是家里的宝贝疙瘩。黑豹比我小一岁。我曾无数次发自内心地感谢国家的计划生育政策迟实行了几年。要不然，像我和我弟，黄瓜、黄辉、黑豹、铁蛋这些老二老三老四之辈就没有资格也没有机会来到这个五彩缤纷光怪陆离的世界了，我们几家人就没有缘分凑到西街这个大杂院里共同生活了五六年。

我们大杂院里住的四户人家皆兵强马壮、兄弟姊妹多，家长不用考察任命，个个都是班长。一到饭点，家家炉灶开始冒烟，炒酸菜的、烩豆腐的、搅糊汤的，院子里四处飘散着五谷杂粮的味道。辣子味自然少不了，呛得人泪水长流猛打喷嚏。大杂院里锅碗瓢盆乒乒乓乓响，几只母鸡婆腼腆些，除了下蛋时咯嗒咯嗒炫耀似的咋呼几声以外，平时老实本分，只顾低头在院子里啄食。公鸡可不消停，一只晃着红艳艳的鸡冠，被狗娃哨家老四铁蛋追撵得到处跑；另两只没有时间观念，大白天了还不停地打鸣。我家银球最不老实，时不时就在院子里撒欢子，不是撞翻了狗娃哨家火盆，就是掀翻了黑豹家尿桶。鸡飞狗跳自然会逗惹出一阵又一阵的哄笑声、责骂声、哭闹声，有时还伴有黑豹他爸他妈的吵架声，各种声音此起彼伏。等烟火味散尽，吵闹声逐渐停歇，娃们便各自端着自家做熟的饭食，集中到院子里吸溜吸溜开始咥饭。碗的形式不同，洋瓷碗、塑料碗、铁皮碗、杨木碗；碗里内容也不一样，干的、稠的、稀的。干的稠的大多是苞谷面或者豆面、杂面、黑面之类，稀的基本上都是糁子稀饭煮红薯或者土豆。这不要紧，谁想吃啥了就跑到别人家饭锅里去舀，不会有人阻拦。哪一家若来了客人或者有喜事偶尔做了一顿白米细面之类好吃的，大人一定会盛好，主动给其他各户每家端上一瓢半碗，尽量让每一个人尝一口，免得让别家孩子眼馋。如果饭时哪家大人有事没顾上做饭，不用操心，孩子们一定会在邻居家把饭吃了。晚上如果家长有事回来迟，也不用熬煎，娃一定在院子哪一家呼噜噜睡着了。那时候，虽然物资匮乏，生活清苦，但精神富足，心里畅快，大杂院里，各家各户之间、人与人之间就像亲戚关系一样融洽。拿现在的话说，那是一个纯真的年代，一个互帮互助的年代，人们穷并快乐着。

2

天气晴好、阳光灿烂的时候，大杂院里绷的铁丝上会挂出颜色驳杂大小各异的被褥晾晒，像联合国大会上悬挂的一面面旗帜。大多数"旗帜"上有明显的图案，多是不规则无意识制造出来的形状，那是我们小娃晚上在床上即兴创作的作品，像课本上的地图。一块一片的"地图"，构成大杂院里一道道独特的风景。院子里的风景，在阳光照耀下，散发出一股股浓重的尿臊味。各家的老大凑在一起，捂着鼻子，指手画脚幸灾乐祸点评，这个是谁家老三的，那个是谁家老四的。每一个地图的制作者自然会羞得无地自容，即使表面上装作若无其事，心里也恨不得找个地缝钻进去，哪里还敢作声？

我和黑豹、黄瓜曾在露天电影院里趁电影未开演时交流过造"地图"时的心得体会。黑豹说，不做梦还好，一做梦就发大水。黄瓜说，做梦把人憋的，路过市场看见人多不敢撒；走啊走，又看见几个女娃踢沙包，嫌丢人，也强忍住不敢撒；忽然发现前面有一片小树林，跑到跟前，左看右看没人影，赶紧掏出"水枪"，哈——长舒一口气。可是，一睁开眼，糟了！屁股底下热乎乎的——不一会儿又冰凉了，只有咬住牙，自己暖吧。

让人羞愧的是，那时候，我们大杂院里的每个小娃几乎都有一段不堪回首的尿床经历。当时弄不明白为什么娃都爱尿床，现在猜想，大概是那时候饮食结构不合理，主食多以流食为主的原因吧，上顿下顿都喝稀饭，晚上不尿床才怪。

我们大杂院里，人的声音尽管也嘈杂，但若与动物的声音比起来则微不足道，来自动物的声音常常让人抓狂。鸡鸣狗吠猪哼哼听惯了不害怕，我最害怕的是猫叫春。黑豹他大姐不知啥时逮回来一只大花猫，一连几日晚上伤心不已地叫唤不停。哥神秘兮兮地告诉我说，那是猫叫春的声音。我当时幼稚不懂，不知道那声音是猫公子进入了青春期，躁动不安，召唤性伙伴或者说是求偶心切。但我知道，鸡唱喔喔喔是在抒情，狗喊汪汪汪是在警告，猪说哼哼哼是在叹息，而猫叫春简直是在哭诉。那声音如泣如诉，而且一声比一声凄厉，一声比一声瘆人，叫得人浑身起鸡皮疙瘩，害得我几晚上半夜辗转反侧睡不着觉。那几日似乎是我人生的第一次失眠，因而记忆深刻。

晚上没睡好，第二天上课自然打瞌睡。真是倒了八辈子霉，第一节课就被老师点名回答问题，我竟然熟睡不起，老师见喊不醒我，连扔三个粉笔蛋蛋也没砸中我，就气急败坏径直走过来在我脑袋上赏了三个弹子。我一下蹦跳起来，正要发作，却瞥见站在我面前的是如凶神恶煞一般让我做了几回噩梦的班主任唐老师。我急忙把即将出口的骂人话咽了回去。惹得同学们笑作一团。唐老师不但不原谅我，还一点情面也不留，气呼呼大声吼道："把你的涎水给我擦净，然后给我滚出去！"

我幼小的心灵受了唐老师打击，垂头丧气回到家，气正没处撒，发现黑豹家的大花猫昨晚骚情累了，正窝在黑豹家的尿桶跟前打瞌睡。我瞧了瞧，见四周无人，一脚就把这狗日的大花猫踹了一丈远。大花猫翻了两个跟头，竟然毫发无损地爬起来，一看是我，倒没发躁，它可怜兮兮对我轻轻喵了一声，随即摆出一副疑惑不解很无辜很委屈的样子。我马上对刚才唐突地对小动物使用暴力的行为后悔不已。我可不能作为污染源传播不良情绪，迁怒于猫，我毕竟是受了几年教育的小学生。

按理说，妈在小学当老师，近水楼台先得月，我学习应该差不多吧，可是……算啦，不说啦。都怪我自己贪耍，自觉性差，把爸妈的谆谆教导全当了耳旁风。当然，这与妈的严格教导与宽松管理也有关系。妈特别敬业，每天学校的闲杂琐事把她忙得手忙脚乱，哪还有精力辅导我们兄弟姊妹学习？她似乎只关心她班里的娃，无暇管我们，自己娃的学习反而成了灯下黑。妈那时年轻，既当班主任管班，又要教语文课兼音乐课。妈爱唱歌，她走到哪儿，歌声就流淌到哪儿，把快乐播撒到哪儿。她在学校演过《红灯记》里的李铁梅和《绣红旗》里的江姐，是学生心中的偶像，她和她班的学生总厮混在一起，一大帮女生甚至上学也要来家里等妈，非要和妈一块儿到学校。女生叽叽喳喳像一窝子麻雀，竟然把我家平常活泼好动的银球也弄蒙了，一双清亮的眸子静静地盯着她们不敢动弹。我和哥一见妈那帮学生来了，就知道大事不妙。妈照样经不起学生起哄，急于到学校去，就把一些小家务活分配给哥和我。干家务活，耽搁学习时间，晚上再遇猫叫春或者老鼠打架之类睡不好觉，你说，上课能不打瞌睡吗？

3

前几天，一位曾是妈学生的高中同学告诉我，她现在还记得当年上小学和我老妈在一起的那些美好时光，她们上学放学总簇拥着我妈一路浩浩荡荡有说有唱。她说是我妈温暖了她的少年时期，点亮了她的小学生活，那些美好时光成了她永远的记忆！那位同学真诚地向我表达她对我妈的祝福，让我很感动。

小时候物资匮乏，妈经常接济班上家庭困难的学生，那些家长常带些红薯土豆或者花生之类来我们大杂院里感谢妈，都被妈婉言谢绝。大杂院里的所有人都知道我妈心肠软，待学生好，对她敬佩不已！多年后，那些她曾接济过的学生，多次来家里看望她。

妈爱学生出了名。她们班有一位姓孙的学生，父母是双职工，按常理说家里条件应该不错，可这位学生却衣着邋遢，在班里沉默寡言，也不愿意和别的同学交往。妈觉得奇怪，通过家访了解到孙同学父母正闹离婚，父母无暇也无心顾及他。一次，下午放学后孙同学独自一人坐在教室里低着头想心事，迟迟不愿回家。妈听其他同学反映后觉得不对劲，来到教室，问他咋回事，他哇一声哭了，哭得很伤心，抹泪时露出手腕上的伤痕。妈看见后把他拉到身边，抹开衣袖，发现他胳膊上青一块紫一块，心疼不已，也禁不住流泪。妈把孙同学带到我们家，吃完饭，送他回家时，遇见文革妈和黄瓜妈。她们问这可怜的娃娃怎么了，妈介绍了他的情况，几位邻居看了伤痕后，义愤填膺，非要和我妈一起去他家，去看看他爸妈的心是不是肉长的。

大杂院里的女人们先从孙同学邻居处了解到他妈是因为离婚，怨恨丈夫，无处发泄，才迁怒于孩子。她们让邻居把孩子的主要亲属叫到场，让几位亲属察看孩子的伤痕。有人碍于情面，为家长开脱，说是家务事，自己家里解决，不希望外人干预。我们大杂院的几位妈妈不依不饶，一致谴责她虐待孩子的行为。孩子妈此时已认识到自己的错误，羞惭悔恨，号啕大哭了一场，把孩子搂在怀里，发誓再也不会虐待孩子了。妈常说，只有爱心才能融化别人心里的冰块。

大杂院里孩子犯了错，大人同样是非分明，不包庇不护短。

夏日的一天傍晚，大杂院里的住户围坐在院子门口乘凉，忽然走过来一帮人，为首的中年汉子面露愠色，问哪位是黄瓜家长。大人们见来者不善，哗啦一声全站了起来。黄伯伯上前一步，问，有啥事？那中年汉子尚未回答，后面两人已扭着黄瓜胳膊走过来。黄瓜耷拉着头。那中年汉子声音低沉地说，让你娃自己说。黄伯伯见黄瓜不敢抬头，已猜到黄瓜在外面犯了错闯了祸，指着黄瓜，手指颤抖，一时气得说不出话，吭哧半天才说，你、你给我说说，你在外面做了啥坏事？黄瓜吓坏了，脸色煞白，说，我肚子饿了，跑到人家菜地里——下面的声音听不见了。但大家都明白是咋回事了。那中年汉子这才说，我们是上湾生产队的，你娃钻到我们菜地里偷西红柿。黄伯伯此时已平静下来，说，实在对不起！你说咋赔偿吧！娃糟践的西红柿一共多少钱？中年人见黄伯伯态度诚恳，情绪也缓和下来，说，赔钱就免了，关键是要教育好娃，小时偷针偷线，长大偷米偷面啊！黄伯伯连连称是，当即从口袋里摸出两块钱，非要赔人家，还说，娃我一定好好教育。那时候，两块钱能买一大筐西红柿。那人推辞不要，黄伯伯执意要赔。最后，那人推辞不掉，默默收了钱。

这帮人走后，黄伯伯也没有训斥打骂黄瓜，而是把他拉在自己身边坐下，轻声细语地说，以后肚子饿了，回家给大人说，千万不要拿别人东西，拿别人东西是可耻的。然后，他告诫黄瓜和我们几个小娃，做人要诚实，不撒谎，不偷盗，不做亏心事。黄伯伯说的话和我爸我妈平常教导我们的话一样，全是最浅显的关于如何做人的道理。从此，我们院子再也没有发生过此类事件，这与当时大杂院里家长们的言传身教是分不开的。

4

虽然我学习不咋样，但大杂院里有学习好的人。狗娃哨家老大文革就是一位“三好”学生。文革比我大一岁，在学校比我高一年级。他高鼻梁大眼睛，人长得清秀，又乖巧听话，因而蛮招人喜欢。学校一搞活动，只要颁奖，几乎每一次都能瞅见他的身影。我加入少先队时红领巾还是他为我戴的呢，他还随手在我脸蛋上轻轻捏了一下，低声说，好好学习哦。他双眼皮，看人时眼睛泛亮，微笑起来很好看。他家当堂子最显眼那面墙上贴满了他从学校领回的奖状。因为他小妹是个瘫子，家庭负担重，他们家没有一件像样的家具和摆设，那面奖状墙就成了他家最亮丽的风景。从他家门口路过的人总要再回头望一下，脸上自然流露出羡慕的神色。文革哥不光学习好，运动会也挣过好几张奖状。他人乖巧，一有空闲就和二妹王女帮大人干家务，见谁都笑呵呵的，根本看不出家庭的困窘。大杂院里的大人们都喜欢他，经常夸他懂事。一提起文革哥的学习，狗娃哨叔的嘴角就明显翘起来，双目炯炯，腰杆立马挺直了。儿子文革让他骄傲，让他引以为荣。说心里话，我那时在学校里最崇拜的人就是文革哥，要知道，狗娃哨叔也不过是生产队喊喇叭的小队长，可文革哥却是少先队扛大旗的大队长，是我的偶像、学习的榜样。

可是，很不幸，我的偶像却过早夭折了，现在想起来都心痛。

那事发生在我上四年级那年春节期间，我们院子一伙子小娃看社火回来，文革哥直喊腿疼。狗娃哨两口子正忙着张罗队里耍社火扮芯子的事情，以为文革哥是玩累了跑困了腿乏，说，晚上好好睡一觉歇歇就好了。狗娃哨两口子是热心人，第二天又忙队里的事情，把文革哥喊腿疼这事忘得一干二净。文革哥在家里昏睡了一天，还是妹子王女做的饭，把他叫醒吃的。到第三天，文革哥开始发烧，院子几家大人催促狗娃哨两口子赶紧把娃领到医院去看一看。狗娃哨才着急了，两口子急匆匆把文革哥送到县医院，当天文革哥就住院了。过了几天，我随父母到医院看过文革哥一次，他脸色苍白，眼睛暗淡无光，瞥见我时似乎抿了抿嘴唇。几天后，狗娃哨一家人突然哭天抢地地用架子车把文革哥拉回家，用木匣子装殓了。埋文革哥那天，来了几位老师和许多同学，嘤嘤哭泣，我们大杂院所有人也禁不住流泪。后来，大概一个月后的一天，弟弟回来也喊腿疼，爸妈一听，连县医院也没去，一商量，直接到外贸公司挡了一辆拉草编的大卡车，领着弟弟连夜去了省城西安，弟弟在西安儿童医院住了几个月后，被爸领着，带了一箱子小人书，穿了一身新衣服活蹦乱跳回来了。

我后来听说，文革哥和我弟得的那病叫骨髓炎。那时县医院医疗设施落后，医疗设备不足，加上狗娃哨叔粗心大意，耽搁了最佳治疗时间。文革哥殁了后，狗娃哨一家人如霜打了一般，悲伤之情几乎传导到大杂院里每个人身上。那一阵，大杂院里没有一丝笑声，那种沉闷的气氛持续了好几个月。

几十年过去了，我偶尔还会想起文革哥，为他惋惜，如果他还活着，一定是同龄人当中的佼佼者。我从心里感激他，弟弟的病之所以得到及时救治，多亏了他病例的警示。而他的三妹，那个整天瘫坐在木椅上、全身只有眼睛会动的人，又顽强地活了十几年。生命啊！有时候特别脆弱，有时候又异常顽强。

如果说大杂院里男娃我最佩服文革哥，那大杂院里的姊妹们，令我最敬佩的就是王女。她善良、勤快，不知替父母受了多少劳累。她就像雨后晴空下一抹亮丽的彩虹，沉淀在我的记忆深处。她每天帮妹子洗脸梳头，伺候妹子吃喝拉撒，小兄弟铁蛋也要靠她照顾，她从不嫌脏不叫累，她就像一只不停旋转的陀螺。她也只是个孩子啊！王女的小妹尽管经常耷拉着头，但她的脸色是红润的，表情是安详的，一双眼睛静静地看着姐姐为她所做的一切。什么是骨肉情？王女小小的年纪就给我做了真切的演示，她照顾妹子和小弟那温馨的一幕幕时常在我脑海里浮现。每次想起，我总感觉是在看一部电视剧—— 一部最接地气、最能给观众以正能量的电视剧。

5

如果说大杂院里姊妹们中最勤劳善良的是王女，那么，最漂亮的则要算黄瓜和黄辉的大姐。黄姐比我大好几岁，那时候她已上了初中，她不光人长得俊俏，还会说一口字正腔圆的普通话，经常在县上组织的一些活动中朗诵或者表演文艺节目，让我们几个只会操醋熘普通话的男娃敬仰不已。我常见别的大男生在我们院子外面转悠，我和黄瓜、黄辉、黑豹就自愿做了黄姐的护兵，暗中保护黄姐。黄姐也喜欢我，常背过黄瓜、黄辉两个亲弟弟，给我吃水果糖和椰枣。当然，她有时也让我给她当交通员，帮忙送送字条或者捎个口信什么的，虽然不像电影《渡江侦察记》里把字条藏在买香烟、桂花糖的笼子底，但我知道这字条的重要性，看在水果糖和椰枣的分上，我一定要把字条装在贴身口袋里。直到长大以后某一天我才忽然明白，黄姐那时为什么不让黄瓜和黄辉送情报而信任我，原来是担心他两个弟弟给她爸妈告状，泄露她的小秘密。

像文革哥忽然夭折那样悲痛的日子毕竟少，大杂院里经常上演的多是喜乐有趣的故事。一个夏夜，大人们全聚集到院门口乘凉。我和弟弟在街道疯耍累了，听大人们闲谝着打起了瞌睡，爸妈让我俩回屋睡觉。我俩迷迷糊糊穿过院子，一进屋，我似乎看见一个人影在屋里晃荡，我哎呀惊呼了一声，撒腿就跑，弟弟也糊里糊涂跟着我往外跑。外面乘凉的大人们看见我们弟兄俩惊慌失措的样子，听说家里有贼，立即从狗娃哨家拿了手电筒抄了家伙，喊叫着厮跟着来到我家，在我家前后搜索了几圈，哪里有什么毛贼！只有几只蚊子在嗡嗡叫唤。好在狗娃哨叔年轻时曾当过民兵连长，胆大心细，他让大伙全退出屋子，然后仔细观察屋里的情况，随即哈哈大笑，说："贼让我抓住了，你们看——"他说着指了指柜子上放的一袋土豆，摘掉了土豆袋子上面放的一顶草帽。众人迷惑不解，他笑着摇了摇头，又把那顶草帽放回原处，说，你们再看——我定了定神，这才恍然大悟，原来土豆袋子上放了顶草帽，被窗外朦胧的月光一照，在地上形成一个人影。众人哈哈大笑，黄瓜和黑娃是夜猫子，此时还没有睡，跟着大人瞎起哄，一起嘲笑我是个胆小鬼。那一次，由于我谎报贼情，让全院人虚惊一场，让他们当笑料“调侃”了好些年，这件事让我很没面子。

弟弟小时候淘气。一次，他和黄辉悄悄溜到丹江河去游泳，不慎丢失了一只黑色塑料凉鞋，黄辉把他家几张床底下的杂物不厌其烦地摸了一遍，终于翻腾出一只土红色的旧凉鞋，尺码和那只幸存的鞋子相当，可惜颜色不一致，就用墨汁一染，以假乱真，配置成双。弟弟穿上，回到家妄图蒙混过关，但毕竟心虚，总不由自主地瞅他的凉鞋，首先让眼尖的我看出了端倪。我那时还不是近视眼，弟弟向我塞了五分钱我才保证为他保密。可是，第二天下午，弟弟就自己暴露了。当时，他在院里和黑豹玩“牵斗斗”游戏，得意忘形，汗水滴到被墨汁染过的鞋上，把脚趾涂染得五麻六道，凉鞋露出本色。妈一眼看穿了弟弟的小伎俩，立马扯住弟弟的小耳朵，可怜弟弟害怕挨揍，为了争取宽大处理，把丢鞋子的经过一股脑儿全招了。丢鞋子不要紧，关键是连带出了逃学游泳这更让人愤慨的事情。这下，妈变脸失色，毫不犹豫地在弟弟的屁股蛋上奖赏了几下。看在弟弟塞给我五分钱的分上，我忙替弟弟说情，免得弟弟被打急了，供出上一次我领他逃学到河里捞鱼的事情。

弟弟小时候制造了不少笑话。有一年冬天，晚上看完电影《地雷战》回到家，弟弟还沉浸在电影的情节里，意犹未尽地念叨电影里埋地雷炸鬼子的事情。趁我上厕所之际，他取下脖子上的围巾，绑在墙角的暖水瓶上，把暖水瓶当地雷，然后埋伏在桌底下打算突袭我。我上厕所回来，准备洗脚睡觉，忽然听到嘭一声，地上的暖水瓶突然爆裂，碎成一地玻璃片，热气弥漫。我吓了一跳。这时，弟弟从桌子底下钻出来，看着玻璃碎片和一摊水，一时吓得变脸失色，不知所措。

6

武打片盛行那些年，男娃们受了影响，都崇尚武力。因为当时年少无知，世界观、人生观和价值观一塌糊涂，以为打架是刚猛勇武的表现。我们弟兄仨、黄瓜黄辉弟兄俩，还有黑豹，一院子的男娃都不是省油的灯。我们在一个小院住，算是一个战壕里的战友吧，不用说，无形中就结成了统一战线。哥在大杂院男娃里年龄最大，加上性子野，自然是娃娃头。不管院子哪一家的男娃在外面和人打架吃了亏，哥都会替他出头。一次放学后，黑豹和黄辉在西环路捡拾杏核时，和丹江村几个男娃发生矛盾，被人家打了，黑豹鼻子淌血哭着回来，他爸妈在西塬地里干活还没收工，其他大人要么上班要么上工都不在家。哥知道后，二话不说，一挥手，领着我和黄瓜、弟弟，加上两个战败分子，浩浩荡荡就开拔了。可是，到了西环路，黑豹和黄辉却找不到欺负他俩的那几个男娃了。哥豪气地说："不急，莫慌，我们进村里找。"果然，拐进一条巷道，只见几个少年正乐呵呵地砸杏核吃。黑豹停下来，怯怯不敢向前迈步。哥问："是哪一个打你的？"黑豹结结巴巴，嗫嚅着说不出话。还是黄辉抢答了，说："那……那几个都打了。"哥又是一挥手，一个箭步已扑到前面，我紧跟在哥后面，学战斗片电影里冲锋时的台词，喊："冲啊！"我们一伙子就一起扑上去。结果，那几个少年被我们的气势吓坏了，呆坐着没动弹，挨了一顿耳刮子爆栗子。

我们打了胜仗，雄赳赳气昂昂回到院子，兴奋得像鹆架刚赢骄傲自满的公鸡。可是，我们高兴得有点早。吃罢饭，我们还沉浸在胜利的喜悦当中，院子突然进来一伙人，个个横眉竖目，走在前面的是两个鼻青脸肿垂头丧气的少年。我发觉情况不妙——可想逃跑已来不及了。哥是领头的，首当其冲被第一个指认出来。接着，院子里的男娃相继被一一拎了出来。

我们被各自的家长扯着胳膊，站成一排，可怜兮兮，像电影里一群任人宰割的俘虏。没等对方家长讲完罪状，父亲率先上前一把扯住哥的耳朵，脚在哥腿弯子轻轻一点，哥扑通一声就跪在了地上，一声清脆的耳光声随即在哥脸上响起。哥连挨了几下，却梗着脖子像犟牛一样就是不肯低头，也不吭一声。不低头就是不认错，就是有抵触情绪，这很让爸妈下不了台。爸的大手又高高地扬起来，却被黑豹他爸一把扯住，说："娃小，不知道啥，打解决不了问题。"狗娃哨叔也锐声说："娃子嘛，哪个娃子不打架？以后互相就认得了，不打不相识嘛。"我怕挨打，也担心气坏了爸妈，扑通一声，主动跪下了，说："我替我哥道歉。"其实，我那时心里念叨的是："好汉不吃眼前亏。"小弟、黑豹、黄瓜也怕挨大人揍，一个接一个耷拉着头跪下。狗娃哨叔年轻时爱打架，他立即现身说法，讲了一通打架的危害性和严重性。其他家长也痛心疾首一一发言，给我们上了一堂生动的政治课，家长之间似乎都认识，他们一唱一和配合默契，训导完毕，双方家长握了手又说了些客套话，政治课才圆满结束。这堂政治课后，我再也没有在外面惹是生非过。

岁月荏苒。大杂院里的时光如同丹江河水一样慢慢地流淌。

有一天，我下午放学回家，发现黑豹一个人坐在家门口哭。他家里冰锅冷灶，家人也不知到哪儿去了。我就把黑豹领到我家吃饭。饭吃毕，我们就出去玩耍，晚上回来准备睡觉的时候，突然听见黑豹他爸在院子里大喊大叫黑豹的名字。黑豹拎起衣服，蹬了鞋子急忙跑了出去。大家都跑出来问咋回事，只见黑豹他爸和他大姐满脸戚容，说找不见黑豹妈和他二姐、小妹了。

一连几天，生产队组织社员和黑豹家的亲戚帮着出去寻找，可是，一直没见三个人的踪影。于是，黑豹他爸坐了长途汽车到外地亲戚家去寻找。过了几天，黑豹他爸垂头丧气地回来了。再后来，黑豹悄悄给我说，他妈和二姐、小妹让河南人拐跑了。黑豹说这话时，双眼噙满泪水，我也禁不住跟着掉了泪……

往事如烟，呛得人泪流。长大后，我曾多次回大杂院探访，发现它不断被时光侵蚀着磨损着。如今，当年的大杂院早已湮没在岁月的烟尘里，变成了两座小洋楼，没留下当年一丝痕迹，可关于大杂院的记忆，在我脑海里永远也磨灭不了。现在，若有人提到吃大锅饭或睡社会主义大炕，我就会情不自禁联想到当年的大杂院。

豁　牙

1

豁牙是我小时候的玩伴，他家离我家不远，上学时和我在一个年级。他牙总是豁豁的，说话漏气，大伙就叫他豁牙，后来牙口补齐了，却和人打架，不幸磕掉了两颗门牙，又成了豁豁牙，大家还这样叫他。一直叫到他爹为他补了两颗瓷牙，也没人改口，逐渐叫顺口了，大家都忘了他本名叫啥。

从我记事起，就没见过豁牙的亲娘，据说他亲娘生下他就死了。豁牙七八岁时，他爹给他领回了个继母，可豁牙嘴硬，从来不把继母叫娘，继母待他也不好。豁牙念书念不进去，也不听老师话，教室坐不住，逃学自然成了家常便饭。比他大的孩子一见他就喊："豁牙瓣子漏气，偷着吃人狗屁。"他就龇牙咧嘴骂人，骂人的音因漏气发不准，便惹得人家笑作一团。他整天在外面打架，惹是生非，别人找上门，继母就当着众人面抽他耳光拧他胳膊。豁牙不哭，很疼的时候才会咧咧嘴。

后来，继母给他生了个弟弟。他在继母的耳光声中过了几年，忽然有一天，继母带着她的亲生儿子和一个江西弹棉花的江湖客跑了，豁牙爹气得吐血，大病一场，不久就去世了。埋葬豁牙爹时，我也没见豁牙掉一滴泪，大人们都说这娃子命苦，心也冷得似铁。

豁牙成了没爹没娘的娃，辍学在家，自然成了西街生产队最小的社员。他个子矮、力气小，地里的农活干得不凑手，队长恩厚可怜他，常让自己娃子三虎把豁牙拉到家里吃饭，让老婆帮豁牙缝补浆洗衣服。三虎和我是同班同学，豁牙的事大多是三虎告诉我的。队长知道豁牙喜欢牛，就让他给生产队的饲养员老王头打下手，这样，豁牙顺理成章就做了放牛郎。我和三虎好几次遇见他，他不是牵着牛走路就是骑在牛背上吹口哨，还对着我俩挤眉弄眼做鬼脸，一天乐得逍遥自在。

饲养员老王头是个光棍，没老婆没娃，心地善良，常喜欢逗娃们玩耍，尤其见了没人管的豁牙总要给他手里塞些红薯干、苞谷粒之类，对他疼爱有加。在队长恩厚的撮合下，豁牙没几天就搬到老王头家里去住了。爷孙俩和队里的几头牛一起生活，其乐融融。西街的娃们包括我和三虎在内，有事没事也爱往生产队的牛棚里钻，牛棚里常常飘出嘻嘻哈哈的笑声。

可是，让豁牙开心的日子没过几年，生产队解散，土地承包到户，生产队的牛也被几户人家认购。牛走时买主吆喝不动，强拉硬拽，牛一步三回头，不愿意走，爷孙俩也一直哭丧着脸，那场面甭提多让人揪心了。农村人知道，人和牛的关系甚至比人与人的关系还要亲。爷孙俩恋恋不舍送走了牛，分到两亩多田地，从伺候牛变成了侍弄庄稼地。种地爷孙俩不怕，农民只要有地就饿不死，地不亏人，你对它好，它就给你回报。豁牙个子长高了，胳膊腿变粗了，爷孙俩有的是力气，对付那两亩地绰绰有余，加上队长恩厚和乡亲们照顾，日子过得倒也有滋有味。可是，两年后，和豁牙相依为命的老王头突然因病去世，丢下了孤苦伶仃的豁牙。大伙都说豁牙这娃命苦。又是队长恩厚牵头，乡亲们凑钱出力帮豁牙给老王头办了丧事。老王头下葬的时候，豁牙号啕大哭，哭得撕心裂肺，哭得撼天动地，最后哭哑了嗓子，哭得乡亲们不得不把他从老王头的坟地强拽回来，惹得众人掉了不少泪。有人说，原来豁牙这苦娃会哭。

2

老王头爷爷去世后，豁牙成了没王的蜂。他开始和一些游手好闲的人勾搭在一起，承包地也懒得种，干脆交给队长恩厚家管。我那时初中刚毕业，偶尔会在街上碰见豁牙，他不是嘴里叼支烟，就是醉醺醺走着路，总是一副旁若无人、睥睨一切的样子。现在回想，那时候，如果有人拉他一把，开导指点他一下，他也许就不会误入歧途，他的人生或许会是另外一番样子。可是，人生毕竟没有如果。

别看豁牙念书少，肚里没多少墨水，但对打牌赌博那些玩意儿却有悟性，别人一点就透。常言道，跟着啥人学啥人。时间不长他就跟那些赌博混混学会了摇骰子、翻碗子、打麻将、推牌九、飘三叶之类赌场上的传统套路。三虎有一次神秘兮兮地把我拉到僻静处告诉我关于豁牙的事情，他说："豁牙跟老妖沾上了，开始靠给老妖跑小脚路混口饭吃，挣两个钱花，现在竟然上场耍钱了。我爹说了他几回，豁牙只是嘴上搪塞敷衍，过后全当了耳旁风。"我听了大吃一惊。老妖是我们西街的赌头，农业社时候就好吃懒做、游手好闲爱赌博，一天不上工，跑到外面招摇撞骗胡浪荡，被公社民兵抓回来几回，公开批斗过几次，戴过高帽子，挨过绳捆，游街示众过，但过后依然如故，屡教不改，摆出一副死猪不怕开水烫的架势。村里人知道老妖这家伙是一个折不断、煮不烂的老牛筋，正经人家没人沾他理他，和他来往的全是些不务正业的下三烂懒汉二流子。也不知豁牙是如何和老妖拉扯上的。

豁牙靠耍赌，腰包有了一点点钱，他蛤蟆骨朵子跟着老妖这条鱼浪，在老妖的蛊惑下开始和老妖合伙设场子。他在人面前也耍开了派头，皮鞋擦得锃亮能照见人影，头发梳得溜光，蝇子飞到他头上也站不稳当。那一阵子，电视上正热播电视连续剧《上海滩》，我觉得他好像在刻意模仿风流倜傥的许文强，走到哪儿都被一帮小混混簇拥着追捧着招摇过市。有人说他真是土包子开了洋荤，笨狗扎了狼狗势。

那时我已上了高中，有了辨别是非的能力，对豁牙烧包的做派很不以为然，甚至嗤之以鼻。

一次，我在街上看见豁牙骑了一辆崭新的南方125摩托车，突突突一阵风似的开过，带起来的风把小孩的帽子掀翻了，把姑娘的裙子掀起来了。路边的行人就指着他脊梁骨骂，说他忘了先人姓啥叫啥。还有一次，我在上学路上正思考一道数学题，突然呼的一声，一辆摩托车从我身旁一掠而过，吓了我一大跳。我抬头一看，那骑手正回头瞄我，我才认出是戴了一副墨镜的豁牙。我当时就意识到这家伙是故意在我面前显摆。

俗话说，人无千日好，花无百日红。豁牙也有点背的时候，一次耍赌，豁牙一路凯歌，鏖战正酣时，忽然尿急，忍不住上了趟厕所，在厕所随手点了一下战利品，竟赢了九千多，他喜不自胜，寻思再赢几把，凑够整数就歇手。回到赌场，位子已被别人顶替，旁人劝他见好就收。豁牙却不听劝阻，偏要乘胜追击，结果重上场子，却连连失利，将赢来的九千多块钱全部倒出去又输了五千多。豁牙后悔不该上了回厕所，臭了手气。自此后，赌博不结束，他不上厕所。

有一阵子，豁牙不走运，屡战屡败，将设场子挣来的钱输光倒净不算，还把那辆南方125也输给了别人。他输红了眼，欠了别人债，别人逼债逼得紧，他不得已把老庄子以不到三万块钱的价格给卖了。老庄子卖了后，他干脆搬到老王头留给他的原生产队的饲养室里住，总算还有个栖身落脚之处。

乡亲们知道他把房输了，指着他脊梁骨骂他是败家子、白眼狼，见了他翻白眼、吐唾沫。他钱输了，树倒猢狲散，那些跟他混吃混喝的小跟班也一下消失得了无踪影，连引他上道拉他入伙的老妖也对他避而不见。

人们都说豁牙太贪心，贪心导致了他赌场上失利。可是，凡是赌徒，上了赌场，面对诱惑，又有几个不贪心呢？

3

豁牙尽管耍赌输了房，吃了亏，可他却并没有一点收手的意思。人一旦沾赌就觉得赌场上钱来得快，干别的啥活都觉得累。豁牙总想着捞本，做梦也拾金疙瘩，妄想东山再起，于是，他到处找赌场。

一次，豁牙跑到西河一个村子赶场子。那晚上玩翻碗子，玩到半夜，豁牙正在兴头上，忽然听见一阵狗吠，前面望风的发一声喊："快跑！"众人一窝蜂往后院拥，豁牙因在条桌上抓了一把钱塞到怀里，慢了半步，前脚刚踏出院子，就见扑在前面的几个已被人扭住。豁牙没有退路，从扭缠的几个人缝隙中冲刺而过，一路狂奔。只听见后面有人喊："跑了一个，跑了一个，快撵！"借着微弱星光，豁牙脚步没停，穿过巷子，狗吠声骤起，隐约听见后面有响动，疑是脚步声，前面巷道口有手电筒射出的光柱，显然，路已被人封堵。豁牙慌不择路，急忙拐过一条岔道，绕过一个猪圈，听见一头猪在圈里哼哼。豁牙看见前面堆着几摞苞谷秆，他从苞谷秆摞子旁往前一蹿，只听扑通一声，脑子里闪过一个念头——糟了！随即一股粪尿的恶臭把他熏得几乎要窒息。他意识到自己跌进尿窖子了。略微抬头，瞥见岔道上有手电筒光射过来。眼看爬出去已来不及，他急中生智，把浸泡在尿窖子里的苞谷秆拽过来遮掩住头，大气不敢出。少顷，透过苞谷秆缝隙，豁牙瞧见有人打着手电筒走过来，只听见来人说："怪了，眼看人跑到这儿，他能跑到哪儿去？"另一人接过话茬说："猪圈里除了猪再没其他货，莫不是这狗尿翻到巷子那几户人家院子了？"说完，一束光线在尿窖子里来回扫了几遍，听见一人自言自语道："他妈的，臭死啦！"豁牙心怦怦跳。忽然听到远处喊："收队啦！"一人骂骂咧咧地说："走走走，赶紧走，算这狗日的命大。"豁牙听见杂沓的脚步声越去越远，才抻长脖子，长舒了口气。这时，他似乎嗅觉失灵，竟闻不到尿窖子的恶臭味了，紧张的心情平复下来。

豁牙爬出尿窖子，浑身已湿透，蓦地打了个冷战。他不敢当下出村，深更半夜，一身粪尿便亮相，谁见了也能猜到不是赌博客就是贼娃子。此时，四周一片静寂，猪圈里的猪也没了动静，苞谷秆下面传来几声微弱的虫吟。他思索片刻，又反身回到设赌场的那户人家院子门口。敲了十几下才敲开门，赌头的老婆战战兢兢站在门口，捂住鼻子嘴，满眼惊诧，连连摆手说："我屋的祸害已被警察抓走了，你赶紧跑吧！"豁牙长叹了一口气，说："你看我弄成这样子了咋跑？"说完，他忙从怀里摸出二百块钱递过去，说："嫂子，水井在哪儿？让我洗把脸，借一身衣裳。"赌头老婆犹豫了一下，似乎不情愿地收了钱，嘴里咕哝着："你们一天都干些啥龌龊事嘛，警察逮，亲戚恨，狗咬猫抓，一天担惊受怕要少活多少年？"

豁牙有幸成了漏网之鱼，可连冻带吓回到家，却听邻居说警察已来找过他，可想而知是被别人检举了。一时害怕警察再寻到门上，瓮里捉鳖，豁牙有家不敢回，就悄悄寄宿在西街口一家小旅馆里。刚住下，就感觉冷汗直冒、浑身稀软，原来患了重感冒，就此卧床不起。旅店老板帮他叫了诊所医生，打了几天吊针，才恢复过来。经过此番折腾，豁牙似乎蔫了许多。

4

豁牙耍赌输了老庄子，当然不甘心，总想哪里跌倒哪里爬起来，时间不长，经不起别的赌徒勾引，挨打不记锤窝子，又踅摸到赌场干起了老营生，而且变得更加刁蛮。

一次，豁牙在竹林关与人翻碗子，赢了钱，一人向他借钱，他一口回绝，伤了对方面子，那人随口骂了他一句，豁牙暴怒，顺手拎了只凳子将借钱人砸得头破血流，还不解恨，扑上去双手掐住人家脖子不丢手。那人被掐得翻了白眼，旁边人见状，拼命拆开他双手，被掐的人半天才缓过气，险些出人命。众人都说豁牙这狗日的带点二彪子劲，是个不计后果的亡命徒。

豁牙在赌场上输急了也会偷牌出老千。一次，豁牙在碾子坪与人打麻将，弹尽粮绝时，报停了一把牌，停的口子是二万，眼看牌摸完了，他急中生智，在胸口搓呀搓，搓了一撮垢痂，从牌摞捻起一张一万，随手将垢痂粘在一万上面，变成了二万，在桌上一拍，赢了。当时由于是后半夜，人有点犯迷糊，让他蒙成了。本来别人不知道，他贼娃子自己忍不住说出来了。

豁牙尽管灵醒，也被警察抓过罚过拘留过。一次，豁牙和一伙人在酒店耍赌被人举报，让公安局治安队抓个正着，豁牙被罚款三千，拘留十五天。公安局外面公布栏张贴了处理决定。我们班认识豁牙的同学看了布告戏谑说，你们西街的豁牙“金榜题名”了，看守所还为他颁发了“毕业证”，从此有了“营业执照”。我想，同学说的也是啊，豁牙躲得了初一，躲不过十五，他常在河边走，哪能不湿脚？豁牙不光要赌，还参与打架斗殴，也逐渐沾染上了其他一些瞎毛病。

我上高三那一年，有一天放学回家，见西街口一发廊前拥了许多人，人声嘈杂。我出于好奇，就和几位同学钻到人窝里看热闹，却见豁牙一手叉腰，一手拎一根棍子，正指挥几个混混砸人家铺面。我心里一惊，想他如此张狂下去非让公安收拾了不可。

果然，第二天，豁牙就因寻衅滋事聚众斗殴被派出所民警抓住关进了看守所。从看守所出来，豁牙仍不思悔改，破罐子破摔，且比以前更加暴躁。据说，除了耍赌，豁牙还替人收账抽头，他裤子湿了站着尿，只要来钱快的事，他都敢干。

我在大街上偶遇过豁牙一回。他衣着光鲜，刚从一家新开张的酒店出来，身旁依偎着一个花枝招展的年轻女子。豁牙看见我，似乎有点不好意思，当即转过头，快走了几步，一拧身，很潇洒地上了一辆摩托车，那妖艳的女子亲昵地搂抱住他的腰，摩托车嘶吼一声，冒出一股子青烟，一阵风似的走了，像一匹脱缰的野马。

豁牙有了钱就醉生梦死。看得出他试图用物质的富足来遮掩精神的贫乏，寻找刺激，放纵自己，这反而暴露出他的浅薄、无知和迷惘。殊不知，用物质表现自身价值，是最廉价的表现形式。

5

那年冬，文化局一台大彩电以及财务室的财物在夜间被盗。消息一传出，就像长了翅膀，传遍县城的大街小巷——大彩电在当时尚属奢侈品。人们在惊讶、惋惜的同时又添油加醋，无形中给这起案子蒙上了一层神秘色彩。

这起盗窃案奇就奇在刑侦人员仔细勘查现场后，只找到一个人的指纹和脚印。盗贼盗窃财务室作案手法不算高明，但那么笨重的大彩电，盗贼在没人接应的情况下是如何越过二米多高的院墙，神不知鬼不觉地将它盗走的？这成了一个谜。经过排查，排除内部人作案的可能后，专案组的警察百思不得其解。当时没有监控可查，痕迹检验设备尚比较落后。警察们分析后一致认为这案子一定是流窜作案的江洋大盗所为。

三个月过去，这起盗窃案件没有一点实质性进展，却意想不到“大盗”自己憋不住露出了尾巴。作案者不是什么江洋大盗，而是西街耍赌的二彪子豁牙。一次，豁牙耍赌欠了人钱，讨债的人追屁股要账，豁牙被逼无奈，只好把藏匿在家里的赃物——大彩电让人抬走抵债。不料赢了彩电的人也守不住战果，又把彩电输给了另外一个赌徒。拉彩电的路上正巧被文化局的一位干部认出来，急忙报告给公安局。公安局顺藤摸瓜，揪出了豁牙。

豁牙到案后，警察让他揭发同伙，他只承认是他一人作案。警察不信，让他还原案发现场，演示作案过程。豁牙先熟练地用一根皮绳捆住电视机，放在院墙根，然后在院子里找了块破木板，搭在院墙旮旯攀上院墙，从院墙上悄悄迂回到放电视机的地方，坐在院墙上用绳子拴一钩子，吊起大彩电，然后再吊起木板……豁牙劲大，动作灵巧，绝不拖泥带水。警察看得目瞪口呆。豁牙最后被判了七年，关押到州城看守所。

我高中毕业后，考上西北政法学院，三虎考上财经学院，我们到省城西安上大学，人生迈上了一个新台阶，十年寒窗苦得到了回报，我们的生活充满了阳光。而豁牙罪有应得，被关在监牢里劳动改造。他的人生被自己戳了一道深深的豁口。

人生无常啊！我小时候的那些玩伴已各奔东西，因为走的路不同，追求不同，我们之间的距离愈来愈远，疏远得似乎间隔了一个星球。

四年后，我大学毕业，被分配到县法院工作。生活平平淡淡，工作波澜不惊。三虎则被分配到一家银行工作，整天和钱打交道，也多是些鸡零狗碎的事情。又过了几年，我俩先后恋爱，结婚，各自有了孩子。我们都是普通人，在烟火凡尘的日子里，忙忙碌碌过着自己的小日子。

一日早上，上班前，我送孩子去幼儿园，忽然看见一个熟悉的面孔，那人看见我后竟然有点慌乱，急忙低下头，故意躲避我的目光。“是豁牙！这家伙出来了。”我心里想，毕竟我们之间生疏了，我也装着没认出他，免得彼此尴尬。

几天后，我正在上班，三虎来单位找我，说豁牙出狱了，找过他，说想自食其力，让他帮忙贷款，开一家饭馆。三虎征求我的意见，我说能帮上忙一定要帮，扶他一把他兴许会浪子回头，从此走上正道。

过了几天，我下班途中，忽然瞅见我们西街的赌头老妖和几个闲人围着豁牙争吵什么，说着吵着，老妖上前推搡了豁牙一把，豁牙没有动弹，老妖竟直接上前揪豁牙衣领，扬起了拳头。豁牙梗着脖子，毫不示弱。我一看不对劲，眼看要碰出火花，走到跟前大喝一声："干啥？不准动手！"老妖一愣，瞄了我一眼，手缓缓放下，说："我以为是谁呢，原来是邻家娃。你是法官，懂法，懂道理讲规矩，你给我断一下，豁牙欠我钱，他该不该还，我该不该要？"我说："欠账还钱，有理说不折，邻家熟人，好好说嘛，何必动手！"老妖看着我说："好说能要回钱？那我把他叫爷也行！这钱他坐牢前借的，好些年了，好话说尽，到现在也不还，你说咋办？"说完，老妖两眼一瞪，凶巴巴竖起食指，指了指豁牙，恶狠狠地说："看在邻家面上，再给你一周时间，如果到时不还，可别怪我翻脸不认人！"说完，老妖领着一伙人扬长而去。豁牙耷拉着脑袋，脸色很难看，瞅了我一眼，一声不吭，默默走了。

随后，听三虎说，豁牙再也没找过他，既没找他贷款，也没有开饭馆，连人也消失了。好长时间，没有豁牙一点音讯。

6

时光荏苒，岁月如梭。五六年后的一天，我在处理一起经济纠纷案子时，忽然听一方当事人无意间提到豁牙，说他在潼关金矿上见过豁牙，他还托豁牙追讨过一笔债。

案子调解结束后，我急忙问起豁牙在潼关的具体情况，那位当事人向我叙说了豁牙在潼关的遭遇。

原来豁牙这些年为躲债跑到了潼关金矿。刚到潼关那一年，豁牙没本钱、没熟人，先从背矿开始干起，吃了不少苦头。一次，在背矿途中，遇到三个抢矿石的地痞流氓，豁牙不甘受欺凌，起来反抗，他一身蛮力，又有打架经验，以一敌三也未落下风。其他背矿的苦力见豁牙生猛，有了主心骨，也上前吆喝，群起攻之，那几个地痞见状仓皇逃跑。豁牙拼命打这一架正好被矿上一位老板遇见，当即邀请豁牙到他的护矿队去当保安，给他开高工资。豁牙被人抬爱，更舍得出力，几年间，为矿洞子护矿打了几次架，逐渐赢得了老板的信任，当了护矿队队长。

护矿队队长的工作既体面又挣钱，豁牙很快在矿上站稳了脚跟。老板为了笼络他，闲暇时常带他出入娱乐场所消遣，免不了也进赌场试试手气。豁牙耍赌最拿手的不是麻将，而是推牌九，他那两只手玩牌就像玩杂耍，看得人眼花缭乱。老板知道豁牙好赌后，便常带他去赌场，耍钱结束就到酒店山吃海喝，吃饱喝足再到夜总会找小姐寻开心，一天乐得逍遥。豁牙跟着那老板成天人模人样，到哪儿都前呼后拥，像刚上任的县长视察工作。

久而久之，豁牙便在烟柳巷里和一个小姐好上了，却不料那小姐是当地一个地痞的马子，他因此和那地痞结下了梁子。那地痞多次带人到矿上找豁牙麻烦，还放出狠话声称要在豁牙头上开洞、脸上雕花。豁牙听了嘿嘿一笑。豁牙在潼关时喜欢留一撮小胡子，背矿那段时间晒成了黑脸。谁也没想到他的手更黑。

一天晚上，那地痞从酒店出来后突然被人从后面猛拍了一砖，当即晕倒不省人事，被送往医院救治，因颅骨受损，还动了开颅手术。那地痞的脑袋上开了洞，豁牙头上无洞、脸上无花，却不辞而别，当晚从潼关消失，不知去向。听完当事人的叙说，我不免唏嘘，为豁牙的遭遇感到痛惜。

好些年后，我在西街终于又见到了豁牙。他看起来一副很沧桑的样子。看见我后，他没再躲避，而是主动走过来给我敬烟。我忙摇手，说："我不抽烟。听人说你在潼关待了几年，随后去哪儿了？"豁牙苦笑了一声，把手里的烟点着，抽了一口，烟从他的鼻孔和嘴里缓缓冒出来。他幽幽地说："在潼关待了几年，又跑到河南灵宝混日子，这些年糊里糊涂胡混。"我说："回来有啥打算？"他说："不想跑了，也跑不动了，回来打算安心过日子。"豁牙说完，沉默了一会儿，把烟一扔，用鞋底踩灭烟头，长舒了口气，说："想开一家饭馆，自己养活自己。"这句话从豁牙嘴里蹦出来，我觉得有点意外，当然，更多的是欣慰。我记得多年前他就想开一家饭馆，可惜一直没有如愿，但愿这回他的愿望能够实现，以后能够本本分分踏踏实实做人。我拍了拍他肩膀，笑着说："有啥难处，尽管说，我和三虎一定帮你。"

豁牙在潼关和灵宝挣了钱，回来后，还清了外账后把原来生产队饲养室的房子全拆了重盖。老妖前几年就在一次耍赌中猝死，豁牙把欠他的钱还给了他老婆。

豁牙和老妖成了我们西街不务正业、不走正路这类人的代名词，被一些大人挂在嘴上教育孩子，是典型的反面教材。豁牙年轻时虚度光阴，坐监狱耽搁了青春年华，在潼关和灵宝胡混又荒废了这些年。他至今仍光棍一个。曾有热心人给他介绍过一个寡妇、一个离异女人，人家也嫌弃他不走正道。

豁牙终于静下心，开了一家小饭馆，打算自食其力。据说，他的小饭馆偶尔还会来几个小混混虚心向他讨教赌场上的一些技巧，但照例会碰一鼻子灰，被豁牙不冷不热地拒绝。小混混自知苗苗嫩，也不敢在他的饭馆里撒野或者吃霸王餐，都知道他是一个老江湖，不敢惹。工商、税务、城管、卫生、防疫这些大盖帽也知道他的底细，没人胡乱找碴。生意做得不好也不坏。

现在农村有许多怪现象，混得"好"要靠实力，"兄弟多"是最大的硬实力，可以防止被欺负，甚至可以欺负人。还有坐过监狱的，在人面前自然就流露出一种优越感。但豁牙不同，他没有优越感，有的只是自卑和悔恨。豁牙坐过监狱，也算是西街赌场上的名人，风光过、张狂过，也狼狈过、颓废过，生活潦倒过，一把年纪了才醒悟该如何做人。他如今没老婆没娃，常独坐着发呆想心事。别人喊他豁牙喊了半辈子，他也不介意，但他心里明白，他牙没有豁豁，他的人生是不完整的，有个豁豁。

流行风

春波是我的邻居，比我大七八岁，长得魁梧英俊，一头自来卷，像南斯拉夫电影《瓦尔特保卫萨拉热窝》里的瓦尔特。他喜欢穿回力运动鞋，白生生的蛮扎人眼，走路头总仰起来，身上有一股说不出的傲劲。因而他常遭尚穿着补丁衣服的贫下中农子弟嫉恨，没少给他白眼，就连我这样的小学生，对他也没有好感，拿现在的话说，就是羡慕嫉妒恨。

春波爹是地主狗崽子，因腿有残疾，不擅农活，就在西街路口摆了个修锁子配钥匙焊水壶的小摊，属于典型的手工业者，可惜他是农村户口，必须依靠自己的手艺辛苦挣钱养活自己。好在他手闲不下来，一动弹就有钱，吃不上商品粮就自己掏钱下馆子改善生活，日子过得比吃商品粮的人家还滋润。春波无形中继承了他爹的爱好和脾性，也继承了他爹的身份和职业。那时候高考制度尚没恢复，他爹是小商贩，不是贫雇农，推荐工农兵学员自然轮不到他，当兵也没希望。因此他爹认为他只要能识字会算账就算烧了高香，就可以守住摊子顶自己的班，就可以有口饭吃饿不死。如果继续上学就等于做无用功。春波觉悟早，对读书没兴趣，爷儿俩的想法不谋而合。他初中一毕业就子承父业，继承了他爹的修理手艺，还与时俱进，自学了修理收音机、手表等新兴技术，不断将祖传手艺发扬光大。

春波在爹的摊子上敲敲打打锤炼一年后，靠爹资助在西街路口租了间房子办了修理铺，因为手艺好，常常顾客盈门。后来，出现了摄影照相这项技术，春波嗅觉灵敏，跑到地区办的一个摄影学习班突击学习了一周，回来就在修理铺增添了照相这门新营生。

当时，东街只有一家光明照相馆，西街就是春波照相馆，两家照相馆在小城老街各据一方。当然，还有像杨千财这样的流动照相师，没有固定摊点，就跑到乡下集镇打游击。杨千财照相挣钱有绝技，骑辆飞鸽牌自行车，胸口挂台照相机，把势扎牢走村串乡。他第一次真照相，第二次趁送上一次的照片来吸引更多的人照相，第二次照相机却不装胶片，以此手法蒙骗乡下人钱财，以至于后来再没人相信那些流动照相师了。但春波不能骗，他有铺面，他跑了和尚跑不了庙。

我在春波照相馆里照过相也配过钥匙。春波人长得帅气又会甜言蜜语，因而颇得女人青睐，照相馆里常常挤满像麻雀一样叽叽喳喳的女孩子。有一次我取相片时，见他一个人坐在桌前正专心致志欣赏一堆照片，我瞄了一眼，发现全是漂亮女人的大头照。屋里弥散着一股淡淡的雪花膏味。我故意咳嗽了一声，他听见响动，扭过头看见我，有点尴尬，不好意思地忙收拢了桌上的相片。还有一次，我去他铺子配钥匙，正遇见一位大姐来给他送一件织好的毛衣。大姐异常殷勤，还非要春波当她面试穿一下。很显然，她不光是来为春波送温暖的，毛衣里面一定蕴藏着萌动的心思。

春波生意红火，皮夹子逐渐鼓了起来，腰杆自然也跟着硬了起来，不自觉就成了小城流行风的引领者。他是西街最早穿花衬衫的人，也是西街最早穿喇叭裤和高领绒线衫的人。连那漂亮的太阳帽也是他第一个戴出来的。他几乎每一次都引领着小城的时尚。当街道还是清一色加重自行车的时候，他骑的是凤凰牌轻便自行车；等轻便自行车多起来，他却骑了辆彩车；等彩车流行起来，他却鸟枪换炮，弄了一辆二手摩托车，一会儿突突突过来，一会儿突突突过去，像狗子撒欢子。而且摩托车后座驮的女郎走马灯似的换来换去，女人坐在摩托车后座，纤纤玉臂搂住他的腰，他戴一副蛤蟆太阳镜，简直酷毙了，让街道那帮穿喇叭裤的小青年恨得牙痒痒。

春波春风得意，像蜜蜂一样翩跹于花丛中，成了小城的名人。他和县上几个花花公子也开始称兄道弟，厮混在一起，很快学会了抽烟喝酒打牌。有时候半晌午他就和几个公子哥带着姑娘浪荡去了。顾客照相或修理东西常找不见他人影，气得直跺脚。他晚上也懒得加班，不是邀约几个哥们儿喝酒，就是拎上刚时兴的双卡录音机跳迪斯科。

春波有了钱后便有点飘飘然，看不上修锁子配钥匙这些零碎小活了，对顾客态度也越来越差，若因质量或价钱有争执谈不拢，他便粗喉咙大嗓门，一发躁眼睛一瞪；遇到五大三粗不惧他的汉子与他硬碰，他倏忽就软下来，不敢撄其锋芒，不再大喊大叫，而是反过来低声下气地与对方讲和。久之，人们都知道他是一个欺软怕硬的货。春波有了点钱就张狂得不知道自己姓啥叫啥了，完全忘了他是依靠手艺吃饭的人。他爹苦口婆心劝导，他全当了耳旁风。他爹无奈，只有唉声叹气喝闷酒，气得生了病。

春波也有灯泡闪了的时候。一次，他驮了个漂亮女郎兜风，那二手摩托车却在路上熄火了，咋摆弄也发动不起来。那女娃嘴噘脸吊，气呼呼挡了一辆拖拉机回城了，也没给春波打招呼。春波弄了个油手，抹了个三花脸，推着摩托车灰溜溜蔫塌塌走回来，路上被人嘲笑了几回。

春波身边不缺女人，女人给了他无尽的欢愉，也给了他无尽的烦恼。偶尔还有一些他不认识的汉子来找他拼命，他大多侥幸逃脱，但躲了初一躲不了十五，春波也曾遭受一次沉重打击。

一次，春波心血来潮，骑车跑到乡下找一个因照相结识的女孩出去溜达，谁知这个女孩在当地已定了亲，春波勾搭人家女孩时不幸被其男友撞见，那男友当即吆喝了一帮壮汉，将胡骚情的春波暴揍了一顿后扔到一座桥下。多亏河里水浅，双腿被打断的春波从河里爬出来，在公路边求爷爷告奶奶挡了一辆过路的拖拉机回到县城。春波在医院住了三个月，出院后，再也不敢胡骚情乱蹦跶招蜂引蝶了。

一年后，春波爹得病去世。春波没了约束也失了依靠，一度心灰意冷，沉湎于花天酒地，消沉颓废，三天打鱼两天晒网，逐渐荒废了生意，顾客流失，钱包也瘪下来，那些狐朋狗友也一下不见了踪影。春波干瞪眼，但西北风毕竟不能当饭吃。

春波的生意日落西山，门前冷落鞍马稀。他不反省靠提高技术改进服务质量挣钱，却思谋起靠坑蒙拐骗搞歪门邪道发财致富。没有生意，他就骑上他那辆二手摩托车在街头巷尾转悠，踅摸着和人剐蹭，靠碰瓷蒙人钱财。后来，他为了自身的安全，托人从地区日鬼捣棒槌拾掇了一辆二手吉普车。

随着车辆的换代，他跑得越来越远、越来越欢，碰瓷的水平越来越高，被他敲诈的人越来越多。他敲诈人尝到了甜头，更无心经营铺子了。当然，敲诈人也有让他难堪下不了台丢人现眼的时候。

一次，他闲得无聊，就开着车漫无目的地转悠，寻找下手目标，不知不觉来到了距县城最近的凤镇街道。他寻找靶子可有讲究：一来不能太穷，穷光蛋敲诈不出来油水；二来不能遇着狠角色，敲诈不动，还要挨挫。所以他就把敲诈对象定为做小买卖的乡下人、路过的外地人，或者是老实巴交的工薪阶层。他故意把车开得慢慢悠悠。忽然，一骑自行车的人匆匆超过吉普车，卖力地向前蹬着。他瞄了一眼，瞧见那人身材单薄，上衣口袋插了支钢笔，心中窃喜：看样子像个教师或者乡干之类的角色。他主意已定，踩了一脚油门悄悄加速，尾随在自行车后面。

快到凤镇中学门口时，路边有几个摆水果摊的，占了人行道，春波把车悄悄靠上去，微微打了把方向盘，骑车人正要避开水果摊子，却不料后面突然来了一辆吉普车，紧急刹车，自行车一歪，歪倒在吉普车上。几乎同时，吉普车也停了下来。春波下车后，大声呵斥骑车人：“你眼睛瞎了，你是咋骑车的！”骑车人没弄清咋回事，百口莫辩，把自行车扶好后，连忙道歉。春波走到骑车人跟前，装模作样地看了车侧的剐蹭痕，大呼小叫地要求赔偿。骑车人见道歉无果，看了看表，似乎急于办事，就低声下气问春波该赔多少钱。春波反而不急不慌，说：“不要赔偿，和我一道去运输公司修理厂修理，修车花多少钱你出多少钱，咋样？骑车人着急要走，只好哀求。春波这才开价，说：“二百块，不算多吧？”骑车人额头上渗出了汗珠，把所有口袋翻腾了个遍，十块五块两块一块全搜腾出来才凑够五十块钱。春波见了，不答应，说：“看你是老实人，也不是故意撞的，就赔一百吧，你把这五十先给我，你再寻五十块钱，不然这事没完。”骑车人眼见围观的人越来越多，脸微红，鼻尖上也淌下汗珠来，他正要把五十块钱交给春波，却不料人窝外挤进来一个人，说：“杨老师，莫急！莫慌！我给你取五十块钱，稍等。”骑车人当即缩回手。春波得意扬扬，从怀里摸出一支过滤嘴烟，不慌不忙地抽起来。

春波一支烟抽完，刚扔掉烟蒂，却看见过来一伙拎着棍棒的壮汉，当先一人寸发、黑脸，看着春波，虎着脸说：“春波，我一猜就是你，你今天可是蝗虫吃过界，一镢头挖在石头上了。今天县城待不下你了，竟跑到我们凤镇撒野！”寸发黑脸人说完，干咳了一声，指了指骑车人接着说道：“他是教师，和你讲理，讲文明讲礼貌，讲不过你。我可是无业游民，不懂文明礼貌，也不想和你讲理，东风吹，战鼓擂，现在世界谁怕谁？你知道他是谁吗？他是我哥你知道不？你想咋办？”来人一口硬气满脸霸气。春波愣怔了一下，心想，咋遇到杨豹子这个二彪子，眼看煮熟的鸭子要飞了，他妈的，光棍不吃眼前亏。他眼珠一转，一摆手，说：“哈哈，豹子呀！大水冲了龙王庙，不知道是你哥嘛，知道是你哥不就没有这回事啦！”说完，回过头，对着围观的人群喝道：“走走走，看啥哩看！有啥看的！”春波想给自己寻个台阶下，没想到人家杨豹子既不给他面子也不给他台阶，扯开嗓子说：“都不要走，这人可是咱县上的名人，卷毛春波，县城西街口有名的照相师，你们听说过吗？今天可要把他认准了，免得到城里无辜受他欺负。”人群中当即发出一片谴责声，有人叹道：“原来他就是卷毛春波啊！”春波脸上青一阵白一阵，当下走不得又躁不得，心想，强龙不压地头蛇，只有厚着脸皮顺嘴搭讪。那杨豹子不依不饶，恶狠狠盯着冯春波说：“给我哥道歉，再请我弟兄们吃顿饭。”春波连连点头，说：“该请该请，不打不成交，不打不成交嘛！”春波这一次偷鸡不成蚀把米，丢尽了颜面，被风镇人当成了笑料。

春波还做过一件为人不齿的事。一年夏末，一场连阴雨连下了三天还没有停歇。刚开张一个月的古寨照相馆玻璃橱窗上如春风拂面，排列着一张张生动的笑脸。可照相馆里却寒风凄凄，几个店员静静站着不说话，老板小赵脸上更是阴云密布，几乎能拧出水。他捉摸不透，那张底片怎么就莫名其妙地无影无踪了呢？春波已来过几次，还在抽屉里翻腾过，莫不是他自己捣的鬼？小赵长叹了一声，又埋怨自己当时不认识春波，让他钻了空子。哪里有自己办照相馆却跑到别人照相馆洗相片的道理？

小赵正思谋着，一辆吉普车嘎一声，急停的车轮溅起的水珠飞得老高，小赵打了一个冷战，站了起来。因为下雨，春波三步并作两步进来，头发沾了雨水。他用手一捋、一甩，嚷道：“找到了没？这可是我老子留在世上的唯一一张底片呀！”他越说越伤心，越说越气愤，唾沫星子溅了小赵满脸，一只红色吧台凳飞了出去，险些砸到一个掌伞的路人。小赵早慌得没了主意，嘴唇不停哆嗦。“肖像权，你剥夺了我老子的肖像权，我以后想我老子了可咋办？”春波把茶几拍得山响。几个相邻商户听到吵声想来劝架，刚露出头，一见是春波，赶紧转身躲开。

春波拍了拍小赵的肩膀，又在小赵耳旁嘀咕了一阵，小赵的脸色越发苍白。春波甩手出门，车子在雨中灵巧地转了个弯，左后轮碾出了一连串漂亮的水花，在车尾冒出的一股青烟中绽放。

两天后，这恼人的连阴雨终于停歇，太阳也露出了笑脸，可古寨照相馆橱窗上排列的那一张张生动的笑脸却再也看不见了。

春波终于把一个新开张的同行赶跑了。春波从一个自食其力的匠人堕落成了一个敲诈勒索的无赖。

我见春波最后一面是在西街路口。那天，他拿了一个当时只有在港台影视剧里才能见到的像大哥大一样的玩意儿，站在供销社门前的高台阶上叽里呱啦喊叫，惹得周围的人惊诧不已，不知他又拿了啥新玩意儿。大伙一时议论纷纷，猜想不久的将来，小城又要掀起一股流行风。可惜几天以后春波却被一辆疾驰而来的摩托车撞死了。据说那天晚上春波喝得酩酊大醉，被人送到医院时已没了气息。肇事的摩托车手趁天黑逃逸，不知去向，交警队查了几个月也没有结果，最后不了了之。

后来我听电信局一个朋友说，其实，春波那天拿的那个像大哥大一样的玩意儿是春波从电信局一个熟人处借的子母机，根本不是什么大哥大。

艾　虎

1

那天上午，西街锣鼓喧天、鞭炮齐鸣，像正月十五耍社火一般热闹。一阵鞭炮声过后，一群彪悍小伙齐声喊着号子抬着一顶别具一格的大花轿吆喝着进了西街口，锣鼓咚咚、唢呐声声，惹得一街两行的乡亲们啧啧称道。这种与众不同的迎亲方式，是新郎艾虎一手导演的。花轿里坐着他美丽的新娘。新郎穿着马褂，满面红光，按捺不住喜悦的心情，站在自家门口等待着迎接新娘。忽然听见看热闹的人群当中有人锐声说："现在迎亲不是时兴用小轿车嘛，艾虎要家道有家道，要人样有人样，怎么开倒车，复古了？"另一位应声道："艾虎就是艾虎，他干啥都与众不同。"

艾虎是我的发小，他家离我住的小院不远，相隔三户人家，门口钉着一块蓝色的"革命烈属"牌子。艾虎爷爷是老革命，大名鼎鼎九进八出的游击队长，和当时陕南游击队巩司令、后来的省军区薛副司令是战友。他爷虽然已长眠在烈士陵园，但英名永垂不朽。艾虎多少沾了他爷的光，算是毋庸置疑的"红三代"。

我小时候是西街的娃头，艾虎比我小几岁，自然是我的兵。艾虎他爷虽然为革命事业积劳成疾离开了他的亲人，但那张大幅黑白相片仍旧挂在他奶房间的墙壁上。墙壁上还挂着一只军用牛皮包。他爷身材魁梧，腰扎皮带，一身戎装，英姿飒爽，目光炯炯。根正苗红的艾虎特许我把他爷当年用过的军用皮包背在身上体验了一回，惹得黑豹和黄瓜他们几个羡慕得不得了。那种威武的感觉异常得劲。我们一伙小娃之所以对艾虎他爷敬仰有加，是因为他老人家是革命老前辈，他当年能征善战，威名远扬，为建立新中国立下了不朽的功勋，我们做他孙子的朋友自然也感到无比光荣。于是，我们把对他老人家的崇敬和爱戴延续到他孙子身上，对他孙子关爱有加。

夏天丹江河涨水时我们常去丹江河里打江水玩冲浪，水大时我总要安排一个水性好的人保护艾虎。打完江水我们再去河边的小树林练摔跤，不管谁和艾虎搭伴都会让着他。摔跤结束，回家路上顺便又在稻田里抓一阵子青蛙，那肥嘟嘟的青蛙腿用三棱子草一穿，趁哪家大人不在家时放在锅里用旺火一炒就是一顿馋死人的美味佳肴。我们一个个吃得唇齿留香，吃得心花怒放。吃的时候我总会给艾虎多夹几个，因为艾虎他奶信佛，不让家里动荤腥。直到有一天我们正在黑豹家锅灶上忙活，被提前回家的黑豹爹撞见，我们慌忙溜走，黑豹被他爹一把揪住，几个耳光扇得他分不清东南西北，耳朵险些被扯下来当凉菜。当晚，黑豹泪痕未干地给我们普及青蛙是益虫、是农民的好朋友、是稻子保护神的知识。从此后，我们再也不敢打青蛙的主意了，这个教训对黑豹来说尤其深刻。

一天夜晚，满天星斗，凉风习习，我们钻到生产队的打麦场上模仿剧团的武生练习翻跟头、打旋子和鲤鱼打挺，正要得起劲，艾虎和黄瓜因冲撞发生了纠纷。我不由分说上前把黄瓜训斥了一顿，说了一句让我至今都感到无比骄傲的话：“我们一定要保护好老革命的后代，因为我们的幸福生活是老革命用鲜血换来的！”虽然这句话记不得是套用的哪一部电影里的台词，但我还是觉得我小时候成熟得早，大道理懂得多，说出来的豪言壮语让我至今都感到吃惊。

记得有一年冬天，我们玩打雪仗埋陷阱的游戏。我和艾虎在一组，艾虎可是个好参谋，他聪明机灵，给我提建议，陷阱挖好撤退时一定要用围巾或者棉帽子把脚印抹掉，这样做就不会留下痕迹，不容易暴露目标。我们刚挖好陷阱埋伏好，对方搜索的人就过来了，艾虎故意轻轻咳嗽一声，诱导一下，他们辨不清底细，循声音追我们。结果，不出所料，果然中招，跌倒的样子很狼狈，惹得我们开怀大笑。而对方布的局，被我和艾虎一眼就识破，我们会循着脚印悄悄绕开埋伏圈，突然出现在他们背后。他们猝不及防，自然会挨一顿雪疙瘩。我当时就猜想，艾虎一定是继承了他爷足智多谋擅长打游击的优良传统。怪不得那时候人常念叨说“老子英雄儿好汉，老子卖葱儿卖蒜”。

小时候物资匮乏，弟兄姊妹又多，家家大人都为生活奔波，无暇顾及孩子的教育和管理。我们西街的小娃，就像无拘无束的荒草一般肆意生长，大多成了野孩子，常淘气捣蛋、惹是生非，与别的小团伙扯皮是家常便饭。当时，西街的孩子因爱打架而闻名，因此西街被其他村子的人蔑称为“土匪窝”。

你甭说，还真是的，我们小时候打架很少吃亏，想来想去只记得遇到过一次小挫折。艾虎在西街路口和人打架，我们撵去帮忙，人家大人突然出现，我一看情况不妙，当即让艾虎他们先撤，我一人断后。结果，我被人家扣留，挨饿不算，还被人家推搡了几下，又是警告又是威胁，受了许多窝囊气。唉，谁叫我是娃头呢，我不能辜负他们对我的信赖。我坚信威信就是在艰难困苦和比别人多受的委屈中树立起来的，因为那时候的露天电影，源源不断地给我们宣传一个又一个英雄人物的英勇事迹，那一个个挥之不去的英雄形象已在我们的心里生根发芽。我们一个个似乎都是从革命战争电影里走出来的。我不露声色地向艾虎他爷学习，学习他爷当年打游击总把危险和困难留给自己的大无畏革命精神。那时候，这种信念似乎已经融入我的血液里了。

2

当然，我对艾虎的袒护和照顾不仅仅是因为他爷，跟艾虎自身也有很大关系。艾虎聪明伶俐，有好吃的好耍的也一定会毫无保留地分享给大家。他胆子大、计策多，也是大家对他另眼相待的一个原因。

一次，我们一帮小伙伴在一处建筑工地捡拾了些废铜烂铁拿到东街黑龙庙废品收购站去换钱。半路上，艾虎从黑豹拎的废品袋里拿出他捡来的一疙瘩废铜炫耀，这下露膘了，被中街几个小混混瞄见。废铜在当时那个物资匮乏的年代可是宝贝，兑钱多啊！有了钱就能看电影、啃鸡爪子、吃烧鸡翅膀，能满足少年的物质需求和精神需要，你想它的诱惑有多大。当我意识到几个小混混盯我们废品袋子的目光有点不对劲时，已经迟了。一个穿网球鞋的小混混倏地从黑豹手里夺过废品袋子，撒腿跑进一条巷道里。等我反应过来去追时，人家一绕两拐不见了，哪里还能追得上。人家穿的是网球鞋，我呢，那天穿的是早上踢球不慎把大拇指踢露出来的破布鞋，怎么能追撵上人家？艾虎、黑豹和黄瓜他们几个气得哇哇叫，把平时积攒的脏话狠话一溜一串全用上了。眼看人家跑得不见踪影，又互相埋怨，一个嫌一个烧包爱炫耀，一个怨一个把东西没管护好……艾虎和黑豹顶牛，互不相让。

通过批评别人来推卸自己的责任和过错，这是娃们的小江湖惯用的伎俩。黑豹比较犟，他爹对他溺爱和暴揍交织而成的教育方式锻造了他倔强的性格。他嘴硬，再打不告饶，干啥都不肯吃亏。而艾虎是革命后代，骨子里有一种自豪感和优越感，总觉得人人都应该让着他，任性是他最突出的缺点。遇到这种情况，作为娃头的我必须发声，不然，矛盾激化就有损团队团结。我把黑豹数说了几句，又数说艾虎。艾虎灵醒，自知理亏，马上做自我批评，黑豹见艾虎认了错，也不再吱声，吃人手软嘛，艾虎平常没少给他好吃的。这样气氛马上缓和了下来。等大家都不吱声了，我说："算啦！吃一堑长一智，权当咱们是义务劳动喂鳖了。我把穿网球鞋那家伙认准了，这几天晚上到电影院门口等他，不信逮不住。”

听了我的话，大伙垂头丧气准备回家。艾虎却盯着我说：“涛哥，在电影院门口逮住人家，人家不认账咋办？”我一时语塞，没想出合适的办法。艾虎接着说：“我有个主意，不如我们现在就去收购站等他，说不定就能逮住他。他抢我们东西一定是等钱用，缺钱花了才狗急跳墙。他只要去收购站换钱，我们就可以人赃俱获，守株待兔是没办法的办法，但也许是最好的办法。”我一听，觉得艾虎这主意不错，心想，那就试试看吧，总不能让狗白咬一口，让我们白劳动一回。我当即一挥手，学电影里的台词说：“开路——”艾虎应道：“走，去收购站找我二姑父。”

艾虎二姑父在收购站上班，长得牛高马大，他叼了根纸烟，听艾虎满腔悲愤地讲完，把烟把狠狠一扔，啐了口痰说：“无法无天了！虎子，没事，只要他来，老子替你收拾他狗日的！”艾虎二姑父把我们安排在收购站一堆废弃轮胎后面，让我们躲藏在那儿认人。那儿有一股刺鼻的橡胶味夹杂着霉臭味，让人呼吸不畅，而且还不由自主地想打喷嚏。我们捂着鼻子，透过缝隙，屏声静气一眼不眨地盯着来交废品的每一个人。艾虎二姑父时不时地瞄我们一眼，随时准备出手。等啊等，等到太阳的影子快要消失了，等到交废品的长队空无一人，我们唉声叹气打算收兵回营的时候，那双白网球鞋终于出现了！那小混混拎着我们的宝贝袋子，被几个坏小子簇拥着。艾虎不等我命令，一个箭步冲了出去，那边艾虎二姑父会意，一把揪住了见势不妙准备逃跑的“网球鞋”，其他小混混吓得撒腿就跑。

艾虎守株待兔的建议让我们的劳动成果失而复得。我当即决定将捡的废品兑换成人民币，晚上集体啃鸡爪子、看电影。那年月精神生活贫乏，看电影是广大人民群众娱乐的主要方式之一。一到晚上，露天电影院人山人海，男女老少云集。电影大多是八一制片厂的战斗片。

艾虎几乎每晚和我形影不离，电影里各种各样的战斗技巧，很快就会被活学活用在我们日常生活和娱乐当中。看完电影《地雷战》的第二天傍晚，我们就埋伏在丹江河堺上面的打麦场上，用土蛋袭击了曾和我们打过架的西河村那帮小混混。看了电影《地道战》，我们就在生产大队废弃的猪圈里分成两帮子玩捉迷藏钻来钻去折腾了一下午，一个个弄得灰头灰脸，但我们却意犹未尽、乐此不疲。像《渡江侦察记》《智取威虎山》《奇袭》这些打仗的故事片我们看了一遍又一遍，简直是百看不厌，我总觉得这些战斗片里都有艾虎他爷的影子。直到今天我还爱看军事题材的片子，痴迷《孙子兵法》，养成了到哪里先要看地形的怪习惯。

3

我和黄瓜小学毕业后上了初中，和尚在小学读书的艾虎、黑豹在一块儿玩的时间逐渐少了，但我们之间的感情并没有疏远。随着年龄的增长，我脑瓜慢慢开窍，痴迷上了读书，从书本里学到不少对自己有益的东西，开始反思自己，开始约束自己的言行，开始对自己年少懵懂淘气捣蛋制造的糗事和当时尚未形成的一塌糊涂的世界观、人生观、价值观深恶痛绝，我决心痛改前非，好好学习，努力用知识来改变我的命运，考大学成了我那时候最迫切的愿望。

随后，黑豹辍学回家，开始帮他爹在生产队挣工分，顶半个劳力。艾虎顺理成章成了西街小娃帮的头领。我偶尔遇见他被一群小伙伴簇拥着招摇过市，一副趾高气扬目空一切的样子，但见了我，总忘不了停下脚步给我打招呼。我心想，这家伙还行，还没忘了我曾经顾着护着他的情分。艾虎活跃，黑豹也没闲着，他白天上工，晚上跟着西街的练家子宋铁匠舞枪弄棒，练完拳，就在露天电影院门口踅摸看电影，结交了一帮子嘴叼烟卷流里流气的辍学少年，而且逐渐成了这帮小混混的头领。

20 世纪 80 年代中期，我上高一，艾虎上初二。他个子长高了一大截，但聪明依然没有用在学习上。他除了从小受战斗片熏陶，还受了当时正热播的武打电视剧影响，喜好纠集一帮淘气鬼经常逃学，不是在丹江河边的小树林里舞枪弄棒，就是出没于街头巷尾，耀武扬威，到处兴风作浪，遇到不属于他小团伙的同龄人，就找碴生事，一时成了远近闻名的小霸王，隔一段时间就有关于他惹是生非的传闻。当然，他也因此成了派出所的常客，警察叔叔苦口婆心给他上政治课，他当面似乎认真听，每一次都认错，可转过身又当了耳旁风，就是不改正，过一阵子又被传唤到派出所。因为是未成年人，也因为是“红三代”，警察拿他也没办法。他一天不落屋，他爸妈就提心吊胆；他打伤了人，他爸妈自然要到伤者家里赔情道歉，掏药费，以求人家原谅。但他爸妈对他却束手无策，他油盐不进、软硬不吃。他爸妈多次到我家让我去劝说他。我一听说他又闯祸了，就不免为他担心，可几次到他家都扑了空。一次在街上终于遇见他，我忍不住数说他：“不要打架，打输了住院受罪，打赢了坐牢花钱，输赢都不划算。”他信誓旦旦向我保证改错，我也不好再啰唆啥，他毕竟长大了，有自己的主见和思想。

我劝艾虎不要惹事，却没想到因为我竟然把艾虎牵扯到一起打架事件中。一日晚自习结束，回家路上，我一边走路一边默念英语单词，过老街路口时，一辆自行车突然从后面把我撞了一下。骑手连人带车栽倒在地，我头蒙了，腰被撞得生疼，鼻梁上的近视镜被撞飞，默念了几十遍的几个英语单词瞬间也被撞没了。我脑子一片空白，还没有从疼痛中缓过气，对方却一骨碌爬起来，劈头盖脸对我破口大骂：“他妈的，你眼瞎了？瞎狗也不挡道——”未等我辩解，他一记流星拳就过来了，我胸口中了一拳。我一时气不打一处来：把我撞了竟还动手打我，岂有此理？我那时正是血气方刚的年龄，岂能甘心受辱？尽管眼镜掉了，尽管那地儿光线暗，但他的人影我还能瞅得见，我没丝毫犹豫，一记飞踹将他踢翻，上前准备继续捶他。他一骨碌爬起来撒腿就跑，一边跑一边喊叫："你狗尿有种等着！"我一听，一股似乎埋藏了许久的火苗在心头猛然蹿起。我嚷道："老子不跑，老子等你，你不来就没种！"说完，还顺势把他丢弃的自行车狠狠踢了一脚——我左手把捡起来的眼镜戴好，右手提了半块砖头，首先占据了有利地形——站到有灯光透出的一户人家门口，做好了迎战的准备。

约莫十分钟后，骂骂咧咧过来四个人，我才发觉自己留下来等着打架是多么愚蠢。冲动是魔鬼啊！我脑子迅速思谋着对策，瞄了一眼撤退的路线。待他们走近，把自行车扶起来，那骑手已瞄见我，向其他人指认我。几个人走向我，一人疾声厉色地质问我为什么打人，我说，是他骑车从后面把我撞翻，又没按车铃，起来还先动手打我——没等我解释完，他们就一起呵斥："你把人打了还嘴硬？"一个人竟然上来动手推搡我。我提着半截砖头等待出手时机，心里念叨：以少胜多，必须干净利落。冲突一触即发。

这时，从街口走过来一伙人，估计是听到了吵嚷声，好奇地围了过来。我注意力尚放在推搡我的人身上，没有细瞧来者何人，却听到一熟悉的声音："涛哥，咋回事？"我一瞅，是艾虎。没等我回答，他已冲上来，把推搡我的人猛地撞了个趔趄，呵斥道："是不是想打架？"与艾虎同行的几个人也跟着帮腔，问："咋？咋？想咋？"对方被艾虎的气势一下镇住了，口气也软下来，但一口咬定是我先动手打人的。我简单把刚才的事情经过一讲，艾虎听了，指头捏得叭叭响。这时，围拢过来的路人越来越多。夜风吹过，我心头燃起的那团怒火逐渐熄灭。我冷静下来，悄悄把手里提的半截砖头扔掉，拍了拍手，劝艾虎："算啦，不要惹事了。"艾虎嫌对方歪曲事实、胡说八道，非要对方道歉。对方见围观人多，拉不下面子，也不服软。艾虎和他的伙伴说话间就动起了手，乒乒乓乓一阵子，对方两人被撂倒，另两人见势不妙撒腿就跑。

那晚上，对方受伤两人，被送到医院，家属不服气，又纠集一伙人到西街闹事。我和艾虎的许多朋友闻讯也参与进来，黑豹知道后也带了一伙人赶来助阵。最后，派出所和治安队动用了几十人才将事态控制住。

那晚上，我从派出所出来已是后半夜。警察将所有参与打架的人全部传唤到派出所，艾虎和黑豹他们被拘留了几天。而我，他们集体证明我没参与打架，但事情因我而起，警察让我写了检讨和保证，就让我回家了。这件事过去了多年，我心里一直很内疚。

我上高二那年冬天，艾虎上街买东西时发现一小偷扒窃，他制止后，小偷纠集同伙报复。艾虎寡不敌众，夺路冲到烧鸡摊上拎了一把刀，将一小偷砍成重伤。

艾虎因伤害罪被判了七年有期徒刑，关进了劳改场。市井传言，艾虎当时若不是头上罩着他爷的光环，说不定会被判得更重。这消息准确与否，已无从考证，不得而知。

4

20世纪80年代末，我考上大学，到省城求学，毕业后参加工作，几年后下海做生意。光阴荏苒，一转眼七年过去，我办了家酒店。一日，我正午休，酒店领班通报说有人找我。话音未落，一个风度翩翩、高大挺拔的小伙突然站到我面前，头发锃亮，皮鞋锃亮，一双眼睛更亮，他留着小胡子，浑身洋溢着青春的气息。我愣怔了一下——哈哈，是艾虎嘛！七年哪，弹指一挥间。年轻帅气的艾虎终于回家了。

那一天，我和艾虎掏心窝子聊了许久。听他说了这些年在劳改场的酸甜苦辣以及他出来后的想法和打算。这几年，艾虎并没有虚度光阴，在劳改场，他痛定思痛，决心痛改前非重新做人。他自觉改造思想，努力学习文化知识，还搞了几个科技小发明，并申请了专利。虽然初中肄业，但他深知社会才是最好的大学，有学不完的东西。他现在回归社会了，想找一个能自食其力的工作，做一个对社会有益的人。听他一席话，我感慨万端，我发觉艾虎长大了，成熟了。艾虎就是艾虎，他不会挨一闷棍就破罐子破摔消沉下去，他一定会振作起来。

艾虎刚回来那段时间没工作，就到处打零工。夏天到了，他就在中环路边烤羊肉串。他笑容可掬，手勤脚快，态度热情，说话和气，服务行业应该具备的这些优点都是他在劳改场真心诚意接受劳动改造的结果。他的烤肉串摊子一出，满街飘香，座无虚席。每天干到后半夜才收摊，尽管很累，但他始终乐呵呵的，一副春风得意的样子。我常去他摊子上小饮，听他爽朗的笑声，欣赏他那娴熟洒脱的动作。他留着小胡子，加上头发有点自来卷，有那么点维吾尔人的味道，很吸引顾客的眼球。冬天来了，艾虎从西安进了一批纱巾、手套和羽绒服，由于样式新颖、价格合理，一时供不应求。春节前，他又大胆进了一批包装精美的水果，很快被抢购一空。

艾虎待人实诚，极富感召力和凝聚力。他就像一块磁铁，那些钉子、铁丝、螺丝帽之类自然被他吸拢，时间不长，他身边就聚拢了一大帮朋友。艾虎热爱生活，有情趣，属于天生的衣裳架子，潇洒倜傥、风度翩翩，见到他，你就会禁不住地感慨：年轻真好！

艾虎喜欢交朋友，而且在朋友中威信很高。他的威信是从一点一滴的小事中积攒起来的，不是吹牛扎势装出来的。社会上许多人知道艾虎仗义，就慕名来找艾虎合伙做生意，但这些人的请求被艾虎一一回绝。艾虎自有一套做人的原则，他不会见钱眼开、见利忘义，他发誓不搞歪门邪道，他要自己做主，光明正大地做人，依靠自己的能力和汗水赚钱养家糊口。

艾虎颇有经济头脑，他不满足于小打小闹，出去认真考察了一个项目，回来后，当机立断贷了一笔款子，在盛产石头的凤镇办了一家石材厂，从一个小摊主变成了小老板。他钻山沟蹲车间，保质保量抓生产，又上西安下南阳，天南海北跑销路。他不辞辛苦，广交企业界朋友，几年时间，就成长为县创业致富的带头人，“优秀企业家”“十佳青年”之类荣誉纷至沓来。艾虎成了堂堂正正的纳税人，成了对社会有贡献的人。

艾虎结婚那天，热闹非凡，轰动西街，锣鼓喧天、唢呐声声、鞭炮阵阵，十几个彪悍小伙攒足了劲，把轿子摇得忽闪闪，那场面甚为壮观。艾虎颇有创意地给自己办了一场喜气洋洋的、既传统热闹又不奢侈浪费的婚礼。

西街往事

1. 万元户

我孩提时曾对摆在街道边上那些五颜六色的地摊儿充满了好奇，那些花花绿绿的小玩意儿似乎有一种天然的亲和力，吸引着我的魂魄。我接触最早的练摊人大概就是我们西街的柳忠民。他爱折腾而且会折腾，拿现在的话说，就是颇有经济头脑，天生是做生意的料。他最早在西街城门口练摊，卖的尽是些小竹蛇、钥匙链、袜子、手套、皮带、糖果之类杂七杂八的小玩意儿。他能说会道，站在摊子前老远看见小娃过来就不停地吆喝。你若从旁边经过，就会情不自禁地停下脚步，不由自主地被那些花花绿绿的小玩意儿吸引住。我那时大约七八岁，眼馋那些小玩意儿，口袋里哪怕有一分钢镚也会毫不犹豫地贡献给柳忠民，可惜大多时候我手在口袋里摸索半天拿出来的仍然是十个手指头，只有让眼睛过过瘾。

日子如水一样流淌。柳忠民日出而作日落日息，他的小杂货摊子就像滚雪球，越滚越大。后来，他在西街口租了间铺子，里面货物摆不下，延展到门外。大概一年后他就发了财，做了西街最早的万元户。那次表彰大会我印象颇深，我们西街小学的学生也有幸参加，柳忠民被县政府评为勤劳致富带头人。他红光满面地走上主席台去领奖，县上领导亲自为他戴上了大红花，让他大大地风光了一回。

听大人们说，柳忠民早些年就爱倒腾，曾多次作为生产队“投机倒把”的典型被批斗。在计划经济年代，因为物资匮乏，基层干部把带有营利性质的经商活动，统统视为投机倒把。柳忠民为此没少挨骂、受处罚、遭批斗，吃了不少苦头。但他不思悔改，继续干他喜欢干的事。他对种庄稼没兴趣，不屑在地里劳作，反正谁也没见他种过地。他一直偷偷摸摸靠倒腾点东西混口饭吃。村里人说他一天胡成精，不是个正经锤锤子，迟早有一天非饿死不可。

改革开放后，柳忠民消失过一段时间，据说他去了广州。他在广州待了一段时间，遇到大整顿。广州公安对外来人口查得很严，他实在混不下去，带回来几大包电子手表在西街口摆地摊。随后，他还跑到乡下收过枣皮子贩过猪娃，又收过一段时间香炉、铜壶、古币之类玩意儿。那段时间，他不停地折腾，骗过人也被人骗过，给人跪过，被人揍过，折腾来折腾去，不但没饿死，腰包反而渐渐鼓起来，跑得越来越欢实。最后，他租了两间门面房，开了一家商铺，干起了老本行，靠勤劳成了万元户，终于从当年的投机倒把分子蝶变成被政府表彰的致富模范。以前嘲笑他的人开始羡慕他，称赞他有眼光有胆量有魄力。

柳忠民最早住在西街老屋，我们上学放学要从他家门口经过。我经常见他站在自家门口旁若无人地吃白馍。邻家说他吃酸菜也要调酱油，是个烧包货。他就是那种爱炫耀讲排场懂得享受的人，让那些物资匮乏年代塑造出来的勤俭节约的人看不惯、看不顺眼。那些年，谁家若有小孩浪费粮食，大人就会骂道：“败家子，你以为你过的是柳忠民的日子？”当然，柳忠民会倒腾，会挣钱也会花钱，若哪天生意不错，他就会哼着小曲到烧鸡摊上买一只烧鸡翅膀或者烧鸡腿，灌二两烧酒把自己犒劳一番。记忆中柳忠民没有老婆，听人说他老婆很早就病死了。他有一个儿子，性格内向，少言寡语，常常手捧一本书坐在自家门口看，而且似乎永远看不完。高考制度恢复那一年，柳忠民的儿子考上了大学，是西街出的第一个大学生，上的还是名牌学校。当时很轰动，但后来村里人再也没见过他儿子。前几天我偶尔听他一个亲戚说起，说他儿子现在定居在国外，成了受人尊敬的科学家。

柳忠民有个哥哥叫柳新民，住西街头，土改时被定了地主成分，家产随即被村里几位贫困户瓜分。我上小学时他家道已经衰落，只有一间门面房，而且房屋破败，已看不出一点当过地主的痕迹。他衣着邋遢，我曾见他哭丧着脸佝偻着腰担一副尿桶到西塬的庄稼地里。他见人总是怯怯的，不敢直视，似乎是一只见不得光被人吓怕了的老鼠。听老一辈人讲，那时候，生产队只要一批斗人他就逃不脱，是固定的陪斗人员。柳新民有两个儿子，皆沾些痴呆傻，整天呆坐在门口，流着鼻涕、耷拉着脑袋晒太阳。据说柳新民解放前舍不得吃穿，也没有啥爱好，只知道攒钱买田地，买啊买，地买得太多，土改时，工作组自然而然给他家定了地主成分。老人们说，他勤俭一场，最后给自己挣了个地主帽子戴。因此，我对他弟弟柳忠民靠辛苦练摊发财却花钱如流水的做法很是理解。

我似乎从来没见过柳忠民和他哥有什么来往。这不奇怪，因为那时候动不动亲属之间就会断绝一切关系。大人们说，柳忠民从小好吃懒做，一副典型的二流子做派，但他嘴皮子利索，不像他哥那么呆板、不会变通。他见人说人话，见鬼说鬼话，能把水说得泛泡泡。他有句口头禅常挂在嘴上，就是“有钱花个死，没钱死不花”。拿今天的话说就是奉行“今日有酒今日醉，明日没酒喝凉水”的享乐主义。但他比他哥的日子过得滋润，弟兄两个命运截然不同。

柳忠民后来又娶了一个老婆，新老婆还带着一个已成年的女儿。他一下多了两个劳力，而且是不用发工资的劳力。于是，他把铺子的门面又扩大了两间。我至今还记得柳忠民站在摊子前忙得不亦乐乎的样子，那表情异常生动，连眉眼和嘴角都洋溢着笑意。我觉得，经历过饥馑年月的人，心底对钱物似乎都潜藏着一种严重的匮乏感，总想强烈地占有。

后来，全民皆商，有的人办厂，有的人开公司，有的人搞贩运，各式各样的老板如雨后春笋般涌现，多如牛毛。柳忠民这个西街最早的万元户和人家那些大老板比起来就成了小打小闹的小不点，自然被淹没在商品经济的大潮里，充其量只是一朵小浪花。

2. 宋铁匠

宋铁匠是西街人，住宅离我们家不远。我从记事起就知道他会功夫。他经常在他家门前的空场子上甩石锁、扎马步、练拳。我那时贪耍，一有空闲就往宋铁匠家跑。我曾亲眼见他把细铁丝缠在腰上，两只胳膊向下一压，稍一用劲，铁丝嘣一声就断了。一只石锁，在他手里格外听话。他闪转腾挪，前抛后甩，轻松自如。我当时觉得宋铁匠的功夫神秘而奇妙。从小我骨子里就有一种尚武情结，因此对他佩服得五体投地。一次，一外地货郎慕名而来找宋铁匠比拼力气，宋铁匠当时正在打铁。那货郎见他一手抡大锤几十分钟不歇手，再看看他那身饱满的肌肉疙瘩，一时泄了气，打消了和他比拼的念头，悄悄溜了。货郎走到西街口买锅盔馍时，不甘心，忍不住给摊主刘瘸子说了自己偷偷去见宋铁匠的经过。刘瘸子说，多亏你溜了，你先到我们村里碾麦场上试试能否抱得起那只大碌碡，再来和他比拼不迟。

宋铁匠因有功夫加上好打抱不平而声名远扬。社会上流传着他很多逸事，有的甚至涂抹上了一层神秘色彩，把他说得神乎其神。有人说亲眼见他在花庙门口暴揍了两个欺负乡下人的地痞流氓。他用的是小红拳，闪转腾挪，把那俩地痞打得跪地求饶。有人说他身子灵巧得像猴子，一次他到凤镇赶集，撂翻了五个故意找碴儿的混混无赖……

每年过年要社火，是宋铁匠大显身手的时候。他年轻时曾是西街要龙队固定的龙头，年龄大了后当指挥。一到过年，支书就会亲自登门邀请他担任要社火的领队。宋铁匠威望高，一呼百应，又热心，连那些要社火用的铁芯子也是他亲手制作的。芯子是一种古老的民间杂技，一种静态的惊险造型艺术，常出现在民间祭祀或者喜庆活动中，譬如正月十五耍社火，或者作为灯节的节目亮相。芯子是一种群众喜闻乐见的民间表演艺术，把小娃娃装扮成各种人物，固定在铁芯上呈现出惊险优美的造型，表现一个剧情或寓意。

宋铁匠把几个脸蛋粉嘟嘟的小娃娃固定在铁芯子上，表现的剧情要么是孙悟空三打白骨精，要么是虎牢关三英战吕布，要么是岳飞枪挑小梁王……一台芯子就是一则故事。西街的社火花样多，一年换一回，节目层出不穷，而且社火芯子总扮得惟妙惟肖，深得观众喜爱，因而西街的社火和宋铁匠一样有名，让人津津乐道。

有一年春节，县上搞文艺会演，西街的社火花样繁多又朴实大气，所到之处掌声雷动。宋铁匠用水果糖奖赏小演员们，小演员们笑盈盈活灵活现的神态惹人怜爱。可是，临近主会场时，几个娃娃站累了，糖果的鼓励也不起作用了。一个站在芯子上哭喊着要妈妈；一个耷拉下脑袋打瞌睡；另一个憋不住尿了裤裆，尿从铁芯子上往下淌。宋铁匠心肠软，本来再坚持一小会儿社火就进入主会场了，让坐在主席台上的评委过目一下，打个分，大奖非西街社火队莫属。可他看见娃娃们可怜兮兮的样子和家长疼惜的表情，两手一摊，笑呵呵说："放下来吧！放下来，咱不比赛了。"几位家长反过来劝他再坚持一会儿。他说，宁愿弃权，不拿县上大奖，也不愿意看娃娃们受罪。他的决定赢得了社员的敬重，也赢得现场观众的一片喝彩声，比获得大奖还光荣。人们平常见惯了他斩钉截铁的硬朗作风，这一次见识了他的柔软心肠。

宋铁匠对娃娃们心慈，对二流子和捣蛋鬼却不手软。那时候过年热闹，西街生产队每年都要组织舞龙耍狮子，除了自娱自乐还能收些烟酒糕点糖果罐头之类的礼物，以及一点辛苦费。因此，社火队员们热情高涨。麻烦的是，社火队在县城和周边的村子巡演，经常会遇到一些地痞无赖捣蛋。宋铁匠就把村里的精壮汉子组织起来，成立了社火护卫队，他自己亲自担任队长。宋铁匠脸黑，身子骨硬朗，浑身的肌肉疙瘩蕴藏着蛮牛一般的力量。他个头虽然不高，但灵活自如，手脚麻利，明眼人一看就知道是一位练家子。那时，我们西街一帮子小学生一直喜滋滋地跟着社火队打宫灯，为社火队圆场子照明，而且当啦啦队员喝彩，因为社火结束后领队会分几块麻饼或者一把椰枣犒劳我们。人家领头的喊："狮子头上九个宝啊！"我们就拍马屁似的齐声应道："好啊！好啊！好得不得了啊！"

一晚，西街社火队到东街黑龙庙耍社火，遇到一伙醉汉对着正舞得欢实的狮子扔鞭炮，被护卫队员警告了几句。这伙人很气恼，骂骂咧咧离开。过了一会儿，社火队开始耍龙吆喝场子时，这几人又出现了，而且拎了几大卷鞭炮。宋铁匠见情势不妙，上前好言相劝，这伙人不但不听，竟上手推搡他，其中一人还掏出打火机执意要放。宋铁匠见劝说无效，眼疾手快，一把夺过打火机。那伙人恼羞成怒，非要他交出打火机，叫嚣若不交出打火机就要把龙砸了。

此时，社火队的锣鼓声，围观人群的喝彩声、吵闹声、小孩的啼哭声，狗子的狂吠声，格外响亮，把几个醉汉的叫骂声淹没了。黑龙庙的空气里弥漫着酒香、菜肴的味道，还有一股浓重的硝烟的味道。

宋铁匠恼了，他一手扣住一只粗暴推搡他的手，未见用力，一醉汉身子却慢慢矮了下去，嘴里哎哟哎哟叫唤个不停。他另一只手迎着又扑过来的醉汉一推，那醉汉噔噔噔后退了三大步才停住。其他人见状，面面相觑，再也不敢动弹。

正月的夜晚寒风凛冽，除了耍狮子耍龙的那些汉子扑腾得汗流浃背，还有被宋铁匠扣住手腕蹲在地上的醉汉头上汗水直冒，口中不停告饶。围观群众说，这愣头青是大队支书的娃子，平常在村里蛮横惯了，没想到今日遇到宋铁匠，吃了这么大的亏。

邻村有一村霸，整天耀武扬威，把谁也不放在眼里，几个儿子更是飞扬跋扈，到处惹是生非。村民忍气吞声，越发助长了他们一家人的嚣张气焰。村霸家里养了一群羊。一日，其子发懒，嫌丹江河堤外河滩的草地远，路经西街后场边那块田地时任由他家羊群啃食地里的麦苗。没料想，他家的羊也钻到了宋铁匠家的自留地里。别人敢怒不敢言，吃哑巴亏算啦，老宋偏不服，他听人说后，一声不吭，径直走到麦田里瞅准一只正在嚼麦苗的羊，一手掐住羊脖子，一手揪住羊腿，使劲一甩，扛在肩上。村霸儿子上前阻止，老宋一招摆尾脚，就让他来了个狗吃屎，半天没有爬起来。

村霸听儿子诉说后暴跳如雷，要去讨羊，可听说扛走他羊的人是宋铁匠，他又像泄了气的皮球，气得脸色发紫，再不吭声。

有一年天旱，庄稼干枯，汪家塬人把瘦了腰身的西河水截住，并组织了十几个彪悍汉子护水。西街村田地在西河下游，河水被截了就无法浇地，派人到汪家塬协商，人家说等他们浇完地后再让西街人浇。西街社员心急如焚，一些年轻人不服气，聚在一起，声称要带家伙去强行放水。宋铁匠见了，将这伙年轻人拦住。虽然汪家塬人的做法让他很不满，但他想这中间一定有什么误会，汪家塬人往年可不是这样子，不至于心胸狭窄不顾乡邻情分。

宋铁匠背抄着手顺着西河河堤不声不响来到了西河汪家塬截水处。护水的汉子都是年轻人，不认识宋铁匠，只看见来了一位脸色黝黑其貌不扬的人，又两手空空，只说让放水。这伙人根本没把他放在眼里，言语间自然有不逊之处。宋铁匠一再忍耐，柔言细语，让他们把村里拿事的老者叫来说话，吃独食会伤和气。那些年轻人不听劝，竟冷言冷语讽刺挖苦，还有几个愣头青竟拎着镢头、铁锨张牙舞爪挑衅。这下老宋恼了，空手迎上去，闪躲开挥舞过来的农具，瞅准机会，三拳两脚就将几个愣头青撂倒，然后用他们的工具将水坝挖了个豁口。汪家塬护水的那些人被宋铁匠的麻利身手震慑住，一个个眼睁睁看着哗哗流水向下游奔去，没人再敢放肆。

一人见势不妙，匆匆回村去搬救兵。少顷，一群汉子赶来，见宋铁匠一人点了卷烟，悠然坐在堤边，看着哗哗流淌的西河水，面无表情，不喜不悲。有长者认识老宋，知道他功夫厉害，说这人就是西街的龙头宋铁匠。一句话把众人唬住了。年轻人以前虽没有见过他，却都听说过他的名头，一时全泄了气，没人再敢嚣张。汪家塬村支书随后赶来，说他去公社开会，不知道这件事。原来是一伙年轻人逞能自作主张，将西河水堵截，乱了规矩。村支书将年轻人训斥了一顿，忙向老宋敬烟赔不是，让老宋消消气。

这时候，吵吵嚷嚷来了一大帮子操家伙的人，原来是西街的年轻人见水下来了，却找不到老宋，以为老宋和汪家塬人打起来了，就赶来了。西街人走到跟前，见老宋和汪家塬村支书嘻嘻哈哈叙家常，知道事情已解决。汪家塬那些年轻人自知理亏，刚见识了老宋威猛，再不敢胡来。于是，双方人员各自散去，一场械斗就此避免。

老宋回来，没提一句放倒汪家塬那几个年轻人的事。老宋动武这事，还是汪家塬的那些年轻人后来自己说出来的。

我大学毕业那年夏天，宋铁匠去世了。出殡那天，为他送行的人拥满了西街街道，人群由他家门口一直延伸到西街街口。在街口摆锅盔摊子的刘瘸子抹着眼泪说："唉！可惜呀可惜！可惜西街的龙头走了。"

后来，我常听老一辈人念叨宋铁匠的好。我觉得宋铁匠应该算是西街一个年代的标志性人物。不说别的，光说过年，自他去世后，西街再也没耍过社火。

3. 黑蛋

"不得了了，黑蛋爹滚坡了——"一个豁牙老汉变脸失色地站在西街当街向一个脸色黝黑的老汉嚷嚷。我们一伙子小娃正在街道边玩甩烟盒游戏，听到了这条爆炸性新闻，撒腿就往黑蛋家跑。跑在我前面的石虎性子急，脚下一滑，跌了一跤，一骨碌爬起来又接着跑。

黑蛋家院子内外拥满了人，嘤嘤哭泣的、交头接耳的、蹲在地上一声不吭的……我从人窝缝隙挤进去，只见黑蛋爹脸色惨白地躺在一张草席上，身上缠着白布，一动不动。我心里咯噔一下，吓得腿脚僵住了。我看见黑蛋跪在他爹跟前，眼泪哗啦啦顺着脸颊往下淌，哭得一塌糊涂。我受到感染忍不住也想哭。紧挨我的石虎更甚，他的手在不停地颤抖。这是我第一次见到过世的人，心里瘆得慌。

黑蛋爹年轻时参加过抗美援朝战争，退伍后回家务农。他勤劳俭朴，整天不是扛着农具就是挑着粪尿担子，一年四季穿着那身颜色褪得发白的黄军装，仔细一看，屁股上还缀了个补丁。贫困的生活像一根无形的鞭子抽打着他，让他像旋转的陀螺一样停不下来。但他并没有被贫困压得抬不起头，整天笑眯眯乐呵呵的。谁能想到他会突然遭此祸端？一位老人满脸悲戚地说："唉！粮食不够吃，早上背着背篓上鸡冠山挖石榄子，失脚从崖壁上摔下来。我们见他时，他浑身是土、满头是血，早没了气息。唉，脊背上的背篓还在……"大伙儿唏嘘不已。黑蛋妈身体不好，病恹恹的，已经哭晕了几次，被人搀扶着。

埋葬了爹，黑蛋一下子成熟了许多，不再吊儿郎当，把自家的承包地种完后就到处找活干挖抓钱。黑蛋皮肤粗糙黝黑，像没洗净一样，人蔫蔫的，好像魂不守舍，一副老气横秋的模样。在我们这群小娃眼里，他几乎已算是老男人了。其实，那时候他也不过二十出头。黑蛋家里穷，就不停地折腾，也不知咋日鬼弄棒槌，东挪西凑，借钱赊账，弄了个二手拖拉机，却常常开到半路上熄火。于是，他不得不停下来捣弄车，把自己弄得满手油，衣服上满是油污，脸上痒痒，用手去蹭，就把脸弄得像花豹子脸。他本来脸就黑，这样一抹，人看着就更邋遢了。

冬天，黑蛋常歪戴一顶狗皮帽子，黑布棉袄用布带一扎，活像电影《林海雪原》里的小炉匠栾平。他的手皴裂的口子像小娃的樱桃小嘴，让人看了心疼。大人都说，穷人的孩子早当家，黑蛋这娃可怜，没少受苦。

我和石虎等一帮子小娃最爱看黑蛋发动拖拉机那阵势：他先把裤带扎紧，取了摇把，慢腾腾把摇把塞到拖拉机前头一个窟窿眼里，然后往手心吐一口唾沫，握住摇把，胳膊抡圆猛地连转几匝，呼噜噜，拖拉机冒出一股子又一股子黑烟突突突嘶吼起来，震得地皮颤抖。

黑蛋舍得出力，靠力气辛辛苦苦挣钱，除了还账和给妈治病，剩下的钱全花在了自己嘴上。他劳累回来，从不亏待自己，经常在西环路口拎一只烧鸡腿、一斤猪头肉，再打上半斤散酒，边走边品咂，不等到家就把自己灌得脸红脖子粗。高兴了，还吼几声“吃饱了，穿暖了，咱和皇上一样了”。黑蛋有一句口头禅常挂在嘴上：“他大的，钱是身上的垢痂，花完了再挣。”

黑蛋曾跑到山里倒腾过山货和木料。山里人憨厚，待城里人实诚，一来客人就烧煎水、下荷包蛋。城里西街来的黑蛋刁野，常趁人不注意偷拿山里人挖回来晾晒的天麻和枸杞子，也偷鸡摸狗、顺手牵羊，捡拾一些小便宜，有时还捏人家小媳妇的屁股蛋子。人家女娃骂他，他死皮赖脸满不在乎，还嘟嘟囔囔说：“那有啥么！摸摸又不折啥，摸你是看得起你。”

黑蛋逐渐成了西街有名的赖皮，有钱时花钱如流水，没钱时就到处赊账。西街口卖瓜子的、卖油茶的、卖烧鸡的、卖猪头肉的、卖醪糟的、卖炒油粉的他几乎把账赊遍了。看在拖拉机的分上，大家都给他面子，都盼他的拖拉机天天嘟嘟嘟冒着一股子黑烟劲气十足地开过。只要拖拉机一响，大家脸上就好看，心里就舒畅。

夏天，地里麦子黄了，杏子也黄了。街口来了一个卖杏子的老汉，被没活干闲逛的黑蛋瞄见。他专门回家一趟把身上的衫子换成了背心，背心用皮带一扎，就是一个大兜兜。他瞄见有人买杏，就凑到跟前，磨磨蹭蹭，佯装挑杏子，一低头就往嘴里塞一只，然后，手把嘴一抹，杏核就攥到手里，一眨眼，杏核顺着脖子溜到背心里。他这一套动作做得娴熟利落，老人眼瓷，根本看不出破绽。他吃够了，才摸出一毛钱，挑够数再在手里攥一把。

秋天，山里的树叶红了，火罐柿子也红了。卖火罐柿子的老婆婆来了，黑蛋自然又蹭到柿笼子跟前。他圪蹴时间不长，买一毛钱的柿子走了，老婆婆的柿子却少了半笼子。等柿子卖完，老婆婆迷惑不解：今天怎么才卖这点儿钱，柿子跑哪儿去了？想来想去想起刚才那黑小伙子在这儿磨蹭了一阵子。他偷吃也不至于连柿把子也吞下肚吧？老婆婆把笼子底翻过来一看，柿把子全在笼子底粘着。老婆婆哭笑不得，说城里人真刁滑，连我这个老婆子也欺负。

黑蛋一朋友结婚，黑蛋心里惦记着，当然要行情，可那两天他手头紧，求爷爷告奶奶转了一圈也没借到钱。无奈，朋友婚礼那天，他鼓足勇气跑到上礼桌子跟前，结结巴巴地说："很想上礼，但手里实在没现钱，先写上'黑蛋暂欠礼金人民币十元整'，行不行？"写礼单的人犯难了，不知该咋办，黑蛋一本正经地说："这有啥难的？这叫吊礼，礼钱先吊着，待我结婚时，朋友把吊礼还给我就行。"写礼单的人做不了主，去请示主家，主家听了嘿嘿干笑着说："行，行！亏他狗日的想得出来做得出来。今天是大喜的日子，喜事不挡上门客。"

黑蛋行了吊礼，大大方方从礼桌上捏了两根纸烟，一根当场叼在嘴上，另一根别在耳背上，先储备着等坐完席后当干粮。宴席开始，黑蛋坐在席上只顾埋头吃饭，别人问话也不应声，满桌人就数他筷子抡得欢。饭吃完，没见主家来敬酒，旁人也懒得理他，他干脆自己斟了半碗酒，自己敬自己，一口干了。

黑蛋年轻时曾有过一年短暂的婚姻生活。那一年，黑蛋从北山娶了个媳妇，结婚当天，现金没收下多少，却收了不少吊礼，在西街引起了不小的轰动，被当作笑料，广为流传。黑蛋结婚不到一年，爱情还没结果子就离了婚，这在西街也算是一个不小的新闻。那时候离婚尚是新鲜事，人们都说黑蛋是个二杆子，脑子缺根弦，找个媳妇不容易，花了不少彩礼钱，却不懂得珍惜。黑蛋丢了媳妇，折了钱财，落下一屁股债，还捎带一身臭骂。

黑蛋媳妇是山里娃，见人总是一副低眉顺眼羞答答的样子，一看就是老实人。她离婚后，也许嫌回娘家丢人，也许是在西街生活了快一年，和周围邻居熟识了，舍不得走，想先在城里找个活计干，就租住在我家后面的小院里。刚离婚那段时间，黑蛋和媳妇井水不犯河水，相安无事。可是，时间不长，有一晚上，我听见一女人在后面的小院里哭号，我随大人们进院子去看是咋回事，只见黑蛋对前妻拳打脚踢。众人齐声呵斥，黑蛋才住了手。他浑身酒气，骂骂咧咧，东倒西歪悻悻走了。那小媳妇向大家哭诉，说黑蛋要进她屋子睡觉，她不让，他就动手。大人们安慰了那小媳妇，让她把门关牢，然后唉声叹气各自散去。

随后，那小媳妇又哭号了几次，我知道是黑蛋又喝高了，我也懒得再去看热闹，大人们也懒得再去拉架。那媳妇歇斯底里地哭，哭着哭着就没了声音。黑蛋胆子越来越大，他一喝高，就来缠前妻睡觉，人家不愿意，他就在院子里闹腾，闹得鸡犬不宁。我当时年少，还不明白黑蛋为什么和媳妇离婚了还要缠着人家，强逼着和人家一块儿睡觉。我又见过那小媳妇几次，她眼睛总是红肿着，一副悲戚的样子。我同情她，因而，我见了黑蛋总要故意在地上啐一口唾沫。后来，那小媳妇走了，再也没露过面，黑蛋倒是来过几回，在我家后面的小院子里转悠，见人家门上着锁，又趴在窗上踮起脚尖向里窥探，最后气呼呼把门踹几脚后嘟嘟囔囔骂骂咧咧走了。

一年后，别人又给黑蛋介绍了个对象。姑娘家在乡下，家穷，也不在乎黑蛋的家道和人样，说只要是城里人，家里有房就行，也没有别的啥要求。初次见面，黑蛋很慎重，把自己收拾打扮一番，借了一辆自行车，带着媒人，一路有说有笑。快到对象村口时，拐一个弯，是一段下坡路，一放牛老汉吆喝几头牛在前面走，黑蛋突然车闸失灵，惊慌失措，躲避不及，直接撞入牛群，撞到一牛屁股。黑蛋人仰马翻，车子摔倒，把媒人摔得鼻青脸肿，半天爬不起来。牛被撞受惊，撒腿奔跑，放牛老汉跟在牛屁股后面追赶喊叫。黑蛋爬起来，恼羞成怒，扶起媒人后去追赶放牛老汉。等老汉把牛收拢住，黑蛋一瘸一拐撵上去，骂了老汉几句。老汉憨厚老实，没理他。几个荷锄而归的山民却看不下去，指责黑蛋无礼，惹恼了黑蛋，黑蛋又骂山民多管闲事。一山民气愤不过，上前欲扭黑蛋手臂。黑蛋可不是省油的灯，迎面给了山民一拳。这下激起民愤，山民一拥而上，你一拳我一脚，让黑蛋挨了一顿乱捶。一山民扯住黑蛋衣领，却不料一把将衣领扯了下来，原来黑蛋穿了一件假衣领。黑蛋相亲买不起一件像样的衬衫，图便宜买了假衣领想扎个势，不料被人无意戳穿，惹得众人耻笑。多亏媒人过来劝阻，好说歹说，山民才罢手。黑蛋羞得无地自容。

黑蛋情绪平静下来，重新整理好衣衫，与媒人来到对象家门口。对象母亲出门殷勤迎客，寒暄未了，放牛老汉却从屋里出来了。一见黑蛋，老汉脸色大变，当即牵了老婆的手，闭门谢客。黑蛋连对象的面都没见上，就被人家断然拒绝。黑蛋白白打扮了一回，摔了一跤，挨了一顿揍，还白白给媒人五十块钱，回来还要给人家修理自行车。可怜黑蛋一肚子辛酸，不知该向谁倾诉。黑蛋在婚姻问题上连连受到打击，从此一蹶不振，再也不提讨老婆的话了。

时光荏苒，我大学毕业后参加工作去了外地。有一年我回家探望父母，和发小石虎闲谝提到黑蛋。石虎说，黑蛋快四十了，终于从乡下讨了房老婆，还捎带了两个半桩子男娃。西街人都说黑蛋这赖皮做啥都不吃亏，买一赠二，捡了个大便宜。那乡下老婆是个老实疙瘩，带了拖挂，总觉得欠黑蛋的，自然对黑蛋嘘寒问暖、百依百顺，一心一意和黑蛋过日子。黑蛋有人关心了，心里舒畅，脾气好了，也不耍赖皮了，像变了一个人。黑蛋贷款又买了一辆拖拉机在西街砖厂拉砖，拼命挣钱，一家人相处融洽，互敬互让，日子过得有模有样。村里那年卖地，黑蛋家多了三口人，自然多分了好几万块。黑蛋把老宅拆了重盖成三层楼房，让村里人羡慕不已。大家议论说，黑蛋这家伙孬人有孬福。黑蛋过继的那两个娃都懂事，爱学习，几年后都考上了大学。黑蛋把两个娃供养出来，两个娃知恩图报，大学毕业后相继有了工作，对黑蛋也孝顺。黑蛋终于过上了舒心的好日子。

上周，发小石虎儿子结婚，我赶回来行情。酒桌上有人无意间聊起了黑蛋，说黑蛋中风了，成了歪嘴，在医院住了半年，刚回家里静养。我眼前立即就浮现出当年那个开拖拉机的黑汉子，那个喝醉打前妻的无赖汉。我临走前一天，从黑蛋家门口路过，见一个头发稀疏的老头仰着脑袋眯着眼睛坐在门口的躺椅上悠闲地晒太阳，一个老妇人在旁边小心翼翼地给他擦脸。这温馨的一幕很让我感动。我仔细端详，那老头皮肤黝黑，分明就是黑蛋——他老了，老得我几乎认不出了。

4. 扎麻绳

我五六岁时，妈在西街小学当老师，她上班忙，无暇管我，就给我认了位奶妈，让奶妈照管我。奶妈家离我家不远。她有个儿子叫生民，比我大三岁，经常和我一起玩耍，像大哥哥一样照顾我。有一年夏天傍晚，爸出差在外，妈学校有事，就嘱咐我先去奶妈家。我懵懵懂懂跑到了奶妈家，可奶妈家门上着锁，我就坐在门口的石墩上等，等啊等，不知不觉歪在石墩上睡着了。直到生民哥回来把我叫醒。我又饿又冷，就哇哇大哭。他在旁边帮我擦鼻涕眼泪，擦着擦着也跟着哭，一边哭一边哄我不要哭，还把他的衣服脱下来让我穿。这温馨的一幕正好被办完事从学校回来接我的妈遇见，妈很感动，因为生民哥当时也只是个孩子呢！多年后我妈还提说这事，我听了心里暖暖的，对生民哥充满了感激之情。

那时候，西街的猪大多属于散养型，圈养猪的人家少，猪吃饱了不是窝在主家门口酣睡，就是在街道晃荡。几个大娃搞恶作剧，怂恿我们小娃骑猪。我曾模仿大孩子的动作骑过猪，却不幸从猪背上摔下来，擦破了胳膊肘上的皮，疼得我龇牙咧嘴叫唤，逗惹得旁观的孩子哈哈大笑。只有生民哥没有笑话我，而是急忙跑过来搀扶我、安慰我，大声呵斥其他孩子。记得小时候许多土玩具都是生民哥亲自为我做的，像陀螺、木头枪和弹弓，每件土玩具里都浸透着他的汗水，每件土玩具里都蕴藏着一段温暖有趣的故事。

我上小学以后，略微懂事了，妈说，不要去奶妈家了，奶妈生病了，管不了你了。奶妈也再没来我家接过我，倒是生民哥还继续找我玩。我也偷偷去过几次奶妈家，奶妈依旧像以前一样疼我，不是给我烤红薯就是给我烧土豆，烤着烧着就不停地咳嗽，咳得脸红脖子粗，咳得眼泪流出来了，咳得弯了腰。我和生民哥就抢着上前给她敲背。我知道奶妈真的病了。

生民哥家境贫寒，只上完小学就辍学在家。穷人的孩子早当家，他在生产队挣过工分，在外贸公司打过核桃仁，当过临时工，给建筑队当过小工……脏活累活他都干，在社会上摸爬滚打，尝遍了人世间的酸甜苦辣。我总想，只要人勤快，贫困是不会扎根的，生民哥家里的情况一定会逐渐好起来。那段时间，他要干活，我要上学，我们好长时间也见不上一面。

20 世纪 80 年代初，我上初中的时候，生民哥也不知咋和我们西街的二流子何癞子厮混在一起了。我几次见他俩在西环路口吆喝："扎麻绳啦——试手气——来来来，舍得钱来钱换钱，舍得宝来宝换宝，舍得珍珠嘛换玛瑙——"生民哥唾沫四溅，口若悬河，左手攥着一沓十元钞票，在右手心拍得啪啪响，动作幅度很大。离他们不远处，还总有几个叼着过滤嘴香烟、眯着眼睛睥睨人的小青年歪着身子站着，神秘兮兮的好像是在望风。好奇心强的路人就被吸了魂魄，舍不得走，在跟前探头探脑。我老远看见，心里想，生民哥怎么不干活了，莫非他嫌苦怕累了？玩这鬼把戏怎么能养家糊口？我心里充满了疑惑。

一次放学早，我见花庙门口拥了一堆人，就被好奇心驱使着躲在人背后想看看扎麻绳到底是咋回事。只见生民哥圪蹴在地上，面前放着一沓钱。他两只手捏着一截麻绳在众目睽睽之下迅捷地摇摆，蓦地，手上动作突然慢下来，将麻绳绾成几个圆圈放在地上，让路人判断哪个圈圈是实的，哪个圈圈是虚的。若判断是实的，用指头戳进圈圈，绳子一拉，把手指套进去，就为赢，庄家输给你二十元；反之即为输。你猜一次，猜错了，掏十元，猜中了，赢二十元。生民哥眼疾手快，动作麻利，手舞得让人眼花缭乱。我开始担心：生民哥赢钱的把握究竟有多大?

观察几次后，我发觉，扎麻绳这游戏是在考验人的观察力，要从细微的动作变化中短时间做出判断，赌运气嘛。可是——不对劲，我看见我们西街许多熟面孔轮番上去扎，赢了，把钱一抓一拧身走了，可是，不大一会儿又晃荡来了，还彼此装作不认识。我恍然大悟，这小游戏不是考验观察力赌运气那么简单。原来那些熟面孔是托儿，在诱惑别人上当。我发现输赢的窍门在麻绳咋拉，主动权完全掌握在庄家手里，庄家让谁赢谁就能赢。这分明就是骗钱嘛！有一次，生民哥无意间瞥见我，向我微笑着招手，我赶紧转过头，佯装不认识他。我鄙夷他靠玩这小把戏蒙骗人，我对他这不光彩不道德的卑劣行径很是失望，我开始从心里瞧不起他。他为了一点点利益，竟然开始学坏了。

我已经意识到扎麻绳不是娱乐游戏，而是为骗钱设好的圈套。庄家雇托儿在旁边煽惑，托儿装模作样押注，庄家故意让托儿赢几回。路人当中果然就有眼红的，就在旁边跃跃欲试，若经不起别人煽惑，忍不住就会上场试火。上当的多是想贪小便宜的人，输一把不服气，再加上托儿适时怂恿一下，一时兴起，赌注便越押越大，几百块钱很快就装进庄家腰包。等醒悟过来，发觉上当，已悔之晚矣。扎麻绳说白了就是把别人口袋里的钱哄骗出来揣进自己兜里。这种小把戏和下残棋一样，都是利用人想占小便宜的心理诱骗人上当。我曾亲眼见过一个人因扎麻绳输了很多钱痛哭流涕，让人看了心里难过。

尽管我瞧不起生民哥，厌恶他的行径，但还是不由自主地为他担心，不是担心他赔钱，而是担心他迟早要出事。果然，时间不长，生民哥和何癞子他们几个就被受害人举报。公安局经过缜密侦查，掌握了他们骗人的证据后，一次突然袭击，将他们当场抓获，拘留半个月，每人还罚款三千元。

他们毕竟尝到了扎麻绳投机取巧的甜头，并没有因为公安机关的打击而收手，只是变换了方式，变得更隐蔽、更狡猾，从公开转入地下，从城镇转向农村。他们跑到乡下走马灯似的赶集，哪里有集市哪里人多就往哪里跑，一遇风吹草动就迅速逃匿。

一次，我和几位同学在放学回家途中看见生民哥和几个小混混叼着烟卷迎面走来——他穿了一件当时很时髦很花哨的港衫。他看见我，很兴奋，停下来招手叫我，还兴冲冲从屁股后兜里掏出两张十元钱钞票递给我。那二十元钱，对当时的中学生来说可是不小的款子，但是我想，他那钱不干净，是骗来的，我才不稀罕呢。我怕同学笑话我，只瞥了他一眼，轻蔑地瞥了他一眼，根本不屑接他的臭钱。他拿钱的手僵住了，脸上的笑容一下子敛得没影了，眼里流露出很尴尬的神色。他似乎意识到了我对他的反感。我心里咯噔了一下，但我的脚步并没有停下来。我始终认为人穷志不能短，歪门邪道不能沾。我是中学生，能明辨是非了，我深知我和他已不是一条道上的人了。

从那以后，生民哥遇见我就形同陌路，一双眼睛冷冷地瞅着我，像不认识我似的。我心里明白，那是因为我冷了他的心伤了他的自尊，让他在众人面前丢了脸面。但我不后悔，道不同不相为谋嘛。

一日晚，小县城的露天电影院上映《少林寺》，当我赶到电影院门口时，票已售完。看到人们拿到票兴奋不已的样子，我满脸沮丧，失望地准备离开，刚走了几步，忽然有人拍了一下我的肩膀，说："给你一张票。"我一看，那人我不认识，就急忙给他掏钱。那人说："是黑子给你的，不要钱。”黑子是生民哥的小名。我转过头，一瞬间，瞄见了人群中转过身子的生民哥，他的背影我依然熟悉。我当时真的不知该说什么好，只感觉一股暖流涌上心头，再也恨不起他来。我当时还幼稚地怀疑，是不是我阶级立场不坚定了，价值观、人生观和世界观在摇摆，是不是该给老师和团支书汇报一下我的思想动态……这成长的烦恼还困扰了我好长一段时间。后来，每当我想起这事，总感到那段远去的时光是那么温暖。

有一段时间，县上有关部门开展联合打击坑蒙拐骗专项行动，生民哥销声匿迹，好像失踪了。后来听人说在县城见过他，他在一家商场门前扎麻绳。有一次他被收容站遣送回来，随后他又故技重演，跑到西安，在西安火车站广场扎麻绳、卸胳膊、翻碗子、玩扑克，靠要把戏谋生，常常被派出所民警和城管撵得到处跑，有时候还要和同行争地盘。有一次他被另一帮江湖客打得头破血流，那狼狈的样子刚好被一位乡党看见。我听了生民哥这些遭遇，心里很不舒服，不由自主地为他担心。

忽然有一天，生民哥从外地回来了，带回来一大包洋玩意儿——花花绿绿的新式电子表，摆在西街口。我老远就能听到他的叫卖声：“走过路过不能错过，正宗的广州货……”他一块电子表卖八至十元不等。他说几块就几块，一口价。听说那些电子表在广州论斤买，他狠赚了一大笔。后来，他又从广州进了许多红裙子和假领子，都在小城流行一时。录音机时兴时，他又从广州批发了几大包迪斯科舞曲磁带和邓丽君的歌曲磁带，很快被抢购一空。那一阵子，他戴一副大大的能遮住半张脸的蛤蟆镜，身着花衬衫，脚蹬三接头皮鞋，俨然一副广州客模样。但好景不长，南方一些城市相继整顿批发市场，严厉打击假冒伪劣商品，又断了他的财路。

随后，生民哥在自己家里开了间烟酒副食批发部，南山的小商贩大多来他这儿进货。他人活道，信息灵通，生意做得风生水起。可是，他经不住高额利润的诱惑，在别人的怂恿下进了几批假货。一次，半夜三更下货，遭人举报，被工商局稽查队和公安局缉私队抓了现行，货款被没收，他本人还被判了三年有期徒刑。

出狱后，生民哥消沉了一阵子，整天沉湎于酒场，借酒浇愁。但像他这样受过伤的人，在卑微的岁月里学会的不是沉沦和颓丧，而是痛定思痛，自我疗伤，继续前行。他毕竟跑过江湖，见过大场面，一棒子打不倒他，他的生活还要继续。时间不长，他又活泛起来，办了间小卖部，自食其力。

前几天我回西街，从生民哥家门口过，他看见我，撵出来邀请我到他的小铺子坐坐。我进去，几位朋友正在里面闲谝。我和他刚寒暄两句，几位朋友就迫不及待地怂恿他讲那些年扎麻绳的趣事。他瞄了我一眼，突然变脸失色，眼睛一瞪，厉声道："把你狗嘴闭住！"一句话把一屋人都镇住了。众人面面相觑，满脸疑惑，不知道他怎么一转眼就发了脾气。只有我心里明白，生民哥知道我最讨厌他扎麻绳。

5. 何癞子

何癞子是西街的一朵奇葩，几十年后村里人提起他还"香气氤氲"。西街村还叫西街生产大队的时候他就跑出去走江湖卖狗皮膏药。他外出有一套固定行头，一顶黑呢子礼帽，一根文明棍，扎的俨然是一副归国华侨的势。一次，大队支书出差去西安，在火车站广场亲眼见他在那儿耍魔术，说他耍一场能收入一铝盆花花绿绿的钞票。

何癞子一年四季行踪不定，他在家待一阵子，说是休整，过一阵子又销声匿迹。忽然一日，他领回来一个外地媳妇，黄头发，蹬高跟鞋，穿洋袜子，打扮得就像电影里的地主小老婆。他们相携着从街道走过，我们小娃就跟在后面喊："狮毛头，洋袜子，走路像个贼娃子。"

他媳妇是南方人，一脸茫然，听不懂我们喊的啥内容。何癞子听了气急败坏，就弯腰佯装在地上捡石头。我们一群小娃见状，一起喊："假洋鬼子，不要脸，装狼不像狼，装羊尾巴长——"喊完撒腿就跑。

何癞子在外面跑野了，学了许多本事。比如他能从口袋里抽纱巾，能从空空的礼帽里一眨眼变出几颗鸡蛋来。一条手绢在他手里也会变出无数花样。一副扑克牌到他手里仿佛就有了生命似的，乖巧地在他手指上跳跃，他想抽啥牌就是啥牌，简直神乎其神。

村里一壮汉，平时手里把玩三颗大铁球，见了我们小娃总爱表现，咧着一张大嘴笑个不停，三颗大铁球在巴掌上转得呼噜响。若有人给竖大拇指，他表演得更欢实，但他一旦看见何癞子过来，马上啐一口痰，转身就走。因为何癞子会耍把戏，而且花招多，他一来，壮汉自然受冷落。那壮汉自叹不如，为避免尴尬，干脆一走了之。旁边的人就嘿嘿笑，说："担石灰的见不得挑面的。"

何癞子有一个绝招，就是自己卸自己胳膊。他把胳膊卸了后能自如旋转 360 度，然后，牙一咬，脚一跺，把肩膀猛一拍，咔嚓一下，胳膊又安上了，把我们一帮子小娃惊得目瞪口呆。我见识了他的杂技表演后，就再没喊过狮毛头和假洋鬼子了。但是我从心里怨恨他。我恨他是因为他教给我奶妈儿子生民哥扎麻绳这骗人的鬼把戏后，让本来热爱劳动的生民哥变得好吃懒做、不务正业，最后误入歧途。

何癞子他爹继承了祖传的吃饭家伙——剃头刀。何癞子他爹是国营第二理发店的正式职工，本来吃香的喝辣的，日子过得蛮滋润，却遇到那场轰轰烈烈的"大革命"。他爹糊里糊涂卷入其中，两派武斗时死亡。他母亲因此受了惊吓，精神出了问题，一会儿清醒一会儿糊涂，成了半疯子。从此，孤儿寡母相依为命，靠公社的救济粮和亲戚帮扶、左邻右舍接济勉强度日。他爹走的那年他才三岁。那时候他头上就开始出癞子，患病的母亲没钱给他根治，只抹些村医开的药膏让顺其自然。冬天他戴帽子尚能遮掩，夏天可不行，头皮烂得像开了一朵一朵的小红花，散发出一股一股的怪味道。没上学时，因为头上的癞子，他没有玩伴。上了学，同学骂他臭癞子，赶他走。他爹本来是给人剃头修面修理别人首脑的，没料想他的头却出了问题，给自己带来了无尽的烦恼，让别人厌恶，被别人指指戳戳。真是命运弄人！尽管他爱学习、喜欢读书，却受不了因为头上长癞子而遭受同学的白眼和欺凌，因此，小学没毕业他就噙着眼泪辍学了。

何癞子辍学后，仍未改变在学校养成的爱读书的习惯，他用书来安抚自己的孤独，经常一个人发呆，看天上的云朵翻滚，看铁牛爬树、蚂蚁搬家、公鸡鸽仗。他变得沉默寡言。一次，他在街道捡杏核时无意间捡到一本象棋棋谱，小小年纪的他就开始琢磨棋谱。十一二岁时，西街已经没有他的对手了。他干脆带着小凳子在西街口摆残棋挣钱，五分一毛不嫌少，凡是和他交过手的象棋爱好者，没有不夸赞他的。何癞子尽管只是小学肄业，算不上有文化，却写得一手好字，左邻右舍谁家若过红白事，一定会把他揪来写对联、铭旌或者礼单子。他的字一次又一次赢得一片赞叹声。他的才气逐渐掩盖了头上的癞子，人们不再嫌弃他。他得到大家的认可，脸上有了笑容，还学会了唱歌，一高兴，就扯起嗓子吼“骏马奔驰在辽阔的草原”，声音高亢，旋律优美，很好听，可惜老是那两句，两句过后就没音了。后来他长大了，有一天，西街口来了一位江湖客摆场子玩杂耍，何癞子一眼不眨地看了一整天，对杂耍着了迷。几天后，他就和那位玩杂耍的江湖客跑了。

中国象棋界一代宗师胡荣华获得中国象棋特级大师称号那一年，我还想，何癞子这家伙下象棋有天赋，要是他能一直坚持不懈地研究棋谱，摆棋摊，说不定还会在棋坛上有所斩获。可惜他改了行，从棋坛溜到了“娱乐圈”，这实在是一件憾事。

何癞子在外四处游荡了好几年，依靠玩杂耍和卖狗皮膏药混日子，回家后就扎了归国华侨的势。后来也不知怎么和生民哥混在一起并且教会了生民哥扎麻绳玩杂耍，从而让生民哥脱离了依靠勤劳致富这条阳关大道而变成了游手好闲的二流子。

何癞子在外面靠耍把戏挣了钱，回西街大小算是个款儿。他打扮得油头粉面，指头上套个金箍子，手腕上戴个新表，见了谁都想握手；穿双新鞋，总要踢腿蹦高；勒条高档裤带，总爱露胸叉腰……是个烧料子。

有一天，我忽然明白了何癞子那时候为啥喜欢戴那顶黑礼帽：一来他是癞子嘛，癞子喜欢戴帽子；另外一个原因就是那礼帽可是他耍把戏的道具呢，礼帽里一定隐藏着一般人不知道的秘密。

何癞子跑过江湖，会耍把戏，人乖巧机灵，但他从小受欺侮长大，性格懦弱，打架总下不了手。何癞子家曾和邻居家为院墙的地畔子闹纠纷，那天邻家砌院墙，侵占了他爷传下来的地盘，他和两个堂弟去阻止，结果对方动起手来。邻居家弟兄们多，人多势众，何癞子和两个堂弟寡不敌众。何癞子屁股被对方划了一刀，魂都吓没了，就往派出所跑。结果，他两个堂弟被群殴住进了医院。堂弟怨恨他胆小怕死，只顾自己逃跑，丢了先人脸面，与他反目成仇。他外患未除，内隙又起，众叛亲离，落得里外不是人。

那几年，公安机关收容遣送到处流窜的社会闲散人员。有一次，何癞子从外地回来，好像下决心不出去胡浪荡了。他把自己家里拾掇了一下，装饰了门面，开起了发廊。他从外地带回来的南方媳妇是一位发廊女。冥冥之中阴差阳错，何癞子又继承了他爹的衣钵。小两口靠力气和手艺挣钱，他媳妇染发烫发，他理发洗发，夫妻店生意一度很红火。可是，有一次，一个满身酒味的顾客对他媳妇动手动脚，他劝了几句，那人不但不听还骂了他，一向懦弱的何癞子一反常态，发了疯似的和那人扭打在一起，把那人手指咬得鲜血淋漓。当晚，那人叫了一帮子狐朋狗友把何癞子的发廊砸了。何癞子报了警，派出所把那些小混混拘留了几天。那些小混混出来后就整天在他店门前晃荡，声称要报复他。何癞子一气之下关了发廊。

何癞子失去了经济来源，但还要养家糊口，在家闲不住，就谋划做生意。那几年贩木料挣钱，他就主动联络西街开拖拉机的黑蛋合伙贩木料。贩木料需要本钱，黑蛋是铁公鸡，一毛不拔，只答应投入他那辆二手拖拉机和驾驶技术。何癞子只有自己想办法。想来想去，他瞄上了西街信用社主任社喜。

社喜当时可是大红人，走到哪儿都被人簇拥着，嘴里叼一支过滤嘴烟，身上披一件黑色风衣，像当时正热播的港剧《上海滩》里的大哥许文强。何癞子拎着四色礼，到社喜家里跑了四次才终于得到社喜接见。社喜也不正眼看他，也不递烟让座，满嘴酒气，不耐烦地说："有话就说有屁就放，我还有事。"何癞子说："没事没事，只是仰慕而已。"话说完，礼品放下，转身就走。三番五次，何癞子烟酒开路，却不张口，也不久留。社喜终于憋不住了，说："你是想用钱吧？贷多少？你张口。"

何癞子贷款贩木料，开始小打小闹，几万块钱能转腾开，后来贩树皮，跑外省，摊子越铺越大，流动资金不够，就不断贷款，不断向社喜进贡。社喜嘴吃馋了，雁过拔毛，何癞子就投其所好，最后干脆贷一万块钱他只拿七千，三千塞到社喜腰包。社喜占了便宜得了实惠，越发听何癞子的话，两人似乎成了形影不离的铁杆朋友。何癞子胆子和胃口越来越大。贷款利息攒多了再贷，拆东墙补西墙，外账豁豁越扯越大，先后有三十多万落在何癞子名下。何癞子虱多不痒账多不愁，整天下馆子吃香的喝辣的，抽的烟都是高档过滤嘴，竟然给人摆阔说他已经提前进入了共产主义。

社喜红得发紫，引起别人妒忌，把他举报到县委和有关单位。县上派人来查账才发现窟窿弄大了。社喜一时慌得手足无措，急忙找何癞子商量还贷的事。何癞子却刁蛮起来，这回，两人似乎调换了身份，何癞子成了爷，而社喜一下子变成了龟孙子。社喜给何癞子把好话软话说尽，就差跪下来磕头叫爷了，何癞子却脸不变色不松口。贷款大多在木料上押着，余下的款项不是挥霍掉了就是装到社喜腰包了。他何癞子到哪儿一下子找那么多钱？何癞子只好玩起了失踪，跑到他贩木料的乡下躲起来。

社喜这时才幡然醒悟：何癞子当时不惜代价巴结他、孝敬他，实际上就没打算还贷。社喜吃瓷瓦子屙砖头，被开除公职，肠子都悔青了。何癞子也因行贿罪、诈骗罪、盗伐林木罪，数罪并罚坐了几年牢。

人贵有三品：沉得住气，弯得下腰，抬得起头。何癞子做不到。他有了钱就沉不住气、弯不下腰。有了钱，物质富裕了，精神却空虚，一天浑浑噩噩混日子。说实话，他自己也瞧不起自己，在人面前当然抬不起头。他看似自由自在、游戏人生，实际上是在作践自己。

何癞子刑满释放，就去了南方——他媳妇的老家。

何癞子在南方投靠了岳丈。他坐监狱这几年，正值改革开放，他岳丈办了几个厂子，事业兴旺。因为他们夫妻恩爱，岳丈看在前几年受了苦的女儿面上就让他做了一个厂子的厂长助理。何癞子脑瓜灵活，点子稠，也舍得出力，第二年就被提拔当了厂长。几年时间，何癞子把厂子打理得红红火火。可不知为何，他总有一种寄人篱下的感觉，总想回老家成就一番事业。

一次，他趁出差回了一次老家，和西街村村支书商量后，由他和村里共同出资，在西街西马庙旁边的十亩地办起了西街塑料厂。机器设备从南方拉回来，开始生产塑料壶、塑料玩具以及一些塑料工艺品和日用品。何癞子的岳丈还专门给他派了两个技术员支持他。塑料厂在何癞子的精心打理下兴旺了几年，产品远销到西安、宝鸡、渭南和南阳。后来，由于村干部擅自安插亲戚进厂当工人，对厂子的管理指手画脚，干预太多，承包费又年年提高，何癞子一气之下，甩手又去了南方。他一走，技术和销路都出现了问题，不久，厂子就倒闭了。从此，何癞子再也没回过西街这个让他念想又让他伤心的地方。

前几天我和在市教科体局工作的一位高中同学闲聊，他说，你们西街的何癞子现在在南方可是一位颇有实力的企业家，成了巨富。他透露给我一条可靠消息：何癞子已答应给他当年贩木料的山区捐资修建一所希望小学。

老　五

1

农村人常说，爱咋呼的狗不咬人，咬人的狗不声唤。老五就属于不爱声唤的这一类人，但他一旦“咬”起人来，谁都怕。

老五初中没上完，因为家里负担重不得不辍学回家。不情愿回到家的老五成了闷葫芦，整天一声不吭，用一双冰冷的眼睛回敬那些瞧不起他的人。他盯谁一眼，谁心里就会咯噔一下，暗想这娃一定有一股怨气在心里憋着。也难怪，他眼睁睁看着别人家的孩子嘻嘻哈哈背着书包去上学，而他却要拎着笼子去掐猪草，去伺候猪圈里的老黑，去嗅粪尿被太阳暴晒后那臭不可闻的味道。他喜欢和同学们在一起的热闹气氛，他喜欢读书唱歌，喜欢集体活动，喜欢看女同学跳皮筋扔沙包，喜欢和男同学牵斗斗——从今往后，这一切都将与他告别，他成了一名逃兵，成了一条孤零零的野狗。他心里能舒服吗？其实，他心里明镜似的，爹娘让他辍学也是实在没办法。他不怨爹娘，谁让他们家里穷呢。家里穷，吃是最大的问题，有文化没文化无关紧要，出身卑微的人，连任性的资格也没有。

弟兄多是老五家里穷的主要原因，他们家弟兄几个都是计划生育政策实行前降生到这个世界上的。你想，大人娱乐又没有别的方式可供选择，一高兴，就在床上使劲，心里还在想，一只羊是放，一群羊他妈的也是放。因此，那时候，像王老六、杨老七、段老八这样依家里排行称呼名字的不在少数。弟兄多好啊！弟兄多，和谁家发生纠纷，像木桩子一样杵在那儿对方也怕；弟兄多，只需出来一个咬人的，在生产队里就有地位，脸有盆子大，说话一句顶一万句；弟兄多，如果放到部队上，家长不用任命就是班长；如果放到行政单位，不用掏钱买，不用求爷爷告奶奶看人脸，不用组织部门考察，无须任命，家长就相当于一个可以吃商品粮的科级干部。但家长在床上使劲的时候一定是乐过了头，疏忽了万丈高楼要平地起，羊娃要一口一口吃才能长大。要知道一个娃长大的过程是多么艰辛而漫长啊！更不要说拉扯一帮子娃娃长大。哪个头疼脑热不让大人牵肠挂肚？养成一个娃就相当于唐三藏西天取经，要经历无数磨难才能修成正果。在那个困难年代，说"有苗不愁长"这句话的不是庙里的和尚、庵子里的尼姑就是故意怂恿那些乐于在床上耕耘接连不断种出苗苗的家长。

老五还有一姐一妹，兄弟姊妹一共七个，加上父母，一家子九口人，一顿饭需要做满满一大锅。人多嘴稠，狼多肉少，偶尔来一两位亲戚，一大锅饭就不够吃。那时候的伙食总是体积大质量小，稀的时候多，干的时候少。一锅饭清汤寡水，主食多是糁子糊汤、糊涂面之类，尿两泡尿肚子就瘪了。那几年，老五弟兄几个年龄尚小，家里干活的人少，吃饭的嘴多，生产队一年分的粮食总不够吃。为了填饱一家人的肚子，父母想尽一切办法，家里养猪养鸡养兔，院子里种上能结果子换油盐钱的核桃树杏树柿子树，能解板换粮食的桐树杨树榆树，尻子大一块地也要种上菜。他爹娘恨不得把街道的青石板撬了种馒头。

老五娘的手脚似乎就没清闲过，白天到生产队上工，收工回来还要做饭，等一家人吃完饭涮洗完锅碗，再干点缝浆补纳之类的家务活，一天忙得提着裤子找不到腰。老五的大哥二哥初中毕业后回到生产队里当社员，下工后要厚着脸皮跑几家国营食堂给人家打扫卫生换几担泔水挑回家喂猪。弟兄俩爱看书，都是书呆子，少言寡语，整天念叨着盼下雨，因为下雨天不用去上工，可以坐在家里安安然然地看书。姐姐出嫁了，偶尔回娘家帮帮母亲。三哥四哥和他一样都是初中没上完就被生产队当作后备力量培养，平常闷头闷脑地去上工，农闲时被爹揪到聂木匠家里当学徒。老五和妹妹的主要活计就是掐猪草、喂猪、喂鸡、喂兔子，帮父母干点零碎活。他爹最辛苦，是生产队里的骨干社员、家里的顶梁柱，下工后偷偷摸摸在家里做点篾匠活，编些箩筐，然后趁农闲和过年前后偷偷换些钱粮，来维持一大家子人的生活。

老五生活在一个勤劳而又贫穷的农民家庭。他虽然不能和同龄人一样去上学，但山高挡不住云彩，沟深遮不住太阳，一个农家娃娃也有他的渴望和梦想。他梦想长大了能到国营单位上班领工资，不用起早贪黑在庄稼地里劳作，脊背让毒辣辣的太阳晒得起皮，即使到副食门市部当个营业员，去国营第二食堂做厨子，或者到红旗理发馆做个剃头匠，他也乐意，只要能吃上"商品粮"就行。他羡慕那些吃"商品粮"的同学，每学期老师都要在班里统计一回谁家里是"商品粮"户口，那些举手的同学趾高气扬的神情，让他羡慕忌妒恨。凭啥？还不是凭他老子娘，他们一个个吃白米细面的"商品粮"，长得白白净净，穿得整整齐齐。他们吃香的喝辣的，在班里嘻嘻哈哈的，基本上都是班干部。而像他这样的农村娃，回家要帮父母干活，吃的不是酸菜就是糊汤，要么就是糁子糊涂面，长得黑不溜秋，穿着哥哥姐姐穿不上了的旧衣服，学习又不咋地，坐在教室后面似乎低人一等，只有通过打架和搞些恶作剧来证明自己的存在。一想到这些，他气就不打一处来，他这个辍学少年心里充满了无奈、困惑、怨恨和不平。

2

回到家的这些日子，老五尽管常常愤愤不平，但一想起在学校和同学们一起踢球、一起唱歌、一起念课文、一起参加劳动那些快乐美好的时光，他还是忍不住掉泪。爹娘和哥哥们见他闷闷不乐，会怜惜地摸摸他的头，塞给他些红薯干、柿子皮之类的吃食来安慰他。大哥从朋友家抱了一只憨嘟嘟的狗娃给他做伴，二哥也不知从哪儿找出一本没头没尾的《水浒传》让他消遣。二黑和三虎倒是趁周末不上课时来看望过他几回，说班里的同学还常念叨他。他辍学后，二黑常被人欺负。如果有他老五在跟前，谁敢？那一次踢球，高年级一个学生用脚故意踢二黑，老五一声不吭，扑上去就是一拳，凭气势硬是把对方镇住了。一说起班里的事情，老五就难受得想哭鼻子。

老五成了家里的小劳力，家务活干完有了许多闲暇时间。因为和他同龄的娃都在上学，没人和他一起玩，他就一个人玩“媳妇跳井”。玩一阵子，觉得无趣，又看蚂蚁搬家，看腻了，就用弹弓打麻雀。打麻雀是尿尿逮虱一举两得。麻雀贪嘴，偷食娘晾晒在草席上的粮食，麻雀偷吃了，家里人就不够吃了。把麻雀打下来用盐水一煮就是美味，加点荤腥可以给自己的身体增加点营养。如果有油的话，用油烹食那更是一道美味。后来，麻雀被老五的弹弓吓得不见踪影，老五就搁一块石头当靶子练弹弓，练着练着，他就到庄稼地垄上去打，一天准能打十几只馋嘴的麻雀。后来他打弹弓的技艺练得炉火纯青，指哪儿打哪儿，他自己仿佛成了《水浒传》里的小李广花荣。树上的马蜂窝他打过，一窝蜂不依不饶追上他蜇了他几下；邻居家杏树伸过来的杏子他打过，被爹在尻子上赏了两脚；生产队队部房檐底下的灯泡他也打过，被支书扯住耳朵没收了弹弓还挨了一记耳光。这些都让他沮丧。

让他得意的是秋天到野地里打野兔。他屏声静气蹑手蹑脚，草窝里稍一动弹，他的眼睛就会闪出一道利光，嗖一石子过去，专打兔子脑壳，野兔打个滚就没气了。野兔碰见他，算是倒了八辈子霉。他养的阿黄成了他的跟屁虫，不等他命令，就扑过去把兔子叼过来，然后舔尻子似的围着他和他的战利品撒欢，尾巴摇得就像风里的旗浪里的鱼。

一日，老五掐猪草回来，瞅见西街头宋铁匠房子前围了一堆人，不时传来一阵阵喝彩声。他不由自主地走过去围观，只见宋铁匠正扭腰闪胯冲拳踢腿，几个娃娃依葫芦画瓢在后边兴致勃勃比画，惹得旁边人捂着嘴笑。老五一下子就被宋铁匠一连串麻利的动作吸引住，腿迈不动了。宋铁匠练完拳，又接着甩石锁，闪转腾挪，虎虎生风，自然赢来了更多的喝彩声。老五一眼不眨看完了宋铁匠表演的整个过程，他血脉偾张，感觉这是他梦中的场景，他意识到这样的感觉一定是来自二哥给他的那本断头去尾的《水浒传》。他蓦然就喜欢上了这些拳脚功夫。从此，每天干完家务活，他就在宋铁匠家门口晃荡。久之，宋铁匠认识并喜欢上了这个沉默寡言、目光灼灼的娃子，他教老五扎马步、冲拳、踢腿、劈叉、舞旋子，随后又教老五练小红拳、打沙袋、踢树桩。那一阵子，老五似乎着了魔，几乎所有闲暇时间都跟宋铁匠一起度过。老五成了宋铁匠正式收的第一个徒弟。宋铁匠夸他说："你这娃憨实，有志气，肯吃苦，天生是一块练武的料。"

老五练武第二年年底，家里不幸经历了一场灾难，让他跟宋铁匠学武的事不得不告一段落。一日早，老五爹挑着担，准备趁农闲时间出去推销他的箩筐，出城的路上，不幸被公社革委会副主任王二牛遇见。王二牛和公社武装部部长带领一伙子民兵冬训，意外揪住一条资本主义尾巴，他们岂能放过？王二牛没收了老五爹的东西，把他作为公社"投机倒把"的典型，给脖子上挂上牌子在全县十八个公社巡回批斗，折腾了十来天。一辈子老实巴交胆小怕事的老五爹哪经过这样的阵势，他受了羞辱和惊吓，回家后就有点神经兮兮，和人说话前言不搭后语。家人发现不对劲，赶紧把他送到医院。两个月后，老五爹身体恢复了，精神却垮了，遇见陌生人就点头哈腰，不敢抬头。后来，家人稍不注意，他就溜出门，跑到街上拿个铝盆当锣敲，唱花鼓戏。有几次被亲戚和熟识的乡亲遇见，把他哄回家。最后家人无奈，大人要上工挣工分，只好让猪倌老五一天寸步不离跟着爹。老五自然而然成了爹的跟屁虫。只有晚上爹睡着了，他才能在院子里练几套拳、踢踢树桩，不让自己的腿脚生锈。

老五一家人到处寻医问药，用了许多偏方，可是，老五爹还是断断续续犯病。病情稳住时，他要么蒙头大睡要么一声不吭两眼无神地发呆，病发作了又哭又闹不停地折腾。一天，老五爹闹腾了一场之后突发脑溢血而死。老五爹走了，悄无声息，如同一滴水消失在大海之中。可怜老五爹很少与人闹红脸，在生产队里，他卑微得就像一棵狗尾巴草，但在家里却是根顶梁柱。他走了，一家人感觉天塌下来一般。老五尝到了失去亲人的滋味，那锥心般的疼痛让他看人的眼神更加冰冷。

老五爹的遭遇引起了生产队队长狗娃哨的同情。他也是穷苦人家出身，小时候和老五爹一块儿穿着开裆裤讨过饭，一起玩过尿泥。老五爹在生产队干活舍得出力，人憨厚本分。狗娃哨从心里想补偿一下老五家，刚好遇着部队征兵，狗娃哨就向大队干部极力推荐老五他大哥。虽然中间还出现了一段小波折，但最后大哥还是如愿以偿参军当了兵。

那一天，锣鼓喧天，鞭炮齐鸣，大哥戴着一朵大红花，被大队干部和乡亲们簇拥着上了一辆军用卡车。大哥的脸蛋被大红花映红了。大哥抑制不住喜悦，不断向送行的人群挥手致意。他要坐卡车去西安然后改乘火车去新疆，到部队的大熔炉里去，到大西北去，去守卫祖国的边疆。

半个月后，武装部来人在他家门楣上钉了块红灿灿的“革命军属”牌子。这红灿灿的牌子一下冲走了老五爹去世后笼罩在全家人脸上的阴霾。老五为大哥高兴，因为参军当兵是当时农村孩子最热烈的渴望和最现实的梦想。

3

那年月，大队干部可是农村的特权阶层，当工农兵、大学生或者参军当兵，没有大队干部的意见和印章就不行，过不了大队干部这一关，你就白日做梦吧。能当上大学生或者能参军当兵就意味着将来有希望走出农村，端上铁饭碗，吃上商品粮，穿上皮鞋，找漂亮媳妇。大队干部的优越感很明显就体现在日常生活当中，譬如谁家娃娃结婚，若能请来大队支书当证婚人，那脸可有盆子大，是莫大荣耀。譬如穿衣服，大队干部就可以穿四个兜的衣服，社员只能穿两个兜的，社员若穿上四个兜的衣服，就不成体统，就会被众人耻笑。官是官，民是民，规矩不能乱。那时，一般人衣服没补丁就算日子过得不错。衣服就是标签，着装能辨出一个人的身份和职业。工人一般穿劳动布；机关干部冬天穿哔叽布，夏天穿的确良；教师布料不讲究，但干净整洁。上衣兜插一支钢笔的是中学生，插两支钢笔的是大学生，插三支钢笔的嘛，可能就是修钢笔的。那是个物资匮乏的年代，好多人没有像样的衣服穿，生产队施肥用的是由公社派发的从日本进口的尿素，尿素袋子尼龙布自然成了生产队干部的特供。当时，社员群众中流传一段顺口溜："大干部小干部，每人一条飘飘裤；前日本后尿素，细看全是尼龙布；染青的染蓝的，就是没咱社员的。"社员们穿不上尼龙布，就用顺口溜表达不满。虽然背地里发牢骚对干部表示不满，但见了干部可不能流露出一丝一毫的不满情绪，不是挤出笑容主动问候，就是点头哈腰从怀里掏纸烟双手敬上。当干部好啊！不想当干部的农民不是好社员，好社员除了爱劳动还要爱干部尊重干部拥护干部。干部在台子上讲完话要鼓掌，干部来到群众中间要装得热泪盈眶，干部到家里吃派饭，社员要倾其所有。自己当不了干部，那就盼亲戚当干部，亲戚当了队干部也有好处，能沾光，娃长大了多几个选项，身体结实的可以当兵，有点文化的可以到村小学当民办教师。这就叫近水楼台先得月。

大哥当兵走了，老二的前途成了问题。耳朵背后别了一根纸烟的队长狗娃哨又悄悄给老五娘透露一条可靠消息：村小学一位民办教师犯了男女关系错误被开除，腾出一个空位，还没有后备人选。经狗娃哨点拨，老实巴交的老五娘鼓起勇气提了一笼子红萝卜到支书家，红萝卜下面埋着两条宝成烟、两瓶西凤酒。支书在院子里圪蹴着叼一支纸烟似乎正在思考问题，他瞄了一眼红萝卜，眼皮也懒得抬，等老五娘倒出红萝卜，露出下面的贡品，支书才哼了一声，扔掉烟把，站起来，嘟囔说："乡里乡亲的客气啥？等我和其他几位干部碰一下头研究研究再说。"三天后，二哥水到渠成做了村小学的代课教师。

大哥纯朴憨厚，能吃苦爱读书有文化，当兵第二年就被连队推荐上了军校。上军校就意味着成了"公家人"，大哥是家里第一个有出息的吃上"商品粮"的人。一天，老五收到大哥从部队寄来的一条军用皮带和一副防风镜，他摩挲着皮带和防风镜，脸上露出了久违的笑容。

大哥当兵走了，二哥当了民办教师，三哥四哥一下子成了家里的主要劳力。上工之余，三哥只和刨子、锛子、锯子、斧子打交道，苦学手艺，成了一位出色的木匠；四哥天性散漫，三天打鱼两天晒网，干活潦草，没等出师就被聂木匠开除了，断断续续给聂木匠白白当了两年勤杂工。

老五在家里做了两年的猪倌，个子长高了一大截。第三年开春，他跟上两个哥哥到生产队上工，两个哥哥是全劳力，记十分，他记八分。一年时间，春播夏收秋种冬藏，他在庄稼地里摸爬滚打，学会了所有的农活。社员们干活间隙，凑一起抽用旧报纸或者娃们用过的作业本卷的纸烟，吹牛胡侃，讲荤故事，丢方，掰手腕，高兴了纠缠在一起扭打摔跤，日娘捣老子骂也不见怪，不顺心时一句牢骚话会引起一场打斗，把祖宗十八代拉扯出来也不解恨。一年下来，老五学会了说脏话，学会了和女社员打情骂俏，学会了抽烟喝酒唱酸溜溜的花鼓戏。老五具有吃苦耐劳、憨厚纯朴的本性，当然，脑子里也滋生着狭隘的小农意识，脾气倔强，还沾染了一些自由散漫的痞子气。

一天下午，大队部喇叭里忽然传来一个好消息，关闭十一年之久的高考大门重新打开。在村小当民办教师的二哥得到消息，立即请了假，在家人的支持下，报名参加了县中办的补习班。离考试仅剩下一个多月时间，他起早贪黑加班加点复习，好在那年高考只考政治、语文、数学、史地四门，二哥虽然只是初中毕业，但他爱看书，基础扎实，语文、政治、史地这三门问题不大，唯独数学心里怯火，补习时间太短，属于临阵磨枪。

12 月中旬，参加完考试后二哥如释重负，心里没底也没抱太大希望，思忖落榜了明年再补习一年继续考。那天下午，二哥刚从村小回到家，一同学兴冲冲跑来找他，一见面，抑制不住内心的激动，说："咱两个考上了！县中门口张榜公布了。"二哥听了一怔，他似乎不相信自己的耳朵，扯住同学的手说："你可不要骗我，是真的吗？这是真的吗？"

不久，二哥收到了地区师专的录取通知书，这张通知书预示着他将成为一名大学生，也意味着他大学毕业后就可以端上铁饭碗了。

老五在生产队继续修理地球，但始终没忘记自己当初的梦想，他初中肄业，不像二哥爱看书，考大学这条路对他来说基本无望，他就想效仿大哥通过走当兵这条路改变自己的命运。同学三虎高中毕业后顶了爹的班，在邮政局工作。三虎现在穿草绿色制服，蹬草绿色自行车，遇见熟人，故意把车铃摁得叮当响。老五只有羡慕的份，因为他爹娘是农民，他只能继承土地，顶爹的烂草帽。他年满十八岁后，积极响应党的号召，和同学二黑一起报名参军。二黑因为是罗圈腿鸭掌脚体检不合格被刷下来，老五体检政审一路顺风，可最后光荣榜上却莫名其妙没有他的大名。他的大名只有上学时用过，这些年基本上闲置着没人提说，人们一直用他在家里的排行称呼他。老五没当上兵，过了许久才听人说是被支书家亲戚顶替了。他参军的愿望落了空，灰心丧气了一阵子，但路还长，生活还要继续，他想吃公家饭的梦想依然鲜活。

4

这一年，生产队解散，土地承包到户，整个社会活泛了，各行各业呈现出一派欣欣向荣的景象。人们眼见生活有了奔头，身上似乎有了使不完的劲。老五大哥军校毕业后当了军官，二哥毕业后分配到县城附近一所中学做了教师，老五一家人一下子焕发出勃勃生机。

大哥二哥成了领工资的公家人，家里生活由此得到很大改善，一家人腰杆一下硬邦起来。三哥再不用偷偷摸摸推刨子、抡锛子，而是光明正大地做木工活，大张旗鼓地揽生意。因他手艺好，请他做家具的人排队预约。三哥勤劳致富，很快就加入“万元户”行列。改革开放后，国家一系列优惠政策出台，户口不再是一个把人分类的标签和束缚人身自由的桎梏，农村娃改变命运不再只有考大学和当兵这两条路。天地间仿佛一下子豁然开朗，不管是农业户口还是非农业户口，年轻人只要肯吃苦，通过辛勤劳动就能改变自己的命运，在广阔天地大有作为，美好的生活已不再是挂在天上可望而不可即的彩虹。

三哥的木匠作坊规模不断扩大。他引进电动刨子、电锯等先进木工设备，缩短工艺流程，做的家具仍然供不应求。他审时度势，抢抓机遇，开办了小城第一家装饰公司，当起了老板，不光做家具，还承接装修装潢，生意做得风生水起。老五没有挣钱的手艺，也没有充足的资金，一时找不到合适的事情干，被三哥叫到公司帮忙。四哥有一段时间东不成西不就，大钱挣不来，小钱看不上，整天吊儿郎当，油嘴滑舌，结识些游手好闲的人混日子。后来为生活所迫，不得不想办法挣钱，四哥便投机取巧，一阵子跑到乡下收古董，一阵子又钻到山里贩药材，隔一段时间又和别人合伙贩木料，三天打鱼两天晒网，没有一个固定营生。

一天，老五正在三哥的装饰公司帮忙卸货，他的发小二黑慌慌张张跑来说，他四哥让人打了，被二黑遇见送到了医院。老五当即撇下手里活计，跟着二黑到医院看四哥，一边走一边听二黑说了四哥被人殴打的经过。老五来到医院病房，见四哥斜倚在病床上，头缠纱布，胳膊吊绷带，一副凄惨可怜相。老五见了，心里像是被无数蚂蚁啃噬。四哥磕磕巴巴说了被打的原因，憋了一肚子委屈，此刻见了兄弟，忍不住呜呜咽咽哭泣。原来他和东街的赵家兄弟合伙贩木料被人家算计，他去讨本钱要说法，话不投机翻了脸，被人家兄弟俩合伙打了一顿。幸好被路过的二黑遇见，挡了一辆蹦蹦车，把他送到医院。正说着，三哥得到消息也赶到医院，看见老四伤得不轻，吩咐老五赶紧去派出所报案。

老五脸色铁青，心中自有主意。他问清赵家兄弟住址，趁三哥去办理住院手续，一声未吭出了医院。老五过派出所门而不入，二黑猜到老五要去干啥，但是他劝阻不住，又担心老五出事，只好一路跟随。到东街后，老五径直走到赵家兄弟家门口，拍门三次，喊叫三声，无人应答，推门进去，屋里埋伏着一条脾气暴躁的狼狗，一阵狂吠扑出来，张牙舞爪袭击他。老五迅疾从屋里退出，狗已扑到跟前。老五脚步未停，第一脚踹在狗嘴上，像踢树桩，恶狗惨叫一声止住了吼叫，第二脚踢在狗头上，恶狗在空中划了条弧线，摔到地上，打了个滚，企图爬起来，老五上前又是几脚。可怜恶狗哼唧了几声，口吐血水，爪子一伸，腿儿一蹬，脑袋一歪，一命呜呼在了主子家门口！

老五不慌不忙从赵家屋里拎了把椅子，端直坐在门口。周围邻居瞥见刚才一幕，惊得目瞪口呆。一小伙探头探脑过来，用脚尖拨拉了一下死狗，见死狗毫无反应，知道来者不善，拧身就走。二黑知道人家一定是去报信了，心里惴惴不安，提醒老五防备。老五无动于衷，反而微闭双眼，似在养神。二黑见状，捡起路边半截砖头拎在手上，以防不测。

少顷，一伙人手握农具、棍棒之类，骂着嚷着一窝蜂似的扑过来。当先两人模样相似，老五一猜就是赵家兄弟，待对方临近，他陡然起身，顺手抡起屁股下面的椅子，迎着对方手中挥舞的家伙一磕、一挡，再将椅子砸出去，又灵巧一躲，飞身一脚，将一铁锨踢飞。接着，他一把抓住一根扫过来的棍子，侧踹对方交裆，对方闪身一躲，丢掉家伙撒腿就跑。老五顺势夺过棍子，上下左右挥舞，对方数人纷纷中招。一伙人眼见老五势猛，一哄而散，只留下两手空空折不下面子的赵家兄弟被老五用棍子逼着。

老五一连串动作，一阵子将一伙来势汹汹的打手赶跑。二黑惊得目瞪口呆，等缓过神，才扔掉手里握着的半截砖头。

赵老大盯着老五，眉头一蹙："你是老四他兄弟？为贩木料的事？""是！"老五虎着脸斩钉截铁地说。"这事想咋解决？"赵老大问。"你们兄弟看着办。"老五依然虎着脸，"办得不好，我明天再来。"老五声音冷冰冰的，头也不回，说完拧身就走。跟在后面的二黑感觉腰杆也硬棒起来。

当晚，赵家兄弟拎着水果、副食、营养品之类来医院看望躺在病床上的四哥，又是嘘寒问暖又是鞠躬道歉，软软话说个不停，临走时还不忘留下厚厚一沓人民币。

三哥的装饰公司生意越来越好，引起刚开张不久的另一家装饰公司的妒忌，先是派人半夜把三哥装饰公司大门撬开，偷了一车装饰材料，隔了半月又派三个地痞在三哥装饰公司承包工程的工地上捣乱，故意把装饰好的墙面和门头损毁，然后在外面造谣说三哥的装饰公司装修偷工减料，工程质量不过关。流言惑众，三哥公司生意明显受到影响。老五见三哥这段时间愁眉不展、茶饭不思，猜到是哪个同行暗地里捣鬼，可惜没有证据，就劝慰三哥暂时忍耐。

过了一段时间，那家暗地捣鬼的公司见三哥没反应，得寸进尺，又派三个地痞来公司说三哥抢了他们生意，胡搅蛮缠，寻衅滋事。这次正好被老五撞见，他当即让关了店门，三拳两脚将三个地痞镇住。老五问他们受谁指使，三人不语。老五和三哥一商量，调整策略，请三人到小城最大的饭店喝酒赔不是，那天喝的是正流行的葫芦瓶子剑南春。三人受宠若惊，喝到半场，气氛活跃，话多起来，老三又送他们每人一条红塔山，三人感激涕零，争着抢着将指使他们捣乱的幕后黑手交代出来。新开张不久的这家装潢公司的老板正是当年抓老五爹投机倒把典型的公社革委会副主任王二牛的老三娃子。这下，老五一股火噌就上了头。

5

老五将三个地痞款待后直接领到派出所，派出所当即立了案。经过几天调查，事实清楚，证据确凿。王二牛的老三娃子老板才当了几个月，就被关进了看守所。

老五在三哥的装饰公司待了两年，和各色人等打交道，积累了一些社会经验，也产生了当老板的念头。他和三哥多次去西安采购，发现各行各业去西安采买的人越来越多，而发往省城的班车满足不了旅客的需求。老五瞅准商机，将跑客运的想法给三哥讲了。三哥虽然舍不得让他走，但也不忍阻碍弟弟发展事业，就借给老五一笔钱，又帮他到银行贷款，到交通局运管站办手续。三个月后，老五到河南郑州接回一辆宇通大客车，开始跑县城到省城这条线路。

老五是苦娃子，特别能吃苦，每天早上五点钟天未亮就在北新街西环路口等客。他到了好一会儿，那些炸油条油糕、卖胡辣汤豆腐脑的小商贩才睡眼惺忪陆续支摊子准备开张。炸油条的栓柱一边炸油条一边溅着唾沫星子说："老五挣钱不要命，我虽然起得早，摊子收了还能回去睡觉，可老五连轴转。钱上有火哩，把他烧糊涂了。"老五听见了，板着脸冷冰冰地说："少放闲屁！来三斤油条。"等车上旅客攒得差不多要发车时，老五抱一抱子油条上了车，自己开吃以前先对着车上旅客说："兄弟姐妹，乡党邻家，谁还没顾上吃饭，来两根！"旅客听了，心里暖和。车厢里弥漫着栓柱的油条香味，飘荡着旅客的欢声笑语，大客车向省城进发。

国营车站的客车营运多年，铁皮壳子锈迹斑斑，隔三岔五在路上发生故障，半天不得动弹，老五的大巴有彩电录像，而且和国营车站的票价一样。老五打的广告就是简洁利落的八个字：“彩电录像，票价一样。”旅客一边坐车一边美滋滋观赏录像，热热闹闹四五个片子看完就到西安了。有时候，车到站了，一部扣人心弦的片子还没放完，旅客意犹未尽，叮嘱说：“回去还要坐你的车，可要接着放录像！”

老五车新，车厢宽敞，座位舒适，跑起来速度快，轻而易举就把车站的老爷车撂在了后面，因而颇有竞争力。加上老五手脚勤快，待人实诚，态度又好，不像国营车站的售票员总板着一张阶级斗争脸，好像谁把她馍掰吃了。还有那司机，个子不大架子大，年龄不大脾气大，旅客动作稍慢一点，或者无意间发一两句牢骚，他就日娘捣老子劈头盖脸地骂人。因此，老五的宇通大巴来回吃得饱，而国营车站的大轿子车总是空肚子。板一副阶级斗争脸的售票员和横眉冷眼骂人的司机，孤零零坐在车上看着老五车上人气爆满，气得干瞪眼生闷气。

夏日的一天，路上堵车，下午三点钟，老五的宇通大巴才到黑龙口，旅客肚子饿了，一起嚷嚷要吃饭。老五让司机把车停在一家食堂门口，旅客一窝蜂下了车。食堂老板娘笑盈盈地把老五和司机迎进里间雅座，单独给整了四菜一汤，又殷勤地给两位手里塞了两包烟。

老五和司机正吃得舒坦，突然听见外面吵嚷，呵斥声、哭叫声、惊呼声交织在一起，老五三步并作两步冲出去，只见三人正围住一人拳打脚踢。老五认得正挨打哭喊的是一个常坐他车的旅客，打人的三个人不认识，瞄见一人胳臂上文着一条青龙。老五问旁边一看热闹的人咋回事，那人回答，贼娃子扒窃被发现，不愿交出钱包，还恼羞成怒打人。老五听了，火冒三丈，一个箭步上前，扯住一个行凶者衣领，当头就是一拳，另一个刚扭过头，老五迎面又是一拳。文青龙的见状，撂下挨打的旅客扑向老五，一拳随即跟着过来，老五不慌不忙，用手一挡，一个侧踹，对方哎哟一声蹲了下去。前两个已缓过气，你看我我看你，又一起冲过来，老五一声不吭，迎上前，突然往旁边一个闪步，一个扒面门已中一拳，鼻血喷溅而出，老五又一闪一捶，另一个还没反应，嘴上瞬间如盛开了一朵桃花。

在场的人全部静下来。老五问挨打的旅客："谁摸了你的钱包？"那位旅客指着蹲在地上文青龙的汉子说："是他。"老五上前，揪住文青龙汉子的胳膊一把扯起来，说："把吃食吐出来！"那汉子直起身，歪着脑袋说："你是车老板，要懂规矩，最好闲事少管，免得伤脸，每天要从此经过，不怕车玻璃碎？"他又瞅了瞅挨打的旅客恶狠狠地说："他是你啥？值得你非要出这个头，结这个梁子？"老五依然冷冰冰，说："他是我的客人，凡是我车上的客人，人和财物，我都要负责，这是我自己定的规矩。"那汉子说："好！你有种。"他对擦鼻血的同伴使个眼色，让归还了钱包。挨打的旅客拿回了自己的钱包，愣愣地想不通，明明是文青龙的汉子在他身边踅摸，一转眼竟把赃物转手了。那三个扒手走了几步，文青龙汉子扭过头，脸霜着，盯着老五说："把车子看好！"

没等老五吱声，站在人群后面目睹了打架经过的食堂老板娘厉声喊道："你敢！你们几个烂脏家伙，敢在我院子逞能！他可是我的客人。别说车玻璃碎了，车若有半点麻达，我找不到你家前门就去找你家后门，不信咱走着瞧！"话音刚落，人群中爆发出一阵喝彩声和噼里啪啦的鼓掌声，三个扒手灰溜溜走了。

那年月，从小城到西安要翻越麻街岭和秦岭，车子在山道上颠簸七八个小时，顺当的话，下午三四点能到西安，到西安后，回小城的旅客已等候多时。老五顾不得吃饭，匆匆夹个肉夹馍糊弄一下肠胃，又赶紧折返，回来已是半夜，眯上三四个小时，又开始第二天的行程。只要车不出故障，老五就这样连轴转，他就像一台挣钱的机器，拼着全力运转。老五客运生意出奇地好，虽然苦累，心里乐呵。但是，一个月出去，老五就有些吃不消了，身体毕竟不是机器，他再壮实的身体时间长了也撑不住。

三哥去西安采购，眼见老五黑瘦了一圈，满脸疲惫。三哥心里难受，眼里充满怜惜，给老五说："身体是最大的本钱，哪有挣钱不要命的？这样下去得不偿失，身体垮了，要钱何用？"老五摇摇头，说："话是这么说，可贷了那么多款，心里焦急，身不由己。"三哥说："欲速则不达，慢慢来，找一个可靠的人，换班。"老五觉得三哥这个主意好，立即想到发小二黑。二黑人实诚又能吃苦，他跟村里的建筑队干活，出力不挣钱，叫他帮忙最合适不过。老五当晚收车后直接去了二黑家，敲开门，给二黑说明来意，二黑一口应承下来。有了二黑换班，老五的身体慢慢恢复过来。

6

俗话说，南山来了一群猴，一个耍球都耍球。老五生意好，有人就眼红，也瞄上了这门生意，想插一杠子分一杯羹。老五的如意算盘只愉快地拨拉了半年，小城到省城的大巴就相继增加了三辆，同样是新车，同样是彩电录像，同样对旅客点头哈腰。为争客人，四辆车都不遗余力使出浑身解数。

端铁饭碗、板阶级斗争脸的国营大轿子车首先被挤出竞争队伍，关门倒闭。其他大巴客源分流，停泊等客的时间延长，常面临狼多肉少的囧境。收入越来越少，操的心越来越多，竞争日趋激烈，每辆车都多雇了拉客的人，有时为争一个客人，一人拽一条胳膊，没胳膊拽的干脆抱住腰，都不丢手，旅客吓得惊呼连连，泪浅的甚至哇哇大哭。更有甚者，把客人行李抢烂包，胆小的以为遇到了土匪，吓得撒腿就跑。

车子好不容易攒了些旅客开拔，在路上又快马加鞭，为争前方的客人，你追我赶，如赛车一般。车老板之间不免产生矛盾，常在路上怄气，互相压车，耍方向盘。老五在车上还好，对方忌惮，不敢明目张胆挑衅，如果换成二黑，别人就故意找碴儿。二黑受了气，不敢向老五明说，怕老五惹事。

二黑脚勤手快，常给司机打下手，跑个小脚路，爱摸车。司机一打哈欠，他就递烟；司机一摸烟，他就掏打火机；司机说长虫，他马上说出溜。司机见他灵醒又殷勤，也乐意指拨他，先从挪车开始教，一来二去，二黑慢慢学会了驾驶。

那段时间，老五眉毛常拧成一疙瘩，即使轮休，心也系在车上。为了抢生意，几辆大巴之间摩擦不断，旅客坐在车上心惊胆战，纷纷向县政府和交管部门反映，引起了相关部门的高度重视。不久，交警队和运管站责令所有客运车辆停业整顿。轮子不转，车老板着急，都认识到无序竞争迟早会闹出事端，得不偿失。经过多次协商，四辆车决定排班，不争不抢，按时间按顺序轮流发车。

排班以后，摩擦没有了，表面安然了一段时间，可新问题又出现了，只有首趟班车满员，其他班次全是半车人。老板们人人想吃干的捞稠的，为争发头班车又闹起了别扭。

时间不长，一位财力雄厚的老板见这样下去也不是长法，便策划集团化作业垄断经营，托人说合，愿意给老五多加五万块钱连车带线路把老五的生意接手。老五厌倦了争斗，权衡再三，果断把车盘了。一轧账，还完贷款和借款，净赚二十万。

老五把车转让给别人后，没歇手，又独辟蹊径，转跑县城到凤镇这条支线。线路手续办妥后，他到江苏张家港接了一辆牡丹牌客车。凤镇是县城第一大镇，人口多，经济发展好，人流量相对大，客运生意不咸不淡，不惹别人眼红，可以长期经营。

老五先请了一位司机，可是，那司机个头高架子大脾气也大，瞧不起土得掉渣的乡下人，动辄训斥旅客。跑了五天，老五给他结清工资，让他走人了。老五给司机开的工资高，司机不想走，不知开销他的原因，问老五，老五说："你看不起乡下人，而乡下人是我的衣食父母。你挣他们钱却不善待他们，生意迟早会日塌。"司机说："就你这一趟车，他喜欢你坐，不喜欢你还要坐，无须给他们好脸。"老五说："你不懂！"老五又找了两个司机，驾驶技术都不错，可跑了一段时间依然忍不住训斥乡下人，又相继被老五炒了鱿鱼。司机都说老五眼头高，难伺候，老五也不辩解，请来请去，最后干脆就让售票员二黑当司机。从售票员到司机这样的身份转变，让二黑的工资翻了一番。二黑更加尽职尽责。老五认为，二黑人本分，干活舍得出力，又有主人翁意识，虽然驾驶技术暂时略逊色，但只要肯吃苦，技术可以进步，手艺可以提高。态度决定一切，起用二黑，老五放心。老五觉得给二黑加工资，值！

到凤镇的班车一天跑一个来回，生意不温不火。旅客基本上都是乡下人，走亲访友的，笼笼担担、包包罐罐。有卖果蔬卖农具的、卖野物卖山货的，还有到城里采买东西的、逮猪崽的、孵鸡仔的、提亲的、照相的、告状的、还账的，五花八门。老五全不嫌弃，待旅客很热情。老五的爹以前常去乡下出售他的箩筐，说乡下人憨厚老实、待人实诚，老五怀着一颗感恩之心，将心比心，以心换心。

那时候，乡下的公路凹凸不平，上坡下坡，加上弯路多，一路颠簸，人在车上摇晃，把人摇得头像拨浪鼓，骨头要散架。二黑刚开始跑那阵子，一上车手握方向盘两眼紧紧盯着前方，不敢有丝毫懈怠。乡下人皮实耐磕打，憨厚老实，也没有人发一声牢骚，说一句怨言。他们觉得到城里有班车坐就不错了，最起码不挨冻。以前坐拖拉机多受罪啊，尻子颠烂、肠胃搅翻。再往前连拖拉机也没有，联络靠吼、安全靠狗、交通靠走。相比过去，他们已经很知足了。

对乡下人来说，坐车也是一种苦中作乐的事。车子在路上颠簸，偶尔，路边的林子里会窜出一只野兔或者松鼠，还有野鸡扑棱棱从坡上的草丛里飞出来，车里会爆发一片啧啧的惊叹声。尽管这些小家伙他们并不陌生也不稀奇，但突然出现，还是会让人温暖一阵子。遇到平路，他们心情立马好转，觉得人在青山绿水间穿梭，听鸟鸣虫吟，观绿树红花，逍遥自在，岂不乐哉？

车里故事很多，有让人喜乐的，有让人气愤的，还有让人哭笑不得的。有一对青年男女座位紧挨着，一路相谈甚欢，最后手拉手，谈成了对象。车老板老五也有了重大收获，他也在车上找到了意中人。

那是冬日的一天，车从县城出发，行至半路，天上开始飘雪花，空气湿漉漉，大家兴致勃勃地凑到车窗前观雪。突然，一大娘喊肚子疼，与大娘同行的小媳妇急忙喊停车。当时，车厢很冷，大娘头上却冷汗直冒，老五见状，没丝毫犹豫，当即指挥二黑掉头回县城送大娘去医院。老五给其他旅客解释，大家都点头表示谅解和支持。车到医院后，老五帮小媳妇把大娘扶到医院急诊室后，才反身上车，车子重新折向凤镇方向。由于紧张，老五额头上沁出一层细汗，他抹了把汗，突然发觉车第三排座位似乎有人瞅他，等他瞄时，那人又迅疾低头，只露出几缕刘海，哦，是个姑娘。这次，老五留意了，一会儿，他感觉那姑娘又在关注他，他猛一扭头，一瞬间，目光碰撞，瞅他的女子唰一下脸就红了。老五心里嗵嗵跳，他发现，瞅他的女子有一双澄澈的眼睛。

7

车到凤镇的时候，雪把路边的树枝压弯了，天地一片苍茫。下雪，山道不好走，一场雪立马把想外出的人留在了家里，老五和二黑只好歇在凤镇一家旅馆。

晚上无聊，老五携二黑到离旅馆不远的一家饭馆小酌。店老板是个老头，见了老五，咧嘴一笑，说："车老板来了。"老五觉得面熟，寻思老头一定坐过自己的车。他吩咐老头随便弄两个凉菜，来一瓶长脖子绿太白。老人应了一声，对厨房喊："二妞，来一盘凤镇豆腐干，来一盘油炸花生米。"里面传出一清脆声音："好嘞！"等老头把一盆炭火生好，端到老五和二黑脚边，一姑娘端着两盘凉菜走出来，额头前几缕刘海一摇一摆。老五见了，心跳加速，想，这不是今天在车上一直盯着自己看的女子吗？那女子口阔鼻直，端庄秀气，瞥了老五一眼，脸唰一下又红了。老五心里蓦然涌出一种未曾有过的感觉，甜丝丝的，像刚喝了一碗蜂蜜。他简直看呆了。

那女子放下两盘凉菜，一转身，娉娉婷婷走了，又进了厨房。二黑敲了几下筷子，老五怔了一下才回过神。二黑嘿嘿笑他，老五才发觉自己有点失态。老五邀请面带笑容的老头饮几盅，老头也未推辞，说："那就先尝尝我们凤镇的苞谷酒。今天车老板第一次登门，让老汉先尽一次地主之谊。"老头当即又对着厨房喊道："二妞，再整两个凉菜，炖只芦花鸡。"二妞在厨房脆生生应道："好嘞！"

少顷，二妞又整出两盘凉菜，轻盈盈端出来。老五这次故作镇定，对着那女子说："妹子，好麻利，也来几盅？"那二妞嫣然一笑，红着脸蛋、亮着眸子瞅他，说："喝酒是男人的事，女人不凑热闹，我去炖鸡。天冷，你们喝点酒暖暖身子，只是、只是不要喝醉了！"

老五从二妞的话里听出了关切，心里暖和，当即与老头和二黑拉开场子，三桃园、五魁首、六六顺地吆喝起来。老头很爽朗，划拳输了没二话，端起酒盅一饮而尽，一看就是个戆老汉。老头说他坐过老五几次车，发觉老五耿直爽快，待人实诚，也能吃苦，是个好小伙！几句话夸得老五心花怒放。三人一边饮酒，一边吃鸡喝汤，聊些家长里短，谝些乡村趣事，相谈甚欢，不知不觉间喝了一壶苞谷酒。老五刚有点晕乎，二妞出来制止，说："再喝就要醉了。"三人相视而笑，乖乖收了酒盅。酒足饭饱，老五浑身舒坦，满面红光，走时，掏出二百块钱。老头死活不收，还邀请老五和二黑常来。

随后，二妞和老头有事去县城坐车，老五怎么也不收钱，老五若歇在凤镇，一定要到老头的饭馆饮几盅。一来二去，接下来的爱情故事也不用啰唆，一年后，水到渠成，二妞成了老五的新娘。

一日，老五给车办手续，让二黑一人跑车。二黑这一年多，车技进步很快，车摸熟了，线路也跑熟了，有点飘飘然，一时没了老五约束，就把车开得呼噜欢，中途在山道上遇到一放牛老汉，吆喝一群牛在路上缓缓而行。牛群挡住了班车去路，二黑急忙刹车，一车人前俯后仰，骂声骤起。二黑气急败坏，猛摁喇叭，老牛镇定，三头听懂了喇叭声，自动往路边靠，另两头顽皮，充耳不闻，悠悠然继续往前晃荡。小牛却受了惊，一头向前奔跑，两头扑下路基钻到公路下边的庄稼地里。放牛老汉一时不知所措，牛鞭子甩得生响，却无济于事，他愣怔了一下，还是跑到下面庄稼地里追撵两头小牛。两头老牛淡定地占着公路，二黑车不能行，又使劲摁喇叭，车上旅客埋怨起二黑来，二黑无奈，只有停摁喇叭。

放牛老汉费了一番力气把两头小牛驱赶上来，很气恼，指着二黑骂娘，用鞭子把车子抽了两下，还不解气，又对着车子啐了一口痰。二黑气急败坏，欲下车，被车上旅客拦住，几个人异口同声说："老汉正在气头上，此时下去，你要挨鞭子。"二黑气馁，嘴上说山里人还如此野蛮，但心里惴惴，始终没敢下车。

晚上收车时，老五发现车上的鞭痕，二黑见隐瞒不过，如实说了。老五当即赏了二黑一脚，瞪着二黑，气呼呼地说："咱们钻山，挣山里人钱，不光要敬重山里人，还要敬重山里的牛羊小兽、敬重山里的一草一木，亏你跑了这么久的车，竟没有这点修行，人家老汉没用石头砸车算咱走运！"老五说到做到，随后，他只要跟车，遇到公鸡鸽仗、野猪散步、山羊在路上撒黑蛋蛋等，不管家畜野兽，占了车道，他总是不急不躁，耐着性子等，不允许摁喇叭。二黑后来遇到这种情况，也会耐住性子，再也不敢放肆。

车厢是个小舞台，每天上演许多场情景剧。随着社会的发展，经济活了，人员流动频繁，越来越多的山里人外出打工，老五的车成了凤镇到山外的摆渡车，把他们送出去，又把他们接回来。他们到山外见识了大世面，把辛劳的汗水挥洒到山外，把山外的钱物携带回来，也把山外的时尚风气和刁野之风捎带了回来，一些憨厚淳朴的乡下人开始变得野蛮粗鲁。年轻人开始为争座位吵架，甚至撸起袖子干仗，有人被人不小心踩了一脚而纠缠不休不依不饶，这时老五就是调解员，就是法官，就是车上的老大。

有时候，车厢里很沉闷，大多数旅客打瞌睡，突然谁在车上放了个响屁，熏得人不由自主地捂鼻子，这一屁一下就活跃了车上的气氛，把瞌睡的人全震醒了。一个说："谁他妈没有举手就发言？"放屁的人内疚，有负罪感，怕激起民愤，悄悄的不敢吭声。另一位却接过话茬笑嘻嘻地说："好像还是外地口音。"于是，大家就笑作一团，说啥的都有。老五感叹道："乡里乡亲的，屁大个事，何必这样挖苦？"大伙才闭嘴。

老五常怀慈心善念，车到半途，若遇见学生模样的或者老弱病残者，老五就让二黑把车靠边停下，把他们捎上。他的慈善行为为他赢得了好口碑，也给他带来了一件麻烦事。一次，车行半途看见一个老婆婆踽踽独行，老五见了让二黑停车，下车问老婆婆去哪儿，老婆婆说，去看女儿，女儿嫁到前面一个村子了。老五就把老婆婆扶上车，不但没收钱，还让一个熟人给让了座。可是，没走出一里路，一个弯道上突然窜出一辆摩托车，二黑猛打了一把方向，几位旅客包括刚上车的老婆婆同时扑出了座位。其他几人相继爬起来，唯有老婆婆一时站不起身，跟前人去扶，老婆婆却直不起腰，不停地声唤，喊腰疼。老五急忙到跟前，发现老婆婆脸色苍白，心里一咯噔，想，这下糟了！到凤镇，待其他旅客下车后，老五吩咐二黑直接把车开到镇卫生院，把跑这一趟车收的车费全给老婆婆交了住院费。医生说手术费还远远不够。老五又到丈人饭馆拿了钱，把手术费交了。晚上，老婆婆两个儿子到了，胡搅蛮缠，要求老五不光要负责所有医疗费用，还要另外赔偿一万元护理费。老五气得说不出话，手捏得叭叭响却躁不得，一时头大——做好事做出了闹心事。正焦躁间，岳丈领了一大帮人来了，两帮人互不服气，各说各有理，最后闹到派出所。派出所所长被这事弄糊涂了，也不知该咋办，让双方冷静下来，自己协商。

第二天，有一位事发时在场的好心旅客建议老五诉诸法律，他愿意和几位当时在场的人做证，老五是做好事，根本就没有收老婆婆车票钱，不构成消费关系，不应该负全责。随后，经过法庭调解，老婆婆良心发现，证明老五是做好事，不让儿子再闹腾，双方共同负担医药费，老五不用额外赔偿。经过这件事后，老五一下子蔫了许多。一个月后，老五和二妞做出决定，把车盘给了二黑。

8

老五把车盘出去后，当下没瞄上合适生意，但他忙惯了闲不下来，就琢磨着趁没营生时给自己建楼房。大哥当年军校毕业后被分到广东军区一个连队当排长，这些年不断进步，已成长为团级干部，明确表示不回来安家了；二哥也被调到县中学，在学校购买了一套单元房；三哥是大款，在距离丹江不远处买了块地皮建了一套豪华别墅；只有四哥吊儿郎当，依然东不成西不就，还窝在老宅里。房子是农村人的脸面，是众人面前的招牌。大多数农村人发财致富后首先要干的事情就是盖房子，老五也不能免俗。他不想和四哥一样蜷缩在老宅里，让人瞧不起。他去年申请的庄基地在城外的公路边，一直忙得顾不上盖房，现在终于有了基建时间。老五的宅基地地势低，他就加盖了一层地下室，打算盖四层。房盖到一半时有人主动找上门要租一楼门面和地下室，并且提前交了定金，许诺的房租超出老五预期的一倍。房子建在城外竟然也有人抢着租，老五没想到。老五的亲戚朋友说老五的财运好，没有营业执照照样挣钱。老五心想，财运来了谁也挡不住。

房子建成后，地下室和一楼门面如约被河南一生意人租赁，老五和二妞住二楼。老五赋闲在家，一天喝喝小酒打打小麻将，交了不少朋友，有一段时间，一伙子朋友三天两头聚会，轮流“坐庄”，互相请客，优哉游哉。但这样悠闲的日子过久了老五又觉得无聊，开始厌倦。闲下来时，他不是趴在栏杆上俯瞰公路上急匆匆驶过的车辆，就是远眺南山连绵起伏的山峦，以及山顶上慢腾腾飘过的云彩，看完就一个人坐着静静地发呆。他觉得他快要生锈了、发霉了。二妞见老五这样子，就鼓励他开家饭馆，老五不愿意，二妞又怂恿他开间服装店，老五又不同意，老五嫌办饭馆开服装店太老土，一街两行不是服装店就是饭馆，太没新意，真是南山来了一群猴，一个耍球都耍球。

开装饰公司的三哥见老五房子盖成，整天沉湎于酒场、热衷于麻将，和不三不四的人来往，担心他走歪路，就三番五次登门劝说，让老五夫妻俩去他的公司帮忙。老五推辞不掉，加上暂时没正经营生，就答应了。

老五夫妻俩在装饰公司上班，生活有了规律，但寄人篱下、听人使唤让老五觉得憋屈。在公司上班，见谁都要笑脸相迎，个别顾客为一点鸡毛蒜皮的事情动不动就大吵大闹，自己只能耐心解释，疲于应付，绝不能发脾气。他觉得很烦，尤其这两天右眼皮总跳，感觉没好事情，这不，今天刚一出门，额头就被一只蚊子叮了一口，随手一挠，起了个大包，痒痒的极不舒服。

他最近几次起夜，发现租他家一楼门面和地下室做库房的那个河南商人老王总在半夜三更忙活，来送货的和进货的都一声不吭，匆匆忙忙神秘兮兮的，似乎见不得光，偶尔还闻见扑鼻的酒香。老王又不是开酒馆，也不至于常在半夜饮酒，哪来的酒香？老王搞烟酒批发，白天顾客不多，老五还为老王的生意捏了把汗，替人家操心。可眼见这几晚上老王的忙活劲，他又觉得不正常，起了疑心，感觉老王的生意有猫腻。于是，他就多了个心眼，半夜起夜时隔着窗帘仔细观察了几回，白天又悄悄在垃圾堆里用木棍拨拉，发现了许多撕毁的名酒标签。他终于看出了端倪。他没丝毫犹豫，立马把房客老王举报到工商局执法队和公安局缉私队，老王的酒作坊第二天就被一窝端。

原来老王把表面是库房的地下室变成了倒腾酒的手工作坊，自己订购包装盒子，回收名酒瓶，把低档酒倒腾到名酒瓶子里，以次充优，赚取极高的利润。老五也爱喝酒，他觉得老王这等手段太卑劣，祸害人，不举报他良心上过不去，且不举报老王犯事了他也要被追究连带责任。老五终于弄明白了为啥建在城外的房子还这么抢手。

河南商人被法办后，很快又来了一位浙江人租他房子。浙江人是个手艺人，能吃苦，专门制作席梦思床垫。那一年，席梦思床垫刚开始在小城流行，浙江人手艺好，服务态度更好，因此床垫生意很不错。随后，小城一连又开了几家制作床垫的店铺，中间有同行嫉妒浙江人生意，偷偷雇了几个无赖捣乱，结果来了几次，都被老五赶跑了。浙江人重义气，觉得老五戆直，护佑他，对他有恩，一年多后去西安发展，就把全套工具和手艺毫无保留地传给了老五。浙江人一走，老五当即从三哥的装饰公司出来，在中环路口开了间出售席梦思床垫的店铺。

老五财运亨通，刚开张就迎来一个开门红。到邮政局上班的发小三虎，这几年混得人模人样，刚承包了单位新盖的大楼，准备办邮政宾馆，需要一百张席梦思床垫。老五雇的人不够用，干脆把制作和销售放在一起，就在店铺门前扎弹簧，边做边卖，一天手脚闲不下来。他的席梦思床垫制作过程透明，工艺精细，他在店门外现做现卖，无形中又做了活广告，订购席梦思床垫的客人络绎不绝。

老五为人豪爽，朋友里三教九流的人都有。老五的席梦思床垫铺子自然成了朋友们谝闲传说古论今的地方。有一位朋友罗三在老五店铺对门的药材公司工作，嗜好饮酒，却不节制，一喝醉就到老五店铺讨扰，老五不厌其烦，依旧递烟敬茶，笑脸相迎。除了老五，谁的话罗三都不听。

老五既要忙生意，又不愿意冷落朋友，但闲人太多不免影响生意。譬如嗜酒的罗三，三天两头喝醉，一醉就往老五的铺子跑，耍酒疯，让客人厌恶。

一日下午，老五铺子来了一位特殊客人，西装革履、气度不凡，老五见了，愣怔片刻后，笑容满面，忙迎上去，紧紧握住来人的双手——是大哥回来了。

大哥趁部队裁员，自己主动申请转业到广州一家文化单位上班。上班很清闲，一天松松垮垮的，日子久了荒废人，大哥就有了自己创业的想法，这次回来，就是想和家人商量这事。老五与大哥正在说正事，罗三在别处刚喝完酒，摇摇晃晃又来了，自己拉了把椅子坐在门口，歪着脑袋，嘴里嘟嘟囔囔要水喝。老五吩咐伙计给倒杯水，伙计不情愿，就磨磨蹭蹭，等伙计把水端来，罗三却口流涎水睡着了。

大哥瞥了一眼醉醺醺的罗三，蹙了一下眉头，问老五："这人是干啥的？醉成这样，咋不回家？"老五说是一位朋友，大哥嘴一撇，说："你竟然交这等朋友？"大哥责怪老五良莠不辨，交友不慎，影响生意。老五说罗三不喝酒啥都好，只是喝酒后把控不住自己。大哥告诫老五，酒品即人品，酒让人原形毕露，酒品如此，人品亦不咋样。

有一阵子，老五的生意惨淡，老五不知其故，一朋友悄悄告诉老五，说，外面有人议论说你这席梦思床垫铺子就像一瓮芳香四溢的美酒，旁边却卧了一条凶巴巴的大狼狗。老五听了似有所悟。但罗三来了，醉了，老五依旧敬烟上茶，从未显露出一丝鄙夷神色。

9

嗜酒的罗三清醒的时候少，糊涂的时候多。他清醒时听人说了他醉酒后在老五店铺里要酒疯的事，知道有人把他视为恶狗后，羞惭不已。人有脸，树有皮，罗三下决心戒酒。

20世纪90年代初，老五的大哥在广州开办了一家电器厂，专门生产电风扇。那时候，电风扇对小城的人来说还是稀罕物。大哥来信说他上次回家本来想让老五到广州给自己帮忙，但回老家后见老五生意已经铺展开而且还不错，就没好意思开口。大哥在信中说老五为人憨厚、重义气，但个性执拗，遇事冲动，是他的性格缺陷。大哥告诫老五遇事要忍耐，交友要慎重，损友无益。

可是，事情往往就是这样吊诡，老五的那些狐朋狗友没有给老五带来麻烦，反而是老实巴交的二哥无意间让老五平静的生活掀起了波澜。老五二哥在县中学教书。他带的班上有一学生，自由散漫，痴迷网络游戏，调皮捣蛋不爱学习。一次课堂上，那娃趴在课桌上睡觉，二哥走过去把那娃叫醒，批评了两句，让站起来清醒清醒。那娃不服管教，犟嘴，二哥让他出去，那娃不但不出去还嘟嘟囔囔骂人，二哥上前去拉，那娃用胳膊肘撞他，两人撕扯一番后，那娃恼怒，踢了二哥一脚撒腿就跑。

那娃哭哭啼啼回到家，说受了老师欺负，歪曲事实，添油加醋。娃父亲是一位包工头，一天闲杂事多，无暇管娃，他母亲沉湎于麻将场，一味溺爱娃，这两口子听了娃的话后竟信以为真，当即叫了一帮子亲友来学校滋事，不问青红皂白把二哥暴打一顿后又恶人先告状，闹到教育局。教育局打电话询问了学校具体情况，明知是对方家长无赖，却不敢明确表态。调查此次事件的城关派出所也保持缄默，没有立即给出一个明确结论。二哥住进医院，自己付医药费，还被扣上体罚殴打学生、教育方法不当的帽子。社会上误传的版本是老师打了学生，又被学生家长打了。二哥听了这套说辞，满腔悲愤，哀叹这老师没法当了。

家人和朋友都怕老五惹事，没人敢告诉老五，但纸岂能包住火？一顾客买床垫，无意间提说这事，老五知道后，脸色铁青，到医院看了二哥伤势后一声不吭，当晚孤身一人跑到对方家里，将对方及其几个起哄闹事的亲戚打伤，随即被公安局治安大队拘留，关在治安大队院子里。半夜，老五见值班的警察睡着，从椅子上拔出一颗钉子，用钉子打开手铐，然后越墙而去，当晚上了一辆过路车，跑到西安，又坐火车辗转到了广州。

老五打人被抓后又神秘脱逃，让剧情发生了大逆转，社会舆论也一边倒声讨殴打教师的家长。挨打受伤住院的包工头家长知道事件真相后，让妻子主动支付了二哥的所有治疗费用，还托人上门道歉，主动提出和解，表示不再追究老五打伤自己这件事情。三哥也出面替老五垫付了对方几个受伤者的医疗费用。教育局态度开始明朗起来，要求严惩凶手，保护教师合法权益和人身安全。接着，派出所迅速结案，教师行使教育惩戒权利，无过错行为，家长冲击校园，破坏正常的教育教学秩序，违反治安管理条例，责令其支付受害教师全部医疗费用并交纳治安罚款，最后还要求老五自觉到派出所接受处理。好在双方受伤都不重，此次事件只属于一般性治安事件，双方医药费谈妥，民不告，官不究。这件事最后不了了之。

老五在广州期间，埋头苦干，钻研技术，好学上进，把全部精力放在电风扇上，很快掌握了立式、台式、吊式、自动式等各类电风扇的安装和修理技术。一晃，几个月就过去了。

老五走后，二妞不得不走到前台当起了老板，亲自打点床垫生意。多亏有一帮子朋友帮忙，尤其戒了酒的罗三，脏活累活抢着干。床垫生意虽不赖，但毕竟老五不在身边，二妞在信里不免发牢骚。夫妻天各一方，毕竟不是长久之计。老五在广州大哥的电器厂待到年底，春节返家后又重新干起他的老营生。

20世纪90年代中期，空调流行开来，电风扇在大中城市开始滞销，电风扇的销售重点随即从城市向农村转移，大哥根据市场需求，调整思路，拓展业务，筹备在西安设立一个西北片区总代理。老五成了最合适的人选。好在小城离西安不远，几个小时路程，来回方便，老五和二妞商量后，把床垫生意盘了出去。二妞在家专职照顾孩子，老五去了省城西安做电器公司专职总代理。

老五到西安康复路电器批发市场租了两间门面，又在康复路后面村子租了一院民宅当库房，雇了两个人当伙计，专门批发各类电风扇。

俗话说，售屋瓦的盼冷子，卖凉粉的盼夏天。西安的夏天就是火炉子，即使两台风扇一摇一摆不停地吹，老五脸上的汗水也不停地往下淌。他干脆把身上的T恤衫脱了，光着膀子舒服啊！他膀子上搭一条毛巾，不停地擦汗，只是形象不太好，现在大小是个老板，咋看咋像个蹬三轮车送货的。天热得流油，老五顾不得形象了，对门的小伙不也只穿了条小短裤，裸露出干瘪的“排骨”也不嫌羞。这天气，穿成这样，谁都能理解。这天气好啊！这天气才能财源滚滚来。送走了一拨又一拨客人，老五累得要虚脱，似乎中暑了，赶紧买了一碗冰镇绿豆汤一饮而尽，又咥了半个西瓜，才调整过来。他急忙给广州的大哥打电话，说这几天电风扇火爆日塌了，让大哥继续发货，争取把去年冬季的存货一扫而空。

可是，刚兴冲冲收到两车货，把库房塞得满当当，信心满满准备大干一场，却下了一场连阴雨，十几天呢，正是电风扇的销售旺季，雨却淅淅沥沥下个不停，加上飕飕的凉风，把老五的热情降到了冰点。老五和街口卖西瓜的、卖绿豆汤的几个人哭丧着脸，你看我、我看你，大眼瞪小眼。街口卖西瓜的忍不住双手合十祷告：“太阳，太阳，红太阳，你出来，你出来呀！”

三伏天一过，来批发风扇的人越来越少，待到秋季时，电风扇已无人问津，但要守住铺子，老五只好拉了一车录音机卖，维持生意。

进入冬季，以电风扇为主的电器生意萧条，老五一下子闲了下来。市场上有爱玩牌的人来约牌场，老五无聊心烦，无所事事，就开始小打小闹，玩几把扑克打打小麻将。可是，渐渐觉得不过瘾，一时兴起，玩了几把大的，感觉蛮刺激，谁知一玩起来，竟然刹不住闸，开始上大场子，最后玩翻碗子、飘三页。老五无人监督，想咋就咋，不知不觉两个月，把大哥的货款输光输净了。这时候，老五已经无心打理生意，如吸了烟葫芦，玩上瘾了，到处借钱耍赌。不久，广州厂子催货款，老五以各种理由搪塞。大哥料想其中可能有猫腻，专门派人来西安查账，老五无法隐瞒，只好向大哥坦白。最后大哥忍痛撤了西北代销点，老五灰溜溜回到了小城。

老五沾染上赌博恶习，从西安铩羽而归。二妞把多年的积蓄拿出来，也只还了大哥的一小半货款。好在大哥只要求他戒赌务正，欠账慢慢还。

10

老五从西安回来，在家里闲坐了三个月，孤独、苦闷，被人疏离、被人唾弃的滋味实在难受。他痛定思痛，觉得太对不起大哥和二妞，发誓要坚决戒赌，洗心革面，重新做人。可是干啥营生呢？他一时又拿不准。

就在老五彷徨不知所措的时候，冶炼厂的锑价突然暴涨，北山韩沟锑矿开始红火起来，湖南、湖北、河南等地的老板纷纷到北山韩沟开采锑矿。小城的生意人得到讯息，嗅到了商机，也像潮水一样往北山涌，开洞子的、搞餐饮的、卖副食百货的、办镭射录像的、开发廊洗脚房的，皆大张旗鼓蓬蓬勃勃地铺展开生意。老五也不想错过机会，他想东山再起干一番事业，可是没本钱，兜兜没铜，不敢胡行。老五到信用联社和农行贷款相继碰了钉子，没人愿意给他担保，人家不信任他，知道他要赌输光了他大哥的货款。银行的钱不会借给赌徒。连三哥都对他很失望，气呼呼说恨铁不成钢。老五沾赌寒了许多人的心。

小城的生意人骑着摩托车一溜一串进北山矿上发财，老五拿着二妞给的几百块钱孤身一人在路边挡了一辆进北山的拖拉机，到界岭后又随一群同样到锑矿谋事的人走了十几里山路。一辆接一辆的摩托车从身边一晃而过，老五只顾低头走路，他要从头开始，挣了钱他也要买辆摩托车。老五明白，幸福生活要靠自己去努力争取。

老五以前没到过韩沟，以为到了那里两眼墨黑，但到韩沟后才发现，在这儿晃荡的熟人还真不少。几位邻居遇见他，热情地给他发纸烟，询问他打算干啥营生，他支支吾吾说刚来还没拿定主意。西街耍赌的黄牙老远看见他，撵过来拉着他的手要邀请他去喝酒，他赶紧打岔走开。看见黄牙他就想起在西安那两个月不堪回首梦魇一般的日子。

老五觉得韩沟村仿佛把小城的街面子搬迁来了。这偏僻的小山村因为锑价的突然暴涨竟变得如此繁华，白天人头攒动，晚上灯火通明，餐饮娱乐生意兴旺。村民们的老屋新舍摇身一变全成了客栈，村部的大屋场上和村道边清一色全是彩条塑料布搭的棚屋房，房子前横七竖八挂着极其简陋的招牌，油漆描的、墨水画的、粉笔涂的，都是临时凑合，多是饭馆、录像厅、发廊、洗脚房和副食百货铺子之类。饭馆里传出猜拳行令声、嬉笑怒骂声，录像厅里传出嘈杂喧哗之声和发嗲的让人身上起鸡皮疙瘩的声音。发廊和洗脚房门口时不时晃动着一些打扮妖艳的女娃和醉醺醺歪着身子走路的粗鲁汉子。这些都让韩沟村憨厚淳朴的村民们惊慌失措，他们对村子这段时间的巨大变化有点不适应。村子一下子增添的内容过多，显得臃肿、内分泌紊乱。更不适应的是村子里没见过世面的鸡狗，它们惶惶然，鸡不打鸣了，狗不护院了。鸡吓破了胆，瑟瑟发抖，心不在焉，狗小便失禁，精神失常。

初来乍到，老五住在一户农家客栈。他在矿上溜达了三天，看见矿洞子里蓝莹莹的矿石被民工用小推车源源不断地推出来，在坑口堆积成山，然后又被一辆接一辆等得不耐烦的卡车拉走。他看见操各种口音的老板模样的人一个个在矿部前蘸着唾沫数钞票开矿石。机器的轰鸣声、车辆的喇叭声交织在一起，矿场子就像一锅大杂烩。这些都让他好奇、让他兴奋。俗话说，蛇有蛇规，马有马道，来韩沟的每个人都想以不同的方式在这儿分一杯羹。老五仔细观察，虚心向人请教，综合各种因素后，觉得自己贩锑矿比较合适。他以前当过车老板，也销售过床垫和电风扇，自忖脑瓜活络，口才也不赖。几天下来，他就熟悉了贩锑矿的流程：先在各个矿部想办法开好票，再把开出的矿石倒卖给耽搁不起时间来拉锑矿石的外地人，赚取差价。因为贩矿可以单干，虽然辛苦，但来钱快。贩矿要胆大心细，当断则断，只要不看走眼，看准矿石品位，是不会赔钱的。老五不怕吃苦，没有啥事情比被人瞧不起更让他痛苦，他要堂堂正正地重新站立起来，不吃苦咋能行？天上又不会掉馅饼。他清楚现在面临的最大问题是钱，空手在这儿套不住白狼，空手只能进洞子给人挖矿出苦力。

老五考察好项目后从矿上回来想办法。他现在唯一的资本就是家里这四层楼房。他给二妞把想法一说，二妞当即用房产做抵押给老五贷了十万块钱。那个酗酒爱闹事的罗三听说老五要到北山贩矿，把自己的全部积蓄三万块钱拿出来给老五，让老五重整旗鼓。

老五背了十三万块钱去了矿山，他肩头背的是沉甸甸的希望啊！老五刚开始贩矿，小心谨慎，一听说哪个洞子出矿就赶去开票，然后挣点辛苦费就出手。他不压货，不欺生，态度好，讲信用，和他打过交道的买主都认可他，一来二去他结识了不少新朋友，赢得了良好的声誉。

北山韩沟锑矿的开采，带动了相关产业的发展，也衍生了一批不劳而获的二流子。他们设赌场、拉皮条，甚至干一些敲诈勒索的勾当。

一次，老五拉了一车矿石下山，在半山道上见前面堵车，便下车走到前面察看情况，见四个人挡住一辆拉矿石的大卡车不让走。为首那个老五认识，是小城街道的混混杨老三。杨老三气势汹汹说卡车把他伙计的摩托车撞了，让对方掏五百块钱。卡车车轮前倒着一辆摩托车，老五凑近一看，见摩托车并无大碍，卡车上的两个外地人苦苦哀求，说他们就没挨着摩托车。杨老三叱骂道："狗日的，还敢抵赖？想挨打不是？"说着就要动手，旁边有人帮腔威胁。老五心里明白，这伙人在碰瓷。老五好言劝说："车挡在路上，后面车不能行，影响大家，不如先下山，下山后再协商，摩托车修理需要多少钱，让他掏多少钱。"杨老三恶狠狠地说："不行！他不掏钱走不成！"旁边有人低声劝老五不要多管闲事，免得惹麻烦，这话更证实了杨老三这伙人是在碰瓷。

老五抬头，见山道上车越堵越多，不少驾驶员和车主也下车察看情况，埋怨把路堵住了。看着拥堵的人和车，看着外地人可怜巴巴的样子，一股豪情涌上心头，老五说："出门人不容易，你们这样欺负外地人，是在断自己财路，砸自己饭碗。"杨老三见下不了台，梗着脖子充硬汉，气呼呼地说："你算老几？在这儿充老大！你把你自己的事情管好，不要管别人的闲事！"老五盯着杨老三，厉声说："路不平众人铲，这件事我管定了！""你们上车！"老五指着两个外地人说，然后又对着人群喊，"上车上车，准备走！"说完，就径自上前扯住摩托车往路边拽。杨老三和几个混混上来阻止，老五拽开摩托车后一转身一把扣住杨老三的手腕，一扯一带一甩，杨老三一个趔趄跌倒在地上。杨老三爬起来傻愣愣看着老五，呆在原地。他心里忌惮老五，不敢动弹，其他人也愣在路边。他们全被老五的气势镇住了。

老五挥手让那辆外地车走。外地车从他身边经过时给他鸣号致敬，好似在说"谢谢"。车子一辆接一辆往山下晃悠，每辆车从他旁边经过，都自觉摁两声喇叭，以示敬意。杨老三和那几个碰瓷未遂的混混灰溜溜地站在山道边，车子经过扬起来的灰尘落在他们头上、身上、脸上。少顷，给老五拉矿石的卡车也下来了，在他跟前停下，老五上车后，车子又继续前行。

11

老五在矿山山道上把几个混混收拾了一顿，又干了两件打抱不平的事情，在矿上广为流传，街道来的地痞和矿霸知道他不好惹，自然对他避让三分。时间不长，几位单打独斗的小贩见他为人戆直，回头客多，有时竟应接不暇耽搁生意，就主动要求和他合作。老五周围逐渐集聚了一帮小兄弟。有了帮手，他们分工明确，相互协作，有的负责开票、装矿，有的负责拉矿、看矿，有的负责销售，各司其职，办事效率明显提高。老五再不用山上山下两边跑。两个月后，为了行动方便，他添置了一辆本田 125 摩托车。摩托车具有灵巧快捷的特点，是山区的主要交通工具，便于翻山越岭，在各个坑口和矿场之间穿梭自如。

韩沟村那些塑料篷布搭的棚屋，大部分挂着饭馆的招牌，但走进去以后才发觉有的店老板偷偷扩大了经营范围，有几家饭馆“挂着羊头兼卖狗肉”，外面是饭馆，里面是赌场，只用一张塑料布隔开。隔开了空间，却挡不住里面的乌烟瘴气和嘈杂声音。老五一瞥见这熟悉的一幕，立即扭头就走，心里骂，这害人不浅的玩意儿，迟早会让公安机关一锅煮一窝端！

韩沟锑矿经济繁荣的表象下面掩盖不住暗地里的罪恶勾当。因此说，钱的触角伸到哪里，哪里的淳朴就会被扼杀；机器的轮子转到哪里，哪里的安宁就会被戕害。在金钱面前，一些人的丑恶嘴脸和肮脏灵魂暴露无遗。

这片棚屋里有一家四川人开的饭馆，川菜炒得正宗，门面虽然没挂招牌，但一说“小四川”饭馆，矿山上人人知晓。小四川饭馆人气旺，开洞子的老板、贩矿的团队、拉矿的司机、当地发了财的村民，甚至下矿洞里出苦力的人，闲暇时喜欢来这儿喝两盅，南腔北调混杂交织在一起。

这一天，老五两笔生意做得顺当，心情舒畅，晚饭时，他想犒劳犒劳大家，就和几个伙伴走进了小四川饭馆。

饭馆里和往常一样热闹，有吆五喝六猜拳行令的，有一边吃喝一边嘻嘻哈哈讲黄段子的，还有埋着头不吭一声自顾自吃饭的。老五瞄了瞄几张桌子的状况，径直走到最里面一空桌前坐下，其他几个人也随他坐下。没有人来伺候倒茶水，也没有人过来拿菜单让点菜，店里的伙计正手忙脚乱地端菜、收拾桌面，暂时顾不上招呼他们几个。老五示意大家不要着急，他掏出一盒“红塔山”牌香烟给大家散了，然后拈一支叼在嘴上。旁边有人眼疾手快，啪嗒一声用打火机给他点上。老五悠悠地抽着烟，等服务员过来点菜。

隔壁一张桌子坐着几个衣着光鲜油头粉面的男人，老五虽然不认识，但搭眼一看这些人的做派就知道是有钱人。老五猜想，可能是矿洞子的老板或者外地来拉矿的大款。一个吃货似乎喝高了，咋咋呼呼支使饭馆一个十五六岁的小姑娘给他们添水。那小姑娘脸色黝黑、体形瘦小，目光里透着怯懦，一看就是山里的娃娃。那吃货喊了几遍，小姑娘正忙着收拾其他桌面上的盘子、碗，腿脚稍微迟缓了一点，一个满脸通红戴着金戒指的汉子猛拍了一下桌子，呵斥道：“你聋啦还是瞎啦？听见爷爷说啥了吗？”那小姑娘这次听见了，一愣怔，忙提了茶壶过来怯怯地准备添水。一摸茶壶似乎觉得茶水凉了，说：“我去加点热水。”等她把茶壶拎出来匆匆过来给客人添水时，啪的一声挨了一耳光。小姑娘猝不及防，惊叫一声，手里的茶壶应声掉在地上。老五心里一惊，看见戴金戒指的汉子怒气冲冲手扬起来还想继续打。老五火气噌一下上了头。

老五最痛恨为富不仁的家伙，他们仗着有钱有势为所欲为，欺侮弱小。他小时候因家里穷就受人歧视，伤心与无奈、自卑与不平，那种屈辱感在心里积蓄已久，此时突然之间有了出口。他把桌子猛一拍，大声说：“狗日的欺人太甚！”话音未落，人已蹿了出去。三下两下，没见老五大幅动作，戴金戒指的汉子已跌倒在地，与他同桌的人唰一下站起来几个，其中一人去扶跌倒的汉子。这边与老五同行的伙伴见状也全站了起来。双方剑拔弩张，气氛一下紧张起来。

那汉子骂骂咧咧，一把甩开扶他的人，欲扑向老五，却听到一声断喝："够了！"一位一直端坐着没动弹的中年人指着骂骂咧咧的汉子怒斥道："就你一天爱惹事，还不嫌丢人？"接着起身对老五拱了拱手，说："不好意思，我教子无方，失礼失礼！我向小姑娘道歉，请兄弟息怒！"那骂骂咧咧的汉子听了，呆在原地。

此时，挨打的小姑娘擦着眼泪把茶壶捡起来。那老板模样的中年人走到小姑娘跟前，从皮夹里抽出几张钞票递给她。姑娘不接，那人劝道："算啦算啦，不生气了。"硬把钞票塞到姑娘手里。老五见对方用实际行动表达歉意，一时火气消了，坐回原位。

这一切，被坐在另一张桌子旁的一位脸皮白净的中年人看在眼里。他走到老五身边，低声说："想和兄弟聊几句，不知方便不？"老五抬头，一愣怔，说："你是齐老板？"那人笑笑说："正是。"老五认识齐老板，齐老板是矿山"上八坑"的大老板。

老五随齐老板坐下，齐老板说："看你贩矿辛苦，如若不嫌弃我矿洞小，来给我帮忙，咋样？"齐老板盯着老五，看老五没有反应，他抿了口茶水，缓缓说道："不急不急，你可以考虑一下。"老五见齐老板不像是在开玩笑，欣然说："不用考虑，我当然愿意。"齐老板粲然一笑，说："如果愿意，明早就到我矿部来！我喜欢你这样豪爽仗义的人。"

翌日早，老五如约来到上八号矿洞。矿洞前虽然有雾，但能看见一个人在矿场前撂石锁，闪转腾挪，身子灵巧。老五走到跟前，才看清是齐老板。齐老板舞了一会儿，瞥见老五，停了下来，放下石锁后笑呵呵问老五："你也来两下？"老五年少时和村里的宋铁匠练过石锁，对这玩意儿不陌生。他当即拎起石锁舞了一回。舞完，气微喘。齐老板说："昨天一看你出手那几下，就知道你是个练家子。"老五笑笑说："小时家里穷，受人欺负，见邻家有个铁匠一天练功，就跟着练了一阵子。"齐老板说："我们河南人也有练石锁的习惯，用石锁来训练握力、腕力、臂力、腰力、腿力、爆发力与耐力。撂石锁是一种古老的武术功力项目，传说撂石锁这门功夫起源于唐宋。古时考武状元要考弓、刀、石、马、步，行伍之人把这个当作训练武术功力的一项很重要的基本功。不管是练拳、练刀、练枪，还是玩摔跤，都要求习练者有很好的身体素质，石锁就成为习武必备的器材。石锁虽构造简单，但撂的手法却丰富多样，不仅能练力量，还能锻炼身体的柔韧性、灵敏性和平衡性。"老五听齐老板讲完，才知道撂石锁还有这么大学问。他对齐老板更加敬佩。

老五到齐老板的矿部上班后，用贩矿的钱入了股，然后参与矿部的管理，主要负责矿洞安全。齐老板给老五开双倍工资，每月还给他分红。齐老板信任老五，遇事常和他商量。被尊重的感觉让老五重新找回了做人的尊严，让他把压抑许久的愤懑之情释放出来。老五尽职尽责地工作，自从他到矿部以来，阻止了几拨子地痞流氓的滋扰和捣乱，也顺利解决了几起纠纷，深得齐老板器重。

韩沟锑矿的开采也衍生了一些丑恶现象，引起了当地政府和公安机关的高度重视，专门成立了综治办。综治办根据群众举报信息明察暗访，先后取缔了几家赌场和洗脚房，大刀阔斧整顿矿山市场秩序，严厉打击歪风邪气。那些见不得光的乌七八糟的东西一经打击便一下逃遁得无影无踪。齐老板和老五愉快合作半年后，由于身体原因，盘掉了矿洞，回了老家。

老五在锑矿踏踏实实干了半年，挣了一大笔钱，还清了大哥的货款和所有外账。一年后他办了一家木器加工厂，这些年生意做得风生水起，成了小城有名的企业家。他为人豪爽，热心慈善，已累计捐助了二十五名贫困大学生。

一条野狗

校园的生活区里不知啥时候来了一条瘦骨嶙峋的野狗，脏兮兮的，辨不清是黄颜色还是白颜色。它站在后花园公寓楼的入口处，瑟瑟发抖，似乎在等人，不管谁走过，它都会跟在人家屁股后面走几步，人家不理他，自顾自行走，它跟几步觉得无趣，就站住等下一个目标。若被跟的人察觉了，训斥它，它就停下来，发出可怜兮兮的哀音，似乎想表达什么。

几天后，它一反常态，在后花园和一只打扮得花枝招展的洋品种宠物狗在一起嬉闹，身挨身、头蹭头，很快活很亲昵的样子。我见了，心想，这屌狗，狗胆包天哪，不同国籍、不同种族、不同阶层，门不当户不对的竟然和人家厮混在一起。想这狗的世界毕竟单纯些，不讲究什么身份论和阶级论。随后，我无意间又见过它几次，也没在意。

一段时间后，我在生活区的路上又遇见了这条野狗，它依然脏兮兮的，依然瘦骨嶙峋，只是肚子圆滚滚的。也许是吃得太饱，负荷重，它走路慢腾腾的，因为身架子不大，肚皮似乎挨住了地面。它无意间瞥了我一眼，我发觉它的眸子是那样清澈透亮，根本不像是“穷狗”的眼神。

那天，我在路上碰见居住在我隔壁单元的李老师，他气呼呼地对我说：“一条不知从哪儿来的野狗在一楼楼道谁家存放的纸箱里生了一窝小狗，整夜哼哼唧唧的，让人睡不安宁。能不能派人把它赶走？”我听了才猛然醒悟，前些天在校园遇见的肚子滚滚圆的野狗原来不是吃得太饱，而是怀孕了。下午上班时我特意给保卫处值班的校警交代，让他们去后花园二单元一楼察看一下那条野狗到底是咋回事。几位校警对这条野狗都有印象，都说碰见过，被门卫前后阻挡了无数次，也被他们驱赶了无数次，但这条野狗机灵得很，让他们防不胜防，常趁学生上学放学学校大门洞开时混进来。保卫处老杨幽默感十足，他笑呵呵开玩笑说："也许这野狗是条智慧狗，有眼力，见咱们校园鸟语花香、环境优雅，是教育人的地方，人慈善，有爱心，文化味浓厚，所以才来此受熏陶，来此定居的。"

下午，校警们按我的指示去后花园察看后，来向我汇报说把几个单元一楼楼道都检查了一遍，只有野狗活动的痕迹，没有野狗栖息的迹象。他们在校园里仔细巡逻了一圈也没发现那只野狗的行踪。

可是当晚，我被一阵又一阵哀嚎声惊醒，不是狗吠声，是狗啼声，不是吼叫，是哭嚎，是愤怒的绝望的哭嚎声，是撕心裂肺痛彻心扉的哭嚎声，比杀猪时猪的叫唤更凄惨。我当即联想起李老师说前天晚上他们单元楼楼道下了一窝狗娃哼哼唧唧叫唤的事。

翌日早，我去办公室前专门到二单元一楼楼道去察看，并没有见到那只野狗和它的崽子们。几个家属见我询查，不约而同站出来，义愤填膺地控诉那野狗的"罪行"，说这些狗东西吵得她们彻夜难眠、痛苦难当。如果说前天晚上狗崽子唧唧咛咛叫唤我没有听见的话，那么，昨晚那绝望的狗嚎声我不仅真切地听到了，而且受到了严重侵扰。我也是受害者，我也一夜无眠，我知道家属们反映的情况属实，我也很气愤，可是——可是这条野狗为什么如此伤心地嚎叫呢？它的那些狗崽子又去了哪里？它总不至于是吃饱了撑的为了消化愤怒嚎叫吧？

放学前，在后生活区公寓楼居住的潘主任看见我，当即向我反映了一个情况，野狗的崽子被楼上几个住户抱养了。野狗崽子被偷走，野狗失子岂不痛彻心扉？我好奇地问："校园那么大，这条野狗为什么非要在我们后生活区安营扎寨？前面几栋家属楼有几位阔佬，油水那么多，怎么不去？”潘主任神秘兮兮地说：“三楼孙老师家养了一只洋狗，叫‘斯嘎’，院子里的人把它唤作‘孙斯嘎’。那条野狗可能就是恋上了斯嘎，因而来找斯嘎的，它和斯嘎日久生情，是斯嘎的‘姘头’，坚持不懈地来这儿找斯嘎‘偷情’。”我和潘主任正说话间，旁边路过的校警小张听见了，气愤地说：“我们去驱逐了几次，都因为斯嘎提前通报扑了空，即使我们蹑手蹑脚进了院子，斯嘎一发现，耳朵立即竖起来，发警报，通风报信。斯嘎扯着嗓子吼：‘汪汪、汪汪汪！’意思就是：‘快跑，有人来！’野狗能听懂，撒腿就跑。原来是斯嘎在做内应，才让我们屡次无功而返。”听了潘主任和小张的话，我联想起初次见这条野狗时的情形，心想，这屄狗，还有情有义的。

野狗的哀嚎声激怒了居住在后花园里的住户们，大家一致要求捉拿这只野狗，甚至有家属找到校长办公室，强烈要求校长剿灭这只野狗。校长为此还专门开了校长办公会，专题研究野狗进校园扰民这件事，最后决定由我这个副校长负责牵头落实。会后，我当即做了安排。后勤处张贴出不准住户养狗的通告。保卫处也马上做了相应的配合，校警们拎着警棍，在校园内大张旗鼓地开展了几次大规模的清剿“野狗”行动。在当天“清剿”野狗的行动中，因为下雨路滑，我们一位校警还不慎摔倒，光荣负伤。

偷偷抱走狗崽子的那几家住户，看了学校不准养狗的通告后，悄悄把狗崽子又归还到狗窝。晚上，二单元一楼楼道上又响起了狗崽子唧唧咛咛的呢喃声。白天被驱赶得狼狈逃窜不见踪影的那条野狗，竟然又奇迹般地出现在楼道里，一副低眉顺眼很乖巧的样子，再没有哭嚎过。我知道，狗崽子没过满月是不能寄养的，狗狗也有母爱，没过满月的狗宝宝，一旦失去母乳的喂养，几乎会全部夭折。原来这条野狗那天晚上凄厉地嚎叫只是说明它的狗性没有泯灭，它是在寻找它的孩子们，它的嚎叫是在哀求，是在控诉。

几天后，我看见那条野狗又溜进校园，摇着尾巴，嘴里叼着骨头、饭渣之类的食物，步履踉跄地进了生活区。我给同行的赵老师说起野狗叼骨头这事，赵老师感慨地说，他已遇见多次了，这条野狗自己吃了不算，还惦念它的宝宝们。我发现，在人性中达成共识的，人类本能中的一些准则，狗类同样能做到。我说，狗在某些方面，真的比人优秀，比某些人做得好！这条野狗完全有资格留下来在这个校园里当老师。

这条野狗的“义举”感动了二单元的住户们，他们不但不再驱逐这条野狗，还纷纷把剩饭剩菜端给这一家“不速之客”。那些狗宝宝吃完众人施舍的饭菜后舔着小嘴巴、摇着小尾巴，亮晶晶的小眼珠盯着人看，似乎在表示感谢，样子可爱极了。

庆　堂

1

庆堂和我同龄，同是西街的娃。小时候我们一起骑过猪，一起玩过尿泥，当然要恼了也打过架互相挖抓过脸，是那种见不得又离不得的伙伴。从小学一年级上学开始我们就在同一个年级，但奇怪的是我俩从来没在一个班里待过，现在回想起来也许是因为我俩都是捣蛋锤锤子，校长才故意把我俩拆开的。我和庆堂是班里的“小头领”，各自有自己的拥趸，偶尔两个小“团伙”发生摩擦，双方就把我爹和他爹的名字用粉笔蛋蛋写在街道的墙壁上、门扇上，通过这种方式来表达不满和愤恨。有一次我爹的名字竟赫然出现在丹江河堤的石鳌子上。我们立即以牙还牙，把庆堂他爹的名字写了几十个，以示报复。那时刚学会写字，写字的热情高涨，似乎写得越多越解气，有几次竟然越过了西环路写到了露天电影院的售票窗口上，写到东环路的废品收购站的价目栏上，害得我爹和他爹都出了名。因而，我俩彼此心头都积攒着一股子怨气，互不服气，正应了“一山不容二虎”这句话。

那时候淘气，一天只知道疯耍，心思根本就不在学习上，因此，一遇到考试就傻眼，就熬煎，有同学一门课考一百分，可我三门课加起来也考不到一百分。庆堂比我更惨，所有科目加起来也不够一百分。我知道普天之下所有差生都怕放假，放假就意味着回家要交一张“晦气单”，必然要挨爹娘一顿暴揍。尽管偷偷涂改了两次，可爹娘的眼睛总是雪亮的，一眼就看穿了我要的小把戏，事情败露，不但挨揍还挨饿。因此，每学期临近放假，我们这些差生就提心吊胆，惶惶不可终日，挨揍后自然就恨爹恨娘恨老师。当时有一句流行语，叫“天下乌鸦一般黑”，挨揍后我们就给父母使用上了。当时懵懂不明其意，竟没心没肺地模仿别人复诵这句话。长大以后才知道这句话原来是骂万恶的旧社会那些恶霸地主的，我却把它用在了爹娘和老师身上，实在惭愧！

学习不行，成绩拿不出手，我们就想方设法在其他方面表现自我，况且表现自我是娃的天性。我们这些被骂欠揍的捣蛋锤锤只有在运动会上狠狠表现一把或者通过打架等形式来出出风头，以获得存在感和别人的认同。我小时候因为不好好学习，受尽了冷落、嘲笑的屈辱，实在是往事不堪回首。

幸运的是那时候学校流行一鞭子赶，成绩好不好都让升级，让人没有压力和危机感。这样，我和庆堂就糊里糊涂趔趔趄趄地混到了初中毕业。庆堂身体素质好，和我一样喜欢武术，也喜欢交朋友。喜欢武术是因为受了电影《少林寺》的影响，喜欢交朋友是因为性格开朗从小爱热闹。千万别以为我俩兴趣相同就是“一丘之貉”，我俩可是各是各，根本不是一条道上的。我交友是为了和朋友相互取暖，有几个朋友热闹，他交的那伙朋友在班里搞恶作剧或给女生起绰号欺负女生，在课堂上捣蛋起哄，算计老师，我可不屑于干这种事。他有一帮子朋友，我也有一帮子朋友，就像河的两岸，两条平行线，遥遥对望着，就是走不到一块儿。当然，小娃的世界大人们不懂。

回想起来，那时候思想真保守，小学、初中我们班里男生和女生不说话，谁若和女生说话了，就好像谁做了龌龊事，接下来一定没有好果子吃，一来被唤作“流氓”，受冷嘲热讽，二来肯定被孤立。所以即使男女生同桌也一定要画一道“三八线”隔开，以示立场，如果一方越界，另一方必用肘关节撞击警告。

可是，到县中上高中后，不知为啥，持续多年的局面忽然发生了变化，男女生不仅开始说话，而且放学后还一块儿走。这种现象先从几个班干部开始，随后，像流行感冒一样传染给了大多同学。课桌上的界河骤然消失，校园内外，男女生凑一块儿嘀嘀咕咕的现象一下子变得司空见惯，我也完成了从抵触到好奇再到乐意和女同学接触的蜕变。

过了大约一个学期，我莫名其妙地喜欢上了我们班坐在我前面的一位女同学。她学习好，长得秀气，白白的脖颈整天对着我，让我上课总浮想联翩、心不在焉。可是她整天目不斜视，走路脑瓜子仰得高高的，脸上的表情让人琢磨不透。在班里和同学相处，她似乎还停留在小学和初中男女生不交流的惯性思维上，只乐意和女同学说话，对男同学不屑一顾。她越傲气我越喜欢，我想引起她的注意，给她留点好印象，当然就要在学习上下功夫啦！于是，我下定决心，痛改以前不爱学习的毛病，坚决和以前那些勾引我玩耍的狐朋狗友一刀两断。我自觉疏远了我的“小团伙”，开始一心一意听讲，虚心向老师和同学请教，认真做作业，学习劲头十足。一个学期下来，我的学习成绩终于有了起色，各科成绩逐渐跟上了大部队。要知道这样的转变有多么艰难！从一个基础薄弱的差生到最后不依靠外援就能自力更生完成作业的中等生的大转变，个中艰辛只有我自己知道。我现在常庆幸我那时候醒悟早，心窍开了知道学习了，其实，说心里话，那时突然爱学习是因为爱屋及乌。我当时的心思同学们都不懂，似乎只有我娘懂我，她笑呵呵地对我说，浪子回头金不换呢！我娃终于懂事啦，好好学习，将来争取给娘娶个漂亮贤惠的儿媳妇回来！

高二文理科分班后，庆堂班和我们班教室紧挨着，我俩自然常碰面。我俩虽然不像小时候那么小心眼互相较劲了，但碰面也只是敷衍地笑笑，相互点点头而已。听老师说，一位哲学家说过，羽毛相同的鸟总会走到一起的。围绕庆堂转悠的那帮子人全是不爱学习的娃，上厕所时他们几个常凑一块儿偷偷抽烟，被其他同学视为异类嗤之以鼻。一次，课间休息时我无意间听我们班同学说，庆堂他们班有个女生，叫佟小丽，长得眉清目秀的，是县上一家国营企业职工的女儿，吃的是所谓的“商品粮”，很有优越感，一天乐呵呵的开心得不得了。庆堂偷偷喜欢上了那女生，每天下晚自习后悄悄跟踪那女生，已经有好长时间了，弄得“满校风雨”众所周知。另一位同学说，他也不撒泡尿照照自己的影子，癞蛤蟆想吃天鹅肉，简直是个二杆子。我觉得这位同学说得没错。庆堂的父母是地地道道的农民，是农村户口，吃的是“毛粮”。在20世纪80年代，他们可是完全不同的两个阶层呢！吃商品粮人家的孩子，高中毕业即可顶老子的班，或者被国营单位招工招干谋一个职业，找一个营生，拿工资，用当时的话说，就是端上了铁饭碗，旱涝保收。而吃“毛粮”的农村户口的娃，高中毕业若考不上大学，那就只能回家修理地球。当然，当兵是另外一条出路，但当兵有名额限制，希望也不大，一年一个村子也就只那一两个名额，还经常让领导的子弟把名额占了。按常规说，庆堂和他们班那女生说什么也不会走到一起的，可庆堂这小子竟然异想天开，胆大包天，真是不知天高地厚。

2

世上的事情往往就是这样吊诡，越是你不相信的事，越千真万确地发生着。这不，过了几周，学校又传开了，说得有鼻子有眼的。庆堂的跟踪行动有了明显进展，他和他们班那位佟小丽好上了。我想“好上了”的意思不外乎男女同学走得近些而已，不过是在一起说说话、一块儿走走路，不至于这么快就进入神秘兮兮的早恋。

我觉得庆堂这家伙真不自量力，学习成绩一塌糊涂，基本上考学无望，却罔顾他是农民子弟的现实，竟异想天开黏上了长得水灵又吃商品粮的女生佟小丽。他一天把心思全放在佟小丽身上，每天放学跟在人家屁股后面屁颠屁颠地当义务保镖。这也太不靠谱了。佟小丽家在县城东头一家国营企业的家属院，庆堂家在我们西街，他每晚把佟小丽送到县城东头，又一个人跑回西街，真是精神可嘉。我想，庆堂如果把这股子劲用在学习上，何愁考不上大学端不上铁饭碗？呵，怪不得上周进行的运动会，他独自包揽了学校三千米、五千米和一万米的冠军，原来是每天晚上长途跋涉练出来的。

我没有庆堂那样的勇气和魄力，农村人把天不怕地不怕、不计后果不考虑影响的人叫二杆子。这一点，我承认我不如庆堂，我没有庆堂的二杆子劲，我喜欢我们班那位女同学，却没有勇气向她表白，也不敢像庆堂那样整天跟在人家屁股后面，妄想讨个好印象。我家世和人样都不占优势，只有在学习上狠下功夫，赢得女同学的关注和青睐。我决心用我的成绩征服她的小傲气。

庆堂身上的二杆子劲还表现在讲义气上，帮人打架不计后果。班里同学只要受人欺负，求助于他，他一定替人出头。一次，庆堂班里一位同学在街上闲逛时，看见两个穿制服戴大盖帽的税务干部和两个漂亮女孩说说笑笑，忍不住骂了一句“好白菜让猪拱了”，却不幸让那两个“大盖帽”听见，人家大为光火，一顿拳脚将庆堂那同学揍得鼻青脸肿。同学吃了败仗，折了面子，气愤难当，就找庆堂帮忙。庆堂也没推辞，一口应承下来。我们知道稍有脑子的人都会三思而后行，可庆堂不愿三思，半思也不会，他就是直肠子、二杆子。庆堂当即叫了几位同学，他一马当先，拎了一块砖头，在街道转了三圈，终于找到那两位领着女朋友还沉浸在胜利的喜悦当中的容光焕发的税务干部。庆堂在两个大盖帽上分别拍了一砖，拍得对方鲜血淋漓，住进了医院。庆堂闯了祸，被城关派出所以寻衅滋事为由拘留了一周，回到学校又背了个留校察看的处分，还害得他爹借钱赔偿了对方的医疗费用。

庆堂一战成名，老师们知道他是二杆子，懒得理睬他，就连政教处那几位干事见了他也立马霜起脸。可是，学生和老师态度截然不同，同学们夸奖他仗义，有侠士风范，全对他高看一眼，他走到哪儿都有人问："你就是庆堂啊？够义气！"这可助长了他的骄傲情绪，他误以为老师怕他、学生爱他，在学校越发自由散漫，想踢球就踢球，想看小说就看小说，旷课迟到成了家常便饭，走路也一副雄赳赳气昂昂的样子。说白了，他每天到学校的目的就是看看女生佟小丽。

庆堂因讲义气而颇有人缘，周末或假期，他们家就集聚着一帮子不爱学习的男生。除了他们班那几个，学校各年级不爱学习的捣崽子全自发地团结到了他的周围，他自然成了这帮人的核心人物。他们常聚在一起掰手腕、摔跤、甩石锁，或者抽烟喝酒打扑克看电影逛河堤，乐得逍遥。庆堂不同于街道那些小混混，他不以大凌小、以强欺弱。因为讲义气，庆堂成了他们班的娃头。他们班男生都听他的话，围着他转，他又围着佟小丽转。佟小丽那阵子就像被众星捧月一般，不免有点目中无人。

庆堂对佟小丽爱慕已久，不断发扬二杆子精神，又隔三岔五把别人进贡给他的小吃食或者小礼物转送给佟小丽。佟小丽发现庆堂身上具有领导潜质，也感受到了庆堂源源不断送来的小温暖，自然对他的好感不断增加。于是二人的关系迅速升温，在教室敢坐在一起看小说，晚自习放学趁夜色掩护也敢拉手手走大路了。

也许是因为年少无知，没有考虑现实，也许是被爱情冲昏了头脑，二人忘乎所以，糊里糊涂谈起了恋爱。二人早恋的事情终于成了我们那一届学生课余饭后的一大谈资。那时候，我的初恋还在萌芽状态，依然处于一边紧张学习一边无限烦恼的暗恋当中。

有一天，佟小丽他爹终于在学校露面了。佟老爹穿一身劳动布工作服，蹬一双翻毛大头鞋，长着工人阶级的浓眉大眼，却戴了一副知识分子的黑框近视镜。他满脸慈祥，声音委婉，在我们隔壁的教室门口喊佟小丽的时候，我和几位同学正趴在教室外面的栏杆上看着渺远的天空发呆。听到喊声，我们一起扭过头，抻长脖子充满好奇地看这个来访者，看着这个制造并培养出窈窕妩媚女生的老爹。我们都用好奇的目光打量这位身着工人阶级服装兼具知识分子气质的中年人，然后，我们一直目送他们父女俩被班主任领着去了校长办公室。

半个小时以后，我们透过窗户看见佟老爹领着女儿从校长办公室走了出来，我们还看见一并走出来的校长耸了耸肩、摊了摊手，显出一副很无奈的样子。佟老爹竟然当着女儿的面，弯腰给校长鞠躬，又转过身给佟小丽的班主任鞠躬。我们不知道佟小丽他老爹是被学校通知来了解情况的还是他自己来学校反映情况的，但我们猜想，佟小丽她老爹一定知道了女儿和庆堂早恋的事情。

3

佟老爹的出现让佟小丽的身影消失了一周多时间。我们不知道这中间究竟发生了什么，好奇心驱使我们从庆堂身上找答案。那几天，庆堂的背影是落寞的、孤独的。我碰见过他几次，不管是上学路上还是放学时，他一个人无精打采的丢了魂似的，不愿和人搭腔，眼里充满了忧郁和悲伤。

正当我们心照不宣地以为庆堂的梦将要破灭的时候，佟小丽却意外地出现了，依然穿着时髦，只是人变得郁郁寡欢，脸上满是惆怅。很显然，庆堂和佟小丽的早恋遇到了挫折。我们不由得为他俩爱的小花朵过早凋谢而惋惜。但十几天过后，一次晚自习结束，我们惊奇地发现庆堂尾随佟小丽拐到了学校东面，依然重复着他最初追佟小丽的老套路，而且这次护送是声势浩大的组团护送，庆堂的屁股后面浩浩荡荡跟随着追随他的那帮狐朋狗友，规模史无前例。真是功夫不负有心人，坚持不懈必有收获。不久，庆堂僵硬的脸上出现了笑容，俨然一副志得意满的样子。佟小丽也活泛了，更加注重打扮。她略施粉黛，抬头挺胸走过去，留下一路淡淡的芳香，伴随着芳香味的是高跟鞋踩踏水泥地板发出的清脆悦耳的声音。有时候，不用抬头，嗅味道、听响声，就知道走过来的是“佟大侠”。那时候女同学多是土包子，衣着朴素，基本上不用化妆品，只有佟小丽例外。她和庆堂已被老师列入马蜂或者刺猬之类，因为这二位活宝把老师的教诲全当成了耳旁风，老师批评一句，他们就要辩解两句。老师无奈，只好放弃，让这二位活宝在千军万马奔赴高考这座独木桥的道路上自生自灭吧。佟小丽根本不在乎老师和同学们的态度，照样我行我素。她性格泼辣，说话嗓门和庆堂一样大，把头发当她的作业本，一天拾掇得像一朵花，笑得更像一朵花。

佟小丽的靓丽形象在我们那届女生中简直是鹤立鸡群，自然吸引了不少男生的眼珠子。许多男同学内心蠢蠢欲动，甚至波涛汹涌，但他们没有庆堂勇敢，有想法没办法，加上知道二杆子庆堂势在必得，他们积聚在内心的那些热烈而蓬勃的想法就自动打消了。佟小丽在我们男生中的影响力和庆堂差不多，长得漂亮的女生自然影响力大，她的一颦一笑自然是同学们课后解闷的热门话题。那时虽没有校花和校草这一说，但男生们普遍认为当时的佟小丽就是学校的一朵花。可是女生不那样认为，她们大多数看佟小丽的眼神是轻蔑的、不屑一顾的，也许是妒忌吧。我心仪的女生见了佟小丽就是鼻子哼一声，头仰得比佟小丽还高。我觉得她属于另外一种美，天然去雕饰的美。她无暇拾掇自己，只钟情于课本，她的发型基本上就没变化过，一年四季都是剪发头，她说话做事直来直去干脆利落，她的眼睛格外明亮，透射出两束洋溢着青春气息的光芒。她身上有一种朴素的、淡雅的、文静的，完全符合我的审美取向的不加任何修饰的美。

进入高三，阅读量加大，作业量增大，一次又一次模拟考试把我们整得焦头烂额，校园里到处弥漫着一股被考试“烤焦”的味道。我们在书山上跋涉，在题海里遨游，一天累得喘不过气。敬爱的班主任老师一双眼睛就像强光探照灯一样紧紧盯着我们，让我们这些出身贫寒试图通过知识改变命运的人不敢有丝毫懈怠。我们没时间看电影，没时间娱乐，甚至头发长了也顾不得收拾，我甚至整了回“光葫芦”，成了班里的一大亮点。为了备战高考，我们睡眠不足，运动量不足，作业多得让人苦不堪言，一见到庆堂那帮人逍遥自在，就自然流露出羡慕的神色。班主任老师及时发现了这一问题，提醒我们排除一切干扰。他教导我们说，不吃苦中苦，难为人上人。不要羡慕那些不读书不学习的人，不要羡慕那帮二杆子，不要在最应该奋斗、最应该努力的时候选择安逸。少壮不努力，老大徒伤悲！小小年纪就急不可耐地“跑窝子”，不务正业，将来没有好果子吃。

我们知道老师这些话影射的是庆堂他们，我们理解老师的苦口婆心和谆谆教诲。老师叹了一口气，接着说，高考决定你们将来穿皮鞋还是穿草鞋，端铁饭碗还是端糊汤碗。老师的话发人深省，令人感到如醍醐灌顶。为了高考，我只能瞄一眼前排那位女生的后脑勺和白皙的脖颈，把爱的小火苗悄悄埋藏到心底，把精力全放在枯燥的习题上。我现在常常回味当年老师说的那些话，真是金玉良言，多么富有前瞻性和预见性啊！

但不管老师咋说，庆堂和佟小丽就是学校一道亮丽的风景，他俩的早恋行为一直是校园里学生忙里偷闲的谈资和不用功学习的反面教材。那天下午学校在操场上开法制报告会，公安局领导坐在主席台上态度坚决、旗帜鲜明地控诉打架斗殴、偷盗、破坏公共财物等行为，尤其是说到早恋的危害时，周围同学的目光齐刷刷聚到庆堂和佟小丽身上，大家议论纷纷。二人却熟视无睹、充耳不闻，坐在一起说悄悄话，说得滔滔不绝、连绵不断，说得浑然忘我。庆堂和佟小丽在一起似乎有说不完的话，偶尔还逃学到丹江河堤上，沿着河岸，一边走一边说，情调十足。其他逃学的同学从远处看见，说二位又成了丹江河边的一道亮丽的风景。

直到高考来临，庆堂和佟小丽说不完的话语因为毕业离开学校才戛然而止，但大家围绕他们谈论的热情却丝毫未减。门第的差异就像一条鸿沟横亘在了他们面前，佟小丽高中毕业不久就在一家国企上了班，而庆堂高考过后顺理成章落了榜，只有待在家里侍弄二亩三分地。身份、地位不对等，让二人不得不疏离了。这就是他们面对的现实。他们的爱情故事就像电影《人生》里高加林喜欢上了吃商品粮的黄亚萍，理想很丰满，现实却骨感，他们脆弱的爱情将要面临各种困难和挑战。

那时电影《人生》正热映，我们那届同学的人生和高加林的人生一样渺茫，电影看完，似乎每个人心弦都被触动了，一个个眼泪汪汪。幸好，我通过不懈努力，考上了南京的一所大学，而我心仪的女生也考上了首都的一所大学。

上大学后，我几次想给那位女同学写信，但写到半途又放弃了，我缺乏表达心声的勇气，缺少庆堂身上那股子二杆子劲，我怕被拒绝了折面子、尴尬。还好，两个月后我的惊喜骤然而至，我意外地收到了一封来自首都的信，那是我心仪已久的女同学的来信。我颤抖着手看完这封信，一连又看了三遍。她在信中拐弯抹角嘲笑我的不坦率，嘲笑我身上的缺点和高中时发生在我身上的糗事，譬如走路大摇大摆的姿势，譬如一见女生就脸红，譬如哪一回问了老师一个很傻很傻的问题，哪一次趴在课桌上打瞌睡居然流着涎水。我想，莫非她的后脑勺上也长了一双眼睛？但即使被嘲笑也让我欣喜，被自己钟情的人关注和挂念是一件多么令人愉悦的事啊！

收到这封来自首都的信后，我欣喜若狂，当即回了封信，礼貌、含蓄、婉转地表达了我这几年的万千思绪。不怕你们笑话，我和高傲的她在这之前还真的没有正式说过一句话。

4

为了弥补高中时期我们之间极少交流的缺憾，我和她在信里滔滔不绝昏天黑地地谈文学、谈艺术、谈人生、谈暗无天日的高中生活。谈了大半学期后，我不愿再绕圈子，联想起庆堂的二杆子劲，我一咬牙，终于鼓起勇气把埋在心里许久的话挑明了。女同学很爽快，完全符合她说话办事简洁明快的风格，她直截了当地说，我等了你许久，就等你这句话，还以为你要拖到下一个世纪才开金口呢。于是，我们终于结束了数月的迂回战术，直扑主题，正儿八经谈起了恋爱。

大学生活丰富多彩，不再像高中三年那么枯燥乏味，除了上课、读书、参加各种社团活动外，我还干起了兼职，在一家写作辅导班当老师，以此来补贴我的生活费用，一天忙得一塌糊涂。忙碌之余，有时会蓦然想起高中时期的一些同学，想起小时候和我一块儿玩尿泥长大的庆堂。周末同学聚会时，总要打听一下一些同学的动向，其他人和我一样，都会提说庆堂。因为庆堂这家伙是我们那一届学生里因打架和早恋而出名的人，大家不免纷纷打听他的情况，于是，关于他的一些消息被从家乡源源不断地传到西安，传到南京，传到首都，传到四面八方挂念他的人耳中。

庆堂高考落榜后待在家里，一度没有正经事做，家里地不多，庄稼收拾完后就无所事事。庆堂虽然家里经济状况不太好，却有大把的闲暇时间，就对佟小丽穷追不舍，整天围着佟小丽转。早晨起来，买了早餐，就在佟小丽上班的路上耐心地等待，等到了，两人就边说边走，一直走到工厂门口。然后，佟小丽下班前，他又在工厂外转悠，等佟小丽下班后，两个人在路上再说一阵子话。下午佟小丽上班、下班的时候，庆堂的身影又出现了。这样的日子重复了一段时间，风雨无阻。

遇到节假日，几天不见佟小丽，庆堂就坐卧不宁，就跑到佟小丽住的家属院里转悠，好几次被门卫当成小偷盘问。那时没有手机、没有网络，联络起来很不方便，庆堂就站在楼下吹口哨，若吹口哨没效果，就扯开喉咙来一段蒋大为的男高音：“啊！啊！牡丹，百花丛中最鲜艳——”一曲未了，佟小丽准能听见，趴在窗口笑呵呵地看，不一会儿就溜出了家门。久之，家属院的邻里都知道下面一吹口哨或唱男高音，佟小丽就会咚咚跑下楼。后来，佟老爹发现了庆堂的小伎俩，就禁止佟小丽出门。庆堂的歌声在楼下一遍又一遍响起，由高昂变得低沉，由欢快变得忧伤，也没见佟小丽的身影，庆堂才一步三回头很无奈地离开。

庆堂满怀爱的憧憬，勇于表达，精神可嘉，却因表达过于直白，急于求成，盲目出击，遭到佟小丽家人的强烈反对。庆堂百折不挠、义无反顾的精神既感动又骚扰了佟小丽家属院里的住户。佟老爹不堪其扰，几次给 110 打电话报警，说有人来滋事，警车鸣着警笛来了，警察来了一大帮，庆堂却摆出一副死猪不怕开水烫的架势，说他没有惹事捣乱，他是正大光明来求爱的。警察叔叔了解情况后说，娃呀，你一个农民娃，咋异想天开想和人家一个吃商品粮的女子扯搭呢？你这是不知天高地厚，不自量力！庆堂听了，并不生气，一本正经质问警察，法律哪个条例哪项规定说不准农民子弟和工人子弟谈恋爱？七仙女还喜欢穷小子董永呢。警察叔叔不吭声了。庆堂接着说，工农结合力量大，生的娃有工人阶级的厚道和农民阶级的纯朴。警察同志听了哭笑不得。警长说，求爱可以，但要注意方式，不能高声喧哗，不能像猫叫春一样寒碜，讨人嫌、惹人恨，扰乱公共秩序，影响他人安宁。庆堂嘟嘟囔囔说，皇上招驸马还兴师动众抛绣球呢。

佟老爹一招不成，又让亲戚到庆堂家找庆堂父母交涉，带着礼物，软话说了一箩筐，让庆堂不要再纠缠他女儿，当然，也撂过狠话硬话。庆堂的父母和亲戚朋友也轮番劝庆堂断了他的痴心妄想，准备给他物色村里一位家底不错的农家女子。家人劝庆堂先见一面，如能谈得来，可以把婚事先定下。亲友的好意被庆堂断然拒绝，声称除了佟小丽，再好的女子他也不见。父母好说歹说，庆堂不以为然，软硬不吃，发誓非佟小丽不娶。爹娘气得直跺脚，说，你真是心比天高命比纸薄，我们上辈子造了啥孽，生了你这个不知天高地厚又臭又硬的东西。

佟老爹也托熟人给女儿介绍了几位端铁饭碗长得帅气的对象，女儿却不领情，坚决不见。佟老爹用尽办法也不能阻挡庆堂追求女儿的脚步，最后明白拆不开的原因是女儿在暗地里配合那个坏小子，里应外合一致对付他。转念一想，如若再逼迫女儿，女儿想不开有个三长两短怎么办？他也怕落个棒打鸳鸯嫌贫爱富的骂名，于是，退一步，佟老爹让女儿把庆堂叫到家里，说庆堂若真的要娶他女儿，必须先要找一份工作，有了养家糊口的资本再来提亲。

庆堂听了满口应承，从佟小丽家出来，就找他的狐朋狗友挨家挨户求助，紧锣密鼓找工作。很快，一位同学的父亲帮庆堂在一家印刷厂找了一份临时工。庆堂不怕累不怕脏，舍得出力，为人豪爽，很快在印刷厂站稳了脚跟。

一个月后的一个周日上午，庆堂用自己辛辛苦苦挣的工资，给佟小丽买了一件漂亮的花裙子，给未来的岳丈买了两瓶盒装红西凤和两条带把的金丝猴烟。可是，庆堂的殷勤到底没有换来佟老爹的笑脸，佟老爹不稀罕庆堂的烟酒，佟老爹嫌弃庆堂干的是临时工，工资低，担心女儿将来的生活没有保障，觉得吃商品粮有正式工作的女儿嫁给一个临时工让他丢尽了颜面。庆堂兴冲冲拎来四色礼，佟老爹却不屑一顾，不但没给庆堂赏赐一盅酒，反而严肃地给他上了一堂政治课，还给他布置了更大的任务、制定了更高的目标，要求他必须找一份正式工作，就是由国家财政供养、旱涝保收的那种铁饭碗工作。庆堂一听傻了眼，他一个农民娃，没上过大学没当过兵，又没有当官的亲戚，找一份正式工作谈何容易，简直比登天还难哪！老爹是农民，他接班只能当农民！他来时心里还想，四色礼能换一顿小酒喝，这下可好，肩上的担子更重了，喝酒的兴致一下跑到了爪哇国。看着低眉顺眼咬着嘴唇可怜巴巴的佟小丽，他灰溜溜离开了佟家。

庆堂走在回家的路上，突然感到了孤独，禁不住打了个寒战，他闷头闷脑在马路上晃荡，瞅见路边一个衣衫褴褛的流浪汉在垃圾箱里捡拾东西。突然，一辆黑色的桑塔纳轿车在他身旁嘎吱一个急刹车，把他吓了一大跳，还没等他反应过来，司机一声呵斥："眼瞎啦！咋走路呢？"庆堂听了，怒不可遏，就往车跟前扑，那司机一看情势不对，脚踩油门，冒一股黑烟，车子已跑出几丈开外。庆堂一股子火气无处发泄，大吼了一声，把正捡拾垃圾的流浪汉吓得抬起头，浑身哆嗦，把几个路人惊得目瞪口呆。庆堂看着绝尘而去的桑塔纳轿车，两行清泪顺着脸颊无声无息地淌了下来。

5

庆堂受了许多委屈，但始终没有放弃对佟小丽的追求。

大二那年放寒假，高中同学聚会时又有人提到庆堂，说庆堂最近和佟小丽闹矛盾。原来佟小丽禁不住父母和亲友的软缠硬磨，答应和庆堂不再来往。一次，庆堂约佟小丽在丹江河边散步，佟小丽委婉地说明了父母的意思，庆堂听了，长叹一声后要佟小丽表态，佟小丽犹豫不决，沉默了一会儿说，这是终身大事，不是儿戏，不能太仓促，要从长计议，要想办法让父母同意。庆堂见佟小丽立场不坚定、态度不明朗，随手捡起一块石头，毫不犹豫，直接往自己头上磕，磕得头上开花、血流满面也不停手，说，你不跟我好，我就自杀给你看。庆堂以死要挟，采用自残的极端方式，一时吓傻了佟小丽，佟小丽拽住庆堂胳膊，哭着答应了。

佟小丽回家后一见到父母哀怨的眼神又改变了主意，她不愿忤逆长辈、违背父母意愿。随后，她故意疏远庆堂，找借口躲避庆堂。可是，几天不见庆堂，她又怅然若失，心里难受，见了面，心先软了。两人就这么分分合合、藕断丝连、隔三岔五闹矛盾。同学们听了二人的事情后都说，好久没见庆堂那二杆子了。

春节期间，我在街上遇到一个发小，好久不见，很是亲热，闲聊中我问起庆堂，发小说，庆堂现在是大忙人一个，一天不落屋，这段时间在帮人贩树皮，过年也不休息，挣钱不要命。我问咋回事，发小打开话匣子，告诉了我关于庆堂的一些事情。

庆堂在印刷厂干临时工，为人实诚，豪爽仗义，几次替工友出头打架，敢做敢当，时间一长，在印刷厂逐渐树立起威信，成了青工里的老大，也赢得了印刷厂老板的赏识。一次，老板单独把他叫到办公室，神秘兮兮地说要给他安排一项重要工作，许诺工资是印刷厂工人的四倍，但要吃苦，说不定还要遇麻烦。庆堂听了，觉得薪酬比端铁饭碗的工资高许多，岳丈知道了一定高兴，就满口应承下来。

那年月，商洛山区有一种很挣钱的生意——贩树皮。橡树又叫栎树，在秦岭山地长得漫山遍野。橡树皮可入药，亦可制成软木，因用途多而值钱。当时收一斤树皮四五毛钱，运到安徽、河南、湖北、湖南的药厂可以卖到一斤三块多，利润大、赚钱快，惹得一些不法商人眼红。他们见利忘义，铤而走险，纷纷加入到贩卖树皮的行列当中。庆堂所在印刷厂的老板就是其中之一。

有一段时间，偷剥橡树皮成了家乡的一种产业。南北二山上，橡树几乎全成了光身子。因为剥树皮来钱快，一些胆大的山民唯利是图、见钱眼开，把国家的林业政策抛到脑后，不顾区乡林业干部阻止，以偷剥树皮为营生，获取不义之财。

印刷厂老板知道贩树皮来钱快，但要担风险，被检查站抓住不但要没收树皮交罚款，还要被移交公安机关游街示众。老板怕被抓住担责，就躲到幕后，让他兄弟出面收购树皮，让庆堂押车。庆堂初生牛犊不怕虎，挨冷受饿心不怯，虽然路上险象环生，但是他胆大心细招子亮，遇到检查人员，不是低三下四装孙子说好话，就是故作笑颜送香烟塞红包，逼急了强行闯站，多次侥幸脱逃。当然他也被抓过一次，蹲过班房交过罚款受尽羞辱，但庆堂为了挣钱不顾一切。春节期间，木材检查站职工轮休，值班人少，加上天寒地冻，值班人员就睁只眼闭只眼，比平时放松许多，印刷厂老板想抓住机会多赚些钱，就让庆堂连轴转，不许休假。

那时候的庆堂身上蕴藏着某种野蛮的力量，被命运摁在底层的时候，这些能量也同时被激发。他不屈服于命运，想通过自身努力改变现状。他常常困惑，商品粮户口的同学即使考不上大学也可参加招工招干或者顶爹娘的班，而他不行，他一个农民娃，想要出人头地，想要赢得别人尊敬和认可，必须要吃苦，需要比别人付出更多的劳动。我不赞成庆堂为了赚钱不讲原则、不顾法纪，这样下去很容易误入歧途、害人害己。但我理解为了生存、为了改变现状、为了追求心中的念想而不顾一切努力拼搏的庆堂。

我上大学那些年，尚没流行手机、网络，没有传递信息的便捷通道，为了和女友保持联系，我们只能在信里放电，说些发高烧的话，依靠信件联络感情、交流思想。有一次，我在信中有意提到庆堂和佟小丽，问女友对二位的看法。女友回信说，那庆堂就是一个十足的二杆子，可有男子汉气概；至于佟小丽嘛，人虽然有点疯张，但心地善良。俩人动了情，有感情基础，一个有二杆子劲，另一个不离不弃，说不定能突破艰难险阻走到一起，修成正果，但婚姻嘛，不会太长久。我问为什么不能长久，女友避而不答，只说等着瞧吧。我想女友心细，而且她人在首都，站得高看得远，说话高屋建瓴，她说得应该有道理，但对她预测庆堂和佟小丽关系不久远的说法还是将信将疑。

我上大三那年冬天，从同学的来信中得知，庆堂和佟小丽结婚了。我为他们高兴。我觉得庆堂对待爱情有一股坚忍不拔的无赖气，他不懈追求，终于如愿以偿。而佟小丽蔑视世俗观念，不嫌弃庆堂家底薄、没正式工作，死心塌地跟了庆堂。二位冲破艰难险阻，走进婚姻殿堂，这在那个年代可是一件匪夷所思的事情，实属不易。许多同学羡慕庆堂，夸奖庆堂的二杆子劲。其实，我更赞赏佟小丽，她突破阶层观念、门第差异，不顾一切做出这样的选择，需要多么大的勇气啊！同学们说，也不知庆堂上辈子积了啥德，让一个有正式工作的漂亮女娃嫁给了一个吊儿郎当的农民娃。

据说庆堂和佟小丽的婚礼很热闹。庆堂人缘好，朋友多，家乡的许多同学都去行情。庆堂家里虽然没有80年代流行的家具，没有手表、自行车、缝纫机、收音机这“三转一响”，但庆堂吃苦耐劳，拼命挣钱，为他和佟小丽的新家置办了当时流行的“三大件”：录音机、电视机和洗衣机。

那年冬天，南京的大街上正流行费玉清的《一剪梅》：“真情像草原广阔，层层风雨不能阻隔，总有云开日出时候，万丈阳光照亮你我——”我觉得这首歌的歌词真好，就像是专门为庆堂和佟小丽量身定做的。我虽然身在异乡求学，不能参加他们的婚礼，但我从心里祝福他们。

庆堂和佟小丽是我们那届毕业生里结为伉俪的几对之一，许多同学对他们赞不绝口，说这样来之不易的爱情，是他们不懈努力的结果。结婚以后，佟小丽继续在国营厂里当工人，庆堂除了帮父母种承包地，干临时工，闲暇时还做点小生意，小两口日子过得滋润，甜蜜有加，走在大街上，手牵着手，就是一道亮丽的风景，自然吸引了许多羡慕的目光。

6

我大学毕业那年夏天，被分配至省城一家报社当记者，为了和我在一起，女友也在省城西安联系了一所高校任教。一次，我和女友回家探亲，客车停在秦岭山脚下的黑龙口让旅客稍事休息。我们找寻饭馆时，在一家热豆腐店铺门口意外地遇见了庆堂和佟小丽。

庆堂留着那时时兴的中分头，脸色比以前黑了，略显疲惫，东张西望似乎也在寻找吃食。我喊了一声“庆堂”，庆堂看见我，怔了一下，赶紧走过来和我握手，而他身后的佟小丽怀里抱着婴儿，只顾哄孩子，见了我和女友，显得很漠然，估计早已不认识了。庆堂转身向佟小丽介绍我，她才似乎想起来，连忙点头，脸上浮现出笑意。我发觉高中毕业后这四年，佟小丽虽然结婚生子，依然是一副俊俏模样，变化并不大。庆堂说，他们要去省城给孩子看病。我问孩子啥病，庆堂说，耳朵有点问题。我也不便细问。我们寒暄一番后，坐在一起，一人吃了一碗热豆腐就匆匆别过。这是我高中毕业后与庆堂第一次见面。

回到家，我从几位同学处又了解了庆堂的一些情况。

庆堂为了不让妻子担惊受怕，加上国家加大了对乱砍滥伐毁坏林木现象的治理力度，已经不再冒险贩树皮了。不愿替老板出力，没有了利用价值，与老板发生龃龉自然不可避免，他干脆辞去了印刷厂的工作。可他要生活，要养家糊口，需要米面油盐酱醋茶来维持烟火凡尘的日子，需要收入来源。他又干了几份临时工，都因不愿受窝囊气或者帮人打架被辞退，于是不得不频繁更换工作，也因打架下手狠逐渐在社会上有了点名气。

时光荏苒，一晃几年过去，我们都忙各自的生活，忙工作忙事业，忙得谁也顾不上谁。这期间，我也结婚生子，把退休在家的父母接到西安帮忙照顾孩子，很少回家乡。只是偶尔和在西安工作或者从家乡来西安出差的同学聚一次，忆往昔时互相打听一下一些同学的近况，时不时地就有人提到庆堂。

改革开放的春风吹遍了神州大地。这一年，家乡和其他众多县城一样都在大张旗鼓地进行撤区并乡之类的体制改革。改革开放让经济活跃、让群众富裕的同时，也带来一些不良风气，小城大街上忽然间来了许多袒胸露背穿超短裙浓妆艳抹的“小姐”，社会上鱼龙混杂、泥沙俱下，一些低级庸俗的东西甚嚣尘上。一小撮地痞无赖常在娱乐场所闹事，老板很头疼，报警又怕遭报复，于是，纷纷雇佣社会上有点名气的能打架的人看场子。各个舞厅急需看场子人手，到处打工的庆堂一下子有了用武之地，成了香饽饽，几家歌舞厅争抢着聘请他去看场子。庆堂选来选去，选择了一家薪酬最高、由西安老板投资的刚开张不久的歌舞厅。

看场子说白了就是做看家护院的保安头，就是保证歌舞厅正常运营不受骚扰。庆堂没具体活干，就是在歌舞厅里外转悠，震慑和制止社会闲杂人员来此耍泼、闹事。

庆堂去歌舞厅上班只安然了两天，第三天晚上就遇到了麻烦。那晚，一个单位搞活动包场，喝酒唱歌跳舞正玩得开心，突然来了三个醉汉，不顾门前“包场客满”和“醉汉免进”的牌子，趔趄着要进舞厅，被保安阻挡后出言不逊，破口大骂。一保安急忙抽身去找庆堂和老板。庆堂出来，闻到一股酒气，知道来了醉汉，便好言相劝，那三个醉汉不但不听，还推搡庆堂。庆堂不想惹事，就忍耐着，谁知一个醉汉得寸进尺，竟然将一口痰啐在庆堂脸上。庆堂大怒，一脚就将这个醉汉踢翻。另两个醉汉见状，扑向庆堂，庆堂并未挪动脚步，拨拉了两下，两个醉汉就四仰八叉摔倒在地。三个醉汉，一个坐在地上没起来，另两个站起来后又扑向庆堂。庆堂依然没动弹，待两个醉汉近身后，一拳一脚，一个狗吃屎，一个嘴啃泥。这次，两个醉汉没有站起来，赖在地上嘴里咕咕哝哝骂人。庆堂梳理了一下他的中分发型，不紧不慢地点燃一支烟，悠悠抽着，一双冷眼紧紧盯着三个醉汉。三个醉汉坐在地上，被过往行人当猴子一样看，也许是觉得不雅观，丢人现眼，一个个慢腾腾爬起来，在路人劝说下骂骂咧咧走了。

庆堂初试牛刀，就让手下几位保安和歌舞厅的人刮目相看，众人情不自禁地给庆堂竖大拇指，老板却脸色凝重，忧心忡忡，担心几个醉汉再来闹事。庆堂泰然自若，面不改色。

翌日上午，不出老板所料，昨晚那三个醉汉果然又来了，后面还跟着两个壮汉，一律板着脸。老板知道大事不妙，心里忐忑，急忙敬烟献茶笑脸相待，暗地里差人赶快去请庆堂。一壮汉气呼呼地问，昨晚上谁打了我兄弟？老板赔着笑脸说，误会误会，先消消气，有话好说有话好说。老板第三次敬烟时，庆堂到了，绷着脸进来。两位壮汉见了，霍地站起来，老板一惊，心想糟了。却见两位壮汉哈哈大笑，说，原来是堂哥！一壮汉转身对三个小伙说，赶紧叫堂哥！老板听了，长舒了口气。原来这位壮汉以前和庆堂一块儿在印刷厂打过工，庆堂曾帮他摆平过麻烦事。另一位壮汉也认识庆堂。老板这才放心。

还有一次，舞厅来了四位客人，在包厢里狼吼了一阵子后故意找碴儿，一会儿嫌话筒不好，一会儿嫌几首歌点不出来，又是摔话筒又是摔杯子，又让换小姐又叫老板，显然是来闹事的。小姐吓得都不敢进去，保安进去又被赶出来。保安无奈，只好去请庆堂。庆堂双手插在裤兜冷着脸进去，只见包厢里烟雾缭绕，茶几上放满了啤酒，地毯上横七竖八扔着几只空酒瓶，几位叼着香烟的客人眯着眼睛斜躺在沙发上，摆出一副睥睨一切的架势。庆堂说，兄弟是舞厅看场子的，叫庆堂，混碗饭吃不容易，请各位老哥高抬贵手。一个说，没两下子，不敢留中分，你看场子凭的是啥能耐？庆堂微微一笑，脸上掠过一丝不快，说，没别的能耐，只有一点点酒量和胆量。咱是比酒量呢还是比胆量？酒量和胆量小的买单，咋样？几位客人你看我、我看你，一个说，酒量咋比，胆量又咋比？庆堂嘿嘿一笑，说，比酒量就是你们哪位能把包厢剩余这些酒全干了，我加倍，谁干不完谁输，谁买单。比胆量嘛——庆堂说着从茶几上抓起一瓶啤酒猛地向自己额头上一磕，一声闷响后，啤酒瓶碎片泛着白色泡沫撒了一地，庆堂手里拎着半截酒瓶，不顾头上淌下来的啤酒和血沫，冷冷地说，谁来试试？咱把剩余的啤酒砸完。

庆堂这个举动一下子把包厢这四位全镇住了，再不提换小姐、换话筒、叫老板的话，一时间全清醒了，身子坐端了，乖乖起来买单走人。

7

时光如梭，一转眼进入新世纪。2000年秋天，我和省上几位同行到我老家采访关于退耕还林的事情，采访期间的一天下午，县委宣传部和林业系统几位领导宴请我们。吃完饭，我急着要回宾馆观看黎巴嫩亚洲杯中国队的足球比赛，陪同我们的黄副部长笑嘻嘻地说，中国队那臭脚你还没看够？屡败屡战、屡战屡败，看了闹心，影响心情。我领你们几位去歌厅唱歌跳舞散散心。几位同行积极响应，盛情难却，客随主便，我只好随大流。在黄副部长的引领下，我们一行来到一家装修豪华的歌舞厅。

刚在大厅坐定，服务员沏好茶水端上果盘，大家互相推让着点歌，这时，从舞厅外面走进一个熟悉的身影——依然留着中分头的庆堂。我和庆堂目光对上的那一刻几乎同时叫出了对方的名字，我说，你在这儿上班？好几年没见了。庆堂说，是啊！混口饭吃，上次见面还是在秦岭脚下的黑龙口。庆堂不容分说，扯着我胳膊非要请我喝两杯叙叙旧。我一再声称刚吃过饭，可庆堂不依，说，吃饭是别人请你，喝两杯是我请你，性质不一样。你难得回来一次，别忘了我俩可是发小。你不用担心，你就是当了县长我也不会求你办事。庆堂的话不容我再推让，他虽然表面平静，但我能看出他内心那份见了老友掩饰不住的欣喜。庆堂见我答应，当即吩咐服务生去让厨师弄几样凉菜，邀请我们几个人一块儿去饮酒。黄副部长和我那几位同行皆热衷于歌舞而不胜杯酌，庆堂和我也没再勉强。庆堂把我领到里间的休息室坐下，询问我的近况和这次回家的缘由。我说，还干我的老本行，这几天忙着在乡下跑，钻树林，采访老乡，顾不上找老友……呵，你可别再帮人贩树皮了。他说，早不干了，贩树皮造孽，遭人恨。我们聊了一会儿，凉菜上来，庆堂从角柜里拎出两瓶五粮春，煞有介事地说，最近流行喝这个，这个不错。我说，听别人说过你在歌厅上班，没想到今天遇得这么巧！庆堂说，当年不好好学习，现在只有在这儿瞎混呗。我问，这几年过得咋样？庆堂一边斟酒一边叹息说，唉，一言难尽！说来话长，咱边喝边聊，来，干一杯！庆堂和我干杯后，一饮而尽，饮完，他徐徐打开了话匣子。

歌厅主要在夜间营业，往往到深夜才打烊。庆堂晚上熬夜，白天睡觉，成了夜猫子。这样的日子久了，习惯成自然，逐渐适应了嘈杂喧闹的夜生活。他这几年为歌厅化解了许多扯皮事，脾气也磨蔫了，场子看得好，成了老板的定心丸，深得老板赏识。当然，人家老板对他也不薄，常嘘寒问暖，送他烟酒。为了给儿子医治耳疾，他拼命挣钱，没时间陪老婆、做家务，顾不得管娃，老婆当然不高兴，日积月累下来，对他有了怨气。他偶尔在歌厅生了闷气，回家后情绪不好，老婆唠叨几句，他就烦躁，与老婆吵架，吵一次冷战几天。

“唉，这日子过的，还不是为了挣钱养家嘛！”庆堂说完，干了杯酒后又点了一支烟叼在嘴上猛吸几口，然后缓缓吐着烟圈，看着烟圈袅袅地飘起来。

我感觉庆堂和他老婆的关系出现了罅隙，正在闹别扭，见庆堂心里憋屈，说得伤悲，我特意叮咛说，你在娱乐场所上班，一定要学会忍耐，年龄也不小了，不要再争强好胜。然后我急忙岔开话题，让他给我聊些发生在歌厅的奇闻趣事。庆堂说，发生在歌厅的怪事多得很，我装了一肚子。你想写东西吧？好，先干几杯我再给你说。

庆堂整天泡在歌厅，当然是海量，我干一杯他能干两杯，他酒杯一端、脖子一仰，吱一声，一杯酒又下肚。我怕他喝多，说，慢点喝，慢点喝！他说，没事，酒逢知己千杯少，喝这点算润润喉咙，我一人干一瓶也没事。放下酒杯，他夹了口菜，咂咂嘴，长舒了口气，一副美滋滋很享受的样子。

庆堂又干了一杯，嘴一抹，盯着我慢悠悠地说，一次，歌厅来了一伙衣着光鲜的人，老板忙迎上去接待，客人和老板咬了一阵子耳朵，然后要了一条软中华，让泡上上好的铁观音，拎两只暖水瓶进去。老板悄悄告诉我，人家客人专门交代不要让任何人打扰。我说，好，谁也不让进去。老板走时脸色凝重，反复叮嘱我，这几位客人可是贵客，要在包厢谝会儿，千万不可怠慢。我会意，立即指派几个保安出去把风。两个小时后，这帮客人结账后匆匆离开。我到包厢去察看，见包厢里烟雾缭绕，茶几上只留下几个盛满烟头的烟灰缸。你猜他们在干啥？我说，谝会儿当然是谈生意嘛，准是一笔大生意，还能干啥？庆堂说，错！你还在省城上班哩，还是文化人，脑子太简单。他们谈生意哪儿谈不了？来歌厅不唱歌不跳舞，还让人把风？他们在里面耍钱哩！知道不？用扑克牌玩“飘三页”赌博，玩完了将玩过的扑克牌悉数带走，不留蛛丝马迹，懂不懂？这伙人精得很。庆堂说完，俨然一副老江湖的样子。

庆堂又干了杯酒，说到兴奋处，看我端着酒杯磨磨蹭蹭不想喝，他嘴一撇，说，到底是文人，你随意！然后接着说，这帮人隔三岔五来，来时总神秘兮兮，来了就要高档烟和上好茶，反复叮咛不让打扰，走时又匆匆忙忙。来的次数多了，这些人自然和我熟识了，与我称兄道弟，夸我稳重、灵醒、靠得住。一次，我有事外出，这伙人心里不踏实，当即换了地方。老板知道后，让我有事尽量安排别人去做，这样不误生意。一来二往，我逐渐赢得了这伙人的信任，特许我自由出入场子，谁赢了，还会大方地给我扔几包好烟，对我不再像初来时那么戒备了。我好奇心强，有几次安排好把风的后就钻到包厢里观战，见他们每人面前放一摊钱。钱在这儿就像废纸一样，一把几千块，一场输几万，一眼不眨，把我看得心惊肉跳。这伙人根本不把钱当事，输赢毫不在乎，嘴里还哼哼唧唧唱小曲。以前上学的时候课本里说共产党人视钱如粪土，我发现这伙赌徒也视钱如粪土。

有一次，手气不佳的一个客人让我给他来几把换手气，用他的票子打仗，我心里没负担，有好点子就猛上，一连收了好几把，客人乐得嘴也合不拢，让我继续战斗，将好运进行到底。我一阵子将他的损失扳回了一大半。玩了会儿，我担心其他客人心里不乐意，赶紧见好就收，借口说我还有事。那客人大方地抽给我一沓票子。随后，他们说我手气好，怂恿我上场参战，我斗胆小玩了几次，还真不赖，运气好，点子稠，连连告捷。这“飘三页”玩的就是心跳，玩的就是胆量和运气，你甭说，撑死胆大的饿死胆小的。

我俩喝着聊着，不知不觉一瓶酒下肚。庆堂又要开第二瓶，我说，不敢喝了，再喝我就要“现场直播”了。正推让间，庆堂兜里的手机响了，他掏出来——是崭新的翻盖摩托罗拉。他对我说，佟小丽的。接完电话，只见他眉头一皱，说，娃又发高烧了。

正好，那帮同行玩尽兴了，在外面喊我走。我说，你赶紧回去送娃去医院。临走的时候，我把庆堂介绍给黄副部长，让他关照庆堂。他们俩礼仪性地握了握手。庆堂送我，我俩互留电话号码后，我低声给他说，千万别沾赌！赌博败家伤和气，耍赌的十赌九输，没有好下场。

8

那年年底的一天，家乡宣传部的黄副部长来省城到我们报社送宣传稿，办完事，我请他去老孙家吃羊肉泡馍。闲聊当中，他告诉我说，你上次回家乡采访，在歌厅遇见的那个朋友出事了。真的很抱歉，你让我关照他，我没有尽到责任。我问，你是说庆堂？啥事？怎么了？他说，对，就是庆堂，他和别人打架，把人打伤了。你不知道？他见我摇头，一脸茫然，说庆堂因为打架被拘留，也因为打架离开了歌厅。我想，庆堂这几年经的事情多，性子磨蔫了，不会搞错吧？看到我满脸惊诧，黄副部长说，那天打架的时候，我正好在现场，我亲眼所见，不会看走眼，是别人惹事，不怪他。他随即给我讲了事情经过。

那天晚上，我陪几位朋友去歌厅唱歌，歌厅里气氛热烈，秩序井然，唱到半途，隔壁台子来了一伙人，开始还好，循规守矩，按点歌台的顺序轮流唱歌，可时间不长，也许是啤酒喝多了的缘故，有人开始耍蛮，占着话筒当麦霸，其他台子点的歌他也毫不客气照单全收，歌唱得五音不全，却自我感觉良好，一首接一首吼叫。同伴劝阻不住，引起其他客人不满，吹口哨、喝倒彩。服务员和保安见状，相继上去劝说，“麦霸”不但不听，还胡搅蛮缠辱骂服务员、推搡保安，最后犯了众怒，大家站起来训斥此人，个别客人离席表示抗议，现场一片混乱。少顷，你那个叫庆堂的朋友出现了。他不急不躁，耐心劝说，好说歹说，可那位“麦霸”就是不买账，故意挑衅似的，左手握住话筒，右手挥打庆堂。庆堂灵巧躲开，伸手擒住“麦霸”右手腕，“麦霸”又用话筒胡抡乱甩，庆堂瞅准时机一把逮住话筒，反手扭住“麦霸”胳膊，打算将其带离现场。可是，“麦霸”的同伴不依，围住庆堂，大吵大骂，起哄闹事。一人趁庆堂不备，从后面偷袭，庆堂气恼，大吼一声，凌厉开打。他手脚麻利，三拳两脚一阵子将四人撂倒在地，一个鼻子歪了，一个眼眶青了，一个嘴巴红了，一个抱着肚子在地板上翻滚。众人齐声喝彩，该打，打得好！

对方气急败坏，叫嚣着要把歌厅砸了，把庆堂废了，又恶人先告状，报警称被人殴打。警察来到现场询问了事情经过，然后将涉事双方一并带走调查，我和在场的几位朋友和其他客人众口一词说是对方的错，也是对方先动手的，对方应该承担主要责任，也愿意为庆堂做证。当晚，我还找了派出所所长让他过问此事，要求公正处理，所长答应得很好。可是，第二天，处理此事的警察认为对方虽然有错，但庆堂打人事实确凿，违反了治安管理处罚条例，做出拘留庆堂七日、罚款五百元、庆堂承担伤者所有医疗费用的处理决定，并责令歌厅停业整顿一周。我给所长打电话，他不接，我又去了趟派出所，所长避而不见。随后，我陪人去过歌厅两回，再没见过庆堂，问歌厅的人，他们说庆堂从看守所出来后，因受不了窝囊气，不愿在歌厅待了，但老板说庆堂是为了歌厅，责任不在他，暂时安排他帮歌厅要账。

送走黄副部长后，我心情沉重，担心庆堂再报复对方惹事，就给他打电话询问打架的事情，安慰他。没承想庆堂满不在乎，笑呵呵地说，没事没事，就当让瞎狗咬了一口，事情已经了结，那“麦霸”他老子在公安局当官，人家不愿与我这等社会闲人结怨，随后主动赔情道歉，与我和解了。我打了一架，坏事变好事，换了一个轻松活计，值得。他说得轻描淡写，根本没把这次打架当回事。我想，乐观可能是一种极佳的生存策略，尤其对庆堂这种无依无靠处在社会底层的人。他无数次孤立无助，无数次对生活心生绝望，但要生活下去，他又不得不用肌肤去触摸生活的坚硬，硬扛生存的重担。

庆堂又换了工种，开始替歌厅要账。庆堂为人仗义，江湖义气重，打架出了名，许多企业老板、单位领导都认识他或者听说过他。他去要账，人家给他面子，账要得顺畅。那几年，对许多厂矿企业和机关单位来说，接待就是最大的生产力，大张旗鼓迎来送往，公款消费如火如荼，娱乐服务行业为了多拉生意，互相竞争，允许厂矿企业和机关单位签单，无形中产生了许多账务，同时也衍生了讨账这种特殊行业。随后，其他酒店、宾馆、歌厅之类遇到难要的账也请庆堂出面。庆堂业务繁忙，收入也大幅度提高。庆堂因此产生了骄傲情绪，出入带跟班，走路头仰起，有点飘飘然。

此后，我和庆堂又各忙各的，好久没再联系。但若遇到从老家来的熟人，总要打听一下他的近况。这期间，家乡和全国许多地方一样，国营企业改制，佟小丽所在的厂子倒闭，佟小丽下岗失业。接着，政府开始整顿社会风气，严禁国家干部大吃大喝、出入娱乐场所，各行各业开始正风肃纪，餐饮娱乐服务行业生意一落千丈。庆堂的收入锐减，加上他们给儿子医治耳疾花费了不少钱，庆堂一家的生活一时陷入困顿，依靠佟小丽的老爹帮衬接济，勉强度日。

我知道庆堂的自尊心强，他不愿意把自己的不幸和苦痛扒给别人看，我也不知如何去安慰他，只知道这段时间他日子过得恓惶、潦草，不尽人意。我也曾联络过在外地工作的一些同学凑了一笔钱，托在家乡工作的同学转交给他，想尽一点微薄之力帮助他，被他婉拒后，我只有私下托黄副部长将这笔钱以下岗职工抚慰金的名义转交给了佟小丽。

随后，我又听到庆堂沉湎于赌博、不管不顾家的一些闲言碎语，说庆堂常和一些社会闲人在一起山吃海喝、打牌赌博，欠了一屁股债。我想，酗酒是为了转移苦痛，山吃海喝是为了填充空虚无聊的生活，庆堂终究抵挡不住赌博这种社会病菌的感染，我担心的事情终于发生了。我当即给他打电话，劝他不要沾赌，多顾家，尽量少喝酒。他开始矢口否认沾赌，接着牙疼似的哼哼唧唧敷衍了几句，匆忙挂了电话。我只有安慰自己，希望我听到的是不辨真假、未经考证的小道消息，心里念叨，但愿是谣传。我虽然希望这消息是谣传，但我从他接听电话的反应和态度判断，这消息多半是真的。后来事实验证那流传的小道消息果然是真的。庆堂让我很失望。

过了一段时间，我又打了几次电话他也不接，也许是怕我责怪、嫌我啰唆。随后，我再打电话，他那号码干脆成了空号，再也打不通了，问其他同学，也是一样的结果。我知道，庆堂是在有意躲避，他在躲避我们的唠叨和别人的债务，但是，他能躲避开我们、躲避开债务，他躲得过生活中无尽的烦恼、五花八门的诱惑和自己心灵的煎熬吗？我知道，在他家庭面临的那些困难面前，我和同学们的劝阻和说教是多么的苍白无力。眼看着他误入歧途，我们既不能无动于衷又感到无能为力，我们这些同学除了惋惜、哀叹，又能为他做些什么？

渐渐地他那电话号码在我的通讯录里成了一组冰凉的数字，他的名字也成了一个干巴的符号，但我不会删掉，永远也不会，我知道，即使删掉了，童年的那段刻骨铭心的记忆也删不掉。

9

几年后一个夏日的傍晚，我和妻子在我们居住的小区花园里散步，迎面看见一个熟悉的身影推着婴儿车过来。佟小丽！我脱口而出。佟小丽怔怔地看着我，面无表情，像看陌生人一样。我以为认错了人，正为我的冒失自责，佟小丽开口了，她说，你是——你认识我？

面前的佟小丽脸色黝黑，头发简单而随意地扎着，像扎着一束龙须草，穿一件皱巴巴的月白衬衫。她早已不是中学时代靓丽妩媚的佟小丽了，但依稀还保留着年轻时候的俊俏模样。

没认错人。一听她的家乡口音，我忙自我介绍，我是庆堂的发小，咱们是高中时同级的校友，那年还在秦岭脚下的黑龙口见过，你和庆堂上西安给儿子看耳朵。佟小丽头一偏，眼睛眨了一下，似乎想起来了，脸上掠过一丝笑意。她说，知道知道，听黄部长说过，你和那帮同学曾帮过我们，谢谢你！你现在还写东西吗？我说，还在干这老本行，丢不下。说完，我扭头给站在一旁听我俩说话的妻子说，你们还记得不？妻子笑了笑，说，当然记得呀！还在一块儿吃过热豆腐。佟小丽看着我妻子，也点头说，记得记得，也是个夏天。我迟疑了一下，还是忍不住问，庆堂——庆堂好几年不见了，现在还好吗？佟小丽蓦然变色，眉毛拧成一疙瘩，冷冷地说，不知道，我和他也有两年多没见面了，我们已经离了。我心里一惊，知道我的冒昧戳了她的痛处，一时颇尴尬。

妻子知道我最近正在写一篇以庆堂为原型的中篇小说，忙帮我打圆场说，小丽，你也住这个小区？这是老几？妻子一边说，一边爱抚地抚摸婴儿车上的小孩。小孩很可爱，眼睛亮晶晶的，正对着妻子笑。佟小丽显得颇尴尬，说，哪里啊，我刚来几天，住雇主家，给人家当保姆，这是主家的小孩。

我忙转移话题，说，你儿子还好吧？应该十几岁了。佟小丽眼睛明显亮了一下，说，儿子还算争气，上初中了，学习很好，他外爷管着。我说，那就好，他耳朵现在咋样？她说，谢谢你挂念，看好了。

我见她眉头舒展开，指着不远处花树丛中的石桌石凳说，聊一会儿，好吗？妻子会意，知道我要聊庆堂，添补素材，忙接过婴儿车，说，你们聊聊，我帮着看孩子，这小孩太招人喜欢了。佟小丽犹豫了片刻，看了一眼孩子，还是点了点头，跟着我来到石桌石凳前坐下。

我说，他其实本质不错，仗义、实在，就是太犟，不听人劝。佟小丽沉默了一会儿，长舒了口气，说，一提他我就一肚子气。唉！那祸害以前常提起你，说你和他是发小，说你了不起，写了许多东西。我说，百无一用是书生，写东西是我的工作，也是我的爱好，没有什么了不起。你知道他现在在哪儿吗？佟小丽淡淡地说，不知道，也不想知道。我说，他是让赌博害的。我这几年也向黄部长和老家的同学打听过他，都说没见过他，有的说去了潼关背矿，有的说去了新疆打工，有的说去了东莞替人讨债，反正大家再也没见过他。他到底去了哪里，谁也说不清。我和他离了后，再没见过，也没联系过，他是死是活与我已没有任何关系。他害了我，也害了这个家，我出来打工也是为了忘记那些不堪回首的往事。佟小丽盯着前方，也不知是看近处的花树，还是看远处的高楼……

他没涉赌前除了贪酒外其他还算好，疼我、疼孩子，挣的钱全交给我。但涉赌后就像变了一个人，也不顾家了，整天和那帮狐朋狗友鬼混，山吃海喝，夜不归宿，最后欠了一屁股债，三天两头就有人上门讨债。有一次，一帮放高利贷的人在家里堵住他，知道他吃软不吃硬，给他戴高帽子，哄他，让他帮忙讨债还账。他帮人讨债，不同于前些年到机关单位和厂子要账。吃喝玩乐的账好要，人家当官的怕影响名声、怕丢面子，要一两次就结清了，可借高利贷利滚利的账难要，那些人全是六亲不认的亡命之徒，逼急了就翻脸，就拼命。他回到家就唉声叹气，闷头抽烟，我说几句就和我吵架。我发现他胳膊上贴着几片创可贴，问他是咋回事，他又不说。我整天为他提心吊胆，整宿整宿睡不着觉，生怕他出事。我下岗后，日子过得不如人，无颜见爹娘，他又不务正业沾上赌博，把我爹气得生了病。

佟小丽说着说着，突然停顿下来，东张西望，待看见妻子在不远处逗孩子玩得开心，又收回目光，接着说，他给我说过，别人求他要的账基本上都是难缠的账，部分甚至是呆账、死账。要到手了债主给百分之十的佣金，要一万块钱给他抽一千块钱。有人给我说过，他要账时面无表情，给钱了不笑，不给了不恼，盯着债户用刀子在胳膊上划拉，就让血流着，旁边的人惊得目瞪口呆，他却一眼不眨，脸不变色。债户头上的汗珠不停地淌，说，好说好说。债户如果不为所动，他就接着在胳膊上划拉，债户再不理睬，他就忽地把刀子对准对方，冷着脸问，扎胳膊还是扎腿？债户一看阵势不对，当即就软了。最后，他胳膊上留下一串刀疤。他要账要得有点变态。

佟小丽又停顿下来，叹了口气，满眼幽怨。

我说，庆堂这么做，是一种极端自卑的病态心理，他想通过自残的方式，达到震慑别人、要回欠账的目的。他这样做也是被逼无奈，是实在没办法的办法。

佟小丽瞥了我一眼，又接着说，他通过讨债还清了欠账，但那时，他已无法收手，开始和人合伙放高利贷，手里积攒了些钱，就张牙舞爪。为了寻找刺激，他学会了吸粉、吸片片。他沾上毒瘾后，挥霍无度，把他手里的钱抽完，把村里卖地分给他的钱抽完，又冒领了他舅舅的卖地款，实在没钱了就借钱骗钱，把所有的亲戚骗了一遍，最后成了万人恨。他沾上毒瘾后，对我和娃不闻不问，异常冷淡，而且说冷就冷，话不投机，一变脸，六亲不认，连娃的学费他也不管。那时的他已病入膏肓，无药可救，我只有和他离婚。那时候，日子过得恓惶，生活无着，不是为娃我早不想活了，我自己都不知道是咋熬过来的。说到痛处，佟小丽眼泪哗哗流。

我不知咋安慰她，一时陷入沉默。我忽然瞥见妻子推着婴儿车，从小区的小卖部走过来，在石桌上放下两瓶矿泉水后，推着婴儿车又默默地走开。

佟小丽看着我妻子的背影，咬了一下嘴唇，稳定了自己的情绪，又接着说，一次放贷，收不回钱，他将债户非法拘禁到一家宾馆。债户实在拿不出钱，他将人家打得脾脏破裂，险些出人命。最后，他为躲避罪责远遁他乡。开始听说他去潼关金矿待过一段时间，没混出啥名堂又远遁新疆。以后再没有任何音讯，如人间蒸发了一般。

佟小丽接过我递给她的矿泉水，喝了一口，愤愤地说，赌博让他忘了妻儿亲情；要账让他变得冷酷无情、心狠手辣；吸毒让他变得麻木不仁，六亲不认，破罐子破摔。我和他离婚也是被逼无奈。我和他离了，先去关中一亲戚办的饭店待了两年，前几天亲戚介绍到这儿当保姆混口饭吃，供儿子上学。这人呀，谁也没长前后眼，一个人一个命，谁的路咋走，早已注定。佟小丽说完这些，长叹了一声，如释重负。

此时，天已完全黑下来，小区的花树在霓虹灯和各种彩灯的映照下流光溢彩。佟小丽站起来，说："我该走了。"

庆堂和佟小丽的结局被我老婆当年的预测不幸言中。

青　豆

1

青豆可以说是我最早的异性朋友，比我小一岁，穿开裆裤的时候就跟我就在一起玩耍。我们虽没在一起骑过竹马，却一块儿骑过土猪；虽没一起吃过青梅，却都爱吃红薯。

青豆家在我家西街老屋的斜对门，坐南朝北，只有一间门面，屋子又长又窄，屋子后面有一个长着两棵石榴树的小院子。小院子往南是一大片庄稼地，庄稼地崖畔下面就是丹江河。青豆有一个弟弟，说话有点结巴，是青豆家里的宝贝蛋蛋。青豆爹曾是西街小学的民办教师，瘦高个儿，走路总低着头，好像有什么心事，不爱说话，有一年出去再没回来，过年也没有回来过。后来听说青豆爹撇下她们娘儿仨和一个女人跑到新疆去了。那时候只知道新疆很遥远，似乎远在天边，直至看了电影《冰山上的来客》，才猜想青豆爹大概就住在那个冰山脚下的戈壁滩吧！青豆娘和青豆爹正好相反，属于矮胖型，长得有点凶，脸上肉嘟嘟的，整天板着脸，一双眼睛里充满了仇恨，好像全世界的人偷吃了她家的馍馍。我不管啥时候撞见她，她似乎都在瞪人，活像电影里的地主婆。我们一帮子小娃说她可能是青豆的后娘，因为她常把青豆胳膊拧得青一块紫一块的。你想想，谁家亲娘会把自己的女儿拧成这样。直至长大后某一天我忽然醒悟，想她应该是把对青豆爹的怨恨转移到了青豆身上。

青豆三天两头被她娘打骂，引起了小朋友们的强烈不满。青豆家小院里的两棵石榴树开花的时候，也不知谁编了几句顺口溜。青豆在家一挨打，一哭，我们听见了就在外面一起喊：“石榴树，开得红，窑婆子打娃不心疼。白天打，夜里拧，不是皮鞭就是绳。”我们一喊，路过的行人就会驻足看热闹，青豆家门前就会聚集许多人。如果哭声不停止，我们就又是拍手又是跺脚接着喊：“石榴树，开了花，窑婆子打娃打惯啦——”或者喊：“窑婆子怪，窑婆子坏，窑婆子是个没人爱——”我们在外面喊着叫着，里面青豆的哭声就慢慢停止了。过一会儿，就会从她家传出青豆娘的号啕大哭声，这时，围拢在她家门口的人才逐渐散去。

青豆家门前有个青石礅子，青豆常坐在礅子上抱着弟弟一眼不眨地看我们玩耍。我们玩捉迷藏的时候，我会背过身或者把眼睛捂上，待对方躲藏好后，我漫无目的地寻找。这时青豆总用眼睛悄悄提醒我，让我把目标一找找个准。青豆多次把她家后院那圆嘟嘟的石榴偷偷塞给我，还给过我骨头拐。我则给她拔过我家公鸡的毛做毽子，也给她吃过烤红薯。

一次，青豆娘嫌青豆不小心把弟弟额头磕破了，撵出来用扫帚打她，被我撞见，我很气愤，也不知哪里来了一股劲，毫不犹豫扑上去夺了她娘的扫帚，掼在地上，握紧拳头瞪她娘。她娘瞅了我一眼，没理睬我，长叹了一声，转过身，悻悻走了。我想这肯定是因为我娘对她娘好，她才没凶我。她们家劳力少，分的口粮少，我娘经常给她们家拿吃食。

青豆受了委屈，就坐在门前的石礅上抹眼泪，因此，西街一街两行人全知道青豆爱哭，有些人就把她叫哭女。青豆和她爹一样不爱说话，只有我们在一块儿玩耍的时候，她脸上才会露出笑容。她头发卷卷的、黄黄的，似乎营养不良，不是如今染发的那种黄，是自来卷天然黄。大人说这女娃是正宗的黄毛丫头。我们西街的男娃野，总喜欢打打闹闹，惹是生非打群架，在县城出了名，而西街的女娃则和男娃相反，大多比较安静，即使玩耍也只喜欢玩跳棋、扔羊拐、拆绳套之类。当然，也有个别爱咋呼的假小子喜欢玩跳绳、跳皮筋、踢沙包的游戏。有时候，男娃和女娃在一起玩老鹰捉小鸡，叽叽喳喳，像一群麻雀子。青豆不喜欢玩比较喧闹的游戏。我们玩得热闹的时候，她一个人静静地坐在旁边，只观看，不参与。她眸子亮亮的，盯着大家看，也抿着嘴唇跟着大家笑。如果来了陌生人，她就怯生生低下头不敢正视人家。我们就这样在一起玩着玩着，不知不觉就到了上学的年龄。

冬天，放学后吃完饭，我们一帮男娃就跑到河堤上疯耍，常见青豆和她娘坐在丹江河边的石头上洗萝卜缨子准备腌酸菜或者浣洗家里的被褥、床单和衣服。她们家似乎有永远干不完的活。青豆很能干，是那种一声不吭只知道埋头干活的女娃。一次，娘和我开玩笑说，青豆那娃乖巧、懂事又能干，长大了把她娶了给你当媳妇！我便害臊，说，她那黄毛丫头，一天脸吊着，又爱哭，惹人心烦，我才不稀罕！那时我还不知道娶媳妇干啥用呢。我曾偷偷问过我哥，我哥说媳妇就是帮你暖脚、伺候你吃穿的女人。我觉得那是剥削阶级才干的事，我才不当胡汉三和南霸天哩！等过几年懂事后，我和青豆个头都长高了。她见了我，脸羞得红红的远远地躲开，也不再给我手里塞那粉嘟嘟圆嘟嘟的大石榴了。

三年级的时候，我们班来了个留级生，叫柴娃子，就像电影里的胡汉三、南霸天，在校园里胡作非为，以大欺小，简直坏透了，许多小娃见他就躲，唯恐避之不及。柴娃子经常在地里捉些蛐蛐、蚯蚓、蚂蚱之类吓唬女生。有一次竟胆大包天，逮了一条青花蛇拎在手上在校园里乱窜吓唬人。几位老师撞见也睁只眼闭只眼，拿他没办法。我想，老师不管他，原因有三：一则他爹是杀猪匠，杀猪宰羊卖下水，和他处好关系买肉时不会缺斤少两；二则他爹年轻时喝醉酒和人打架被砍了一刀，脸上留下了刀疤，十分凶恶，群众暗地里说他爹是西街的“四大歪人”之一，不愿得罪他爹，怕他爹报复；三则他把校长叫姨父，老师们惹了他担心领导给穿小鞋。娃们怕他的原因有二：一是他个头大力气大，娃们担心斗不过他；二是他有个厉害哥哥撑腰。他哥叫狗娃子，常借他爹的势，在街道寻人打架。连我哥都说狗娃子是一条咬人的狗，警告我离柴娃子远点，不要逗惹他，万一躲不过就暗地里收拾，不要明来。但是我不怕他，除了因为我在武术队外，我手下还有一帮小弟：艾虎他爷是革命烈士，黑狗他爹因为发飙砍人坐了牢，红卫他爹是公社副书记——管章子的。艾虎、黑狗、红卫这些小弟都不怕他，我更不怕他。

一次，青豆一个人在河边洗衣服，留级生柴娃子领着几个娃从河堤上过，看见青豆一人，就悄悄溜过去往青豆脖子里塞虫子。青豆慌了神，吓得哇哇叫，急忙站起来胡跳乱蹦，慌忙从脖子里掏虫子。柴娃子一伙见状乐得手舞足蹈。这一幕刚好被从旁边经过的我和艾虎撞见，我一时怒火中烧，气愤难当，忘记了我哥的警告，大声喊："柴娃子，你狗日的耍流氓，敢欺负青豆？"柴娃子见是我和艾虎，愣怔了一下，结结巴巴地说："那、那、那又不是你媳妇，又不是你亲戚，关你屁事！"说完，看见我和艾虎弯腰在地上捡石头，撒腿就跑。

我才不会轻饶他，当即又叫了黑狗、红卫等几个小弟。我大略说了柴娃子欺负青豆的事，弟兄们本来就看不惯柴娃子，听了这事，义愤填膺，一致答应要好好教训他一顿。于是，我们一伙人一路浩浩荡荡来到柴娃子家门前，我说"一二"，大家一起喊："柴娃子，狗日的，滚出来！"结果，没把柴娃子喊出来，却把他哥狗娃子喊出来了。狗娃子手里拎了半截砖头，怒目圆睁，气势汹汹。他家的阿黄比他哥跑得还快，扑在前面对我们吼——汪汪汪！我见情势不妙，大喊一声："撤退！"

我们虽然撤退了，但不会就此罢休，在黑狗的一再提议下，我们当晚就踅摸到他家屋后的茅房，神不知鬼不觉地敲碎了他家两个尿罐子。但这地下斗争，总觉得憋闷、不舒畅、不正大光明。艾虎又建议："咱再大鸣大放干一次！"我说："好！不大鸣大放就咽不下这口气！"

第二天上午放学，我和艾虎、黑狗、红卫等一帮小兄弟，提前折了杨树棍，一人手里拎一根，依扇形分散开，分别埋伏在水文站外面的庄稼地里几堆未拉走的苞谷秆后面。这是柴娃子回家最近的一条路，也是他经常走的一条路。等他和两个小跟班走近，我和艾虎突然出现在他们面前，黑狗、红卫他们也揎拳捋袖迅速围拢过来。柴娃子见了这阵势，发觉了我们的企图，吓得一哆嗦，说："你、你、你们想干啥？"我在地上撴了撴杨树棍，冷着脸说："昨天欺负青豆的事情，咋办？"他那两个小跟班吓得忙举起双手投降，柴娃子也没有了往日的刁蛮气，忙从裤兜里掏出一把弹弓说："这是我最好的一把弹弓，给你。"我说："少皮干，我才不稀罕呢！蹲下！"柴娃子不情愿地抱着头蹲在地上，弟兄们上前一阵"爆栗子"，将柴娃子揍得嗷嗷叫。此后，他再也不敢在女生跟前胡骚情了。

2

我上初二那年，青豆爹从新疆回来了，带着哈密瓜、葡萄干和一些我从未见过的吃食，挨家挨户给邻居们散发。众人交口称赞，说新疆咋好咋好。至此，我才知道新疆是个好地方，新疆地大物博，不光有戈壁滩，还有湖泊、草原，有成群的牛羊和香喷喷大盘鸡、羊肉串。那几天，青豆可高兴啦，见谁都笑，走路也喜乐得蹦蹦跳跳的。几天后，一日上午放学回到家，我一边吃饭，一边听刘兰芳播讲《杨家将》，正听到兴头上，青豆眼睛红肿着走进来问我娘在哪儿。我顾不上招呼她，努了努嘴示意我娘在里间。原来青豆是向我娘借簸箕用。她走后，我问娘："青豆才高兴了几天，又怎么了？"娘告诉我说，她爹把她弟弟带到新疆去了。我又问："那咋不带青豆去？"娘说："青豆是女娃，在家陪她娘。"我那时候小，也不明白她们家里到底是咋回事。她爹娘怎么都不待见女娃？

初三时，我偶然读到王维的《相思》：“红豆生南国，春来发几枝。愿君多采撷，此物最相思。”意思是鲜红浑圆的红豆，生长在阳光明媚的南方，春暖花开的季节，不知又生出多少？希望思念的人儿多采集，小小红豆引人相思。读这首诗的时候，不知为何，我突然就联想起了青豆，可惜青豆不是红豆。可怜的青豆，没人疼爱，又有谁会想起她、牵挂她？

我初中毕业上了高中，青豆还在上初三。那年，我们家在紧挨西马庙（西小）的十亩地盖了两层楼房，青豆家还在老地方，我们就很少见面了。偶尔在街上遇见过一两次，发觉她长高了，有模有样了，只是明明看见我过来，却羞答答低下头，佯装没看见我。我见她那样子，也懒得和她说话了。她害羞，我害臊，男女有别嘛，我和她成了井水与河水，谁也不理谁。第二年，我上高二，青豆初中毕业，考上了地区师范学校，我们的距离越来越远，远得逐渐淡忘了彼此。

我上大学那年寒假，一天下午，我刚吃完饭，听见村部跟前锣鼓声声、镲铙阵阵，就溜达过去凑热闹，只见村部大场子上宋铁匠正在指挥村里一帮小伙敲打锣鼓镲铙操练社火，旁边一伙女娃嘻嘻哈哈一摆一扭地练习扭秧歌。站在前面领舞的女娃身材高挑，在一伙女娃当中异常显眼，待走到跟前，我才看清是青豆。此时的青豆，出脱得我几乎不认识了。我想，这青豆上了师范学校，变出息了。我瞄了一眼，为避免与青豆两眼对两眼尴尬，刚想转身往宋铁匠的锣鼓镲铙跟前走，却似乎听到一声“涛哥”，扭过头，只见青豆笑容可掬大大方方地向我走来。我躲避不及，只好停下来和她打招呼。她声音轻柔，大概是询问我放假收假的事情，可惜锣鼓咚咚响，我几乎没听清楚一句完整的话。有人大声喊叫她扭秧歌，我们互相挥了挥手，就此别过。

一年后，青豆毕业分配到北山一个小镇一所小学当音乐老师。那年我还在省城读大二，暑假放假回家，总听人说谁谁谁又到青豆家提亲了。连我的发小红卫也喜欢她，是她的追求者之一。

红卫这家伙上学时日鬼捣棒槌，不用功学习，光爱看小说，自然没考上大学，但他爹是退休老干部，跟县上领导熟悉，招干后被安排在县政府当通信员，整天伺候领导，在单位给领导打水扫地跑跑腿，下乡跟在领导屁股后面给人家打伞提包包，闲了给广播站写些通讯稿应付差事，偶尔灵感来了，胡诌几首小诗自娱自乐。红卫虽然没有大中专文凭，却有些文艺细胞。

一次同学聚会上，红卫忍不住又向我打听青豆的近况，艾虎和黑狗捉弄他，说人家青豆从小就喜欢大学生。红卫信以为真，满脸严肃，连连追问我对青豆有没有意思。看着红卫一副忧心忡忡无限烦恼的样子，我连忙解释，说我和青豆以前是近邻，把她当妹子看，现在离得远早生疏了，好几年只说过一句话，还没听清她说的啥。红卫得到满意的答复，才如释重负，露出一脸的坏笑。酒至酣处，红卫酒喝得高兴，给我们几个掏心窝子说，他很早就喜欢青豆。艾虎和黑狗笑话他："癞蛤蟆想吃天鹅肉，异想天开，人家一朵鲜花咋会插在你这堆牛粪上？"红卫也不见怪，嬉皮笑脸，文绉绉酸溜溜地说："一家有女百家求，一马不行百马忧。你俩不仗义，见死不救还打击人，没一点同情心。"

艾虎咧咧嘴，给黑狗使眼色，继续揶揄红卫说："红卫在县文化馆办的油印刊物上发表了几首小诗，就张狂得不得了，说将来要当什么海子，要'面朝大海春暖花开'。他请他那些文友吃饭，就是不请我和黑狗，还说我俩没文化。"艾虎说得绘声绘色、一本正经，黑狗随声附和，跟着艾虎起哄。红卫急忙辩解，说艾虎和黑狗胡编乱造，无中生有，他一没升官，二没发财，三没喜事，哪里有心情请客？那是一次吃早餐，在羊杂摊子碰见文化馆长，碍于熟人面子，捎着给人家结了账，却被艾虎、黑狗撞见，就整天编段子戏弄他。红卫哭丧着脸说："我下班了无所事事，不是看小说就是看北岛杨炼舒婷的诗，喝小酒睡大觉，憋闷得慌，想赶紧找个女朋友互诉衷肠，打发心慌，摆脱孤独，哪里敢张狂评论别人没文化？”红卫不搭理艾虎和黑狗了，缠着我，恭维话说尽，又答应替我喝酒，要我给他和青豆牵线。他的殷勤让我不好意思推托，最后，我答应让我娘给他当介绍人。

回到家里，我向娘打听青豆的情况，娘说：“你不在家的时候，青豆常来看我，每次来都不空手。这娃乖巧懂事，记人好处，总念叨咱家帮衬过她们家。”娘直愣愣把我瞅了片刻，笑呵呵地说：“你咋突然关心起青豆了？告诉娘，是不是对青豆有意思啦？把青豆娶给你，咋样？你小时候总护着青豆。”我急忙说：“她是哭女，我和她性格不合，只能把她当妹子。”我给娘这样说只是借口，其实我已有了意中人，是我高中时的同班同学，在外地读大学，我们正鸿雁传书谈恋爱呢。接着，我把红卫的想法告诉了娘。娘说：“好，这几天我就去问问青豆这孩子。”

娘是热心人，第二天就到青豆家给青豆娘说了此事。几天后，青豆和红卫见了一面，单独待了两个多小时。他们以前本来认识，一个喜欢诗词，一个喜欢音乐，都是文艺青年，有共同语言。青豆是音乐老师嘛，经常搞活动，一点也不怯场，加上追求者甚众，见识多，她落落大方，有说有笑的，与红卫相谈甚欢。青豆没嫌弃红卫啥，答应处一段时间看看。红卫热火死了，急不可待，恨不得当天就和青豆订婚，后天就结婚。

红卫这家伙真没出息，当晚回家就彻夜不眠。他精力充沛，激情四溢，折腾一宿诌了一首长诗。第二天一大早我还在睡觉，他就兴冲冲拿着长诗来让我欣赏。红卫在长诗里写道：“水灵灵的青豆，像西施一样闭月羞花、沉鱼落雁；水灵灵的青豆，唱歌的时候，声音甜美，像梵音清泉般清纯，像百灵鸟儿的歌声一样婉转；水灵灵的青豆，跳舞的时候，腰肢柔软，像青蛇一样灵动，像孔雀一样妩媚，像天上仙女下凡尘……”红卫情意绵绵，阿谀奉承的肉麻词语一大串，羞得我满面发烧，不忍卒读。我说：“你写的是马屁诗，是不是发高烧？是不是没见过女娃？去去去，赶紧出去拿冷水把头洗一下！”

几天后，青豆娘坚决不同意青豆和红卫处朋友。她暗地里已经托人打听，说红卫家庭条件不错，但在单位只是个提包拎伞跑龙套的小角色，胸无大志，前途渺茫。人长得马马虎虎还说得过去，但是个子低，一天不务正业，除了喝酒，只知道念叨什么诗啊情啊，那诗啊情啊又不能当钱花、当饭吃，跟了这样酸溜溜的男人，将来一定有受不完的罪。最后，青豆娘给红卫下了定论：这娃将来肯定没出息。就这样，红卫被青豆娘一票否决。青豆拗不过她娘，只好放弃。

红卫初恋的行程很短暂，还没起航就已搁浅。我的暑假还没有过完，就听说了红卫的公开声明：一辈子再不恋爱，终身不娶。我、艾虎、黑狗等在为红卫惋惜的同时，都埋怨青豆不懂得珍惜。

3

我大学毕业后，被分配在县中学当语文老师。青豆从北山那个小镇被调回到城里一所小学继续干她的老本行。我俩成了同行，都在县城工作，又同在西街住，因而我知道了许多关于青豆的事。

关于青豆的消息大多来自娘，娘在家里常念叨青豆，说青豆有正式工作，人长得漂亮又能说会道、贤惠能干，只是没主见，啥都听她娘的。她家的门槛要被媒婆子和求亲的小伙子踏破了，还没挑到意中人。唉，可不要挑花了眼，耽搁了韶华。娘心疼青豆，念叨起来，总一副忧心忡忡的样子。

终于有一天，我下班回来，娘一反常态，喜滋滋告诉我说，青豆找到对象了，人家在县运输公司当驾驶员，家道、人样都好，青豆娘儿俩都中意。看着娘满脸喜乐，我知道娘这下可放心了，我也为青豆高兴。

青豆娘知道女儿长得水灵，又端铁饭碗，不愁嫁不出去，就把女儿当成了摇钱树，当成她的依靠，因此就像皇帝挑驸马一样挑选得格外细致，挑来挑去，最后终于挑了一个家庭富裕的驾驶员。这位驾驶员退伍前是部队的汽车兵，长得人高马大，国字脸，双眼皮，天庭饱满，口阔鼻直，一表人才。

20世纪80年代末，小车还是稀罕物，县政府才配置一辆北京吉普，驾驶员可稀奇，工资高、待遇好，有技术、有地位、人脉广，一天吃香的喝辣的，满满的优越感。虽然无职务，不带什么“长”，但说话顶用。譬如上省城过州城，捎一两个人，捎谁不捎谁、买票不买票全是驾驶员说了算。因此，驾驶员走在街上，认识的人老远就跑过来敬烟，每天请喝酒的人排长队，等着和他交朋友。那个年代，可以说是全民敬仰方向盘。那驾驶员初次登门，报了职业，亮了人样，青豆娘先对他有了好感，乐得嘴也合不拢，忙前忙后喜滋滋地打荷包蛋招待。左邻右舍见青豆攀上了一位驾驶员，羡慕死了，说青豆这哭女小时候命苦，啥活都干，还不受人待见，常挨打，可是，女大十八变，越变越水灵，长大了运气转好，终于找到了如意郎君。

我断断续续、零零碎碎从娘和其他人口中了解了青豆未来女婿的一些情况。这位驾驶员同志，走南闯北见过大世面，懂得人情世故，又能说会道。青豆以为遇到了白马王子，满心欢喜。人家当然看出了青豆娘儿俩的心思，就趁热打铁，一有空闲就领着青豆看电影、看戏、逛河堤，对青豆嘘寒问暖。青豆从小缺少温暖、缺少父爱，享受到了来自异性的温暖，自然非常看重这个大帅哥，也对如意郎君关爱有加、百依百顺。

驾驶员一看有戏，越发来劲，隔三岔五大包小包给青豆家里拿东西，出去跑一趟远路回来，少不了给青豆娘儿俩买这买那，吃的穿的用的，全是些时兴货。青豆娘逢人就夸这个女婿好。

青豆很快就和驾驶员小伙订了婚。订婚后，那小伙开始变得懒散起来。奉承他的人多嘛，天长日久，不免产生了骄傲情绪，加上他觉得和青豆订了婚，青豆就成了煮熟的鸭子、篮篮里的菜，对待青豆也不如求婚时那么殷勤那么细心了，在朋友面前也开始对青豆指手画脚、吆五喝六，摆起了臭架子。

这小伙家道人样车技都不错，可有本事的人往往脾气大。日子一久，小伙自私自利、脾气暴躁的毛病也显露了出来。求他办事巴结他的人多，无形中膨胀了他的虚荣心，让他把谁都不放在眼里。他喜好交往，却不分良莠，常和一些狐朋狗友在一起打牌、酗酒，酒后放荡不羁。

一次，他带着青豆和一帮朋友在饭馆吃饭，他和朋友扯开嗓子猜拳行令引起了邻桌客人不满，说风凉话，他听见了，大怒，谩骂对方，两帮人当即发生口角。青豆上前挡架，他不听青豆劝阻，还把青豆推了个趔趄。最后，双方混战一场。他因为酗酒滋事被派出所拘留。青豆第二天去看他，数说了他几句，他竟大发脾气，骂青豆，嫌青豆不关心他。青豆想可能是他心情不好，也没有和他计较。

不久，他参加一位朋友的婚礼，约了青豆，谁知青豆骑自行车赶路，不慎跌了一跤，摔坏了自行车，修车耽搁时间去迟了。他觉得青豆是故意的，让他折了面子，于是，当着朋友的面摔了茶杯，训斥青豆，让青豆很难堪。可想起他以往的好，青豆又忍了。还有一次，他酒后让青豆留宿，青豆没答应，他竟动手打青豆。

青豆想还没结婚他就这样蛮横无理，将来自己一定不会有好果子吃。相处久了，青豆才发觉人家根本不管不顾她的感受，而且得寸进尺。青豆不堪其扰，觉得两人性格不合，提出分手。这下捅了马蜂窝，这家伙气急败坏，酒一喝多就来青豆家闹事，还说让退银子、彩礼、退回他为青豆娘儿俩花的钱。青豆娘坚决不答应退钱，这可苦了青豆，青豆到处借钱，好不容易凑够一笔钱归还他，他又变卦，又胡搅蛮缠要求青豆赔偿他的青春损失费和分手费。

娘知道青豆的事情后，忧愁得睡不着觉，唉声叹气地给我念叨说青豆是被她娘害的，这女婿娃咋是驴屎蛋子外面光，蛮不讲理！以后谁家女娃还敢跟他？娘说得义愤填膺。

一天下午，我到黑狗家串门，老远看见青豆家门口拥了许多人，不知在干啥，走近，听到青豆家里吵吵闹闹的。我向围观群众一打听，才知道是那开车的小伙又到青豆家闹事来了。我虽然气愤，但想起自己教书育人的职业，暗自告诫自己不要惹事，刚想走开，却见那家伙横眉瞪眼扯着青豆胳膊把青豆往出拉。看着青豆惊慌失措可怜巴巴的样子，我强压火气走到跟前说："你把手放开！你一个大男人，打人家女人，还要不要脸？"那家伙脸上瞬间臊得通红，也许仗着自己人高马大且当过兵，依然嘴硬，抢白道："关你屁事！闲事少管，免得伤脸！"我见这家伙蛮横，一股火气腾地上了头，指着他鼻子训斥道："你狗日的胆大包天竟敢三番五次来西街撒野！是不是看人家家里没男人，才这样欺负人？"结果，还没等我动手，左邻右舍的小伙子们早已按捺不住，不知谁喊了一声，众人一哄而上，一顿乱捶。听着嘈杂的响声，我逐渐冷静下来，极力劝阻众人，以免把事情闹大。最后，那家伙捂着一张"熊猫脸"，狼狈逃窜。

青豆娘选姑爷看走了眼，窝了一肚子气，后悔不已，对我娘说，她对不住青豆，是她误了女儿。青豆娘心里有了疙瘩，无法排解，最后憋出了病，整天喊心口疼。一天，她正在灶台做饭，突然栽倒不省人事，送到医院心脏已停止跳动。

青豆娘去世了，青豆哭得死去活来，撕心裂肺地表达自己的不舍。尽管她娘对她并不好，像后娘一样，可是青豆善良，不记仇。她娘曾经的宝贝蛋蛋、她最疼爱的弟弟回来奔丧了，长得和他爹一样又瘦又高，但一滴眼泪也没流。他和娘已经生疏了，而他爹根本就没有露面。我听娘和邻居们议论说，青豆爹不是人，狼心狗肺，人间少有。

青豆最后嫁给了一个比他大五岁的在乡镇工作的副乡长，农校毕业，话不多，人腼腆，是那种一心扑在工作上的基层干部。结婚后青豆生了个女孩，但丈夫家庭观念不强，对青豆和孩子关心不够，照顾不周。一次，我骑自行车回家，在西街路口碰见青豆慌慌张张往前走，我停住车问："咋回事？"青豆说："孩子发高烧。"我急忙掉转车头，说："快快快！我送你和孩子去医院。"

从医院出来，青豆很感激我，忙不迭地说些感谢的话。我说："多年的邻居了，客气啥？"青豆抽泣着说："我命苦，跟了个男人不顾家，十天半月不回来，回家也没一句暖心的话。"青豆抹了一把眼泪，一路上再没有说一句话，我也不好再问。

一年后，他们离了婚。两年后，青豆又重跟了个男人。

今年春节期间，我和艾虎、黑狗、红卫几个发小喝酒，在酒场上，黑狗又无意中说起青豆，说青豆不应该啥都听她娘的，要是当初嫁给红卫多好。红卫脾气好，又那么疼她，现在都当了文化局的副局长了，啧啧，还是诗人呢。唉！一个人一个命，青豆命苦，先嫁了个男人，只想升官，不顾家，不顶用。重跟了个男人，不好好工作，整天游手好闲，沉溺赌博。红卫听了一声不吭，低着头只顾喝闷酒。

八　饼

1

我刚把饼子掰好，碗还没递到羊杂摊老板手里，隔壁摊位突然传来一声断喝："把笼担挑出去！"这声音把我吓了一跳，循声望去，只见一位戴着红袖标的光头佬正指着一挑笼担的妇人说："出去出去出去！这是餐饮市场不是农贸市场。"我一看光头佬就乐了，这不是八饼吗？我瞄了他胳膊一眼，可惜袖子没挽起来。

我把碗递给老板后，对着八饼喊："八饼，我请你吃羊杂。"八饼听见我喊他，瞅着我，怔了一下，咧嘴笑了，边走边嚷道："你个兔崽子，啥时候回来的？"我说："昨晚才回来，一大早就跑来吃羊杂。好这一口，没办法。"我把两个饼子放到大老碗里递给他，然后指着他胳膊上箍的"治安员"袖标，问："现在干这个了？对人还这么凶啊？"他剜了我一眼，说："治安员不凶，谁服？"我说："去年可没有这么凶，去年见你可是蔫巴巴如霜打了的茄子一样。"他故意拉开架势，扬起手，装出一副恶狠狠要揍我的样子说："你这个兔崽子，总爱揭人短，真是哪壶不开提哪壶。"

我有大半年时间没回家了，家乡的小吃羊杂泡让我魂牵梦萦。胃有记忆，就是到了天涯海角，也总忘不了故乡的吃食，要么人常说，思念故乡常常是从自己的胃开始的。家乡羊杂泡鲜香的味道让人唇齿留香，对我们这些离开家乡在外谋生的游子来说，不仅是口腹之欲，更是一种精神支撑。

八饼一边掰饼子一边对我说："回家看你娘吧？你这兔崽子还算有点孝心。"我白了他一眼，嘟囔说："不看我娘回来干啥？羊杂泡再好，也总不至于专门跑回来吃一顿吧？"

我工作的省城其实离老家并不远，两个多小时路程而已，可是儿女尚小，工作太忙，连周末也常常加班，身不由己，回家看娘次数少，让我很内疚。几次想把娘接到省城住，娘却不同意，说她住不惯。好在娘身体结实，常叮嘱我说："我不用你看，身体好着呢，逢年过节把孙子带回来让我看看就行。你把工作当事比啥都好！"

我们一边吃羊杂泡一边闲聊，我见他吃得额头上沁出了一层细汗，吃得红光满面，心里欢喜，就对他说："身体还这样棒，和当年一样啊！"八饼抹了抹嘴唇，笑呵呵说："唉！不行了，年龄不饶人哪！"我指了指他胳膊说："你胳膊上那标志当年可比这治安员的红袖标顶用。"他说："别糟践我了，年轻时耍二杆，胡整，这伤疤成了永久的记号，擦不净、取不掉，丢人现眼。唉！那时候糊涂——"

我说："让我看一下么！"八饼盯着我说："你个兔崽子，又不是没见过，不嫌难看了你看——"说罢，他不情愿地扯开衣袖，胳膊上一坨一坨排列整齐的疤痕裸露出来。看着这些疤痕，年轻时候的八饼和他的许多往事浮现在我的眼前——

八饼家离我家只有几十米之遥，他比我大十几岁，我十来岁时他就是个大人，不管是从辈分还是从年龄上说，我都应该把他叫叔。

八饼虽然家境贫寒，但一点也不影响他成为西街的一位传奇人物。八饼年轻时浑身肌肉疙瘩，那些疙瘩里似乎蕴藏着用不完的劲。他身上好像长着刺，看谁都不顺眼，常为一些鸡毛蒜皮的事情和别人争执，见谁扎谁，三天两头惹是非，因而颇得骂名，常受人白眼，遭人嫌弃。

八饼年轻时候打架凶猛，一听哪里打群架他就兴奋得嗷嗷叫。西街的街坊邻居，不管是谁，若和陌生人在街上斗嘴或者闹纠纷，只要他听说了或者撞见了，就像给他亲人帮忙一样扑到跟前助威。如若说不到辙里，双方一旦开战，他必定赤膊上阵，不遗余力。他生性好斗，是打架的一把好手，用现在的话说就是公鸡中的战斗鸡。结果，他常常闯祸，把人家本来该说和的事情搞崩，把小事弄大、大事弄爆炸。事件平息后他踊跃助阵的一方反过来会埋怨他，说他莽撞、野蛮，是害人精，怨他不请自到，怨他煽风点火、火上浇油。他往往是出力不讨好，落得两边不是人。但他似乎能从打架中寻到乐趣，对别人的议论和嘲讽满不在乎，过后依然大大咧咧，不吸取教训，若哪儿再有纷争，他仍会欣然前往，依然活跃在打架的第一线。

八饼几乎每天傍晚都在娱乐场所附近溜达，除了想凑热闹，就是寻找战机——他几天不打架就手痒。他因此成了城关派出所的常客，被街坊戏称为我们西街的“四大歪人”之一。以至于后来一些家长看见八饼老远走过来，就把自家的儿子往家里赶，生怕儿子跟他出去胡浪荡，打架闯祸。

八饼打架有一个特点，就是始终奉行先下手为强的原则，这与他小时候常受人欺负有关。我亲眼见过八饼与一个比他个头高的人在西街口发生纠纷，当对方还处在打还是不打犹豫不决的纠结当中时，他早已拿定主意。他嫌骂仗费劲，鄙视打架前的繁文缛节，喜欢一针见血。他脚在地上猛地一跺，唾对方一口，对方自然一惊，头往后仰，就把肚子暴露出来，他一个黑虎掏心过去，对方就抱着肚子蹲下，瞬间失去抵抗力，然后他趁势跟上又是一招豹尾脚，干净利落就结束了战斗。这几招技术要领他掌握得很熟练，几乎是一气呵成。后来，我发觉西街男娃爱打架会打架多数都是受了八饼的熏陶和影响。

还有一次是在电影院门口，八饼嫌人家踩了他脚不道歉，就破口大骂。人家争辩了几句，他就吹胡子瞪眼，对方两个人他也不怵，脸色一变，骤然发动进攻。他下手精准狠，招数简洁明快，不拖泥带水，专拣对方下三路或者要害部位打。对方一看就是没有打架经验的菜鸟，躲不会躲，防不会防，被他三拳两脚就撂翻在地。他则像只打了胜仗后骄傲的公鸡，趾高气扬，指着人家嘲弄几句，然后呼哨一声，扬长而去。很快，他打架凶猛的名声逐渐在西街传开了。

八饼打架最赢人的一回是一人独战许家三兄弟未落下风。八饼是独苗，母亲去世早，是他爹含辛茹苦把他拉扯大的。他从小缺少母爱，脾气暴、性子野，天不惧、地不怕。一次，他爹为后院宅基地的地畔子和邻居老许吵嘴，老许家三个儿子出来围住八饼爹又是推搡又是谩骂。八饼见了，怒火中烧，从屋里扑出来直接投入战斗，手脚并用，头顶牙咬，浑身部件全被他当作武器使用。虽然最后被众邻里拉扯开时八饼几乎成了血人，但许家三兄弟更惨，都是鼻青脸肿、遍体鳞伤。八饼还不罢休，继续挑战，许家三兄弟被八饼的气势吓住，躲在家里偃旗息鼓，再不敢出来迎战。

经此一战，八饼在西街名声大噪，而且从此八饼家里边界再无战事。街坊邻居都说，许家三条狗战不过隔壁一条狼。可以说，八饼的打架技巧全是他自己通过亲身实践打磨出来的，耐用，不像那些练武术套路的，架势好看却不中用。

1983年严打的时候，八饼因与人打架致人重伤被抓进牢里关了三年。多亏没人和他搭班，他是单打独斗，属一般治安事件，如果是流氓团伙寻衅滋事，那可能十几年都打发不下。这是八饼一生中不幸中的万幸。

八饼刑满释放后安生了一阵子，到运输公司当过搬运工，干了三个月，因为投机取巧偷懒耍滑被辞退。他在家闲了一个月，又跑到购销公司当装卸工，干了约半年时间后又嫌累，去帮人打核桃仁。核桃仁打了两个月又改行帮人送液化气瓶。人常说：三百六十行，行行出状元，八饼几乎是行行都干过，样样都不行。

一年后，八饼好了伤疤忘了疼，挨打不记锤窝子，尾巴又翘起来，频频和人打架，接连被拘留。

2

20世纪90年代初，金融市场尚不规范，民间信贷乘虚而入，地下赌场猖獗，一些不法分子为牟取暴利不惜铤而走险偷放高利贷，高利贷成了特殊社会环境下滋生的社会毒瘤。

八饼因为打架凶狠出名，被西街赌头狗娃子看中，奉为座上宾，帮其要账。从此以后，八饼有了用武之地，不再去干又苦又累的体力活，开始混迹赌场以看场子和讨债为生。

狗娃子耍赌，大出西街人意料。狗娃子没有继承他老子祖传衣钵当杀猪宰羊翻肠子的屠夫，却改行干起了摇骰子翻碗子打麻将这营生。因为赌博来钱快，狗娃子干脆撂下并荒芜了依靠自己劳动谋生的祖传手艺，开始耍钱，耍着耍着又发现耍钱没有放账来钱快、来钱多，于是除了耍赌、组织赌场抽头，还兼放账。因而狗娃子抽头放账，西街人不再感到奇怪。

虽然赌博有输赢，放账有呆账，如在半空走钢丝，皆要担风险，但狗娃子认为，赌博太操心费脑子，而放账是暴利，是滚雪球的利滚利；赌博需要亲自上阵，放账则可躲在幕后。狗娃子深谙讨债的目的是要回债务而不是去打架，只是把打架作为手段吓唬债户达到要回欠债的目的。古人说，不战而屈人之兵谓之上策，就是这个道理。说白了，战争的本质不在打，在恐吓。

八饼身上有一种一夫当关万夫莫开的气势，谁见了都怵，狗娃子就是看中了八饼这一点。

八饼快三十岁时曾娶过一个老婆，那时他刚从监狱出来，正三天打鱼两天晒网，到处打零工，没有固定收入，整天酗酒打牌。他老婆是从乡下来的，出身苦，开始帮人弹棉花，弹着弹着就跟一个江西弹棉花的人跑了，没有给他留下一儿半女。从此，八饼就成了一条一人吃饱全家不饿的光棍。

八饼就是在媳妇跑了万念俱灰走投无路的时候，被狗娃子相中的。

其实，西街人知道，八饼从事讨债这门营生前并不叫“八饼”，“八饼”是麻将牌的名称，叫他八饼是他帮人讨债胳膊上有了“八饼”那个符号以后。

八饼开始讨账时并不顺畅。

狗娃子交给他的第一项任务就是找水池子的崔蛮娃要账。崔蛮娃是水池子的村盖子，从小尚武，有两下子，八饼听说过，但他不能露怯，因为要账是他的饭碗。他拿着崔蛮娃打的已经到期的五千块钱借条领着两个小伙子就去了。

八饼一行三人大摇大摆进了水池子村，迎面遇见一位荷锄的村民。八饼拦住村民打听，那村民从头到脚把八饼打量一番，冷着脸说：“再往前走三百米，村里最高最大最显眼的房子就是崔蛮娃家，黑铁门、大狼狗。”八饼向前走不远，就看见了一院气派的房屋，院子矗立着三层红砖灰瓦的楼房，黑铁门。八饼努了努嘴，一小伙上前敲门。咚咚咚，门一响，里面随即传出一阵狗吠，一声怒过一声，狗吠声中传出一声呵斥：“干啥的？”八饼朗声道：“找崔蛮娃。”少顷，有人从堂屋出来，喝止了狗吠，铁门扯开一条缝，露出一双冷森森的眼睛，问：“找崔蛮娃干啥？”八饼说：“西街的狗娃子让我来拿钱！”铁门咣当一下打开，院子分散开站了四个壮汉，一人提斧头，三人拎棍棒。八饼说：“不友好啊！就这样迎客？”堂屋又传出一声：“让进来！”八饼进了院子，那四个壮汉收了家伙，一人指了指堂屋，却把两个小伙挡在院外。

八饼大踏步走进去，见一人在堂屋的沙发上坐着抽烟，见他进来，一声不吭一眼不眨盯着他。八饼扫了一眼堂屋，见桌上摊着一副麻将牌，看来刚才正在打麻将。八饼猜测此人应该就是崔蛮娃了，笑笑说：“崔哥，狗娃子让我来拿钱。”那人斜睨了一眼八饼，不紧不慢地说：“狗娃子狗日的贪心，糊弄了我几万块还没够数？”八饼说：

“杀人偿命，欠债还钱，立字为凭，愿赌服输，这是规矩。”崔蛮娃说：“理没错，只是——只是心里不舒服。”八饼说：“心里咋样才舒服？”崔蛮娃瞅了瞅八饼，又看了一眼跟进来的四个壮汉，问：“来了几个人？”一人答：“还有两个被挡在院子外面。”崔蛮娃瞪着八饼问：“文要还是武要？”八饼说：“当然是咋能给钱咋要，最好是文要，文要不给再武要。”崔蛮娃冷笑一声，问：“就凭你一个，咋能武要？”八饼脸不变色说：“这是我第一桩生意，也是我的饭碗，你若执意不给，我只有拿这条贱命换你四条命。”崔蛮娃盯着八饼看了一会儿，语气缓和下来，问：“你也是西街人？你哪年坐的牢？”八饼说：“是西街人，1983年严打时坐牢的。”崔蛮娃说：“没坐过牢的人不会说出这般硬邦邦的话。嗯，想起来了，你那年打伤的是不是县城东街的梁老虎？”八饼淡淡地说：“没错，你记性不错！”

八饼旗开得胜，没动一指头，就完成了他讨债职业生涯的第一桩业务。

八饼的第二桩业务是在碾子坪完成的，那是他第一次在胳膊上留记号。他曾多次给我讲过这个故事。

碾子坪离县城三十里地，民风粗犷，赌风兴盛。欠赌账的叫薛文豹，在家里排行老大，他还有两个弟弟，弟兄仨个个长得虎背熊腰，坑蒙拐骗、吃喝嫖赌，恃强凌弱，横行乡里。村民慑于其淫威，敢怒不敢言。

八饼去碾子坪的时候，狗娃子千叮咛万嘱咐，说去一次不成再多去几次，多带些人扎个势助个威，但不要闹出乱子。

八饼深知从狗娃子赌场下来的这些家伙难缠，都是玩弄心机妄想把别人口袋里的钞票哄骗到自己腰包的奸诈之徒。有的人是吃软不吃硬，有的人是刀枪不入软硬都不吃，不是一般人轻易能唬得住的。

八饼并没按狗娃子的安排去做。他知道，到人家地盘去会地头蛇，人多不顶用，兴师动众去了要不回债反倒丢人现眼。

八饼只带了一个去过碾子坪认识薛老大的人引路，径直来到薛老大家里。薛老大正和一帮人在家里喝酒，见了不速之客，心里不悦。心里不悦就反映到脸上，他只和熟人打了声招呼，让座，看都不看八饼一眼，不敬烟也不让坐，就让八饼站着。

薛老大听了八饼这次来的意图后，突然把酒盅往桌上一蹾，冷冰冰地说："真他妈扫兴！你没看见老子正喝酒吗？能不能过几天再来？"八饼并不生气，不急不躁地说："你薛老大大人大事，你打的欠条，归还的日期已到，不可言而无信。咱有借有还，再借不难！"薛老大盯着八饼不耐烦地说："没说不还，钱不凑手，没钱拿啥还？再说还钱还要让老子有个好心情。"八饼一字一板说："那就让你想办法了，总不至于让兄弟白跑一趟，空手而归。你有吃有喝的还心情不好？"

薛老大停顿了一下，气呼呼地从酒桌上拿起一包烟抽出一支叼在嘴上，用打火机点了，吸了一口，说："你是哪儿来的光棍？口气不小！要钱没有，要命有一条。"薛老大摆出一副死猪不怕开水烫的架势，公然耍起了无赖。

八饼缓缓说道："命是爹娘给的，轻易不要送人。债是欠别人的，你一定要还！"薛老大瞪着八饼说："你走吧！今天没有钱，像你这样的人我见多了，我老薛啥没见过？让狗娃子自己来拿。"

八饼见状，知道无路可走，别无选择，从口袋里摸出一支烟点着，吸了一口后，说："我这样的人你以前没见过，今天让你见识一下，你睁大眼睛看好了。"说完他一狠心，毫不迟疑地用烟头对着自己的手臂摁下去，皮肉被烟头烫得吱吱响，随即散发出一股焦臭味。八饼感到一阵钻心的疼痛。

此时，空气似乎凝固了。

薛老大及酒桌上的人全屏住了呼吸，一眼不眨看着八饼。

八饼脸不变色，扔掉了手里摁灭的香烟，又抽出一支叼在嘴上点着，狠狠吸了一口，说："我烫两个坨坨，你最起码烫一个吧？"说完，又准备把烟头往手臂上摁——

薛老大抹了一把额头上沁出的一层细汗，摆了摆手说：“罢了！罢了！我知道上门讨债的不是省油的灯，但没想到你毒气这么重！”

八饼说：“谋一碗饭吃不容易，我没别的能耐，只能用这种把戏告诉你，我命贱，不值钱，莫要拿你的命换我的命，你划不着。”

“老薛我服啦！先坐下喝酒，酒喝完了拿钱。”薛老大给八饼说完，又对着身边的人说：“取点猪油给他抹上！”

八饼醉醺醺从碾子沟回来，感到胳膊火辣辣地疼。

烫了第一次，就有第二次、第三次，遇到难缠的欠账八饼就如法炮制，就这样一个接一个烫。一年多后，他胳膊上就烫了八个疤痕，搭眼一看是八个黑坨，排得整整齐齐，就像麻将牌里的八饼。“八饼”烫成，八饼声名大振。

3

八饼因为讨债需要，在胳膊上烫成了麻将牌“八饼”的形状，于是，“八饼”成了他身上的徽章，成了他的绰号，成了他与人发生纠纷后的威慑牌。

一次，八饼和几位朋友到火锅店吃火锅，遇到一帮张牙舞爪的小青年故意找碴儿闹事，驱赶客人，推搡谩骂服务员，还声称要动手砸火锅店，气焰十分嚣张。八饼见状看不下去，上前劝阻，一帮小青年不但不听劝阻还辱骂八饼多管闲事。同行的朋友尚没动声色，八饼却已恼怒，按捺不住，挽起袖子，打算教训这帮小青年，无意间露出胳膊上的“八饼”。一位胳膊上纹青龙的小青年眼尖，瞥见“八饼”徽章后，紧急叫停，对众小弟耳语一阵，于是一帮人排成一行，向八饼鞠躬道歉。领头的走到八饼跟前，一再表示有眼不识泰山，不该在店里挑刺闹事，搅扰了八饼大哥的雅兴，并向八饼赠送啤酒和香烟，然后立马走人。一场纠纷就此化解。

夏天到了，八饼出门乘车，司机瞥见他胳膊上的图案不敢向他多要钱；八饼去电影院看电影，买票加塞的人不敢往他前面站；八饼到大排档吃麻辣烫，没人敢和他抢座位；八饼走在路上，认识他的街痞小混混对他点头哈腰毕恭毕敬地尊称他八饼哥。八饼威风一时。

那一阵子，八饼的声名盖过了狗娃子，排在了西街“四大歪人”之首。狗娃子赌场上遇到难缠的事全由八饼出面，他出面，那些赖账的都给他面子，自觉让他三分，那些扯皮的会主动与他握手言和。横的怕愣的，愣的怕不要命的，众人心照不宣。你想，八饼对自己胳膊都一再下手，对别人还能心慈手软？

八饼为了谋生，为了在江湖上扬名立万，不惜采用自残的方式，在胳膊上烫疤。他捞了点虚名，也误导了社会上一些小青年。西街几个小泼皮为了逞强示狠，也模仿八饼在胳膊上用烟头烫花样，但不管花样咋变，都来自八饼的创意，如果寻根溯源的话，八饼应该是西街人体烧烫艺术的创始人。

别人的恭维、奉承和忍让，让八饼骄傲自满、自我膨胀，把谁也不放在眼里。本来干讨债这一行就容易得罪人，有人口服心不服，记恨他，有人寻思好汉不吃眼前亏，逮住机会再报复他。一次，八饼在外饮酒，半夜回家途中被人从身后拍了一砖，拍得鲜血淋漓、人事不省，被人送到医院缝了十一针。从此，八饼就成了光头佬。这件事给他敲了警钟，让他说话办事有所收敛，夜晚也不再独自在外浪荡。

不久，在一次朋友婚宴酒场上，两个曾被八饼追债的赌徒因喝酒与八饼发生口角，趁他不备突然用酒瓶攻击他。八饼以一敌二，面无惧色，一场混战，双方均挂了彩。虽然事情不大，却惊动了公安部门。因为双方均为涉赌人员，最后以寻衅滋事扰乱社会治安罪被拘留了十五天。

这让八饼很憋屈。讨债就如在火中取栗，在刀尖上跳舞，是在搏命换钱，和他打交道的几乎都是沉湎赌场的亡命之徒，他必须要高度忍耐，讨债时不到万不得已不使用武力，因为动手就会造成伤害，导致住院，产生费用，影响收入，而且不管是哪一方的错，都会惊动公安部门，惹上麻烦。

在讨债这件事上，八饼曾经给我说过，如果狗娃子是黄世仁的话，他自己就是穆仁智。他就是旧社会那些恶霸地主的狗腿子，他跟在人家屁股后面，一手拿枪，一手拿筐，不是催账就是放枪。他在众人面前耀武扬威，但内心极度空虚。他时常感觉到自己内心的惶恐和丑恶，他曾无数次受到自己良心的谴责，觉得这样下去害人害己，不会有好下场。他鄙视自己、痛恨自己，有时候似乎灵光一闪，找到了出路，但瞬间过后，周围又是茫然一片。他试图改变，但又无力改变，他身陷赌场已无力自拔。

一次又一次与人拼命，精神高度紧张，让八饼变得烦躁多疑，心神不宁，和人接触，说冷就冷，话不投机，一变脸就千里冰封万里雪飘。他晚上回家常常睡不着觉，好不容易睡着，又从睡梦中惊醒，醒来后一身冷汗，第二天没精打采、萎靡不振。一些与他有过节的赌徒趁机报复，蛊惑他吸粉解乏。八饼最终没有摆脱那些瘾君子的封堵与围猎，为了寻求刺激，他开始吸食K粉。

八饼染上毒瘾后，浑身乏力，精神萎靡，无心干事，丧失了战斗力，也失去了利用价值，被狗娃子逐出赌场，没了经济来源。为了吸食K粉，他挥霍了所有积蓄，又不惜一切手段弄钱，一次偷盗时被治安队捉了现行，在看守所拘留期间毒瘾发作，又被移送到戒毒所。

从戒毒所出来，八饼已经一无所有，但他要活下去，要吃饭。他不得不放下架子，到处打工。八饼先到一家猪场看大门，看得好好的，却被一位以前耍赌时认识的来猪场办事的客户撞见羞辱了一番，要和他算以前的老账。八饼怕惹麻烦，工钱也没领，白干了十来天，偷偷跑了。八饼又到建筑工地当小工，闷头闷脑干了一个月，实在受不了苦，又跑到一家食品公司看仓库。这回勤勤恳恳干了三个月，公司经理却不知怎么知道了他曾经替人讨账和吸毒的底细，当即辞退了他。

八饼想和命运抗争，却处处碰壁，碰得头破血流，最后只有屈服于命运，随波逐流。他无处安身，干脆和几个地痞无赖鬼混在一起，在街道坑蒙拐骗混日子。

这期间，我回家曾遇见过八饼，那时他衣着邋遢，生活潦倒不堪，见了我假装不认识。我和他说话，他故意装聋作哑，对我的提问不是选择沉默就是选择遗忘，一副破罐子破摔的样子。我知道，他是在故意躲避，是在刻意遗忘那些不堪回首的经历。

每次回家，娘都絮絮叨叨地告诉我乡邻间发生的一些新鲜事，尤其是八饼，他的故事最多。我为八饼的所作所为愤慨过、惋惜过，也同情过、失望过。

那一年，八饼沦落到街头靠碰瓷混碗饭，活得人不像人鬼不像鬼。一次半夜在路上抢劫财物，对方反抗，八饼将对方捅成重伤，被判了十一年徒刑，送到渭南市一家监狱服刑。于是，有很长一段时间，我再没有见过八饼。

后来，随着年龄的增长，在社会上经历的事情多了，我才逐渐认识到，和八饼一样通过烫疤和纹身来标榜自我的人，是一种内心软弱、外强中干的表现。其实，他们只是妄图通过这些疤痕和纹身来遮掩自己内心的虚弱。

关于八饼这绰号的由来还有一种说法。说八饼放账期间曾参加过一次豪赌，几个人都把牌停成了“八饼”，锅里已经有两张“八饼”，八饼这时候又摸了一张“八饼”。停牌吧，只剩一张，有可能还在锅底，赢牌的可能性极小，如果不停牌，就可能点炮，他要么点炮，要么硬等。结果，八饼硬扣下“八饼”，最后抠了个单吊“八饼”，一把赢了几万块，举座皆惊。这也许是添盐加醋的传说，也许真有这么一回事，但我更相信八饼这个绰号的前一种说法，因为他胳膊上明明烫了个“八饼”嘛。

去年我见到八饼时，他刚刚刑满释放回来，跑到砖厂打工。那次，我在路上撞见他，因为他的光头很显眼，加上变化不大，我一眼就认出了他。我主动和他打招呼，他也很快认出我，站住，看着我喊我的小名。我给他递了一支烟，他接着，没抽，搭在鼻尖上嗅了嗅，然后别在耳背上当干粮。我问啥他说啥，没一句多余的话，像一只饱经风霜后蔫蔫的茄子。想不到一年后，八饼人活泛了，又一副大大咧咧乐乐呵呵的样子。

吃完羊杂，从餐饮市场出来，我心情舒畅了许多。看来八饼已没有了刚从监狱出来的萎靡劲，现在好了，有了份工作，身体和精神状态都不错。我情不自禁地说：“八饼，现在生活好了，要好好活啊！你看这个世界很奇怪，你混得好时，身边几乎都是鼓掌的人，你潦倒时跟前都是幸灾乐祸看笑话的人，难道不是吗？”

他说：“是啊！生活好了，谁不想好好过日子？我会好好活的。你也要好好工作，把世事闹大，记着，一定要常回家看你娘！”

婉莹的爱情故事

1

杨婉莹和第三任男友终于修成了正果，结婚那天，她觉得她是世界上最幸福的女人。

杨婉莹第三任男友叫黄璨，身材高挑，长得细皮嫩肉，说话嗲声嗲气，又把自己收拾得油头粉面，属于典型的奶油小生，是男人窝里的另类，因而常遭男同胞白眼。

黄璨本来是小城城郊财政所的一名小职员，后来他在团市委上班的姐姐忽然与市上一位领导的公子对上了眉眼，订了婚。于是，金线吊葫芦，姐姐给未来的公公递一句话，未来公公又给县上主要领导递一句话，就让年纪轻轻的奶油小生黄璨摇身一变，成了小城财政局的一名副科级领导，称呼也从小黄变成了黄主任。

那年春暖花开的时候，黄璨二十四岁，成了局里最年轻的副科级干部。局长是县上的钱匣子、县领导身边的红人，属于消息灵通人士，当然知道他和市上领导的那层亲戚关系，自然要对他进行重点培养，因此黄璨在单位里年龄虽小，说话的分量却不小，自从他当了主任后，单位的男同胞再没人敢冷眼看他。

黄璨当主任那年五月末的一天上午，被局长叫到办公室，局长对他说：“‘七一’快到了，为庆祝党的生日，县上要搞活动，要求各系统至少要拿出两个文艺节目，咱也不例外。你是咱系统最年轻的党员干部，这项活动就由你来负责。”局长说完又特意叮嘱他，此项活动意义重大，是展示单位良好形象和精神风貌的一个好机会。

黄璨领受任务后，扳指头一算，离庆祝活动仅仅只有一个月时间，时间紧、任务重，不敢耽搁。他当即让办公室通知局里三十岁以下的年轻人马上放下手头的工作到局会议室召开专题会，专门筹划这次活动。等人集合完毕，黄璨搭眼一看，这些人包含自己在内只有三位是学财会专业的，其他人专业则五花八门，学冶炼的、学化工的、学园艺的、学法律的，去年从教育系统改行的小媳妇专业是数学，今年刚借调来的两位最有趣，一位是畜牧专业的，一位是地球物理学专业……黄璨环视了一圈，发现竟没有一个艺术专业的，除那位喝点酒才敢在歌厅吼几声卡拉 OK 的先生外，其他皆是五音不全缺少文艺细胞的人，真是缺兵少将，巧妇难为无米之炊啊！这让黄璨很犯愁。

坐在黄主任身边的农财股股长马良见黄主任愁眉不展，说排练文艺节目必须要聘请专业人士指导，建议他赶紧请城关小学的音乐老师杨婉莹，请迟了可别让其他单位捷足先登了。马股长介绍说杨婉莹不仅人长得漂亮，歌喉甜美，而且钢琴也弹得呱呱叫。杨婉莹不仅是城关小学的台柱子，而且是县文化馆的特邀音乐编导。马良是城小的家属，老婆在城小教书，因而和杨婉莹熟悉，了解杨婉莹的情况。黄璨很爽快地同意了马股长的建议，事不宜迟，他让马股长立即就去请杨婉莹。

其实，杨婉莹和黄璨的第一次见面颇有戏剧性。杨婉莹早晨上班前去小吃摊吃早餐，用餐后付钱时才发觉手袋不见了，手机和钱包在手袋里，一定是让小偷盯上后顺走了。手袋不翼而飞，让杨婉莹惊出一身冷汗，埋怨自己太大意，刚才只顾埋头吃饭，根本没注意周遭发生的一切。她翻遍了衣服上的口袋也没翻出一毛钱，看着摊主疑惑的眼神，杨婉莹不想让人看扁，她四处搜寻，希望能遇见一位熟人，帮她把早餐钱先垫付上，一解燃眉之急。可东张西望，也未见一张熟悉的面孔。正尴尬间，对面一位长得白净的小伙看出了她的窘态，笑吟吟地说："美女，忘带钱包了吧？我帮你付。"说完，不等她同意，就把一张十元钞票递给摊主，笑吟吟等着找钱。杨婉莹红着脸默许了这个陌生人的帮助，怀着感激的心情瞥了一眼帮她解围的小伙。

由于刚丢了手袋，杨婉莹一时六神无主，慌乱中竟忘了问帮她付账的小伙姓甚名谁，只记得这个长得高挑白净的小伙转身离去时很优雅地向她挥了挥手。杨婉莹接受了这位年轻人的帮助，内心不免有点小得意，她早已习惯了年轻异性对她的帮助。

结果，事情就这么凑巧。杨婉莹随马良股长到财政局和黄璨一见面，两人眼睛一亮，异口同声说："原来是你啊！"马股长很惊奇，满眼疑惑，讪讪地说："原来你们认识！"黄璨和婉莹又异口同声说："哪里啊，吃早餐时才见过面。"马股长一愣怔，笑呵呵地说："太巧了，这是天意，你们二位真有缘分！"黄璨和杨婉莹会心地笑了，你一言我一语，聊得很投机。

杨婉莹是音乐老师嘛，面容姣好，身材婀娜，是标准的靓女。黄璨在早餐摊点上看了她一眼，就被电着了，血脉偾张，心跳加速，毫不犹豫地伸出援手，为这位美女解围。现在一见是她，喜出望外，心想，真是天上掉下个林妹妹。

黄璨当即邀请杨婉莹老师做他们的指导老师。杨婉莹听了马股长的介绍，心想，这小伙长得帅气不说，还会体贴人，这么年轻竟做了主任，真是年轻有为。杨婉莹十分愉快地接受了黄璨的邀请。

根据约定，杨老师每天晚上六点准时来财政局帮黄璨和他的同事们排练节目，一个小合唱、一个舞蹈，练到八点，遇到周末也不休息。黄璨很积极，每天来得早早的，把茶水、音响之类准备妥当。杨老师也不厌其烦、不遗余力地教授和纠正每一句唱词，示范和指导每一个细微的动作。财政局的年轻人在黄主任的带领下，齐心协力，学得很扎实。

杨婉莹和黄璨配合得很默契，关系也渐渐熟络。晚上排练结束，黄璨主动邀请杨婉莹吃宵夜，然后一起去歌厅唱歌。开始他还让马股长作陪，后来，干脆直接领着几位女同志去活动。排练节目那一阵子，男同事妒忌说，黄璨就像一只小蜜蜂，在花丛中翩跹飞舞。一个月很快过去，节目排练顺畅，演出得到观众和评委的一致好评，两个节目双双获奖。县上领导亲自颁奖，局长感觉颇有面子，对黄璨大加赞赏。

活动结束，黄璨和杨婉莹顺理成章成了无话不说的好朋友。黄璨觉得，获奖不获奖其实并不重要，认识杨婉莹老师，才是这次活动的最大收获。

漂亮的女人故事多，杨婉莹也不例外。

杨婉莹出生在一个普通的农民家庭，父亲是一般干部，母亲是小学教师。父亲在她上小学时就因心脏病突发去世，她一直和母亲相依为命。婉莹上初三时，一日放学回家途中，被班上一位男同学挡住去路，神秘兮兮塞给她一封信。第一次收到来自异性同学的信，婉莹的心狂跳不已，男孩的行为既让她惶恐不安，又让她莫名激动。女孩的心思，谁又能琢磨透？婉莹一夜辗转反侧，不知道该咋办，又不敢告诉母亲、老师和同学，只有把自己的小秘密埋藏在心底。

婉莹收到信后，如同什么事情也没发生一样，依旧上学放学读书做作业。可是，这位男同学坚持不懈地给婉莹写情书，晚自习后悄悄尾随婉莹，一旦逮住机会就把提前写好的信塞给她。婉莹一直保持沉默，不予理睬。后来，这位男同学见婉莹没有反应，干脆抹开脸，三天两头当着其他同学的面给她送小礼物，还主动要求送她回家。

也许是因为幼稚不成熟，也许是因为缺少父爱，婉莹内心深处需要被关怀被呵护，最后，天真单纯的婉莹经不起男同学的甜言蜜语外加各种小礼物的强烈攻势，羞答答地答应了男孩交朋友的请求，懵懵懂懂地谈起了恋爱。那时候，婉莹觉得，和那个男孩在一起，心里有一种朦胧的、羞涩的、甜丝丝的味道。她想，这难道就是初恋的味道？

可是，时间不长，男孩早恋的事情传到了他母亲耳朵里，男孩母亲一心一意想让儿子将来考上一所好大学，光宗耀祖、出人头地，不愿意让儿子过早分心，影响学习。她暗地里了解了婉莹的家庭情况后，跑到学校找婉莹班主任和婉莹谈话，告诫婉莹要自重自爱，不要干扰她儿子的学习。

这位男同学的父亲是一位国企老板，母亲是一位机关干部，家庭条件优越，男同学的学习成绩一直在班里遥遥领先。男孩热烈的渴望被母亲阻挠后，气愤不已，不理解母亲的良苦用心，为向母亲表示抗议、为了逃避烦恼，独自离家出走，钻到省城一家游戏厅玩了通宵。翌日早晨饿了从游戏厅出来吃早餐，横穿大街时没注意看红绿灯，被一辆疾驰而来的小轿车撞倒，送到医院后就没了气息。等公安机关联系到他的家人时，他的父母还在县城的亲戚朋友家到处找他呢。

2

对一位少女来说，没有什么能比爱情上的挫折更让人难堪了。初恋的夭折对杨婉莹打击很大，她忘不了男孩纯净的笑容和对她无微不至的呵护体贴，也忘不了男孩母亲找她谈话时那凌厉的语气和临走时剜她那一眼。

那段日子，男孩和他母亲的影子在杨婉莹脑海中交替浮现，让她心神不宁、寝食难安。她昏昏沉沉像僵尸一样在家待了一周，母亲的眼泪和苦口婆心的规劝、班主任老师的谆谆教诲和殷切希望，让婉莹慢慢清醒了。她还年轻，还只是名中学生，要走的路还很长很长，她不能自暴自弃，就此沉沦下去，她不能对不起母亲的哺育和老师的教导，她必须振作起来，下决心忘掉这段被男孩唤醒的不该过早滋生的感情。

母亲为了让她忘掉过去，给她换一个新的环境，托一位要好的同学把她转到邻县一所重点初级中学就读。面对一个陌生的、新鲜的、花园一般的校园，她静下心来，排除一切干扰，在宿舍、教室、食堂三点一线之间穿梭，日子循环往复。她默默地在书山中跋涉，在学海中遨游。半年后，她如愿以偿，考上了市上的师范学校。她终于从初恋失败的心理阴影中走了出来。

“七一”庆祝活动结束，黄璨和杨婉莹开始恋爱了。黄璨特意买了一辆大红色“野狼”摩托车，上下班专门接送婉莹。夏天是姑娘最漂亮的季节，也是恋爱最好的季节，城小的校园里几乎每天都要上演亲昵的一幕：婉莹穿着漂亮的花裙子，打扮得像花蝴蝶一样，在同事们羡慕的目光中，在黄璨含情脉脉的注视下，轻盈地跳上“野狼”，她搂着黄璨的腰，脸上挂着甜蜜的笑容。黄璨待婉莹坐好，潇洒地扭转摩托车手把，车后的排气筒喷出一股青烟，突突突一阵声响，摩托车便如一道红色的旋风从校园里刮过。

那年夏天，黄璨和婉莹一下班就形影不离，小城的河边、公园，南山根的草地，北山脚下的小树林，都留下了二人恩爱缠绵的身影。黄璨纵容着婉莹的小脾气，婉莹满足着黄璨的小心愿，两人缱绻旖旎、海誓山盟。认识他俩的人都说，这二位真是郎才女貌，天生的一对！

半年后，二位牵手幸福地走进了婚姻的殿堂。结婚那天，杨婉莹觉得她是世界上最幸福的女人。

杨婉莹沉浸在婚后生活的无限欢愉当中，时不时地还会想起在师范学校上学的那些美好的日子，那个玉树临风的学长还会在她的脑海中闪现一下。怎么还忘不了他呢？他有什么了不起？有什么值得留恋的？她在心里责备自己，但她还是忍不住把他和黄璨放到一块儿比较，一种失落感莫名地在心头泛起。自己这是怎么了？黄璨并不比他差多少！可人就是这样，到手的不足为奇，失去了的，却认为是最好的，往往怀念不已。

那位学长是她的第二任男友，豪爽大方、多才多艺，曾让婉莹着迷，让婉莹魂牵梦萦，又让婉莹痛苦难当。婉莹强迫自己不去想他。

婚后的日子对婉莹来说，就如在蜜罐里一样。一年后，婉莹生了个漂亮可爱的女孩，黄璨对她娘儿俩关怀备至、宠爱有加，专门请了个保姆照顾她娘儿俩，让婉莹衣来伸手、饭来张口。她十指不沾阳春水，享受到了黄璨一家人对她的万千宠爱。遇上这么一位体贴入微的好老公是她修来的福气，她还有什么奢求的？嫁给那位学长也不一定有这样的待遇。

结婚后前四年，是婉莹一生最幸福的时光。一家三口一遇节假日就去省城或市上度假。黄璨陪她看电影、逛商场、逛公园，一家人和和美美，其乐融融。

女儿四岁那年，黄主任成了黄副局长，单位的事情陡然多了起来，在家里待的时间越来越少。

忽然有一天，婉莹发现老公对她的态度有了些许微妙的变化，看她的眼神没有以前那么含情脉脉了，流露出一丝疲惫和不耐烦的情绪。婉莹宽慰自己，老公整天拼命工作还不是为了这个家？

婉莹明白老公这些变化归根结底来自他职位的变化。黄璨在姐姐公公的关照下，由副科级主任被提拔为正科级副局长，不到三十岁就成了全县最年轻的正科级干部，年轻有为，前途无量。随着职务的提升，围着他转、恭维他的人逐渐多起来。当年的奶油小生逐渐磨炼出了男子汉气概，学会了抽烟、喝酒、打牌，学会了发号施令、指手画脚，同时还滋生了许多小脾气。当然，随着职务的提升，他需要摆平各方关系，应酬自然多起来，牌局、酒局应接不暇，吃公家饭、喝公家酒，胃成了公家的，连身体也成了公家的。

一日半夜，黄璨双眼迷离摇摇晃晃回到家。婉莹怕他夜以继日喝酒伤身体，不免唠叨几句，黄璨喟然长叹一声，不耐烦地说："你不要啰唆好不好？我有啥办法？工作需要嘛，上面领导三天两头来检查，咱总不能不闪面吧？吃饭不喝酒行不行？不喝酒，领导才懒得理你，听没听说过那些顺口溜：‘能喝半斤喝八两，这样的干部要培养；能喝八两喝一斤，这样的干部最贴心。’酒场上，要想方设法让领导喝好不喝多，只有让自己的胃多担待。没有牺牲精神，谁肯让你进步？你们女人家，头发长见识短，懂个屁！”婉莹觉得老公在场面上混，跟随领导，要求上进，受点苦累，委屈自己，也真的不容易，后来也只好听之任之。

黄璨的工作越来越繁忙，上省城出差，到市上开会，下基层调研，迎来送往陪领导检查工作，加班加点成了家常便饭，开始是为了应酬，后来就慢慢习惯而且上了瘾。

在上级领导的关照提携和自己的不懈努力下，黄璨不断进步，从普通职员到主任，从主任到副局长，从副局长再到局长，完成这个三级跳，他仅仅用了七年时间。他当局长那一年，女儿满六岁。

随着黄璨职位的提升，黄璨、婉莹夫妻在家里的地位也来了个大转变。婉莹成了家里的顶梁柱，家里的活计大包大揽，除了上班还要接送孩子，操持家务，安排一家老小的生活。而黄璨似乎成了家里的客人，他在外劳累，回到家一身疲惫，一句体贴话也懒得对老婆说。婉莹小心翼翼地呵护着他们的感情，对老公精心伺候、百般呵护，一句埋怨话也不敢对老公说，怕唠叨两句惹老公烦躁，影响家庭和睦。

社会上流传老公的闲言碎语，婉莹不是没有听说过，马股长的老婆也从侧面暗示过、提醒过她，她根本不屑理睬，也不愿意相信。她觉得那些人真无聊，老公公而忘私，为了工作常顾不得回家，一心扑在工作上，哪有时间去干那些乌七八糟的事？一定是老公仕途顺畅引起了别人妒忌，别人才造谣抹黑他的名声呢。

等婉莹发现黄璨背着自己偷偷摸摸打电话苗头不对的时候，为时已晚。原来黄璨这个狼心狗肺的东西在外面有了相好的。黄璨迷恋上了外单位一位青春洋溢、漂亮妩媚，参加工作还不满三年的大学生。

婉莹偷偷跟踪丈夫，发现了丈夫的秘密后，两眼一黑，感觉天塌下来了。闲言碎语成了事实。她悲痛欲绝，伤心不已，一时愤怒冲昏了头脑，不顾一切跑到黄璨单位大闹了一场，闹得满城风雨，让黄璨臭名远扬，颜面扫地。

黄璨开始矢口否认，责怪婉莹不该故意找碴儿，胡搅蛮缠、无理取闹，让他成为众矢之的。直到他被婉莹跟踪抓了现行，干脆直接摊牌，气急败坏地对婉莹说："你太刁蛮，我和你没有共同语言，我也受够了窝囊气！你想咋就咋，咱俩缘分已尽，离婚吧！"当年海誓山盟的爱人成了不共戴天的仇人。黄璨夜不归宿，和婉莹玩起了躲猫猫。

接下来是几个月的冷战。寂寂长夜，婉莹柔肠寸断，一腔悲苦无人诉说。她看着睡梦中的女儿，以泪洗面，无限伤感。

半年后，黄璨托人捎话给婉莹，只要婉莹答应离婚，孩子、房子归她，黄璨净身出户，另外再给她五十万元，婉莹痛快地答应了。这半年来她想通了，男人变心了，还有什么值得留恋的？

离婚后，婉莹深切地感受到，世界上最残忍的事不是没遇到爱的人，而是遇到了却最终错过；世界上最伤心的事不是你爱的人不爱你，而是他爱过你后，又爱上了别人。

黄璨和婉莹办了离婚手续，两人分手的时候，婉莹没掉一滴泪。

离婚后，婉莹对城小的同事马股长媳妇痛切地说："谁能想到事情会成这样，当初的山盟海誓都成了云烟。还以为海枯石烂不会变，却连七年之痒都没有逃脱。我从不知道顺其自然有多自然，但我知道残酷的现实有多现实。"

3

离婚后，婉莹心里一下子豁朗了，她觉得这世间就没有什么过不去的坎。她想起了"女人柔弱，为母则刚"这句话，她要努力为女儿撑起一片天。

在学校，她忘我地工作，在家里，她不停地干活，她试图通过劳作忘掉那些不堪回首的往事。可是，夜深人静的时候，经历的一桩桩往事不由自主地在脑海中浮现，让她辗转反侧。

她时常想起上师范学校时那些无忧无虑的日子。校园生活总让人难忘。图书馆、形体室、音乐房、舞厅、排练大厅，校园的每个地方，都曾留下她美丽的倩影、甜美的歌声和爽朗的笑声。

周末校园的舞厅，是学习之余最放松的地方，婉莹和同寝室的姐妹一起随着欢快的旋律跳平三、慢四、伦巴、探戈。姐妹们打扮得花枝招展，一个比一个漂亮，一个比一个耀眼，俨然成了一朵朵美丽迷人的花朵，是舞厅里最亮丽的风景，让其他专业的女孩自惭形秽，让抱着一颗驿动的心来跳舞的男生们浮想联翩。

一次周末舞会，婉莹正和一个舞伴翩翩起舞，无意间瞥见舞场边座椅上一位长相清秀的男生目光灼灼地盯着自己看。二人目光相触的一刹那，婉莹心咯噔了一下，但她故作镇定，急忙转头，佯装没看见。一曲曼妙的舞曲结束，她正和身边的姐妹交谈，瞥见那男生目光活泼地走过来，走到她面前时站住，然后微微弯腰，伸出右手向下一划拉，颇有风度地邀请她跳一曲。不容婉莹推辞，那男生已主动上前握住她的手，揽着她腰，随着舞曲轻轻地在舞池里摇摆、旋转、穿梭。那男生举手投足间大方得体、潇洒自如，让婉莹感觉轻松、惬意。

婉莹蓦然发现舞池周边的目光都聚焦在了他俩的舞蹈中。一曲终了，那男生不等其他几位男生跃跃欲试想过来邀请她跳舞，以不容拒绝的口气对她说："出去透透气！"说完也不等她同意，径直牵着她的手走出了舞厅。

舞厅外，风儿轻轻，天上的星星不停地眨眼，舞厅门口的霓虹灯不断闪烁，舞厅里的旋律弥漫出来。婉莹长舒了口气，随着那男生向前走了几步，感觉浑身舒畅。舞厅的喧腾和嘈杂似乎一下子被晚风吹走了。

婉莹挣脱了那只牵她的手。那男生这时才意识到自己的鲁莽，笑盈盈地说："你是音乐班的杨婉莹同学吧？我是中文班的老大哥，听别人说起过你，很仰慕。我们随便走走，聊一聊，好不好？"婉莹一愣怔，脑海里蓦地浮现出初恋男孩那羞涩的笑脸，想起初恋男孩第一次把她挡在放学路上的情景，心弦似乎被轻轻拨动了一下。她心里明白男生是什么意思，她一眼就看穿了他那小伎俩，她觉得这男生身上似乎有点公子哥的霸气，刚才把她从舞厅带出来时盛气凌人，也不征询她的意见。她想杀杀他的傲气，不动声色地说："你认识我？——可我不认识你。我和同学一块儿来的，还没玩够呢。"说完，一拧身，撂下那男生，快步向舞厅走去。舞厅门口，寝室几个姐妹已经追出来，一齐盯着她和那男生看，表情严肃，见她反身回来，一瞬间全换成了笑脸。那男生热脸碰了个冷钉子，一时颇尴尬，杵在那儿目送着婉莹从身边走开，愣怔了一会儿，才对婉莹的背影大声喊："我还会找你！"然后无奈地摇了摇头，不情愿地走了。

同寝室的姐妹王丽拉着婉莹的手说："我认识那男生，他叫梁振宇，我们是乡党，在一次同乡会上认识的。他比我们高一级，是中文班的学长。他在校园里很活跃，人长得帅，篮球打得好，又写得一手好字，还能写诗。知道不？他可是咱学校三个有名的'校园诗人'之一。"王丽说起乡党，得意扬扬，带点炫耀的成分，说完，却见婉莹并不领情，俨然一副心不在焉、漠不关心的样子。她摇了摇婉莹的手，提醒婉莹注意，然后一脸坏笑接着说："婉莹，杨婉莹，恭喜你！我那位乡党一定是看上你了。你们俩可是才子佳人、郎才女貌，你甭说还挺般配的，谁让你长得靓，魅力指数那么高，看看你那回头率，让人羡慕死啦！哎！杨婉莹，你听着，我那老乡可不赖哩，他们班几个女生看上他，他还不理不睬呢。"王丽一通话，把婉莹羞了个大红脸，其他姐妹也随声附和，跟着瞎起哄。

婉莹明眸皓齿，人长得漂亮，又能歌善舞，自然成了师范校园里的一朵花。校园生活丰富多彩，让人欢喜，让人迷离。婉莹不管走到哪儿，都是众人目光的焦点，随时随地都有以各种方式大献殷勤的男生出现，但婉莹总是一副刀枪不入的样子，让那些男生大失所望。

一日午餐毕，婉莹和王丽回宿舍午休，见校园文化墙下面围拢了一大圈人在看什么东西，受好奇心驱使，也过去凑热闹。只见文化墙上贴了一首诗，题目是“问世间情为何物”，诗中写道：“问世间情为何物？直叫人生死相许；问世间情为何物，让多少痴男痴女琢磨不透……”最后两句是：“一方钟情只是冰锅冷灶，两厢情愿才有诗情画意。”看了这首诗的同学议论纷纷，说胡诌情诗的这位一定是中邪了发高烧或者发神经。婉莹和王丽看了不置可否，笑嘻嘻走了。

晚上从图书馆出来回宿舍的路上，王丽神秘兮兮地告诉婉莹，她听别人说，上午那首诗是上次在舞厅邀请婉莹跳舞、暗恋婉莹的乡党学长梁振宇写的。王丽露出羡慕的神色，无限感慨地说：“看来我这位乡党帅哥迷恋上你了，公然把情书贴到了文化墙上。婉莹啊，你好有福气！”

婉莹在校园里能感受到众多男生看她眼馋，可初恋的阴影让她对异性不自觉地产生抵触情绪并本能地告诫自己要和男生保持一定的距离。她高傲冷峻的态度让许多追求她的男生望而却步。

但是这位“校园诗人”梁振宇，不管不顾婉莹对他的态度，隔三岔五就到寝室找婉莹，帮婉莹打开水、买早餐，时不时还给她拎来一袋水果或零食。虽然这些“爱心”婉莹没接受，全被寝室的众姐妹笑纳了，但多少改变了婉莹的态度，她不再对人家冷冰冰的了。同时，那学长奉献的爱心收到了意想不到的效果，这帮姐妹吃人家嘴软，纷纷帮梁振宇说情。说这位学长玉树临风、才华横溢，有多少女孩追他，被他婉言谢绝，他却偏偏迷上了婉莹，而且痴心不改，屡屡碰壁也不气馁。姐妹们劝婉莹三思而后行，一定要认真对待，可不要错过了这大好时机。婉莹看在姐妹的面上，虽然和梁振宇有了交流，和大家一起与梁振宇谈文学、谈艺术，但是，仍不愿意接受梁振宇提出的外出看电影或者去参加各种各样聚会的邀请。姐妹们一方面不断鼓励梁振宇要坚持不懈、百折不挠地继续追，另一方面又替梁振宇打抱不平，一再告诫婉莹别太高傲，把眼睛长到额颅上，见好就收、见席就坐，别错过了这个村，等不着下个店。

一日早晨，婉莹患重感冒，浑身乏力，躺在床上一动不动。那位学长梁振宇又来帮她打水，发现婉莹脸色不对劲，问她是不是生病了，婉莹一声不吭。梁振宇等了会儿，见婉莹不理睬他，也不知哪里来了一股勇气，走到婉莹的架子床旁边，抚摸婉莹额头，一摸，惊呼道："这么烫啊！赶紧去医院，这么烫可不能耽搁。"说完急匆匆走了。

过了一会儿，他又回来，说出租车在外面等着，让婉莹和他一块儿去医院。婉莹病恹恹地说："我的事情不用你管，我睡一觉就好了，你走吧！"梁振宇忽然像变了一个人，对和婉莹关系好的王丽说："乡党妹子，帮我一下，麻烦你陪婉莹一块儿去。"然后不容分说，扯起婉莹的胳膊，背起婉莹就走。

梁振宇这愣小子闯入婉莹平静的生活，让婉莹心灵的湖水荡起了梦一样的涟漪。

婉莹惶惑、羞涩地躲避同学们探寻的目光，却又被梁振宇狂热追求的幸福所陶醉。恋爱中的婉莹像一只快乐的小鸟，沉浸在梁振宇带给她的无边的欢愉当中。

梁振宇成了婉莹的第二任男友。

杨婉莹和梁振宇课余时间常成双成对出入不同的场合。他们一个才华横溢，一个花容月貌，让周围的同学羡慕不已，一度成了同学们议论的主要话题。

时光如梭，梁振宇的毕业离校让他和杨婉莹天天在一起的甜蜜生活戛然而止。他俩来自两个不同的县城，师范是定向分配，毕业后要回到各自的家乡。满腔柔情陡然被空间阻隔，一个人毕业回到了家乡任教，一个人还留在学校继续学习。那时候没有手机，他俩只有通过鸿雁传书互诉衷肠。

4

梁振宇毕业离校后，婉莹觉得日子似乎一下子变得特别漫长，没有了心上人陪伴，她才深切地体会到了孤独的滋味。那些日子，她天天幻想着尽快毕业，想尽一切办法也要和心上人在一起。

除了上课参加班级和学校的一些活动，她就躲在宿舍里给梁振宇写信，或者把梁振宇写给她的信拿出来慢慢品读，让自己沉浸在甜蜜的回忆当中以缓解相思之苦。

那年放寒假，婉莹没有依母亲的意思按时回家，而是和同寝室的王丽一起来到了梁振宇所在的小城。梁振宇毕业后被分配到小城一所小学任教。婉莹在小城待了一周，梁振宇父母对她嘘寒问暖，格外热情。婉莹记得梁振宇曾给他简略介绍过他的家庭，如今亲眼见了他的父母，更觉得可亲可敬。婉莹在小城待了一周，几乎把梁振宇以前生活、学习过的地方统统游览了一遍，把梁振宇的成长过程齐齐梳理了一遍，才恋恋不舍回到家乡陪伴母亲过年。

梁振宇是独生子，他爹原来是某机关干部，后来下海经商在县城开了家大型超市，他娘是小学教师。婉莹明白了梁振宇为什么那么豪爽大方，送给宿舍姐妹那么多小吃食。她还明白了梁振宇为什么身上有那么多才艺，诗歌、书法、打篮球，样样呱呱叫。原来他从小就生活在校园里，受到了环境的熏陶。

婉莹和梁振宇在信里卿卿我我的日子持续了十个多月，可是，在婉莹临近毕业，最需要关怀的时候，梁振宇写给婉莹的信却越来越少，说的话也越来越没有温度。婉莹感觉梁振宇似乎在有意疏远她、冷落她，一种不祥的预感袭上心头。

婉莹写信质问梁振宇，梁振宇支支吾吾，东拉西扯，搪塞敷衍。婉莹意识到梁振宇对她的态度有了明显变化，似乎向她隐瞒了什么。她想去探个究竟。

一个周末，婉莹乘班车早早来到小城梁振宇所在的学校，向学校老师悄悄打听梁振宇的情况，却听到梁振宇刚谈了个女朋友的消息。婉莹蒙了，愣是不相信，她当即去梁家找梁振宇。梁振宇母亲很冷淡地告诉婉莹，梁振宇早上和女友去省城游玩了。她对婉莹的态度和寒假见婉莹时判若两人，让婉莹的心一下子凉到了冰点。

婉莹丧魂失魄地回到学校，一口气给梁振宇写了一封长信，倾诉两人甜蜜的过往，询问梁振宇冷落她、疏远她的缘由。直到这时，她心里尚怀有一线希望。可是，等啊等，等了两周，终于等来了一封绝交信，让她万念俱灰。

婉莹顾不得回家参加母亲为她联系好的学校的面试，迫不及待去了梁振宇工作的学校。一位好心人悄悄告诉她，梁振宇现在正春风得意，已被借调到了县政府办公室当秘书。

婉莹不顾一切又赶到县政府办公室。梁振宇见了她，大吃一惊，慌得不知所措，对她的提问避而不答。见此情景，婉莹泪潮汹涌，一边啜泣，一边诉说过往的甜蜜时光，回忆当初的海誓山盟。婉莹一番话触到梁振宇的痛处，他良心受到谴责，脸色煞白，终于忍不住向婉莹道出了事情经过。

三个月前，他在县上搞的一次大型文艺活动中担当领唱，和女领唱配合默契，表现抢眼，赢得一片赞誉。那女领唱温柔可人、美丽大方，和他在一起排练节目时两人惺惺相惜、互生好感。经过一段时间交往，女孩见他多才多艺、相貌堂堂，遂滋生爱慕之意。一次聚会结束，她偷偷向他表露了心迹。他没有答应，向她坦白自己早已心有所属情有所寄，可是女领唱不甘心，态度坚决，说她决不会放弃自己的追求。

女领唱是一位县领导的独生女儿，被视作掌上明珠。那位县领导托人找到梁振宇他爹，委婉说了女儿的情况，暗示可以帮梁振宇先调到县政府工作，以后慢慢再提携他，保证以后会给他一个光明的未来。他爹求之不得。为了儿子的大好前程，为了攀上一个当领导的亲家，他爹郑重其事地和他谈了一次话，临走时撂下狠话，以断绝父子关系相要挟，督促他尽快和婉莹一刀两断。

那些日子，他从拒绝到抵触，从抵触到犹豫，再从犹豫到勉强同意，经过了极其痛苦的心路历程。最终他没有拗过父母的意志和隐藏在自己内心深处的欲望和虚荣，牺牲了自己的爱情。

梁振宇几度哽咽，一再表明他的抉择是极其痛苦的。他痛哭流涕，请求婉莹原谅。

婉莹经历了感情失落的痛苦煎熬之后，给梁振宇写了一封长信，信中说："你我遇见完全就是一场错误。你曾经费尽心思苦苦追求的爱情却在你手里被轻而易举地毁掉。当我满心欢喜计划着我们的未来时，你却突然要离开。其实我没必要感到遗憾，不属于我的迟早会离开。我恨你，也不会原谅你，你让我们的爱情掺杂了太多肮脏的东西，你让我们的爱情蒙羞。我为你感到羞耻。"

婉莹心碎了，由爱生恨，爱之深恨之切，她想到了报复，她把梁振宇约到了市上一家宾馆，说想见他最后一面，跟他做个了断。然后她又通过同学王丽打听到梁振宇现在女友的联系方式，故意把他们见面的消息透露给她。结果，不出意料，梁振宇鸡飞蛋打，落了一个欺骗别人感情、品质恶劣道德败坏的骂名，把他动机不纯有所企图的爱情输得一塌糊涂。

婉莹报复完，又异常失落，她布的局并不是她心里真正想要的结果。她明白，她才是这场爱情里真正的失败者。

婉莹从师范学校毕业后被分配到家乡城关小学做了一名小学音乐

教师。毕业后两年多的时光慢慢抚平了她失恋的苦痛，正是这个时候，她遇到了黄璨，黄璨成了她的第三任男友。黄璨的温柔体贴俘获了她的心，成就了她和黄璨七年美好的姻缘。

七年的婚姻生活终于让她明白，爱情可以是低到尘埃里的卑微，也可以是自此天涯陌路永不再见的骄傲。

婉莹和黄璨离婚后，与女儿相依为命。一年多时间，来了六七拨说亲的，其中不乏条件优越的，但是，她心里的创伤还隐隐作痛，还需要时间来疗愈旧疾，她需要安静的生活，她不愿让女儿受一点点委屈，统统一口回绝。

婉莹离婚后的第三年，终于又遇到了一位让她怦然心动的男人。

那年暑假，婉莹被学校选派到市上参加课程培训，在培训班，婉莹认识了来自市教育学院的为她们授课的老师佟亮。佟亮是市教育学院音乐系系主任，他知识渊博，专业熟练，风趣幽默，谈吐不凡，深得学员们喜爱。

在市上培训的那些日子，婉莹和佟亮常在一起上课，一起参加活动，很快就熟识了。佟亮隔三岔五邀请婉莹一起吃饭，偶尔还喝点小酒。时间不长，两人成了无话不说的好朋友。

培训结束后，佟亮几次借故出差从市上悄悄来到小城探望婉莹，并给婉莹和女儿带来许多温馨的小礼物。

佟亮对婉莹娘儿俩无微不至的关怀让婉莹非常感动。她恍惚觉得佟亮和梁振宇使用的是同一个套路，但她又无法拒绝。

婉莹感觉她和佟亮交往以来，似乎有一种斩不断的激情撩拨着她、困扰着她。她明白，她这个年龄、她现在的处境，需要的已不再是父母的慈爱和别人的同情，她内心深处需要更高更深的情感，而她乐意拥有这种情感。她喜欢被一个男人宠着捧着的感觉。

婉莹应佟亮邀请参加市上的一次大型文艺演出活动。佟亮是那场活动的总导演，他胸有成竹，指挥有方，把一场大型活动安排得井然有序。他还引吭高歌了一首《在那桃花盛开的地方》，举手投足间魅力十足，唱完，掌声雷动，把全场的观众都征服了。

那晚演出结束后，佟亮单独邀请婉莹去一家酒吧小酌。那是一家颇有情调的酒吧，乳白色的墙壁上挂着几幅西洋油画，朦胧的灯光映在油画上泛出幽幽的光泽，空气里氤氲着一股檀香的味道，伴随着一曲曲婉转低回的萨克斯金曲，让人感觉美妙绝伦，如痴如醉。

婉莹一边小饮，一边小声向佟亮诉说她不幸的经历以及她那可爱的女儿，渐渐地她感觉头有点晕。她微醺的样子很迷人，脸蛋红扑扑，像极了春天小城后山上盛开的桃花。佟亮也谈他的工作、事业及家庭，谈他和妻子淡而无味的感情。他们无所不聊。佟亮聊一阵子就和她碰一次杯，一杯又一杯，两瓶饮完，热血上涌，一激动，一只大手快速握住婉莹如玉如笋的小手。婉莹身子微微一抖，脸色更红了，但她没有也无意挣脱，因为她看到了他不容拒绝的眼神。她很乖巧地顺从了。

那晚，月光皎洁，他在一个让月亮害羞的角落吻她，她激动得流下一行热泪。他对她信誓旦旦，许诺要一辈子对她好。她耳畔似乎又萦绕起《回家》《瞬间》《永浴爱河》这些萨克斯金曲，她顺从地和他幽会，共浴爱河。那时，她觉得，他的肩膀很牢靠，像一堵高大而厚实的墙，今后一定能为她遮风挡雨。

然而，快乐的日子不会太久，世上没有不透风的墙，小道消息像长了翅膀，在他们熟悉的圈子里飞。佟亮的妻子是一位医生，在市医院上班，她听到丈夫和婉莹的故事后，一怒之下，一纸诉状将丈夫起诉到法院要求离婚。佟亮还有一个正在省城上大学的乖巧可爱的女儿，那可是他的命根子。他本来拥有一个幸福美满的家，可是，他的一场婚外恋，让他本来幸福美满的日子面临重大危机。佟亮遭到舆论前所未有的谴责，声名碎了一地。

婉莹学校的同事也听到了风声，她母亲受不了别人在她背后指指戳戳，质问她，她不承认，冷冷地说："不要听信那些谣言，谣言惑众，不会长久。”

佟亮的激情让婉莹眩晕、迷离，他和她短暂的亢奋就像空中那璀璨的烟火，只灿烂了一阵子。佟亮舍不得女儿，舍不得家庭，舍不得对仕途的念想，也经不起舆论压力，做了缩头乌龟。他选择了逃避。

佟亮如人间蒸发了一般，不再接她的电话，不再回复她的短信，不再和她有任何联系。他全然忘记了他当初对她的承诺和誓言。

婉莹迷茫困惑、不知所措，她的泪水哗哗地流淌，一如小城边涨水后的那条河。

高四一班

1

我认识孙虎，极富戏剧性，说起来很好笑。

那是9月2日开学第二天上午第三节课下课后，我在教室憋了半晌，刚从一套数学试卷里摸爬滚打出来，一到厕所，一股浓重的尿臊味夹杂着呛人的烟味扑鼻而来。我从上衣口袋的烟盒里捻了支香烟，一摸口袋，却没装打火机，瞄了一眼，发现旁边站着一位个头高大长得壮实的学生叼着香烟，就向他借火。他二话没说，用刚握过“水枪”的手从嘴上取下亮着烟头的半截香烟递给我。我接过他的烟对上火，狠狠抽了一口，欲把他那半截香烟还给他，他却不接，眼睛直愣愣瞅着门口。我扭头循着他的目光看过去，蓦然发现三个手拎警棍威风凛凛的校警出现在厕所门口，眼睛瞪得如铜铃一般紧紧盯着我。我一哆嗦，来不及方便就在校警喝令下乖乖地走出了这个臭味十足却能让我放松身心的地方。反正尿意早被校警吓跑了，不尿也罢。

从厕所出来，正是课间休息时间，在被校警带往保卫处的路上，经过东教学楼，教学楼前两个同学正在你来我往地打羽毛球，旁边几个观众大呼小叫地助阵，每层楼梯的护栏上几乎都趴满了学生，露出一溜脑袋瓜，似乎在观战。有几位好像看到了三位校警簇拥着我们，对着我们指指点点，一副幸灾乐祸的样子。

路上遇见的几位抱作业本的学生和准备上课的老师都驻足观望，

露出诧异的神色，似乎在猜测我俩究竟做了什么违反校纪的坏事。被拎警棍的校警押送着毕竟不是什么光彩事，我脸皮发烧，羞于见人，连忙低下头。借给我火的那位似乎满不在乎，轻轻碰了一下我的胳膊肘，对我挤了挤眼，悄悄说："兄弟，一会儿多担待，尽量不要暴露我！"没等我接话，身后的校警呵斥道："说啥哩？还不嫌丢人，闭嘴！"我俩再不敢吭声，垂头丧气地被三位校警押着来到了学校保卫处。

一进保卫处，只听一声断喝："站好！哪个年级？哪个班？叫啥名字？把身上的烟、火掏出来！"校警说话连珠炮似的，吓得我一哆嗦。

我俩怯怯地向校警报了各自的信息。我知道搪塞不过去，本着"坦白从宽抗拒从严"的想法，老老实实掏出口袋里偷拿老爸的半包芙蓉王香烟，等待校警发落。

到此时我才知道和我同时被校警俘虏的这位又高又胖的兄弟叫孙虎，高三 C1 班学生。我俩竟然还在同一个班，同病相怜哪！我不由得多瞅了他一眼，发觉以前在学校似乎没有见过这家伙。因为是开学第二天嘛，教室里高考败将云集，简直如插葱一般，我报到迟，只好坐在最后一排，看到的全是些后脑勺，因此，我俩还没有来得及认识。

一位胖乎乎的校警冷着脸问我："抽烟了吗？"我点头哈腰说："抽了，我错啦。"他又问孙虎："抽了吗？"孙虎抬头挺胸说："没有。"校警又转过头问我："他抽了吗？"我说："不知道。"胖校警厉声喝道："胡说，我明明看见你要把烟头递给他！你向他借的火，是不是？咋不承认了？"我说："没有，我没有，这咋可能！"胖校警指着我说："你考虑好再回答，最好不要惹我生气！"

显然，我是审讯的重点对象，我的证词直接决定着是一个人抽烟还是两个人抽烟，是一个人交罚款还是两个人交罚款。根据昨天报到时和学校签订的复读协议第五条之规定：在学校抽烟一次罚款十元，并接受批评教育。我接受罚款和批评教育已是板上钉钉的事，因为校警突然现身时，我手上捏了两支烟，人赃俱获，铁证如山，这不容争辩。另两位校警则说只看见我左手捏着一支烟抽，右手捏了一个烟头，没有看见孙虎抽烟。那么，孙虎到底抽了没抽，我的证词就显得异常重要，是孙虎是否抽烟最有力的证据。孙虎如若不承认，我替他遮掩，一口咬定是我抽的，校警拿孙虎就没办法。我若不替他担责，老实交代是借他的火，那他就死定了。此刻，我心里极不平静，老实交代吧，出卖同学，良心上过不去；替他隐瞒吧，中学生要诚实，我们的校训是——公勇实真。这可咋办？到底该咋办？我犹豫不决。

胖校警指着孙虎又厉声说："再问你一遍，你老实交代，到底抽了没？"孙虎用不容置疑的口气说："没抽，我真的没抽。"

我想孙虎此刻虽然嘴硬，但心里一定是忐忑不安的，一直在偷偷祈祷，祈求我千万不要揭发他。看在他借火给我且和我在一个班的分上，我脑子一热，举起手说："报告校警，我考虑好了，是我一个人抽的，他没有抽。"另一位校警嘴一撇，说："看不出你小小年纪，还是个仗义的烟鬼，一支没抽完又续一支？"我急忙辩解："我刚在地上捡了个烟头点着，你们就进来了。"说完，我故意瞥了孙虎一眼。孙虎听了我的话，昂着头，一副受了冤枉很无辜的样子。

胖校警突然以迅雷不及掩耳之势，在我毫无戒备的情况下，用他蒲扇一般的巴掌啪地赏了我一耳光，瞪着我，嚷道："你老实交代，那个烟头是捡谁的？"

我挨了一耳光，眼里冒金星，一股火气噌地上了头，没等星星散尽，我一头撞向胖校警。胖校警根本没想到我会反击，一时猝不及防，被我撞了个大趔趄，险些摔倒。他气急败坏，大声斥骂，还欲展开进一步动作，我也不甘示弱，心想，豁出去了，大不了不上学了，也往他跟前扑。旁边两位校警忽地过来，将我和胖校警隔开，同时喊："咋啦咋啦？想造反？"我和胖校警都住了手。我质问道："厕所烟头多的是，我怎么知道是谁扔的？你凭啥打人？"胖校警气呼呼地说："你娃讲义气，你娃有种！下次别让我再逮到！”我说：“我抽烟不对，承认了，把烟也交了，你为啥打我？”那校警厉声说：“你包庇——”

戴一副近视镜的是保卫处冀主任，白净、文雅，一副文质彬彬的书生模样，显然和这几位虎背熊腰、凶神恶煞一般的校警不一样。我在县中上了三年高中，高考落榜，复读算是第四年。我在校园里经常看见他，认识他，知道他以前是任课老师，却不知道他认识我不。他呵斥了一声，很严肃地阻止了胖校警对我的进一步动作。

我挨了一耳光后的过激反应保护了孙虎，冀主任为了安抚我的情绪，平息事态，不再深究孙虎到底抽没抽烟。孙虎坚称他没有抽烟，我也没有指认，保卫处拿他没办法。孙虎从保卫处“无罪释放”走出去的时候，回头看了我一眼，我能感觉到，那一眼热乎乎的，明显是在安抚我。我想，我为了保护他才挨了一耳光，不知道替他挨这一耳光值不值。

孙虎走后，冀主任耐心细致地向我讲了一大串人生道理。譬如中学生要树立正确的人生观、世界观和价值观，要向真向善，应该以学习为主呀；譬如中学生正在长身体，抽烟是一种坏习惯，应该摒弃庸俗的不良的生活方式，养成健康向上的生活方式；等等。他苦口婆心足足讲了有一节课时间，绝对比胖校警那一耳光的教育有效果。最后他语重心长地对我说：“你还是个复读生，更应该珍惜这来之不易的大好时光。”

是的，我是复读生，是落榜生，是经过高考这座独木桥被人硬生生挤掉下来的中学生。其实，我以前根本就不会抽烟，抽烟是高考落榜后这一个多月刚刚学会的。高考结束后，我知道没考好，成绩没发布前，先忘乎所以疯耍了一阵子。可是，成绩出来后，我就如泄了气的皮球、霜打了的茄子，眼见大多数同学考上了心仪的大学，整天春风得意、兴高采烈的，不是聚会就是游玩。虽然老爸老妈嘴上不说，但我能从他们的态度和眼神中感觉到，我让他们失望了。虽然他们不满意，但还是尽量掩饰，不说刺激我的话，生怕我想不开，破罐子破摔。那段时间，我流了无数次泪，我觉得我简直就是一个无用的废物，愧对父母的抚养和老师的培养，白吃了十八年饭，白读了十二年书，没脸出去见人，除了蒙头大睡就是发呆，要么就躲到网吧混日子。在那个烟雾缭绕的环境里我学会了抽烟。我发觉，那袅袅的烟雾能排解心里的苦闷、烦躁和焦虑，能祛除内心的伤感、孤独和寂寞——

第四节课后，我接受完冀主任的谆谆教导后从保卫处出来，回到教室，内疚不已，怨自己不争气，补习第二天就违反校纪，辜负了老爸老妈的厚望。

孙虎不知从哪儿突然冒出来，主动来到我跟前和我旁边的同学商量调换座位的事。他三言两语说妥，也不问我同意否，一拧身走了，过了一会儿，抱了一大摞书过来就做了我的同桌。

孙虎往我口袋里塞了个啥东西，不容我推辞，一脸坏笑地说："一点小意思，略表心意，一定要收下！"说完还捂住我的口袋，怕我把礼物退回去，等我点头后，才乐呵呵缩回手。孙虎讨好似的问我："哥们儿是县城人吧？讲义气，没说的，以后你我就是兄弟，不用客气。"然后他自我介绍："兄弟是凤镇人，小学、初中、高中都是在凤镇上的，高考成绩出来离二本线只差三分，遗憾出局。如果差得多，谁愿意来受这罪？他大的，在凤镇中学补习嫌丢人，专门撵到县中来了，谁知县中管得这么严，烟都不让抽，刚来第二天就险些挨戳，要不是你替兄弟担当，兄弟非栽跟头不可。罚款不怕，挨训不怕，就怕叫家长。"

2

我和孙虎所在的高三 C1 班教室在东教学楼最高层五楼的最西边。一楼至四楼是二十四个高三年级应届班，五楼是六个复读班。我们复读班比应届班所处的位置高，境界自然也要高，身居高位，高处不胜寒哪！但高处也有高处的好处，高瞻远瞩，站得高看得远。

复读生毕竟经历过一次挫折，都受了不同程度的打击，加上刚开学，同学间彼此不熟悉，调皮捣蛋的估计还在蛰伏期，暂时忍着没露头，老师上课无须强调纪律，大家都屏声静气，认真咀嚼老师讲解的每一道题、说的每一句话。自习课更是一根针掉下来也能听见，一声咳嗽就如雷贯耳，自然少了应届生的嬉闹和喧哗。即使课间休息那十分钟时间，大家也谨小慎微。除了上厕所，多数人依然坐在教室看书做题，少数人默默站在教室窗前看操场上尽情玩耍的学弟学妹，或者走出教室趴在教室外面走廊的栏杆上看楼下近处花园里的花树，看远处的山峦、蓝天、白云。我们刚经历过一场失败，没有资格更没有心情去外面自由潇洒，因为我们知道在校园里张牙舞爪的人都是没跌过跟头吃过亏的人。

我和孙虎憋闷得慌，明里不敢张狂，偷偷躲藏到厕所那阴暗的角落抽烟也不幸被逮个正着。都是平常没有严格约束自己导致的，挨打不记锤窝子，不长记性，复读来了，还违反校规校纪，活该被抓！

我内疚，坐在教室里认真反省，怨自己不争气。尽管心里愁肠百结，眼睛却一眼不眨地盯着老师，装出一副淡定自若、认真听讲的样子。

上午最后一节课是英语课，依然是讲评高考试卷。这套试卷我高考失利后又做了三遍，做得滚瓜烂熟。我英语偏科拖了总成绩后腿，是我落榜的主要原因。这怨不了别人，只怪自己平常太毛躁。老师一再叮嘱，一定要把模拟考试做过的题弄懂弄熟练，不要粗枝大叶，在同一个地方跌倒两次，我总不以为然，嫌老师啰唆。可是，不听老师言，吃亏在眼前。有三道试题是模拟考试做过的，曾更正过一遍，高考时竟然又做错了，错得冤枉透顶。我真想抽自己两个耳光！教训是深刻的，可以说是刻骨铭心的。因此，我认为，我高考之所以失利就是因为平常敷衍了事，没有真正静下心来把每一个知识点弄通弄透，不求甚解、似是而非的东西太多，看似懂了，做题时却没有把握，频频失误。说到底，我还是功夫没下到，浮躁、懒惰、潦草。

正讲解试卷的英语老师我熟悉。高二上学期，教我们英语的老师病了，她曾给我们班代过两个多月课。我英语成绩总是班里垫底的，不知道她还记得我不。英语老师姓詹，谈不上是美女，却一定是淑女。她是一位标准的知识女性，气质高雅，谈吐不凡，我们男同学暗地里议论说她洋气，会打扮。其实，说会打扮，既不是那种浓妆艳抹大红大绿的市井俗气女人的胡乱打扮，也不是那种故作姿态炫耀摆阔披金挂银的贵夫人官太太土豪老婆的过分打扮，而是巧打扮。她着装并不华丽，轻描淡写略施粉黛却优雅十足。她会搭配，不管颜色、质地还是样式，都搭配得恰到好处，再用一枚胸针或者一条丝巾之类略加点缀，不俗气质就勾勒出来了。她不但课讲得好，待人也和气，讲话总让人感觉如沐春风。我发自内心地崇拜她仰慕她，曾经梦想努力考一所好大学，将来娶一个像她这样知书达理的知识女性做老婆。可是，高考却让我折了翅膀。

詹老师普通话也讲得好，声音悦耳动听，比昨天教数学的王老师说的那醋熘普通话让人身心舒畅多了。詹老师讲题时故意在教室绕两圈，估计是在做学情分析，看哪些同学没有注意听讲，提醒同学们注意力要集中，再顺便检查一下课堂教学效果如何，看同学们听懂了没有。她面带微笑，我却羞于面对她，怕她提问我，见她走过来，就赶忙低下脑袋，不敢正视她。自卑，是我们这些复读生、这些高考败将的共同心理。詹老师耐心细致地讲解每一道题，她不光讲解这道题的解题方法，还拓展学生的解题思路，把其他类似的知识点贯穿起来类比，举一反三，让人受益匪浅。我暗想，今年她教英语，真是我的万幸，复读一年绝对有戏。

下课铃响了，詹老师走了，同学们才慢腾腾收拾书本，故意磨蹭拖延时间，等楼下的应届生走得差不多了，才陆陆续续下楼。出教室时，我看到了三张熟悉的面孔，戴亮、徐力宏和杨仓明。我知道他们仨也没考上大学，暑假听其他同学说戴亮想去南方打工，徐力宏进了他老子的建筑队学做水电工，只有杨仓明有志气，高考一结束就声称要复读，不考上心仪的大学誓不罢休。现在好了，我们又为了一个共同目标走到了一起，凑到了一个班。只不过前半年是应届班同学，后半年成了复读班的同学，真是缘分。我们相互打了声招呼，尽管情绪低落，但也不至于执手相看泪眼竟无语凝噎，我们低声说“下午再聊”就匆匆别过。

教室门口一小个子同学连喊了几声“孙虎”，孙虎向他招了招手，说：“我说几句话，靳波，你先走！”那小个子喊了一声“就你闲事多”然后摇了摇头，不情愿地走了。孙虎没理睬，屁颠屁颠跟我一块儿走。他告诉我，他在学校对面的中街村租了一间房子，挺大的，只他一个人住，邀请我哪个周末晚上有兴趣了可以和他促膝谈人生、煮酒论英雄。我调侃他说：“你也喝酒？看不出你还是位百能百巧的多面手。”他满脸狡黠，说：“那当然，技多不压身嘛！你没听说烟酒不分家？我们农村人过事，不管喜事丧事都摆席面大宴宾客，我就是在宴席上学会喝酒的。”说完，他得意扬扬地瞅着我，又撂下一连串疑问句：“你不可能不喝酒吧？不喝酒算什么男子汉？男人不喝酒，白在世上走。不烟不酒不如鸡狗，你懂不？”我说：“喝一点，只是量不行，恐让你笑话。”他听了，一脸坏笑，说：“哪里话，酒量有大小，这有啥笑话的？只要你喝，可以慢慢进步嘛。不积跬步，无以至千里；不积小流，无以成江海。哪天咱切磋切磋，我请你，如何？”

孙虎满嘴的书生气又夹带着江湖气，他一边走一边喋喋不休，他说他上学是虎头蛇尾，上小学、初中的时候，每门成绩都呱呱叫，是虎头，可把他爹他娘乐坏啦，逢人就夸儿子学习好，说儿子是他们的骄傲。可是升高中时发挥失常，没考好，县中没考上，爹娘再不向人吹牛啦。上高中后成绩一直往下掉，成了蛇尾。尽管他很努力，平常考试还行，没出过年级前十名，但一遇到大型考试就塌火，考试前一天晚上就睡不着觉，也不知咋回事。我说那是考试焦虑症。高考前，学校请心理专家专门给高三学生辅导过，但睡不着还是睡不着，干着急就是睡不着，实践和理论是两码事。

走出学校大门，孙虎向我摆了摆手，算是道别。他东张西望，见没有来往车辆，才像猴子一样迅速穿过马路钻到学校对面的一条胡同里，机灵得很，根本不像一个初来乍到的农村娃。我无意间一摸口袋，凉冰冰一个硬物，掏出来一看，是一个镀银的玩意儿，用手一拨拉，咔，一豆红彤彤的火苗呼呼响。哈哈，是个防风打火机。这才想起是今天孙虎在教室送给我的礼物。这个家伙小小年纪就来这一套。这明明是在鼓励我犯错误嘛，反正我已下定决心，再不在校园里抽烟了。若再抽烟被逮住，“屡教不改”这罪名可够我喝一壶的。说心里话，我们复读生最忌讳“屡”什么的，除了“屡教不改”还有“屡战屡败”。

下午，我在教室的人窝里又发现了两张熟悉的面孔，段巧兰和张晓云。尽管大家都有同样的心思，不想见熟人，要么低着头，要么目不斜视，恨不得把自己封闭起来，但总不能戴着面具学习吧，既然照面了，又不能装着不认识，彼此点点头，算是打了招呼，一句话也不用说，一切尽在不言中。

至此，我在新组建的高三 C1 班人气爆满的教室里发现了五位原来的同班同学，还有许多熟悉的面孔是高考前我们高三年级同级不同班的校友，还有几个面熟但一时叫不上名字的。不管咋样，今后都是同一个战壕里的战友，我一一点头打招呼。那些不认识的，估计是来自其他乡镇中学或邻县中学的学生，以后会慢慢认识的。

差点忘了介绍，今天下午我通过孙虎还认识了三位同学。一位是孙虎在凤镇中学的哥们儿靳波，就是上午放学时在教室门口等孙虎的那位小个子。另两位就是坐在我们前面的两位女生，一位叫孙甜甜，另一位叫程娇，她俩和孙虎也是凤镇中学的同班同学。孙甜甜名字叫得甜，人也长得甜，一张娃娃脸圆圆的，留两只小辫子，颇像日本乒乓球国手福原爱，一笑，露出两个小酒窝。孙虎和靳波都喊她“小酒窝”，我也跟着喊，她笑呵呵的也不见怪。程娇，剪发头，看起来似乎不苟言笑。我不了解她的脾气，也不敢贸然和她搭讪，听孙虎说她平时成绩好，曾是凤镇中学的宝贝蛋蛋，老师经常表扬她，无形中培养了她一身傲气。她每次考试都在年级遥遥领先，可惜高考时发挥失常，一本线没沾上，只上了二本线，报的志愿脱靶，没被录取。她当然不甘心，就跑到县中回炉，想争取修成正果。

孙虎的哥们儿靳波，个子不高，长得敦厚憨实，打眼一看就是那种拙于言辞本本分分的老实人。但孙虎说：“他才不老实呢，别被他的长相骗了。他嘴巴利索，人小鬼大，机灵死啦！你可别小瞧他。”

靳波和孙虎一样留着小平头。孙虎人胖，长得虎头虎脑，浓眉大眼，个头也高，似乎比靳波大了一个型号。靳波人瘦，个子矮，塌鼻子厚嘴唇，显得有点木讷。

3

晚自习刚刚开始，班主任邓老师款款走了进来。我心里一颤，急忙低下头，不敢瞅他，担心保卫处冀主任向他告密，把我上午抽烟的事情透露给他。此时此刻我虽然心里波涛汹涌，但表面却装得风平浪静。邓老师在教室慢腾腾走了一圈，把他麾下的所有“兵将”检阅了一遍。当然，也顺便瞥了我一眼，他的目光与我刚好抬头偷窥他的目光相遇。我觉得他瞄我的眼神和昨天一样柔和，估计我抽烟的事情他暂时还不知道。我当即松了口气，在心里念叨，阿弥陀佛，老天保佑！巡视完毕，邓老师站在讲台上问谁还没有注册报到，立即就有几个人应声举手，他便忙着给几位同学办理报到手续。

班主任邓老师曾给我所在的实验班教语文课，和我早已是师生关系。邓老师特爱读书，几乎是手不释卷。有人戏称他是书痴，有人叫他书呆子，他听了要么一笑了之，要么回敬道："书痴书呆子好，总比喝酒打牌的强，喝酒伤身，打牌伤钱，读书多好啊！读书能静心、养性、修行、长知识，不会生愚事。当老师不读书愧为人师。"我们应届班的班主任曾在我们面前夸他，说："有人说邓老师是书呆子，那是大错而特错，他精明得很，不是呆子，是智者。他有思想有抱负有追求，你们当学生的都应该向他学习。"

邓老师文章也写得棒，在我们县城里小有名气。他常有豆腐块散文和小说在市党报的文艺副刊和省内外好几个刊物上发表。他常在作文课上扬扬自得地给我们念他发表的文章，故意展开报纸或者露出杂志的封皮给我们显摆，让我们敬佩不已。他还主编过校刊《求知》，就是那种不定期印刷的刊物，忙里偷闲出一期，顾不得了就几个月不见踪影。学校搞活动，譬如体育节艺术节，开幕词或者串词基本上都由他操刀。邓老师文章写得好，平常却不爱说话，总是做出忧国忧民的沉思状，像个思想家。这也许就是别人总戏称他是书呆子的缘由。

你可千万别小瞧他，他平常不爱说话，蔫不拉唧的，一到教室就像变了个人似的，精神饱满，两眼放光。他知识渊博，讲课时广征博引，出口成章，滔滔不绝，而且喜欢摇头晃脑，陶醉其中，自得其乐。学生都爱听他的课，因为他有激情，会调动学生的情绪。他去年给我们上了一年语文课，我们班好几个睡神在语文课上却从不打瞌睡，坐得端端正正。邓老师除了课教得好，管班也有一套，去年他带的班不仅凝聚力强，学生朝气蓬勃，而且考上二本以上大学的学生数量居全年级之首。要不学校怎么安排他当复读班成绩最好的C1班班主任呢。邓老师给我们班当班主任兼语文课老师真是我们的福气，我们完全有理由相信我们班明年的高考二本以上的"成活率"一定不会低。

邓老师四十多岁，戴一副高度近视镜，脑袋上不仅"植被"稀疏还掺杂着星星点点的“白霜”，显得额头特别宽展，像个小老头。虽然这形象与他的年龄不相称，却含蓄地告诉我们，他拥有一颗充满智慧的脑袋。我从心里认可他，认可他是我们的老大，我们的“黑猫警长”。我敢说如果谁想和他斗智玩心眼，那可是关公面前耍大刀——不自量力。他肚里装的东西太多了，调皮捣蛋的学生常玩的那些小伎俩在他面前只是小菜一碟，根本不值一提。实践证明，在学校你只要乖乖听他的话，一门心思专心学习，你的路就不会走偏。

邓老师给几个同学办完注册手续后，清了清嗓子说：“同学们，大家先放下手中的作业，耽搁一会儿，请允许我做一下自我介绍。”他稍做停顿，等大家放下手中的书和笔坐端正抬起头盯着他看，他才拧身把自己的名字一笔一画很工整地写在黑板上，再转身面向大家做了简单而真诚的自我介绍。接着邓老师拿出点名册逐一点了名。

点名完毕，邓老师说：“今天，大家为了一个共同的目标走到了一起，今后就是同学，我们就是一个团队、一个集体。过去的就让它过去吧！我们将要翻开崭新的一页，我希望同学们调整好心态，抬头挺胸，踏实学习，本分做人。十年寒窗之苦，高考落榜之痛，将会赢来九个月后的笑颜！意志能使生命灿烂，奋斗能使人生辉煌！机会永远留给那些最渴望最努力的人。学会与内心深处的你对话，问问自己，想要怎样的人生，为了实现你的梦想，你必须加倍努力。

“同学们，你们复读没有错，没必要自卑，你们只是迟一点考上大学而已。人这一生要有基本的趣味，还需有高尚的追求，希望你们在人生路上活得有趣味有追求。

“同学们，任何一次遇见，都是一种缘分。今天是我们在座的每一个人生命中的一次重要的遇见。让我们珍惜这来之不易的机会。人生路上有许多坎坷，关键是你以怎样的态度去面对。希望大家友好相处，互相关心，共同进步。

“同学们，今年我们学校有二十四个应届班，六个复读班。为有利于学校管理，有利于师生公平竞争，调动每一位班主任、每一位任课教师、每一位同学的积极性，二十四个应届班被编成A部和B部，每部十二个班，C部是六个复读班，四个理科班、两个文科班。我们班是高三C1班，是成绩相对较好的班。这样的分班制度、这样的名称，不是歧视我们复读生，只是为了方便管理……”

孙虎不管不顾邓老师正在台上饱含深情地讲话，缩头缩脑在我旁边悄悄嘟囔说：“什么高三C1班，狗屁，不好听，拗口不拗口。”我悄悄应道：“你看高四一班好听不？简洁顺口，有韵味、有内涵。”孙虎说：“可惜人家不让叫。”我说：“不让叫咱自己叫。”

我想，叫高四一班多好啊！它能时刻提醒我们高三已经毕业，现在是复读生，必须振作起来。能来复读的，都是经过一番思想斗争鼓起勇气来的，我们深刻认识到自己是失败者，早已做好了吃苦和夹着尾巴做人的准备。

“后面有几位同学是不是没注意听？”邓老师提醒了一句，朝我俩的位置扫了一眼，然后满脸骄傲地继续演讲，“咱们C1班人才济济呢！上一本线的有三名同学，上二本线的有十六名同学，上三本线的有三十八名同学，还有——”邓老师停顿了一下，然后意味深长地瞅了我一眼，说：“还有几位同学偏科，譬如英语只考了六十多分竟然离二本线只差几分。这些同学如果把偏科补上，我相信明年高考一定能上一本线。

“同学们，我们既然坐到了这里，既然选择了复读，就一定要充满信心，查漏补缺，萃取知识精华，争分夺秒，成就梦想。只要我们脚踏实地，一步一个脚印，从一个单词、一个词语、一个句子、一篇课文、一道习题开始，弄通弄懂弄熟练，天底下没有攻不破的堡垒，没有解决不了的困难！

“我希望同学们卧薪尝胆，戒骄戒躁，抛弃一切杂念，排除一切干扰，专心致志学习，多看书、多背诵、多做题，不停地读写练，再苦读九个月，我们当中的绝大部分同学，一定能考上心仪的大学，你们的宏伟目标和远大理想一定能够实现。

“同学们，前途是光明的，道路是曲折的，希望你们树雄心、立壮志、下苦功，为了你们美好的明天，努力奋斗！”

邓老师一番鼓舞人心的话语，把我们的情绪调动起来了，噼里啪啦的掌声再一次响起来。比刚才点名时的掌声更热烈。同学们士气高昂，精神振奋。邓老师趁机指定几位他认识的同学做表态发言。几位同学先后表示要努力学习，严格要求自己，和同学们互帮互助，共同进步，一定不辜负家长和老师的殷切希望。

我不知哪里来了一股勇气，一激动，忽地站起来说：“邓老师，您当我们班主任，是我们的荣幸。我一定静心学习，耐心沉淀，争取考上一本。不过，我有一个小小的提议，您是教语文的，您看高三C1班多拗口啊，能不能把我们班叫高四一班？高四一班，卧薪尝胆，高考路上，一马当先！”邓老师迟疑了一下，稍做思考后，笑呵呵地回答：“当然行啊！我认为，叫啥不重要，重要的是我们复读班要具备一种不屈不挠顽强拼搏的精神，一种非我莫属谁与争锋的气势，一种不气馁不服输的气概。我们私下可以称我们是高四一班，但是在正式场合还要按学校的名称称呼，免得产生不必要的误解。”孙虎马上附和我喊道：“叫高四一班好啊！高四一班，意味深远啊！高四一班，一马当先！”有几位同学受到感染和鼓舞，也跟着喊：“高四一班，一马当先！”于是全班同学都跟着喊：“高四一班，一马当先！高四一班，一马当先！”这声音在灯火通明的教学楼上，显得特别高亢，特别令人振奋。

坐在我前面的女生孙甜甜忽地转过头，瞄了我一眼，嘴角微微上扬，眼睛快速眨了两下，露出一副孩子般俏皮的模样。

给我们班带数学课的王老师正好从走廊路过，听到齐刷刷的口号，不知我们班在搞啥名堂，脑袋在教室门口闪了一下，也没看出啥名堂，满眼疑惑，一闪身，走了。

4

九月五日是个周五，下午最后一节课是班会。

邓老师站在讲台上大声宣布班委会成员名单及分工。班长邹长明，副班长刘晓晨。呵，忘了介绍，刘晓晨就是我。我感觉邓老师的任命很突然，怎么事先也没有征询一下我的意见？这当班干部可就意味着要耽搁学习时间啊，地球人都知道。我一愣怔，孙虎转头瞅了我一眼，用胳膊肘轻轻捅了我一下，然后竖起大拇指，好像我没听见似的，说："想不到你还是个当官的料。"一句话说得我脸皮发烧，也不知他是祝贺还是揶揄。我嘴一撇，低声嘟囔说："没待遇，没特权，出力不讨好。你没听人说，班干部是天底下最廉洁的干部，一点油水都没有，鬼才想当。"孙虎这家伙一打岔，下面其他班干部的名字我也没注意听，诸如学习委员、文体委员和团支书之类。虽然我们高四一班是复读班，已经高中毕业没有正式学籍了，算是次品、半成品回炉，但复读班也是个班集体，一个有血有肉的团队，组织机构依然要健全。

邓老师宣布完班委会成员名单及职责后，继续说："开学以来这五天，我经过充分观察和多方调查，征询各方意见，根据以上几位同学的特点和学习情况综合考虑，我们班班委会和团支部就由以上八位同学组成，希望这八位同学能以身作则起到先锋模范作用，不要以影响学习等理由推辞，齐心协力、共同努力，为我们这个新组建的班集体带好头、服务好，也希望全体同学自觉遵守班规班纪和校规校纪，听从班干部管理，踏实学习，戒骄戒躁，团结友爱，心往一处想，劲往一处使，拧成一股绳，把我们高四一班打造成一个优秀的班集体……"

邓老师在讲台上讲得慷慨激昂，我在座位上心神不宁。我心想，班长嘛，前面加个“副”字，总让人心里不畅快，可是，谁让咱偏科，英语拉后腿，学习不冒尖。人家班长邹长明是邓老师去年带的应届班的班干部，高考成绩过了一本线，“又红又专”，在同学中威信高，当班长实至名归。以后学校表彰星级文明班或者模范班集体之类，他可以名正言顺地代表班级上台领奖，上台发言，可以代表班级向学校领导反映或者通报班级各方面的情况。上课下课，喊起立，他一声喊，全班同学唰一下都要站立起来，听他号令，多威风。人家不仅落了班长的名分，还落了班长的实惠，名利双收。总之，抛头露面的好事全让他干了，让人羡慕忌妒恨。而我刘晓晨呢，没有权力只有责任，说白了就是个助手，在班委会里是个有我不多没我不少的摆设。班里的麻烦事情、闲杂琐事，我这个管纪律的副班长一包揽。我尽管心里不爽，还不能推辞，不能表达不满，怕惹敬爱的邓老师不高兴，只有把意见埋在肚里。

邓老师在班里宣布班委会组建完毕，接着让我们班委会全体成员在教室外面开会。邓老师鼓励我们说：“为班集体服务，你们想干也得好好干，不想干也得好好干。让你们干，说明你们有组织管理和协调方面的能力，对你们也是一种历练，将来到大学、到社会都吃得开，你们就不要扭捏了。”

就这样，高四一班班委会、团支部在没有经过全班同学推荐、选举、投票，没有经过民主讨论，也没有征询我们班委会成员意见的情况下，邓老师一宣布，大家一鼓掌，就组建起来了。尽管这样的组建方式有点强势，但我们相信邓老师，相信邓老师管理班级那一套，没有一个人提出异议。尽管我心里犯嘀咕，嫌带了个“副”字，但在邓老师面前，那点愤懑慢慢就消失得无影无踪了。邓老师以往带班的成绩和这几天讲课的水平已把那些以前没听过他讲课的人征服了，大家心甘情愿服从邓老师的安排，觉得乖乖听他的话就不会错。谁愿意去和一位处处为你着想的智者斗智呢？我早从心里认可他是我们的老大，他的人格魅力完全是建立在他个人的能力和对学生关爱的基础上的。邓老师在课堂上多次说过："选择了当教师，就选择了责任，选择了良心，选择了奉献。"

这几天，同学们相互熟悉了，不像刚开学那两天大多人低着头，不吭声，一个比一个拘谨，放不开手脚。毕竟同病相怜嘛，同是天涯沦落人，相逢何必曾相识。班会上，气氛活跃，大家敞开心扉，互相倾吐各自的烦恼，一个个像久违的老朋友。

周五晚上不用到校，可以放松一下。孙虎本来只想邀请我和靳波去他租住处玩，但又觉得三人耍不尽兴，知道我和戴亮、徐力宏、杨仓明关系好，也一并邀请他们晚上去他的住处小酌，交流感情，增进友谊。孙虎发出邀请后，只有杨仓明一人婉拒了，说他晚上要帮父母干活，顾不得去，让我们好好玩。

孙虎租住在学校大门对面的巷道里，中街村245号，从外往里数靠东第五家。晚饭后没事，我就按着孙虎给我说的地址，早早来到一处院落前。院门敞开着，院子里矗立着一栋四层楼房。我踏进院子刚喊了一声"孙虎"，院子角落忽地蹿出一只大狼狗，黄颜色，目露凶光，吓得我一哆嗦，惊出一身冷汗，连连后退。幸好大狼狗被铁链拴着，够不着我。它急得团团转，气得暴跳如雷，扯得铁链哗啦啦响，似乎和我有多大的仇恨。

尴尬间，一楼堂屋走出一位老太太，一声呵斥，那畜生当即噤声，却虎视眈眈地瞅着我直喘粗气，怒气未消。那老太太冷着脸，用戒备的眼神把我从头瞄到脚，问我找谁。我被狗吓了一跳，惊魂未定，正待回答，孙虎在楼上应了一声，急急从二楼一个房间里跑出来迎接我。那老太太仰头瞥见孙虎，再没吱声，转身进了堂屋。我上了二楼，埋怨孙虎不早告诉我这院子埋伏了条大狼狗，把人吓一跳。孙虎满不在乎地说："你个大男人还怕狗？你们城里人怪，家里养条狗，还用铁链拴住，硬把狗拴躁了。狗失去自由，自然烦躁，见人就咬。哪像我们乡下人善良宽厚，让狗随便跑，狗活得狗模狗样的，心里滋润，见了人有礼貌，还汪汪打几声招呼，没有一点凶相。”

我随孙虎走进二楼中间那个单间，发现其他几位同学还没有来。孙虎租的房间挺宽敞，房间的布置却简单，房子中间放一张小圆桌、三只小板凳和两个木墩子，估计是从房东家借的。小圆桌上摆着四样小菜，明显是从路边的小摊贩处买的。盘子边放着两盒猴王烟，桌下放着一捆啤酒，一张用两只条凳支起来的简易床，窗台下面放着一张书桌，书桌上胡乱摆放着各种课本和复习资料，还有一本小说，是路遥的《平凡的世界》。我把房子浏览了一遍，羡慕地说：“你好歹还有一个相对自由的地方。”孙虎说：“以后你想来就来，这儿也是你的窝。”他边说边从桌上取了包猴王烟，拆开，抽出一支递给我。我说：“不抽了，再不抽了，吃一堑长一智。”孙虎说：“不在学校抽就是了，你是一日被蛇咬，十年怕井绳。”我说：“为抽烟挨了一耳光，不能挨打不记锤窝子，要长长记性。”我俩正闲谝，楼下的狗又狂吠不止，我和孙虎从栏杆上往下瞅，是戴亮来了。少顷，徐力宏和靳波也相继到了。这三位和我一样遭遇了一场狗吠，惊出了一身冷汗，同样见识了老太太的一张冷脸。最后一个到的靳波一上楼气呼呼质问孙虎说：“你是不是没有给老太太掏房钱？”孙虎说：“预付了一年的房钱，咋没掏？没掏钱能让住进来？”靳波停顿了一下，盯着我和戴亮、徐力宏说：“你们城里人凶狗也凶，对人一点礼貌也没有。” 我说，你不要城里人长城里人短的，老太太只代表她自己，你不要以偏概全。

人到齐了，外面的天色也暗下来。孙虎张罗着大家开始喝酒，等大家坐定，孙虎说：“五个人，一捆酒，一人一个关，如何？”戴亮很干脆，说：“行！没麻达。”徐力宏却说：“我量不行，只接关不打关，总行吧？”靳波摇了摇头说：“那可不行，一视同仁。啤酒嘛，一泡尿就没事了。”一看他就是个喝酒的老手。酒还没开始喝，人先吵翻了。“光民主不集中也不行。”孙虎意味深长地瞄了我一眼，一脸坏笑，说：“大家别吵了，咱好坏有个副班长在场，尽管是个副的，也算数。副班长，你当酒司令，咋来，规矩你定！”我说：“话从你嘴里出来咋恁不顺耳？你不要把豆包不当干粮，副的咋了？副的也是邓老师任命的，你连个小组长也当不上，羡慕忌妒恨。有个‘副’字咋？有个‘副’字，管你们几个也绰绰有余。”

我说：“靳波，你先开战，一人一个关，每个人都要打！”

大伙嘻嘻哈哈互相调侃着，老虎杠子鸡或者大压小、猜数字……靳波和孙虎竟然还会划拳。我和戴亮觉得划拳有意思，有男子汉气概，就跟着学，虚心讨教，一会儿就学会了。我们喝着聊着，把落榜后的烦恼、憋闷，统统发泄出来。

正在兴头上，却听见外面有人敲门，孙虎嘟囔说：“现在还有谁来？”拉开门，只见房东老太太站在门口，房子的灯光映在她铁青的脸上。老太太气呼呼地对着孙虎说：“学生娃喝啥酒呢！喊叫声那么高，影响别的娃学习，声音低点，早点结束！不然给你爸说，让你重找地方住！”孙虎听了，满脸通红，不知是喝酒喝的还是被老太太气的。他不敢犟嘴，像鸡啄米似的连连点头说：“好好好，马上结束，马上，马上！”

房东老太太几句话大煞风景，一下子扫了大家兴致，还剩一瓶酒没喝完，大家异口同声说：“算啦算啦！”孙虎迟疑了一下，说：“那、那酒就算了，城里的老太太都这么厉害！咱打扑克吧？打扑克不吵闹别人。”靳波马上应和，说：“好好好，来三代！”戴亮说：“打就打，好久没打牌了。”我见老太太有点不高兴，加上怕回家迟了老爸老妈担心，想告辞，尚没张口，徐力宏说：“我要回去了，回去迟了老爸不给好脸色。”靳波应声说：“呀呀呀，这么大个人了，偶尔放松一下，有啥不可？你走吧走吧！金镢头不缺柳木把儿，离了你这个红萝卜还不坐席了？”徐力宏被激将，连声说：“好好好，来来来，东风吹，战鼓擂，现在世界谁怕谁？”我也不好意思再张口告辞。孙虎见状，迅速收拾了盘子、筷子、酒瓶、纸杯，取出扑克，一转眼，酒场变成了牌场。

5

周日晚自习前，我和孙虎、戴亮、徐力宏和靳波几个凑在教室后面，给杨仓明吹嘘那晚喝酒打牌耍得畅快。戴亮似乎意犹未尽，盯着靳波说："咱这周末开拔到靳波住处，再放松一场，如何？"靳波未等大家响应，对戴亮一撇嘴，说："喝酒打牌好商量，但要到我住处去，那可没门儿！我住我舅家，寄人篱下，还敢往屋里招人打牌喝酒？寻着让我舅揍我？我买菜买酒，咱到河堤上畅饮如何？"我模仿邓老师的语气说："一天尽谈些吃喝玩乐的事，别忘了咱可是高四一班的复读生，伤疤刚好就忘了疼，玩物丧志呢！"孙虎听了一脸坏笑，接过我的话茬说："你不要满耙子胡搂，人家杨仓明可与咱们划清了界限，没有吃喝玩乐，玩物丧志！"靳波马上随声附和，说："人家杨仓明一身清白，没有与咱们同流合污！"

自从那天晚上我提议把高三 C1 班改成高四一班起，我们高三 C1 班全体同学就习惯性地用自嘲的口吻把我们班的番号改为了高四一班。

叫高四一班，意味着我们要自警自省，要更加努力！虽然我们高中已毕业，却学无所成，不甘心才又重新回到学校回炉，想把自己煅烧成合格的"产品"。能下定决心来复读的，都是打算再拼搏一回的人。这中间的辛酸只有我们自己清楚。大家都在暗中较劲，要振作起来，消除自卑感，树立自信心。而喝酒打牌有镇痛作用，可以缓解压力，暂时忘掉失败的痛——因此，我们几个哥们儿凑一块儿，尽量不提说与学习沾边的事，只谈喝酒打牌的话题。

杨仓明见我们几个得意扬扬向他显摆，嘴一噘，说："谁不想要？

‘幸福的家庭是一样的，不幸的家庭各有不同。’我家里情况和你们不一样。我老子告诫我，蛤蟆骨朵不要跟鱼浪。他说‘勤劳是摆脱贫穷最好的方式，勤奋是考上大学的最佳途径’。我老子年轻时当过民办教师，爱读书，但知识没有改变他的命运。他只好把自己的理想寄托在我身上。他想依靠勤劳改变命运、改变家里的经济状况，起早贪黑做生意，不讲究吃不讲究穿，家里有了一点积蓄，打算明年高考结束后盖房子。”杨仓明停顿了一会儿，显然他心里不舒坦，大家都不吭声。杨仓明咽了口唾沫又接着说：“我老子本来打算今年暑假盖房子，可是、可是我却高考落榜，打乱了他的计划。他说考学比盖房子重要，怕盖房影响我学习，才推迟了一年。你们说，老爸老妈那么辛苦，我咋好意思去吃喝玩乐？趁周末帮大人干点活，心里好受些。我无论如何明年最差也要考上个二本，最起码要对得起老爸老妈。”

戴亮满不在乎地说：“说那么悲情干啥？我家里情况你又不是不知道。哪个父母不希望儿女成龙成凤？可怜天下父母心！我爸我妈还不是一样，一见我讲的不外乎看书考大学，总是那几句翻来覆去地说，我耳朵都起茧子了。可是，考学与盖房子有啥关系？你老子盖房子还不是为了早点给你娶媳妇，让你传宗接代。”戴亮说完，嘿嘿笑了。杨仓明瞪了戴亮一眼，自个儿接着说：“我家左邻右舍都盖了小洋楼，就我家的房子还是20世纪70年代盖的，低矮破旧寒酸。爸妈在村人面前抬不起头。所以说，我不能再让我爸我妈失望了，我明年无论如何也要考上大学，不然，只能在小吃市场上帮我爸我妈摆摊卖胡辣汤，让同学们瞧不起。”孙虎听了不以为然，说：“考不上大学咋？考不上大学就不活了？卖胡辣汤又咋？卖胡辣汤挣的钱干净，花得坦然。现在不管干啥，只要有钱就行，有钱就是爷，谁都高看你一眼。考上学又能咋？考上学找不到工作的人多得是。我们村里就有一个活宝，大学毕业四年了还窝在家靠父母养活。天底下最勤劳的是农民，你看看有几个农民是因为勤劳致富的？有钱人不是官二代就是唯利是图的奸商。”孙虎刚说完，靳波像个跟屁虫，马上接着说：“是啊！虎子说得对！天底下没考上大学的人多得是，我村里两个大款都是初中毕业，一个开石场，一个开砖厂，腰缠万贯，人前呼风唤雨，风光得很！”孙虎那说法，靳波认同，杨仓明却不认同，他对孙虎说：“孙虎，你胡扯啥哩？有钱就是爷？照你那说法，挣钱就可以胡成精，做人没有底线，可以不择手段？你说的奸商毕竟是少数，经商的有钱人大多还是文明守法依法纳税的。”孙虎说：“也许我以偏概全，你爸是遵纪守法的小摊贩，靠出力流汗挣钱，但许多商人不是，而且，你见过哪个清华北大的学生是靠勤奋考上的？考北大清华的那些人都是天才，靠勤奋考上的大学大多都是师范大学。”没等杨仓明反驳孙虎，戴亮就抢着说：“错错错！孙虎，照你说，上北大清华的都是优良品种？咱老百姓的娃就甭想考清华北大？考上师范咋？考上师范最起码有一份旱涝保收的稳定工作。”他们几位唇枪舌剑东拉西扯，甚是热闹。

别看孙虎和靳波一高一矮，一胖一瘦，一个说长虫，一个马上跟着说出溜，配合得天衣无缝。正因为有互补性才可以组成一对黄金搭档。用农村的话说，臭虱配腻虫，油条配豆浆，酸菜配糊汤，瞎娃烂皮箱，啥娃啥配方。

我知道杨仓明爸妈在小吃市场卖胡辣汤，挣的是辛苦钱。他爸当过民办教师，书读得多，忧患意识强，对杨仓明要求极严。其实，戴亮家的情况也好不到哪里去，只是戴亮平常乐观而已。戴亮他爸在电力局当临时工，他妈身体不好，中药就没有断过。他高考落榜后，本来想去南方打工，早点挣钱，减轻家里的经济负担，可他爸妈坚决不同意，非让他再复读一年，说砸锅卖铁也要供他读大学。戴亮暑假曾跟我说过，他爸说自已受够了没文化的苦，不同意戴亮出去打工，让他复读一年，就是考个定向师范学校到山里当老师也比出去打工强。当老师领工资旱涝保收。报纸上整天说，再穷不能穷教育，再苦不能苦孩子，国家现在这么富裕还能亏老师？

他们几个争吵不休，吸引了别的同学也过来凑热闹。徐力宏却站在旁边一声不吭，始终做沉思状，光听不发言。他以前可不是这样子，以前我们几个在一块儿就数他能说会道口才好。他初中时曾痴迷过一阵子网络游戏，脑瓜子可机灵了，谁也玩不过他，只是痴迷游戏耽误功课太多，基础差。可是，他爸让他一个暑假脱胎换骨，像变了一个人似的。他爸是包工头，对徐力宏的改造行动很简单，就是让徐力宏跟着他到建筑工地去学做水电工，闲时就在工地上当小工打杂，搬砖头、和水泥，跑跑小脚路，他让徐力宏亲身体验生活，感受生活的艰辛。以前徐力宏可是个话痨，总爱和人抬杠，吹起牛来滔滔不绝刹不住车。一个暑假的劳动改造让他成熟了，话少了。现在，他皮肤黝黑，加上他身体结实，显示出一种男子汉的阳刚之气。前一阵子，戴亮在徐力宏跟前不停地嘟囔“Black is beautiful”（黑是美丽的）或者“Hi，Black Girl！ You are as beautiful as Snow White！”（黑妹，你真的像白雪公主一样漂亮！），惹得大伙哈哈笑。戴亮拿徐力宏开涮，徐力宏也不见怪。

晚自习铃声响了，大伙的争论声戛然而止，都回到各自的座位各忙各的事。我开始做题，孙虎坐在那儿却进入不了状态，发了一会儿愣，也许是在思考刚才讨论的问题。过了一会儿，他又低着头在桌洞里拨拉手机。我说：“在干吗？”他说：“无聊得很，没事做。”我说：“你满罐子不响，半罐子晃荡，你能不能争气点，看看书做做题？高四学生说无聊，简直是笑话，你没事干的时候，随便找套题做，就有事干了。”坐在我们前面的孙甜甜和程娇满眼疑惑，转过头瞅我俩。显然，我俩的说话声影响了她俩。我急忙闭了口。孙虎嘴一咧，从歪翘的嘴角冒出一句话：“你还真是副班长！”他话虽这么说，还是从桌洞里找出一套数学题开始做。

第一节晚自习下课，孙虎一道题未做完，我没等他，就和戴亮下楼上厕所。走到二楼看见楼梯口高三 A8 班教室门前一位老师正在训导一个学生。那学生穿一件圆领运动衣，脚蹬运动鞋，胸脯上的疙瘩肉将运动衣撑得饱满——估计是位体育生。这个学生似乎犯了什么错误，老师训他，他不服，梗着脖子气呼呼和老师争辩。老师火气被逗上来，指着他，声音发颤，音调也明显高起来。我感觉这对师生若再互不让步继续躁下去的话，势必要擦出火花。

我身边的戴亮忽然向前蹿了几步，向那个体育生大声喝道："戴强，你咋这样跟老师说话！你想咋？想翻天啦？"那学生见了戴亮，立即泄了气，梗着的脖子当即软了，低下头，噤了口。戴亮又转向老师说："老师，对不起！他是我弟，不懂事，你不要生他的气。"戴亮几句话，当即让老师消了火气，老师连声说："呵呵，我刚才脾气也不好。"眼看着即将燃起的火苗被戴亮几句话浇灭了。戴亮说："老师，您稍等，我跟他说几句话。"老师点了点头。戴亮瞅了那学生一眼，那学生乖乖跟着戴亮走到楼道拐角处。戴亮满脸严肃，盯着那学生问："咋回事？"那学生说："没交作业呗。"戴亮说："你到学校干啥来了？不交作业还有理？"那学生嘴里嘟囔："训练累了嘛，没顾上做。""那咋不给老师好好说？"戴亮大声说，"老师管你是为你好，是负责任，教和学、管和被管的矛盾永远存在着，学生到学校就是来学知识学做人的，你不学习、不服教当然就不对，不接受教育不服管理咋能成才？树不修枝长不直，人不栽跤长不高。你看你那态度，对老师不尊敬、没礼貌，毕业了到社会上栽几个跟头就知道老师是为你好了。"一番训导后，戴亮看了看我说："长话短说，我还要上厕所，你去给老师道个歉，然后抽时间把作业补上。"那学生没再反驳，乖乖走了。

我发觉，戴亮经过一次高考，似乎成熟了许多，还会教育人了，真是"栽一跤长得高"。虽然刚才那些话多半是模仿邓老师教育我们时说的话。我问戴亮："你啥时候冒出来个兄弟？也没见你提说过。"戴亮说："他是我堂弟，仗着家里有几个臭钱，就不知姓啥叫啥了，连他老子的话也不听。不知道天高地厚，没吃过亏没受过苦，长个子不长心的家伙，有啥张狂的！”我说：“闲话少说，赶紧跑，说话把上厕所耽搁了，被邓老师撞见又要戏谑说咱尿黄河。”

6

开学两周后，教室宽松了，听邓老师说这几天我们班陆续减员十二人，有忽然收到三本补录通知书的，有收到高职录取通知书的，还有受别人蛊惑放弃复读出去打工的。开学注册时我们高四一班有七十四人，现在只剩下六十二人，该走的都走了，没走的自然是立场坚定打算再拼搏一场的复读生。

值得一提的是，我们班还有一个铁杆复读生，名字就不说了，说出来怕伤其自尊。他已经补习两年了，今年高考成绩仍然没上二本线，但他不气馁，依然坚持不懈继续复读。我们班同学全被他的精神感动了。他家里困难，自己种不了地，担不了尿担，干不了农活，还戴了副代表有知识有文化的高度近视镜。当农民种地被人笑话也就罢了，暑假到工地上打工也没人要，人家嫌他没力气。他好说歹说，硬赖着不肯走，老板动了恻隐之心，故意逗他说：“那给你开一半工钱行不行？”他也同意。有啥办法？要力气没力气，要技术没技术，上了十几年学，如果不考上大学就等于是一个废物。所以他发誓要考上二本以上学校，不考上大学誓不罢休！他说，有想法才有办法，没想法没理想的人那就像鸟儿没有翅膀，那就是一具比死人多口气的行尸走肉。

我们当时应届班的许多同学考上大学远走高飞了，没考上的个别同学也找了事情干，现在只剩下我和戴亮、徐力宏、杨仓明、段巧兰、张晓云五个人不甘心，坚定不移地选择在这所校园里继续厮混。

回想去年我所在的应届班，似乎每一个落榜者都有落榜的理由。除了几个平常不爱学习淘气捣蛋把逃学当家常便饭成绩拿不出手的落榜在意料之中外，我们几个之所以落榜，则各有原因：我和杨仓明是英语拖了后腿；徐力宏是物理拖了后腿；戴亮是数学拖了后腿。所以说，要考上心仪的大学，必须要消灭偏科现象，保证各学科均衡发展。我和戴亮、徐力宏、杨仓明没考上大学是因为某个学科迟钝，偏科，是智力因素造成的。段巧兰是因为高考前最关键时候生了两个月病，欠账太多，耽搁了复习，没考上大学。张晓云是因为早恋走火入魔荒废了时光。她们二位没考上大学就是非智力因素导致的了。

我觉得张晓云如果学习不分心的话，考上个“985”学校或者“211”学校绝对不成问题。早恋前她在我们班成绩一直遥遥领先，在年级也属于第一梯队的尖子生，是学校名优战略重点培养的优等生。可是，她鬼迷心窍，不知咋搞的竟然和邻班一位男生对上了暗号和人家拉手手。老师发现苗头后，苦口婆心劝说，家长想尽一切办法干预，都无济于事。最后她名落孙山，成了我们这届学生早恋导致落榜的反面教材。那男生早恋，对学习影响似乎不大，最后考上了武汉大学。人家考上武大以后就再没有和她联系过，可惜“黄鹤一去不复返，白云千载空悠悠”。好在张晓云遭此打击，并没有一蹶不振，反而激起满腔斗志，发誓要卧薪尝胆复读一年，一定要考一所排名在武汉大学之前的大学，找回点面子。当然，除了生病、早恋这些原因外，还有几位同学高考成绩不错但运气不佳，因为填报志愿失误而名落孙山。所以说，要考上大学就如唐三藏去西天取经，要经得住各种诱惑，排除一切干扰，一心一意修行，才能修成正果。

时值九月中旬，时令已进入秋季，昼夜温差大，早晚两头进入了秋季，中午却还留在夏季，教室里依然闷热。上午第一节课是詹老师的英语课。詹老师在教室边走边讲解，手里拿着课本，眼睛并不看课本，而是不停地在教室里扫视，看谁心不在焉没注意听讲，看谁昏昏欲睡却用手撑着头欲盖弥彰。她头发梳得一丝不乱，身着套裙，温情脉脉。她从我身边走过，留下一股淡淡的香味，在混浊的空气里自成一股清流。詹老师似乎没受教室温度的影响，课依然讲得引人入胜。你想想，她面对的可是六十二个散热体，六十二个火炉子。她讲课时总是那样充满激情。说心里话，我对音韵这方面比较迟钝，说普通话音总咬不准，更别说外国语言。对英语，我有一种说不清的疏离感，内心不自觉地抵触它，又要强迫自己亲近它。就像一桩自己不情愿的包办婚姻，和对方没有一点感情，却要与其生活在一起。不怕人见笑，我学习英语，全凭死记硬背，没有真正消化，好像是瞎子摸象，缺乏总体感知，因而找不到窍门。我复读的重点就是要在英语成绩上有所突破。我深知我要考上大学，必须先拿下英语这个拦路虎。实际上我在英语上花费的精力并不少，可事与愿违，英语成绩总不理想。我曾向詹老师请教过这个问题，詹老师说，所有智力方面的东西都来源于兴趣。所以这一学期的英语课，我逐渐培养自己的兴趣，认真听讲，不敢有丝毫懈怠。詹老师在课堂上的一言一行、一举一动，她说出的每一个单词、每一个短语，我都尽量牢记在心，争取每一节课都有所收获。

第二节课是语文课。邓老师讲阅读题，先让大家带着几个问题阅读一段材料，然后讨论、分析、理解，最后他再讲解、释疑。邓老师瞥见坐在我前排北边墙角的那位同学没按他的要求阅读材料，而是低着头在本子上写写画画。他估计那位同学在开小差干别的事，于是悄悄走到那同学跟前，却发现他在做数学题。邓老师没有恼怒，而是心平气和地对那位同学说："数学题可以放在自习课上做，但不能放在其他课堂上做。语文课上做数学题是不尊重语文老师的，是人在曹营心在汉。每一门课都要重视，不能厚此薄彼。"说完，他走回到讲台上对全班同学说："语文课是其他所有学科的基础。语文就是语言，作为母语课程的语文我们必须重视。阅读对学习语文有不可或缺的作用，阅读对于理科的学习也有很大的益处。如果没有一定的理解能力，就不能理解每道题的题意。因此，阅读在各个学科的学习过程中，能起到一定的助力作用。不好好学语文，不重视阅读，实在得不偿失。"

做数学题的这位同学听了，很尴尬，头耷拉得更低。

这位同学有个文武双全的名字，叫姚文武。可惜他名字很威武，身体却廋弱。他戴副眼镜，嘴唇厚厚的，像一道厚重的闸门关闭着，平常寡言少语，几乎和谁都不搭言。听说他是离我们县最近的那个镇子的人，有亲戚在我们县城住，因为高考落榜后羞于见熟人，心里有道坎，觉得复读丢人，才辗转跑到我们县中补习——这儿谁也不认识他。他过于低调，不愿和任何人接触，想把自己封闭起来。这是复读生普遍的心理，我们都能理解。我无意间发现他有个小习惯，就是过一会儿就扶一回眼镜。我想，他的眼镜一定是戴得时间久了，镜腿儿松了，也不去重配一副或者修理一下。这个小习惯一来说明他懒惰，二来说明他家里经济情况不怎么样。而且，在班主任课堂上竟然开小差，玩把戏，一定学习不好。

第三节是数学课。王老师走上讲台，师生互致问候完毕，就扯着嗓门喊："把昨天发的卷子拿出来！"一听这话，我瞬间明白了，书呆子姚文武同学一定是昨天发的数学卷子没做完，怕被王老师训斥，才在语文课堂上突击做题，却不幸被邓老师发现，教导了他一番。王老师平常脸板着，不苟言笑，看起来有点凶，因此，同学们都怕他。

王老师可是个有故事的人。

王老师是省师范大学数学系毕业的高才生，参加工作后兢兢业业，一心扑在教学上。他第一年带的学生参加当年的全国数学奥赛，就获了大奖，一鸣惊人，为学校争了光，因而深得领导赏识。第二年领导安排他带毕业班，他不负众望，所带班级的数学成绩在年级名列前茅。接着，领导又让他带了两届毕业班，都取得了骄人的成绩。他因此声名大振，迅速成为全县的数学名师。学生抢着进他带的班。

由于他工作踏实，成绩突出，那年暑假，校长向教育局推荐，想让他当学校教务处的副主任。可是考察期间有人诬告他，造谣说他偷偷搞师生恋，有损教师身份和学校声誉。结果，提拔他的事情泡了汤，相恋几年的女友也和他分手。他受此打击，灰心丧气，认为自己遭小人暗算，怀才不遇。这期间，刚好有同学邀请他去江苏一所学校任教，他动心了，想就此离开学校。可是当时他父母多病，他牵挂着父母的身体，最终没忍心离开。

之后，他郁郁寡欢，工作劲头大减，上完课后也懒得与人来往。越是这样，他越傲气，见谁都待理不理，越发被人孤立，久之，他便成了学校里的怪人。

其实，怀才和女人怀孕一样，只要你有真才实学，时间久了，自然会显露出来。古人说“锥处囊中，其末立见”就是这个道理。果然，那年社会上开始流行办辅导班，他终于找到了用武之地，被人高薪邀请到辅导班代课。学生慕其名，蜂拥而至，生意兴隆。一年后，他干脆直接当了老板，另办了一家课外辅导班，几年间，经济状况大改观，摇身一变成了校园里的大款，开辆奥迪，派头十足。

王老师平常说我们当地话，上课说普通话，但和我一样咬不准音，是不折不扣的醋熘普通话。他讲普通话常让人忍俊不禁。多亏他教的是数学不是语文，要不然一定会误导学生念错字。学生私下常模仿他的发音取乐，给他编了许多段子，他听说了也不见怪。他不爱搭理领导，却爱学生，主动资助了十几个贫困生，在校园里被传为佳话，名声快撵上郑校长了。他对学生要求严，表面冷漠，内心却火热。

王老师虽然普通话说得不标准，但他具有敏锐的思维、精准的判断、娴熟的教学技巧，让每一堂课都充满了智慧。他讲课重点突出，层次分明，干脆利落，因而教学效果颇佳，深得学生欢迎，所带班级的数学成绩总是在年级遥遥领先。这也许是他不爱搭理领导却没被学校辞退的主要原因。

“谁没做完卷子，请自动站到前台来！”王老师冷冷地说。只有姚文武同学一人慢慢腾腾从座位上站起来，战战兢兢走到讲台前。我心里念叨：“真是一个倒霉蛋！”

7

王老师人活得通透，见不得别人“戴面具”。周日晚开全体教职工例会，若哪位领导在主席台上讲假大空话，他就在下面嘟囔，揭领导伤疤，说领导胡吹冒撂，违背校训，说话不着边际。他不愿意说假话，甚至善意的谎言也不愿意说。

一位老师为了鼓励学生加把劲，在课堂上说：“你们现在好好学，考上大学后就可以逍遥自在，刀枪入库，马放南山，万事大吉。”这话被王老师知道了，他不以为然，对我们说：“别听那些人胡咧咧，高中是人生中最美好的时光，要好好学习；大学同样是人生最美好的时光，同样要好好学习。学生就是专职学习的人，‘上大学就可以放松了’是一句骗人的鬼话。你放松了别人不放松就把你甩到后面了。现在的单位是逢进必考，你不好好学，和别人咋比试？考研究生、考公务员，就是到一个普通企业去应聘也要考试，不但要笔试还要面试。你放松了，不用功，要么回家啃老让人瞧不起，要么出去打工活受罪。考试，不仅是学校的法宝，也是机关单位和企业选人用人的法宝。你没知识没能力，鬼都懒得理你。说考上大学就可以逍遥自在马放南山，那些话是对那些官二代、富二代有权有钱有关系有能耐的人说的，不是对平民子弟说的。这一点你们必须清楚，不要听那些人胡诌，上当受骗。人的一生就是不断学习不断拼搏不断奋斗的一生，天上不会掉馅饼。高考是相对公平的，高考能改变你的命运，只有加倍努力，才有可能考上一所像样的大学。你如果以为考上大学就万事大吉了，放弃努力，就永远别想当好接班人。”

王老师是真性情，心直口快，讲话总是这样不遮不掩。他鄙视个别领导自私自利，曾在高四一班教室公开说：“学校某些人当领导前书教得不错，当领导后骄傲自满，常和老师争荣誉争利益，又是先进又是模范，贪心不足，常装模作样地去外地讲学，俨然成了所谓‘专家'，虽然荣誉等身，光环笼罩，但所带班级成绩却每况愈下羞于见人。这些人经常出差或者以各种理由出去考察学习，耽搁学生的课，荒了自己的地，肥了别人的田。你们说，这样的人配不配当领导？”

他公然批评的这种人几乎在每一所校园里都存在着，是校园里的怪象之一，为广大师生所不齿。王老师眼里容不得一粒沙子，看不惯啥就说，爱发牢骚。这也是他的缺点。他常遭别人忌恨，也惹火了个别领导，因而学校评优树模总没有他的份。

正当王老师的课外辅导班办得风生水起的时候，社会上培训机构泛滥，鱼龙混杂，泥沙俱下，虚假宣传、胡乱收费等乱象丛生。这引起了广大家长的强烈愤慨，纷纷向有关部门反映。政府有关部门随即对社会上的培训机构进行大力整顿，眉毛胡子一把抓，把王老师的辅导班也叫停了。

外面的辅导班关停了。王老师除了教书，课外时间就看书下棋，倒也安然自在。可是，名声出去了，挡也挡不住，时间不长，要求他辅导的学生纷至沓来，让他应接不暇。王老师碍于情面，推辞不掉，周末干脆在家里办起了辅导班。他教学方法得当，教学效果佳，收费合理，不用宣传打广告，学生一传十十传百，每周末他家里学生都爆满。

姚文武同学走到讲台前，看着王老师，吓得手足无措。王老师说：“莫怕莫怕，你还有几道题没做完？”姚文武同学口讷，没吭声，却奓起两根手指。王老师说：“那好！把你没做完的两道题在黑板上做，做完了就下去。以后可要长记性！讲卷子之前一定要自己做一遍，这样才有效果。”说完他就走下讲台检查同学们的做题情况去了。

姚文武同学性格比较内向，平常不爱说话，除了不愿与其他同学交流，把自己封闭起来外，还胆小如鼠。几乎每位老师提问他，他都露出怯怯的目光，傻傻地站起来，一声不吭。老师若等不及，就说“你坐下吧”，再提问其他同学。若老师疏忽，忘了让他坐下，他会以为老师在惩罚他，就一直傻傻地站着。他哪里像是高中已经毕业了的复读生，分明就像是个尚没开窍的小学生。同学们私下都说他脑子缺一根弦。可不是嘛，老师一问三不知，三锤打不出一个屁来，这样的傻蛋坐在教室里简直就是活受罪。给别人当陪衬，还不如回家种地、出去打工，为社会尽一点绵薄之力。

王老师在教室转了一圈，抽查了几位同学的作业后，姚文武同学仍被一道题纠缠着，在黑板前磨蹭，写了擦、擦了写，手上全是粉笔末。他急得抓耳挠腮，粉笔末粘了满脸满耳朵，成了三花脸，惹得下面看见的同学哈哈大笑。他在上面听见了，更加着急，越急越找不到解题思路，走不出困境。王老师见状，走上讲台，看着姚文武同学的窘态，语重心长地说："下去吧，下去注意听讲！多做题，多练习，熟，才能生巧。"说完，王老师开始讲试卷。

午饭后，下午第一节课前，学生有一段自由支配时间。我和孙虎为了落实班主任邓老师强调的语文是母语课程要重视阅读的指示，打算一块儿去学校图书楼借阅最新一期的《读者》和《青年文摘》。穿过花园，去往图书楼的路上，我瞄见我们学校的郑校长在前面不停地弯腰捡烟头和纸屑。我想绕开，可孙虎好奇，一直盯着郑校长看。

郑校长五十多岁，是一个脸色黝黑个头不高的人，穿一件皱巴巴的蓝色西服。他属于中国传统知识分子，对待啥事情都认真、负责，心里爱学生，但又轻易不表现出来。他不苟言笑，给人一种很严肃的感觉。

郑校长捡起垃圾后，攥在手里，遇到垃圾箱再放进去，接着又背着手继续走路。我蓦然觉得他就像我们语文课里那个著名的吝啬鬼葛朗台先生，凡他经过的地方不用再打扫，垃圾全让他捡走了。但郑校长不是吝啬鬼，他只是重视学校的环境卫生而已，和葛朗台先生有本质的不同。从旁边经过的老师都和郑校长打招呼。

孙虎捅了一下我的胳膊，悄悄问："那人是干啥的？长相和穿着像个捡破烂的，可人缘蛮好的，走路也有势，似乎又不像是捡破烂的。”

我说：“你真不认识他？开学半个月了，你也太迟钝了，竟不认识我们学校的最高长官。真是有眼不识泰山，十八年饭白吃了。人家可是咱学校大名鼎鼎的郑校长！”

孙虎满脸诧异，直摇头说：“他就是正校长？我还真不认识，没有谁给我介绍过，我也没机会认识他啊！咱学校五千多学生、三百多老师，我咋会认识他呢？他又没给咱带课。哎，对了，开学典礼也没让咱复读班参加，他讲话咱也没见他呀！”

我说：“怪不得不认识。”

孙虎满脸疑惑说：“他是校长，还是正校长，一把手校长，不可能吧？县中一把手校长大小也是个县处级领导，怎么在地上捡垃圾？垃圾都让他捡了，那环卫工不是失业了？”

我说：“人家姓郑，是郑校长，也是正校长，一把手校长。你咸吃萝卜淡操心。咱学校哪有环卫工？校园被划分成若干清洁区域，都是由学生打扫。”

孙虎说：“那咱高四一班半个月了怎么没打扫过清洁区？”

我说：“现在清洁区都是高一、高二年级的学生在打扫，一上高三就只管学习和考试。咱只要把成绩弄上去，别的不用操心。学校所有活动都与高三年级和我们复读班无关，我们成了学校里的特殊阶层，成了重点照顾对象。”

孙虎盯着我说：“我们凤镇中学可不是这样，我们都是乡下娃，高三学生照样打扫清洁区，也没有谁觉得不妥，但捡垃圾保洁靠的是一位老清洁工。看来县中不愧是中学里的龙头老大，是省重点中学，为提高教学质量，为出成绩，自有一套管理办法啊！”

我说：“是啊！一上高三，螺丝一下拧紧了，没有节日，没有娱乐……学校怕耽搁时间，把高三的早操都取消了，体育课也经常被那几门主课占。高三的主要任务就是补课和考试。我们坚定不移一心一意补习文化课，我们永不懈怠地进行一场又一场的考试。校园里似乎能嗅到一股考试‘烤’焦了的味道。分分分，学生的命根；考考考，学校的法宝！学生一个个被作业压得喘不过气，一个个被考试考得疲惫不堪，哪里像是祖国的花朵、八九点钟的太阳？”

孙虎说：“唉！不让抽烟，不让留长发，不让进网吧，不让带手机，不让戴首饰，不让男女生有亲昵动作——不让这不让那，学校要从严管理，精细化管理，长此以往，自然把我们培养成了循规蹈矩的机器人。”

我说：“是啊！现在到处都浮躁，热衷于搞形式。以前学校为了缓解学生学习压力，活跃学生文化生活，春季和秋季分别举办两次体育比赛活动。为了活跃校园生活，年终岁末还组织一场元旦迎新晚会，热闹热闹。”

我猛然觉得不对劲，牢骚泛滥了，话题扯偏了、扯远了。不严加管理我们哪能考上大学？我们来复读不是来求人家严管的吗？我急忙话锋一转说：“学校也难啊！不严咋办？每年都要评比，都要考核，不严能出成绩？如果不严加约束，学生都成了脱缰的野马、没王的蜂，想咋就咋，那不是乱套了？如果放任自流，那学习成绩咋能上去？高考质量谁来保证？”

孙虎这家伙脑子灵活，一听我风向变了，马上跟着说：“是啊！太严了让人有一种窒息感，想逃离，可是，逃离又能怎样？自由了舒服了又考不上大学。说到底，严了还是好啊！严是爱，松是害，不严成绩怎么有望提上去？学校严了好，严了好，学校还是要跟上时代步伐，还是要与时俱进。”

“只是——”孙虎挠了挠头说，“我总觉得，校长应该是管学校大事的，像管老师啦、出点子啦、把方向啦这些事关学校发展的大事，捡垃圾这些鸡毛蒜皮的事情他都管了，那要手下那帮副校长和主任干什么？”我说：“学校能有多少大事，不就是教书、上课、考试、搞些活动这些琐碎事情。一屋不扫何以扫天下？小事都懒得管的人你能指望他成就什么惊天动地的大事？”

眼看着郑校长和那位老师说完话，背着手走了，我和孙虎停止了胡扯海聊，走进图书楼，来到二楼学生阅览室。阅览室里静悄悄的，大家都在低头看书。我和孙虎小心翼翼地从书架上取下那两本杂志，找到了靠近窗口的座位，仔细阅读起来。窗外，一树白玉兰开得正艳，能闻到飘进来的清香。我觉得，秋天的白玉兰似乎比春天的白玉兰香味更浓郁。

8

秋天的夜晚渐渐有了一丝凉意。

第一节晚自习下课后，孙虎低声给我说：“教室有点闷，咱俩到操场透透气，咋样？”我知道他是想出去过一下烟瘾，就说：“透气可以，活动一下，可不要生患事！”孙虎说：“那好，你给我打掩护。”我说：“包庇坏人等于犯罪，包庇你抽烟让我挨了一耳光，终生难忘，再让我给你打掩护，没门！我去揉腿活腰。”我俩说着聊着，从灯火通明人声鼎沸的教学楼上下来，来到操场。秋风一吹，感觉一下子凉爽了许多、轻松了许多。孙虎急着要躲到操场边的树背后抽烟，咚咚咚的脚步声，不慎把操场边梧桐树背后躲藏的一对有所企图的男女生惊动了。两位惊慌失措，撒腿就跑，从我身旁一晃而过。

我想，这一对恋人一定是一楼的学生，下课铃一响，就火急火燎躲到树背后，大概是刚挨着嘴唇，就被孙虎的唐突惊散了，就像偷啃麦苗的一对羔羊，刚啃到嘴里，尝到一点甜头，就被路过的行人惊得仓皇而逃。幸亏没让政教处的老师和保卫处的校警撞见。待那两位走远，我才对孙虎嚷道：“躲到暗处的人，干见不得光的事。”孙虎说：

“你喊那么高声干吗？是不是想让保卫处的校警来抓我？”几位并排跑步的学生一闪一晃地跑过来了，孙虎大概是听到了跑步声和说话声，立即噤了口。

借着从教学楼窗口透射出来的灯光，我隐约看到一缕轻烟从梧桐树背后弥散开来。

孙虎一晚上总要想方设法偷偷抽一支烟，过过烟瘾，这在我们高四一班已不是秘密。他左手食指和中指的第二节关节已微微泛黄，那是香烟留给他的纪念。他从父亲给他的生活费里节省，每天把一个能填饱肠胃的肉夹馍换成一缕缕熏烤手指的青烟。他抽支烟后从教室走过，就会留下一股淡淡的烟草味。同学们议论说，孙虎的烟瘾快要撵上郑校长了。

大家知道郑校长烟瘾大是因为上周郑校长来我们班听课，随身带来一股浓重的烟草味。虽然当时我们尚未确定这到底是不是郑校长身上的味道，但它确实盖过了孙虎从教室走过时散发的味道。

我们确认郑校长烟瘾大是在前天学校组织的法制报告会上。郑校长陪同那个看起来比他年龄还要大的来做报告的法院院长坐在主席台上，两位领导你来我往互相用香烟表达敬意，一场法制报告会下来，情意加深了几层。尽管郑校长抽第五支烟的时候，似乎意识到在学生面前抽烟不妥，抽了几口就赶快掐灭了，但已经明显暴露了他深厚的抽烟功底。

我觉得衣着朴素、爱岗敬业的郑校长，堂堂一校之长，在公众场合堂而皇之地抽烟，总是有点不妥，就像他在公共场合不断地弯腰捡烟头纸屑，和他的身份很不相称，也有损他的光辉形象。

我发现大人们往往言行不一。学校保卫处的校警常到厕所、操场、教学楼和图书楼背后或者其他角落抓抽烟的学生，一方面严禁我们学生抽烟，另一方面他们大人却当着我们学生的面无所顾忌地抽烟。保卫处冀主任谆谆教导我不要抽烟的话语犹在耳边，郑校长在法制报告会主席台上抽烟的样子又浮现在我眼前。大人们难道不知道，言传重要，身教更重要？

班主任邓老师曾给我们说过，现在一些城市已经开始禁烟，据说随后全国将要大张旗鼓旗帜鲜明地在公共场合禁烟。他这个不抽烟的老师不让我们抽烟才最有说服力。

我们热烈地讨论郑校长和孙虎的烟瘾时，孙虎这个顽固的家伙很不以为然，他说："这算个啥？瑕不掩瑜嘛！金无足赤人无完人，鸿门宴上樊哙不是说过'大行不顾细谨、大礼不辞小让'的话吗？有缺点的人才显得可爱。我爱死郑校长了，他想抽就抽，做人不遮掩、不做作，是真性情。"我说："你这是哪门子歪理邪说？你爱抽烟，就喜欢抽烟的人，同病相怜哪！你这是为自己抽烟找借口吧？郑校长勤俭朴素，人品好，工作兢兢业业，值得师生尊敬，但一码归一码，在公众场合抽烟就是不对。"

最后一节晚自习下课了，从各个教室走出的学生汇聚成汹涌的人流奔向学校大门口。我和孙虎、徐力宏、杨仓明一道随着人流从学校出来。学校大门两侧或站或蹲着六七个小混混，旁边斜撑着三四辆摩托车。他们既像是在岸上漫不经心地观赏人潮，又像是在专心致志地搜寻某朵小浪花。他们发型怪异，衣着也怪异，叼着烟卷，故意装出一副玩世不恭睥睨一切的样子，见漂亮女生经过就吹口哨，大呼小叫、一惊一乍的，吓得学生纷纷闪躲。

汹涌的人流在学校大门口自动分流成三股，一股朝东，一股朝西，一股朝南，穿过马路又分散开，形成涓涓细流被夜色淹没。我们几个看不惯那些小混混的做派，却也惹不起，不是不敢惹，是没有时间惹，我们没有他们那大把大把的时间可以挥霍浪费，我们不屑理睬这些街痞二流子。孙虎长叹了一声，故意龇牙咧嘴地向我们举了举拳头，表达了他的愤慨后随着人流迅速穿过马路，很快被学校对面黑乎乎的巷道所吞没。剩下我和徐力宏、杨仓明一路往西走。徐力宏咬牙切齿地说："这帮社会渣滓全是学校淘汰出来的废物，整天耀武扬威出来吓唬学生、欺负学生。"杨仓明在地上啐了一口，愤愤地说："这帮子街痞都是家长娇生惯养出来的，不务正业胡逛荡，将来迟早要吃大亏进大牢。"

我发觉晚自习放学后回家的路上最容易分辨不同类型的学生。那一路小跑行色匆匆的大多是成绩比较好的学生，他们匆匆赶回家就是为了再多学习一会儿；那些不急不躁、在路上打闹戏耍的一定是贪玩调皮、不思进取、成绩平平的学生；那些走着走着就被街道两边的网吧和游戏厅吸走魂魄的一定是不爱学习在班级拖后腿的学生……

我和徐力宏、杨仓明三人边走边声讨那些小混混，向西走了百十米，迎面看见一伙人，全是人高马大的彪实小伙，粗胳膊壮腿，大多穿运动服、蹬运动鞋。很显然，他们是我们学校的体育生。当先一人很面熟，我似乎在哪儿见过——呵，想起来了，这个人是戴亮的堂弟，叫戴强，就是那晚和老师顶嘴被戴亮训斥的那个学生。戴强满脸怒气，领着一伙人逆着人流匆匆向东而去。我前后左右瞄了一圈也没见戴亮的人影，心想，这下糟了，看样子两帮人要打起来了。我停下脚步，徐力宏和杨仓明还不明白咋回事，转过头问我："怎么不走了？"我说："有好戏看了，估计要上演动作片，这帮小混混遇着对手了。"果然，不一会儿，两帮子小青年就在学校门口开战了。有一阵子，斥骂声、惊叫声传来，四面八方的人群都往学校门口拥，等我和徐力宏、杨仓明折返回来，战斗已结束。那几个小混混分别被戴强领的一伙人扭住。戴强正在发脾气，嫌让两个混混逃跑了。

我看见保卫处的冀主任领着五六个校警拎着警棍出现在学校门口；我看见巡警队的巡逻车鸣着警笛来了，警察将那些刚才还不可一世转眼间却耷拉着脑袋的小混混一个个带上警车；我还看见戴亮领的那一伙体育生一个个神色自若，正在接受警察问询。徐力宏和杨仓明掩饰不住内心的喜悦之情，我的心里也无比舒畅。围观的人群爆发出一阵热烈的掌声。

翌日早，我们通过戴亮了解了昨晚戴强他们和那帮小混混打架的缘由。原来戴强的一个同学多次受到这帮小混混敲诈，戴强知道后义愤填膺，主动替被欺负的同学出头，叫了一帮体育生助阵，先报警，然后因为言语不和教训并擒住了这帮小混混。我们听说了事情经过，齐声叫好。只有戴亮显得忧心忡忡，戴亮说，他这个堂弟小时候吃过苦，一度还寄住在他家里，一直是他护着长大的。“戴强原本善良、正直，这几年叔父在外地做生意做得顺当，家里有钱了，叔母放松了对戴强的管教和约束，娇惯纵容，无形中助长了他狂妄自大、目中无人的习气，不给泼点冷水，正确引导，迟早要吃亏。”

看不出戴强还是个有侠义之风的小伙子。得知他热心帮助同学敢于打抱不平教训那帮小混混的神勇表现，我对他的好感油然而生。

下午，上课前的自由活动时间，我和孙虎、戴亮在图书楼前意外地遇到戴强和他一个同学从阅览室出来。戴强看见哥哥戴亮，过来打招呼。面对面时，我才发现戴强不光长得高大结实，而且精气十足，一双大眼睛看人时亮晶晶的。我想起昨晚的事情，禁不住夸赞道：“戴强，你好帅！”

戴强害羞似的挠了挠后脑勺，笑嘻嘻说：“哪里啊，一般一般，世界第三。我们班刚来了个新生，那才叫帅！”我见他贫嘴，大大咧咧的，就故意逗他，说：“你们班还真有比你长得帅的？说来听听。”戴强说：“他是从西安转来的，本来成绩不错，可是他老子喜欢上个狐狸精，整天不顾家，父母闹腾了一年多，最后还是离婚了。家庭变故对他打击很大，他没心情学习，成绩一落千丈。他姑妈在咱们县上工作，为了给他换一个环境，就把他转到我们学校来借读。到底是省城来的，穿得洋气不说，还长得帅，高鼻梁大眼睛，长得比蟋蟀还帅，又深沉忧郁，一副熟男的样子，把我们班女生的眼球全吸走了。”戴强说完，为了证明他说的话属实，故意用胳膊肘把他身边的同学捅了一下，笑呵呵问："你说是不是？"那同学只笑不吭声。

我说："不至于吧？你看你胸口的肌肉疙瘩上似乎还粘了好几双眼球呢。"这时，戴亮这家伙竟不合时宜地扎起一副老大哥的势，干咳了两声，以教训的口吻对戴强说："年龄小小的，要把精力全放在学习上才对。什么帅不帅的，驴屎蛋子外面光，绣花枕头一包糠。男人要讲内涵，要有本事，长得帅能当饭吃吗？好好学，考上北体那才得劲。"孙虎说："戴亮啊，你一定是让考试'烤'愚了！几句话离不开考大学。"戴亮一插话，戴强马上不吭声了。

我和孙虎、戴亮准备上二楼的学生阅览室，经过一楼一个办公室，办公室门敞开着，里面有人正用浓重的方言讲话，听声音像是郑校长。我侧身向里瞄了一眼，果然是。郑校长粗喉咙大嗓子说："何谓成长？成长就是寻找自己在这个世界上的位置，并与这个世界建立起属于自己的联系和相处方式。我所理解的成长可以用八个字概括：'包容事物，理解世界。'你对事物的包容程度、对世界的理解程度，决定了你成长的广度和深度。成长是一个正在进行的时态，而不是完成时态。成长是一生，是一世，急不得。成长急不得，一口吃不成大胖子，学习来不得半点虚假，不要试图走捷径，努力是最好的捷径，没必要太在意结果，结果随着努力自然会到来。而教育呢？教育是一项漫长的工程，要定下心来，一步一个脚印，绝不能揠苗助长，要知道欲速则不达啊……"

我没看见郑校长正在跟谁讲话，但他讲话的内容我听得懂。有些人，虽然只是我们生命里一个匆匆的过客，却会对我们的人生产生非凡的意义。就像郑校长对于我们。

9

邓老师在作文课上把我的作文当范文讲，从 9 月份开学至今已是第三次了。

现在，邓老师又站在讲台上当众朗读我的作文，他摇头晃脑的样子颇有感染力，让我很受用。这篇文章可以说是从我心里流淌出来的。邓老师声情并茂读完，教室里一时鸦雀无声，几秒钟后，同学们才意识到读完了。一时间，掌声噼里啪啦震得我耳朵嗡嗡响，有三位同学忍不住扭过头来瞅我，流露出羡慕的神色。最夸张的要数靳波这家伙，他竟然把他的大拇指高高地举起来，拍马屁似的向我示意。我心里甭提有多高兴，但表面还要装出一副很淡定的样子。我知道这时候一定要气定神闲，不动声色，才能显示我的分量。孙虎偷偷挠我的腰眼，逗我笑，我也极力忍住。想想看，当学生的，哪个不喜欢老师表扬自己？当然，邓老师在班里也读过班长邹长明和其他几位同学的作文，这让我不敢有丝毫的懈怠和半点骄傲的想法。我把别人的范文当成是对我的鞭策，告诫自己要更加努力把每一篇作文写好。我知道，自己好歹也是个副班长，在班里如果没有两把刷子，没有一个可以让人仰视的亮点，谁还服你指拨？万一有哪个不看向的弱弱地问你一句："你凭什么当班干部？"你怎么回答？

邓老师讲评完上周的作文，让大家针对现在社会上一些学生痴迷网络、厌学、逃学到网吧的现象写一篇作文。为了给大家提供更多的素材，邓老师说："哪位同学愿意根据自己的亲身经历或所见所闻谈一谈自己对网络的看法？"

我想，我们这代人都是随着网络的发展长大的，我们多数是独生子女，是温室的花朵，我们没干过农活，很少亲近植物和动物，我们班甚至有人没见过蚂蚱和蛐蛐，辨不清麦苗和韭菜。我们这一代人对田野、对大自然多少都有一点疏离感和陌生感。但是，我敢保证，在座的大多同学玩过三国志、英雄无敌、三国杀和魔兽世界，对游戏厅、对网吧有过无限热爱，也有过切身的深刻的教训，最起码我们这些男生没有谁敢说他没有在网吧里兴奋过陶醉过。但要公开说出来，还是有点难为情。教室里一时安静下来了。

邓老师在教室扫视了一圈，发现不但没有一个同学主动举手，连眼睛也纷纷避开他的“探照灯”。邓老师见没人接招，只好说：“那我就开始点名了——”

我忽然瞥见靳波有点坐不住，正和同桌交头接耳说悄悄话。邓老师马上说：“靳波同学，你先说！”靳波一愣，似乎没想到自己突然中招了，缩缩脖子，挠挠后脑勺，磨蹭了一下，不情愿地站起来，盯着邓老师说：“那我就说说。这网络可是害人精，我上初中时，我们班有个同学，名字就不说了，绰号叫‘一块半’。知道这绰号怎么来的吗？这绰号就是从网吧捡来的。这家伙太痴迷网络游戏，几乎每天都要去网吧转一圈，不然就焦躁不安，睡不着觉。但腰里没铜，不敢胡行，他兜里缺钱，只有从自己嘴巴里节省。人家网吧规定两块钱玩一小时，他去，只带一块半，想玩两个小时，老板不同意，他就装出一副可怜兮兮的样子，说软话，恳求老板，帮老板扫地倒茶水，献殷勤套近乎。老板见他可怜兮兮，心一软，睁只眼闭只眼，高抬贵手，让他如愿以偿。后来，他一到网吧就故技重演，屡屡得逞。老板干脆叫他‘一块半’，专门给他开了绿色通道。这‘一块半’先生应该是网吧最早的金卡用户吧……”

靳波尚没讲完，同学们全被他那滑稽的样子逗笑了，邓老师也忍不住扑哧一声笑了。靳波却没笑，他住了口，把头转来转去，一本正经地看着大家，好像不明白大家为何发笑。他这神态更让大家笑作一团。

真看不出靳波这家伙还具有表演才能，以前孙虎给我介绍说靳波人小鬼大机灵得很我还不相信，现在信啦。

邓老师忍住笑说："让靳波把话说完嘛。"等大家敛了笑容，靳波咳嗽了一声，清了清嗓子继续说："人家老板把他叫'一块半'，大家也跟着喊，喊着喊着就把他喊出名了。学校的人都知道他叫'一块半'。这个'一块半'为了玩游戏，可谓绞尽脑汁费尽心机不要脸面不要尊严。他因痴迷网络游戏，荒废了学业，最终没考上高中。"

靳波停顿了一会儿，长叹了一声说："他父母是农民，他妈有病在身，家里经济状况又不咋样。他回到家后，要力气没力气，要手艺没手艺，连庄稼活都干不了，最后在家里实在待不下去，就跑到外地逛荡去了。我有几年没见他了，听说他现在在省城大街上捡矿泉水瓶子。"

靳波讲完后，没人再笑，而是唏嘘声一片，同学们叽叽喳喳，都说这网络游戏太害人了。

靳波讲完，邓老师点评了几句，一对"探照灯"又开始在教室里"扫描"。这回，他把光聚到了徐力宏身上。徐力宏初中时曾是著名的"网瘾"少年，以前的同学都知道，想必邓老师也有所耳闻。

徐力宏没推辞，也没扭捏，他端直站起来说："网络游戏把我也害苦啦！我初中时很幼稚，不懂事，喜欢打游戏，喜欢在虚拟空间里冲锋陷阵。上瘾以后控制不住自己，一门心思都放在网络游戏上。我网名叫野狼，QQ 头像是一个长发飘飘的动漫人物，QQ 个性签名是一连串连我自己都看不懂猜不透的稀奇古怪的天书般的符号。我曾沉湎于网络游戏不能自拔，晚上等父母睡了再偷偷溜到网吧。后来父母发现了我的小伎俩，撵到网吧苦苦劝过我，也愤怒地揍过我，软硬兼施也不起作用。我那时执迷不悟，根本无心学习，把功课耽搁了一大截。初三的时候，父母无奈把我送到市上的青少年心理教育学校，说白了就是戒除网瘾中心。在那儿上学的全是有网瘾、厌学、早恋和有叛逆倾向的问题学生。我到那里后，才知道网瘾就是一种病，主要是指长时间沉迷于网络，对网络之外的一切皆不感兴趣，从而影响身心健康的一种病症。有人说网络是精神鸦片，这话可一点不假。"

教室里静悄悄的，仿佛只有每一位同学的心跳声。“唉！”徐力宏长叹了一声，又接着说，“都怪我那时候太幼稚，不懂事，钻到游戏里简直如做梦一般，好像被一只无形的手牵着走。最后导致初中毕业没考上重点高中，父母求爷爷告奶奶托人找关系，最后交了借读费，我才得以在县中就读。基础不牢，地动山摇，高中三年紧赶慢赶，还是名落孙山。”

徐力宏说：“我是网络的受害者。暑假高考落榜后，我跟父亲在建筑队学做水电工兼干小工。一个暑假的劳动改造让我学会了许多知识和做人的道理——不吃苦中苦难为人上人。我才下决心再拼搏一年，争取学有所成，不辜负父母的养育之恩和老师的教育之恩。”

徐力宏讲完，一时间大家都沉默了，似乎能听见某个同学的喘息声，然后是一阵热烈的掌声，和邓老师刚才读我范文时的掌声一样热烈。同学们的心弦又一次被拨动了。

我知道徐力宏说的是心里话，他敢于当着全班同学的面剖析自己，自揭其短，这需要多么大的勇气啊！我发自内心地敬佩他。

徐力宏刚讲完，教室外面开始下雨了，淅淅沥沥的雨声伴随着教室窗外杉树的枝叶被风吹雨打的声音。我的心里很不平静。孙虎也在沉思，看来徐力宏一番发自肺腑的话对他也有所触动。

站在讲台上的邓老师看了眼窗外，扶了扶他的高度近视镜，又摸了摸他宽展的额头，然后动情地说：“感谢徐力宏同学的坦诚交流，他的现身说法对我们大家都很有教育意义。他的故事是一次教训，也是一面镜子、一种警示，也许在座的还有某位同学曾经在成长的某一个阶段迷失过自己，跌入陷阱或误入歧途。但是，同学们，你们一定要记住，要做正事、做善事、走正道、走大道，一定要做一个对社会有益的人，做一个不辜负父母养育和老师教育的人，做一个对得起自己良心的人。”

邓老师讲完，从口袋里掏出眼镜布擦拭眼镜，擦好后又戴上。我知道，他是在调整自己的情绪。少顷，他的“探照灯”又在教室里扫描。

邓老师说：“接下来让女生也谈谈她们对网络的看法。”

因病耽搁了大好时光而没考上大学的段巧兰发言说：“我觉得那些痴迷网络游戏的人应该是心智未开淘气贪玩的小孩，天真幼稚可笑，没有鉴别能力。可是，现在个别高中生和一些大学生也痴迷网络游戏，就有点让人想不通。他们靠打游戏混日子，荒废光阴，简直就是一伙没有理想、缺乏学习动力、心智没成熟的混账。”

张晓云说：“我认为网络游戏就是精神鸦片，小孩不懂事不说，我瞧不起那些痴迷网络游戏的大男生，他们就是一伙没脑子的巨婴。不思进取，不学无术，没有责任感，都是些自私自利的家伙，将来必将被社会淘汰。”

女同学发言毕，邓老师说：“下来让班干部说几句。”这回，邓老师的“探照灯”终于停留在了我的脸上。和他四目相对的时候，我心里咯噔了一下。果然，邓老师说：“刘晓晨，你说一下！”

我见大家都在一边倒地控诉网络的危害，灵机一动，从另一个角度展开，我说：“痴迷网络游戏荒废学业是绝不可取的，但也不要因噎废食，要正确看待网络，合理使用网络。譬如我们上网查找学习资料、学习有益的知识，网络毕竟是获取知识的一个重要途径。当然，戒网瘾和戒烟瘾一样，都要具有辨别是非的能力，要有一定的自控力和意志力。我也打过游戏抽过烟——”这话我刚说出口，孙虎就在下面偷偷捅了我一下，低声说：“不要扯远！”我没有在乎他的提醒，继续说：“只有认识到它的危害性，才能下定决心远离它、戒掉它。对待网络，要像鲁迅先生的《拿来主义》中说的，剔除有害的东西，借鉴吸收有益的东西，不能全盘抛弃，一概否定。网络之流行，是时代发展的必然趋势，谁也阻挡不了。”

班长邹长明说：“痴迷网络和早恋一样，都是对某一事物投入过多的精力，被短暂的快乐冲昏了头脑，冷静不下来，最后失去了自我。

我赞成副班长刘晓晨的观点。对于我们青少年来说，现在正是学习长知识的时期，需要放开眼界博采众长，尽量丰富自己。关键是我们一定要分辨得清善恶良莠，有选择地接受，有选择地拿来。只有吸取各种养分，才能健康茁壮成长。”

最后，邓老师总结说：“高中阶段最重要的事就是学习！我知道同学们都有这样那样的兴趣和爱好，有些人早恋，有些人痴迷网络游戏，有些人喜爱摄影，有些人热爱旅游。都先放一放吧！任何事物都要把握好一个度，不要过度痴迷于某一事物。第一步先要努力考一所适合自己的大学，考上大学后再把一些爱好拾起来也不迟。”

下午放学我们从教室出来时，一场秋雨刚过。这场秋雨下得酣畅淋漓，似乎将校园的每个角落都冲洗得干干净净，校园里散发出花草与泥土的芬芳。这场雨好像使校园美得更剔透了一些。

我想，如果一切都有生命的话，校园里的一草一木也一定能听见校园里的声音。夜晚若是风声雨声，那白天便是歌声读书声。草木皆有情，同样能感受到这里每个角落的悲喜。

10

学校图书楼前有一个紫藤长廊，长廊的玻璃橱窗里张贴的是学校各个教研组的全家福以及每个教研组学科带头人的照片及简介。头顶的水泥框架和几道横亘的钢筋被伸向高处的灰褐色的干巴巴的藤条缠绕得密密匝匝。深秋时节，白天阳光透射进来，在地上作画，描摹出一坨一坨的暗影，晚上月光透过藤条筛洒进来，在地上轻描淡写，舞弄出一些不规则的图案。紫藤长廊端直将一座花园一分为二，一半在图书楼前，一半在教学楼前，这紫藤长廊自然成了教学楼与图书楼的中轴线。春天紫藤花开，校园里弥漫着紫藤那浓郁的香味，把人的鼻子逗惹得痒痒的。春天的紫藤长廊绝对是校园里的第一大景观，课余时间，师生们喜欢来这儿溜达一圈，看紫色的小花朵，看橱窗里那一张张笑得灿烂的熟悉的脸庞。夏天，紫藤郁郁葱葱，生机蓬勃，长廊的顶棚被紫藤的枝叶遮蔽得密不透风，以至于阳光也休想钻进来，长廊里一片阴凉，三五只调皮的鸟雀站在橱窗上直叫唤："凉吱吱，凉吱吱——"紫藤长廊成了师生最喜欢的休憩纳凉之所。学生们喜欢来这儿乘凉、看书、朗诵诗词、背诵英语单词、练习英语对话。紫藤长廊是一道风景，看书背诗的学生更是一道道风景。

我发现给我们带英语课的詹老师就喜欢光临这个紫藤长廊。我知道紫藤长廊的橱窗上有她作为学科带头人和优秀教师的照片，但她喜欢光顾紫藤长廊可不是因为这儿有她的靓照。

为了抽出足够多的时间复习，学校争分夺秒，取消了高三年级和我们复读班的早操，每天高一高二年级上早操时，我们上第二节早读，詹老师在教室辅导完第一节早读后，就习惯性地拎着课本顺路再到紫藤长廊转一圈。这儿曾是学校设立的外语角，喜欢口语会话的同学就来到这儿交流切磋。詹老师也许就是那会儿养成的习惯。一日早，我趴在楼梯栏杆上朗读课文，无意间发现詹老师正和孙甜甜、程娇两位女同学说话，接下来几天亦如此。原来詹老师每天早上喜欢去紫藤长廊是为了给这两位来自凤镇的乡下女生辅导英语、开小灶。这两位女生几乎每天早上固定时间在紫藤长廊里出现。深秋时节，不图乘凉，只求清静。我心想，詹老师真好！关心每一位学生，不愿落下每一位学生，不论贵贱。这也许就是她成为学生心目中女神的原因吧！

詹老师待学生好，尤其喜欢那个孙甜甜，常把她叫出去说悄悄话，看她的眼神就像看自己的亲女儿，脸上总溢满了笑意。这一点我们大家有目共睹，只有羡慕的份，人家孙甜甜英语成绩好呗！老师喜欢成绩好的学生，这无可厚非，况且孙甜甜也喜欢詹老师，她们在一起简直就像母女俩。当然，不可避免地，詹老师和孙甜甜母女般的关系也引起了班里别的女生的羡慕和嫉妒，就像一群女儿排斥母亲最疼爱的那一个。似乎把谁也不放在眼里的程娇是个例外，只有她依然和孙甜甜形影不离。我们高四一班的男生私下偷偷扯闲篇，戴亮说，程娇好像是孙甜甜的“带刀侍卫”，鞍前马后不离不弃。靳波说，孙甜甜和程娇好像是一对同性恋，从初中到高中再到复读，从不拆伴。这也许就是人常说的，一个哭的搭一个笑的，性格互补吧。虽然女生对孙甜甜不太友好，但我发现男生几乎人人都喜欢孙甜甜，喜欢她长了一张娃娃脸，喜欢她待人热情开朗、活泼大方。至于孙甜甜，她似乎并不在意别人对她的态度，不计较谁喜欢谁不喜欢，依然整天乐呵呵的，像个欢乐的小鸟。惹得男生们不由得感慨，乡下的女生天真无邪啊！

在一个班相处久了，你会发现城里的女生和乡下的女生是有差别的。当然从衣着上已经很难分辨出，因为现在人们生活水平普遍提高，吃穿用度上城乡差别日趋缩小。那差别究竟在哪儿呢？这个只有我们男生最清楚。天底下对女生最敏感的就是男生，异性相吸嘛，女生那一颦一笑只有男生能破译。紧张的学习之余，排遣疲累的方式有多种，男生们凑在一起，常拿女生开涮，偷偷给班里的女生打分可以算是一种。这可千万不能让女生们知道。男生们一致认为，男生对女生评价的综合分来自多个方面。衣着打扮其实对加分作用不大，容貌固然重要，但气质佳、性格温和、不矫揉造作、待人热情诚恳才是女生身上最大的魅力和亮点，更容易招男生的青睐，拥有这些特点的女生男生最喜欢。城里的女生多有傲气和脂粉味，而乡下的女生清纯质朴。譬如，衣着简朴的孙甜甜不曾见涂嘴描眉，但在男生心目中却光彩照人，因为她见了谁都笑。要知道女生的微笑是最好的妆容，大家都喜欢，因此她得分最高。像段巧兰、张晓云这些城里的女生衣着更讲究一些，偶尔还略施粉黛，但一张脸总板着，一言一行不经意间就会流露出一丝娇气和傲气，总让人觉得有点儿扎势，有点让人不易接近的天生的优越感。当然，并不见得乡下的女生都清纯质朴，见人都免费送上灿烂的笑容。孙甜甜的那位“带刀侍卫”程娇也来自乡下，却不苟言笑，大家都说她明年一定能考上政法大学，将来适合当铁面无私的女法官。她和那个因早恋心灵受到伤害的张晓云待人接物有一比，因此得分最低。

说心里话，詹老师对我也蛮不错，两次月考后帮我分析试卷，让我查漏补缺，而且关心我的生活，路上遇见总嘘寒问暖，像老妈一样啰唆。这与副班长这个班干部身份无关，应该与我上英语课一丝不苟的学习态度有关。老师们除了喜欢成绩好的学生，接下来关注的一定是用功的学生。那些成绩不好又不用功的学生，自然是陪练的或者说白了就是来给学校贡献借读费的，被一些老师不屑一顾也在所难免。我发自内心敬佩詹老师，喜欢詹老师自然就喜欢上她带的课，这个可以用九月、十月两个月我的月考成绩来证明。我英语成绩虽然还未达到理想的高度，但明显是在进步，因此我坚信，只要不断努力，消灭英语偏科的美好愿望一定能够实现。我敬重詹老师，对詹老师有信心，也对我自己有信心。这个不容置疑。

后来我才知道，詹老师喜欢孙甜甜并对她特别关照的原因不仅仅是她英语成绩好，与她贫寒的家境、苦难的经历也有很大关系。当我从孙虎嘴里了解到孙甜甜家里的情况后，对孙甜甜这位看起来弱不禁风的女生大为敬佩。

谁能想到詹老师最喜欢的女生——在班里总笑呵呵的孙甜甜其实是个单亲家庭的苦孩子？

孙甜甜的父母是一对恩爱的乡村小学教师，结婚一年后有了她，一家人日子过得有滋有味。可是，幸福快乐的日子突然被飞来的横祸所打破。父亲在孙甜甜九岁那年不幸遭遇车祸不治而亡，家里一下子失去了顶梁柱。孙甜甜的母亲紧张忧虑、忧思成疾，患上了严重的抑郁症和心脏病，卧病在床，母女俩生活一时陷入困顿。但孙甜甜不自卑、不气馁，非常懂事，敢于直面家庭的不幸和生活中遇到的各种困难。她除了安顿好自己，把自己收拾得清清爽爽，还自觉承担起照顾妈妈的重任。她常常宽慰妈妈，用乐观的心态感染妈妈，让病中的妈妈不颓废不消沉，鼓起生活下去的勇气。在亲戚和父母朋友的帮助下，小小年纪的孙甜甜尽力用她那稚嫩的肩膀撑起这个摇摇欲坠的家。好在几年后国家实行了全民医保，大部分医疗费用得到报销，她们娘儿俩终于挺过了那段艰难的日子。孙甜甜自理能力强，是苦难磨砺出来的。她性格开朗，根本就不像在苦难家庭里长大的女孩子。我们这些男孩子听了她的故事后皆汗颜不已。

孙虎说，上次学校组织的校外住宿生排查，詹老师作为我们高四一班的帮扶教师走访到孙甜甜的租住处，从房东处了解到孙甜甜家里的情况后，大为感动。詹老师掏出三百块钱让房东转交给孙甜甜，让房东说是减免的房租，却被程娇无意撞见。詹老师当即让程娇替她保密。詹老师帮助孙甜甜却不让她本人知道，是为了保护她的自尊心。孙虎让我保证，要替詹老师保守好这个善良的秘密。詹老师用她的爱心、用她的行动，更好地诠释了“老师”的内涵和价值。我暗下决心，明年一定报考一所师范院校，毕业后当老师，向学生播洒自己的爱心和善念，让爱心永远传递下去。

我知道，一个穷苦人家出身的孩子，如果从小受尽屈辱和苦难，如果一直得不到温暖和关爱的话，他将来的人格可能是残缺不全的，他可能会用仇恨的眼光看待这个世界；如果他从小能感受到温暖和爱，温暖和爱就会逐渐融化他心中的冰块，他就会怀着感恩的心，用温和的目光看待这个世界。所以说，教育的责任非常重大，培养一个孩子健全的人格是非常重要的！

我今年已年满十八岁，是一位暂时还被挡在大学门外的复读生，虽然涉世未深，在一些人眼里还乳臭未干，但我知道我已经成人，有了我自己的世界观、人生观和价值观。我用自己的眼睛看世界。这些年我也耳濡目染了一些社会现象，对一些问题有了自己的看法。也许我的看法和思想还比较稚嫩，不够成熟，不够全面深刻，但毕竟是我自己思考得来的。我们高四一班六十二位同学，背后就是六十二个不同的家庭，幸福的家庭千篇一律，不幸的家庭各有不同。六十二个家庭，家家的情况各不相同，家家都有烦恼的事，家家都有一本难念的经，家庭背景、经济状况、家长受教育程度等都影射着孩子的心灵世界，直接影响到孩子日常行为习惯的养成。所以，我认为教育不光是学校的事，家庭也很重要。

都说“父母是孩子第一任老师，也是孩子最好的老师”，这话不假，父母的言行会潜移默化地影响孩子，而父母的言行里，也藏着一个孩子未来的模样。可以说，孩子是父母的一面镜子：你是什么样，孩子就是什么样。

比如说我的同桌孙虎，简直就是他老爸的翻版。

11

我第一次见孙虎他老爸就觉得孙虎绝对是他老子的正宗产品，而且遗传得多变异得少。孙虎和他爸好像是同一个模子刻出来的，那脸型、神态、举止、声音简直像极了。

那是一个周末下午放学后，因为晚上不上晚自习，我和孙虎、戴亮、徐力宏和靳波几个照例要踢会儿球释放一下积攒了一周的能量再回家。我们在操场上吆喝了几位球友踢小场，踢得正欢实，忽然听靳波喊：“虎子，你爸找你。”顺着靳波手指的方向，我看见操场边站着一位穿皮夹克的大个子成年人正在向我们这边招手。孙虎当即迎着他老爸跑了过去。孙虎和他爸说了几句话后，又折返回来兴冲冲对我们几位喊：“休战！休战！我老子今天有空，请咱哥儿几个吃饭！说给哥儿几个改善生活。大家说，想吃啥？”戴亮和靳波眼睛一亮，齐声说：“串串香！”

徐力宏也随声附和说："好！就吃串串香。"孙虎见我未吭声，盯着我，用眼睛征询我的意见，我笑而不答，把大拇指摇晃了几下让他看。

我们简单收拾了一下。要去白吃嘴嘛，就顺势拍了孙虎他爸一阵子马屁。赞美的话谁都爱听，孙虎这家伙咧开嘴呵呵笑，很受用。出学校大门，一辆军绿色的越野车停在路边。孙虎他爸拉开车门站在驾驶室旁笑嘻嘻冲我们招手。

我不由得多看了孙虎他爸几眼，发现他爸很潮，而且不是一般的潮。这潮充分表现在他的发型和衣着上：已经四十出头的人了，却留一个金大帅的发型，一件大开领皮夹克配一件土红色羊毛衫，显得颇年轻，精气神十足，用一句时髦话说就是，拉风得很。

孙虎长得壮实，屁股大，占地方，加上是他家的车，他也没谦让，径直上了前排的副驾驶座，我和戴亮、徐力宏、靳波坐在后排，两人前倾，两人后仰，前后一搭配，也不显得挤。

孙虎说："去吃串串香。"他老子应声道："好！"然后扭过头来问："靳波，还尿床不？"他这样别致的问候方式一下子把我们全逗乐了。靳波的回答也出乎我们意料，他说："喝醉了才尿。还记得过年你喝醉了我和虎子把你抬上床那回不？你今天把我灌醉了，我也学你，尿一回床。"看样子，靳波和孙虎他爸很熟悉，熟悉得能随便开玩笑，互相调侃。我觉得孙虎身上的油滑劲也是从他爸身上传承下来的。

孙虎他爸待大家在车上坐定后，乐呵呵说："去哪儿吃串串香？今儿把靳波这碎尿灌醉，让他晚上尿床！"显然，这话是对坐在副驾驶座上的孙虎讲的。孙虎尚未开口，靳波却抢着说："去广场南路，广场南路新开了一家串串香。我舅家在江岸龙驹小区，我天天放学从那儿经过，只是还没有进去品尝过。今天孙叔请客，我就放开肚皮吃一回。"孙虎这才说："行，那就去广场南路。"别看靳波平常是孙虎的跟屁虫，对孙虎言听计从，其实，孙虎也是蛮照顾靳波的。前面已经介绍过，这两个在一起可以说是油条配豆浆，酸菜配糊汤，绝配。

我们这座小县城，广场南路的热闹繁华暂时仅次于我们学校所在的北新街。广场南路主要是以餐饮为主的一条街，川粤湘鲁大菜，南北风味小吃，在这条街上应有尽有，加上宾馆、超市、歌厅等，家家生意兴隆。广场南路连接着北面的陵园路、中心广场和南面的龙驹大道、江滨大道，人来车往，是县城的一条交通要道。

军绿色的越野车在熙攘的街道上缓缓而行。经过北新街，穿过中心广场后向南拐入广场南路。

“就是这家。”靳波手一指，孙虎他爸慢慢把车往路边靠。待车停稳，我们五个同学先下了车。

这家新开张的串串香店叫“牛B串串香”。我们看了店名，相视而笑。我觉得这店名挺有意思，不知是老板牛B还是串串香的味道牛B？反正现在一些商家啥名字都敢起，越有个性、越吸引人眼球的名字越吃香，也不管这名字是否污染人眼睛，是否影响人心情。

店门口两边各放置着一溜花篮。靳波走在前面，我们几个随他鱼贯而入。周末嘛，吃货甚众，人声嘈杂，汤锅滚滚，热气腾腾，一股麻辣鲜香的味道扑鼻而来，一下子勾起了肚里的馋虫，我不由自主地咽了一口口水。靠近大门的七八张桌子坐满了，我们只好往里走。幸好，里面尚有一张空桌。孙虎以东家的口吻说：“看样子我老子这两天挣钱了，高兴，大家放开肚皮吃，不吃白不吃，不要客气。”

孙虎他爸跟上来，听见了儿子的话，不但不恼，还乐呵呵地说：“哈哈，虎子说得对，放开肚皮吃，不吃白不吃。”孙虎没想到老爸这么快就泊好车了，跟在后面呢，他吐了吐舌头，有点尴尬。我们几个见状都忍不住笑了。

孙虎忙向他爸介绍我们几位，孙叔微笑着一一点头算是打招呼。我们自知是秃子跟着月亮沾光呢，有点受宠若惊。看来这爷儿俩关系挺融洽的，就像哥儿俩。这让我暗自羡慕。老爸虽然待我好，也关心我，也温暖，但跟我有距离感。

孙叔喊来服务员说点个麻辣大锅，然后对大家说："都别愣着嘛，自己调汁碗，选自己喜欢吃的菜，随便拿。"靳波听了，毫不客气，第一个拎着菜筐屁颠屁颠去选他喜欢的菜了。接着，大家各自拎了菜筐去菜柜选菜。

孙叔待大家把菜选好，围着汤锅坐定，说："你们几个咋这么腼腆？往虎些，下下下，把菜先下进去。"他一语未了，大家稀里哗啦齐动手，一阵子，汤锅里菜下得满实满载，锅沿竹签摆成一溜。

未等汤锅沸腾，孙叔从口袋里掏出一包"中华"香烟，拎出一支，顺手把那包烟放在面前，然后掏出打火机点着，美滋滋吸了一口。孙虎瞧了一眼烟盒，立即扭过头去。这细微的动作让我瞄见了，我知道，孙叔的动作勾起了孙虎的烟瘾，但孙虎故意装得一本正经。看样子他爸似乎还不知道他抽烟的秘密。

孙叔嘴里吐出一缕白烟，磕了一下烟灰说："我知道念书辛苦，尤其你们复读生，还有无形的压力。可今天是周末，放松一下，喝一点酒没事吧？"他好像是在问大家，又似乎是在自言自语。我和戴亮、徐力宏与孙叔尚不熟悉，不好意思接话，靳波早已按捺不住，说："叔啊，你大小是个老板，喝酒还用问？我们都是成年人了，高中毕业证都拿到手了。请客不让喝酒哪算请客啊？刚才还说要把我灌醉呢，现在又问喝不喝，不是诚心诚意请客啊！"靳波一连串的奚落一下子把孙叔噎住了，他想让喝又害怕把谁喝醉了左右为难的心思，我看得出来。他看了一眼孙虎，孙虎一脸坏笑说："喝，没事，量大着呢，靳波早等不及了。""那就喝，那就喝！"孙叔边起身边笑呵呵指着靳波说："把你个碎㞞灌醉！我到车上取酒。"说完转身就要往外走，孙虎说："不喝高度酒，就喝'江小白'吧，二两装的。"

孙叔听了儿子的话，当即驻足，冲吧台的服务员喊："先拿六瓶'江小白'。"

"江小白"尚未拿来，汤锅先咕里咕嘟滚开了。孙叔说："快吃快吃，吃一阵儿再喝！”孙虎带头，大家也不腼腆了，也不拘谨了，肚里的馋虫早提出抗议了，我们都恨不得喉咙再伸出一只手来，顾不得说话，咥！先填饱肚子再说。

“江小白”来了，一人面前端直站了一瓶。

吃完一锅，孙虎嫌竹签麻烦，说：“把菜捋下来煮。”菜筐里的菜被一扫而空。各种菜肴在锅里咕里咕嘟翻滚，发出一波又一波幸福的呻吟。

孙叔一支烟抽完，又续了一支，一边吸烟一边吃菜。我这才明白孙虎为啥烟瘾大，原来老子英雄儿好汉，上传下效嘛。

袅袅香烟和汤锅冒出的团团热气升腾起来，在我们头顶融为一体。大家知道决不能辜负了这爷儿俩的深情厚谊，放开肚皮吃，吃得嘴唇流油，头上冒汗，吃得酣畅淋漓，红光满面。

孙虎和靳波又去添了几回菜。我们大快朵颐。

孙叔估摸大家吃得差不多了，发话说：“开始喝酒！”

我们站起来碰杯。

孙叔、孙虎和靳波三人属豪放派，一人一口就下去了一大半，我和戴亮、徐力宏三人属婉约派，含蓄地抿了一小口。

我们都喜欢“江小白”，因为“江小白”最适合我们这些涉世未深囊中羞涩的学生娃的口味。

“江小白”有三大优点：一是度数低，不易醉；二是容量小，好刹闸；三是它身上的广告词温馨贴心，说出了我们的心里话。那广告词就像几个年轻人微醺后富有诗意的蕴含人生哲理的独白。我们各自拿起自己面前的那一瓶欣赏。孙虎那一瓶写着：“老同学重逢的话题，永远逃不出读书时的囧事。”戴亮那瓶写着：“有些事，看破容易，看淡很难。”孙叔那一瓶写着：“放下的极致不是忘记，而是敢回忆。”我拿的那瓶写着：“人生，最重要的时刻就是现在。”徐力宏那一瓶写着：“纵然时光流逝，我们依然年轻。”孙叔是初识“江小白”，他见我们对“江小白”身上的文字感兴趣，也饶有兴致地念叨起上面的文字来。

我们又一次碰杯，个个兴奋得就像汤锅里的菜肴。

孙虎是少东家，他提议耍一阵子游戏。

吃人嘴软，我们积极响应。

我划拳还是上一次在孙虎的租住处学会的，只是好长时间没实际操练，有点生疏。是呀，业精于勤荒于嬉嘛。

我们激动不已，划拳、摇骰子、大压小、老虎杠子鸡、猜牌、数数字，施展了十八般武艺，开心得一塌糊涂。

当然，闻道有先后，酒量有大小。我和戴亮、徐力宏一人一瓶慢慢啜饮，尚没喝完，孙虎和靳波已干了两瓶。孙叔饮完第三瓶后见大家耍得开心，颇有感慨地说：“你们可都是虎子的好朋友。我为啥要让虎子复读呢？就是想让他考上大学，做一个有知识有文化让人瞧得起的人。我那时没考上大学，没文化，在社会上浪荡，出苦力，总让人瞧不起。”

孙叔用纸巾擦了额头上的汗，又抹了一把嘴，瞄了一眼孙虎，长叹了一声，继续说：“我们那个年代，物资匮乏，家家日子都难熬，我们农村的娃，只有下苦考上大学，才能改变自己的贱命。那时候，考上大学就相当于端上了铁饭碗、吃上了商品粮，有了一份不用愁吃喝的正式工作，娃将来也跟着吃商品粮。这就意味着从此脱离苦海，不再修理地球了。那时候管理严，不像现在可以随便出去到任何地方打工，我们农民的娃，只有跟着老爹到地里种庄稼、担尿桶、挣工分，再吃苦受累也让人瞧不起。好在后来国家政策好了，社会活泛了，农民娃能吃苦肯出力也能混出名堂。但是，没知识没文化总是会让人看扁，所以你们一定要好好学习，你不学习腰就硬不起来，就永远低人一等。”孙叔说完，脸色凝重，似乎沉浸在他经历的那些艰难困苦的日子里。

我曾听靳波说过，孙叔在凤镇办了一家石材厂，生意时好时坏，贷的款让他心里有压力，推销产品要跑关系看人脸色，也不容易，所以一心一意想让儿子考上大学将来吃旱涝保收的公家饭。

12

秋风把落满一地的枯叶打扫干净的时候，冬天就快要来了。

郑校长怕冷，也许是年龄大了的缘故，还是深秋季节呢，他就早早穿了一件老款式的羽绒服，戴一顶咖啡色毡帽，脚蹬一双笨重的老式棉皮鞋，俨然已是一身冬季装束。他背抄着手从我们面前昂然走过，校园主席台前的路灯把他的身影拉得好长。

看见郑校长着一身走在季节前面的装束，我和几位同学忍俊不禁。当然，深秋的早晨，能感觉到一丝寒意，可大人都说我们学生娃是火蛋，不怕冷，没有郑校长对低温天气那么敏感。

在县中上高中这三年多，几乎每天早晨天未亮我走进校园时都能碰见郑校长那熟悉的身影。别看他秋冬季走在季节的前面，春夏季却总落在时令的后面，麦子黄时，他还一身春天的打扮。他一张黝黑的脸，搭配一身不合时宜的衣着，走在大街上颇像一位饱经风霜的资深老农民。在校园里，不认识他的人都把他当成了环卫工人，或者哪位教职工来自农村的老父亲。同学们常提到他，大部分人是敬仰他爱戴他的，说像他这样一心扑在工作上、身先士卒、公而忘私的好干部，在当今社会已成“熊猫”了。也有个别人对他任劳任怨的事迹不置可否，说他好像是为了谋取好名声而故意在作秀，是校园里最擅长表演的小官吏。这种说法我不赞同。

校园里流传着不少关于郑校长的趣闻逸事。

我曾写过一篇赞美他的作文。那是去年冬日的一天下午上课前，郑校长在校园例行巡查时，发现学生厕所的水漫溢到楼道上，他当即脱了羽绒服，也不嫌冷，也不怕感冒，就钻到厕所里开始疏通水道。等后勤处的水电工得到消息拿着工具赶来时，他已收拾妥当。郑校长从厕所出来，棉皮鞋湿漉漉，毛衣袖子湿淋淋，手腕处露出乱糟糟的毛线头。搭眼一看就知道那毛衣是穿了多年的老古董，他却毫不在意，不声不响地穿上了挂在楼道栏杆上的羽绒服。这一幕正好被正要上厕所的我看见，我被他不怕脏累的举动深深地感动了。这件生动感人的事迹当即被我写进了那周的作文里。

这篇作文自然又得到了邓老师的好评。在接下来一周的作文课上邓老师讲评我那篇作文的情景我至今记忆犹新。

“细致入微的细节描写，绘声绘色的肖像描写，让人物生动形象跃然纸上。而发自肺腑充满深情的赞美让人物形象更加饱满，真实可信……”邓老师讲评完我的作文后，意犹未尽，延续着我对郑校长的赞美。他说，郑校长几乎每天都要去学生厕所转一圈。他曾在教职工会上说，看一所学校管理得好不好，去厕所瞧一瞧就知道了，厕所干净卫生的学校，一定是所好学校。卫生是学校的脸面，最能体现出学校的精神风貌和文明程度。郑校长经常在校园里捡烟头纸屑，是出于责任心。榜样的力量是无穷的，于是上传下效，爱护环境、讲究卫生的良好习惯在校园里蔚然成风，干净整洁的校园环境成了学校的一大亮点。

为了满足同学们对郑校长的好奇心，为了教育学生做好人，邓老师又饱含深情地讲了郑校长的几个故事。

一次，一淘气学生上课睡觉，老师拧了一把学生耳朵把他叫醒，这学生不服管教并顶撞谩骂老师。老师也没控制好自己的情绪，和学生发生了肢体冲突，结果学生回家告诉父母说老师欺负他。学生家长是个土豪，没文化，平常飞扬跋扈惯了，也不问青红皂白，当即带了一帮人到学校大吵大闹一番后气势汹汹地找到郑校长，质问郑校长是怎么管教老师的。郑校长不卑不亢，耐心地给他讲道理：“自古强权不欺负学校和庙宇，富甲一方的富翁、权倾一方的官吏，甚至无法无天的土匪，都不欺负学校和寺庙，因为学校是传播爱和善的，寺庙是普度苍生的。老师也是活生生食人间烟火的普通人，孩子捣蛋如果不教育，如果睁一只眼闭一只眼，那是不负责任。老师虽然打人骂人不对，但必要的惩戒也是应该的。教育不是万能的，但身为教师不教育学生是万万不能的。你带人到学校闹事，以后谁还敢管教你娃？你娃以后还会把谁放在眼里？”他一席不软不硬的话说得那位家长哑口无言。家长见郑校长衣着简朴、言语质朴、态度诚恳，幡然醒悟，对自己的莽撞行为后悔莫及，当即给郑校长鞠躬致歉，教训孩子后又心悦诚服地领着孩子给老师道歉。郑校长一席话化解了一次“校闹”，这件事一度在社会上被传为佳话。

郑校长年少时家境贫寒，因而养成了十分节俭的习惯，不打牌不喝酒，烟却一直戒不了。他常装两种烟，左边口袋装五块钱一盒的猴王烟，供自己抽；右口袋装芙蓉王或者软中华，给客人抽。可有时忙起来，一急，就掏错了，给人家领导掏出猴王烟，发觉不对，再手忙脚乱地更换，被人当作笑谈。人家揶揄他说：“你是全国优秀教师，省劳模，享受国务院特殊津贴的教育专家，又是省重点中学的一把手，吃香的喝辣的简单得和一一样，啥烟你抽不起？做缩手缩脚撒不展的小气鬼，不光影响你自己声誉还影响学校形象，你就不怕别人笑话？”郑校长回应说：“组织待我不薄，工资待遇确实不低，但除了养家糊口照顾老人外，我还要供一个研究生、一个大学生上学。我烟瘾大，自己买高档烟抽不起，花公款又寝食难安，良心上过不去。我就是我，我喜欢这样，别人爱笑话就让他笑话去！”

邓老师讲起郑校长的故事来简直是如数家珍。他说，郑校长原则性强，从不占国家便宜，不揩公家油水。他的艰苦朴素是出了名的，有时候几乎到了不近人情的程度。他节省办公经费，节省水电费，节省差旅费。比如他带队出外考察学习，除了到处找住宿费偏低的酒店，还要求三个人住一个房间，一个人打地铺，吃饭专门找小饭馆，吃家常饭，掐尺等寸，不乱花学校一毛钱。和他一起出过差的人都戏说，他简直就是新时代的梁生宝，愚透了！

郑老师对郑校长的“吝啬”行为却充满了敬意。

他充满深情地说，郑校长出身不好，长了一张忆苦思甜的脸，长了一副老农民的胃，他吃不了山珍海味，爱吃烤红薯和糊汤面。可是时代不同了，现在物质充裕，人民生活水平普遍提高，早已不是那个物资匮乏的年代了，他这样不同寻常的做法让一些领导和老师不理解，认为他抠门、迂腐，故作高尚，对他颇有怨言：“学校又不是没钱，学校的钱又不是你家的，管那么紧干吗？”还有直接骂他虚伪的。但他不为所动，黑脸一板，六亲不认。经商的老板想方设法巴结领导是因为有利可图，但他们都不愿意和郑校长打交道，嫌他太抠门。老板们挣不到学校的钱，反而被他劝说着要给学校的贫困生捐助。

郑校长对商家抠门，救助贫困学生和困难教职工却毫不吝啬，除了学校的救助金和慰问金，他还亲自跑工会、跑民政部门、跑一些财力不错的企业，求爷爷告奶奶为困难师生联系资助。一些教职工因此对他感激涕零，一提起郑校长就赞不绝口。

郑校长最大的特点就是敬业。每天学生早读前，他第一个早早站在教学楼前，迎接师生们来学校；每天晚自习结束后，他站在主席台前送师生们回家。他的一言一行、一举一动，完全是发自内心，绝不是在作秀和表演。

郑校长习惯每天上午在校园里走 S 形线路，检阅一下他的主要阵地和部属，等上课后校园里安静了，他才走进他的办公室接待老师、家长，处理公务。他简直就是一台永不停歇的机器，是一个工作狂。郑老师讲完郑校长的故事，让我们全面细致地了解了一个有爱心、有温度的郑校长，一个让人发自肺腑敬佩的郑校长。

13

第一节语文课下后，课间休息上厕所时，孙虎又忍不住想抽烟，就让靳波同学出去给他放哨，靳波嘟哝了一句就出去了。戴亮说：“虎子，你年龄不大烟瘾挺大，再过一段时间要超过郑校长了。”我说：“不要把郑校长当反面教材，说郑校长烟瘾大其实是冤枉他老人家了，教政治的李老师和教物理的杨老师可都比郑校长烟瘾大。”孙虎从鼻子、嘴里吐出一股烟，那烟顺着他的鼻尖、头发袅袅而上。他似乎有意摆脱那股烟雾，摇了摇头，说：“错、错、错，要说烟瘾大，他们都不够格，我在凤镇中学读初中时，有个姓邢的老师才是个大烟鬼，咱学校这几位先生和邢老师一比简直是小巫见大巫，不在一个档次。邢老师烟瘾大，不是一般的大，人家是手不释卷，他是嘴不离烟，食指和中指被烟熏得黄亮黄亮的。我们给他起了个绰号叫‘金手指’。‘金手指’以前常因抽烟让女学生告到校长跟前，他也不收敛，上课时实在憋不住，在教室恳求学生说：‘我一堂课就抽一两支好不好？我唯一的爱好就是抽烟，我不抽烟灵感就没有了，激情也没有了，课也不会讲了。’男同学就说：‘你抽吧抽吧！抽支烟有啥了不起，谁再给校长打报告就是蒲志高！’蒲志高是电影《红岩》里的人物，他背叛了革命，出卖了江姐，最后被双枪老太婆击毙。邢老师他们那个年代的人都熟悉蒲志高，邢老师看不惯谁骂谁就说谁是蒲志高，这是那个时代给他心灵上留下的烙印。他教的学生自然知道，就借老师骂人的话骂人。女同学从此就再也不敢向校长打小报告了。反正打小报告也没用，学校老师一个萝卜一个坑，少一个人别人就要替他上课。邢老师就在教室肆无忌惮地抽烟。也许是耳濡目染吧，我们班男生一上初三几乎有一半人抽烟，校长和老师知道了也睁一只眼闭一只眼，担心批评重了娃辍学跑出去打工，老师就成了光杆司令。所以，一般都是哄说着，稀泥抹光墙。乡下的学校只要不出乱子安安稳稳就烧高香啦。”

我说："天底下竟然有这样龌龊的老师，教师的脸让他丢尽了，真是奇葩！"孙虎说："你们城里娃，基本上受的都是良好的教育，哪里知道乡下的学校是怎么将就的。乡下的老师经常不够用，就请代教，动不动就上自习课。你们是饱汉不知饿汉饥，白天不知道夜的黑。"戴亮说："走、走、走，甭谝了，赶紧走，马上上课了。"

我们刚从厕所出来，上课铃就响了。大家撒腿就往教室跑。

第二节是数学课。王老师穿得整整齐齐，已在教室门口端直站着。

我屁股刚挨着板凳，班长邹长明就锐声喊道："起立！"王老师和往常一样习惯性地和同学们互致问候后，一拧身就在黑板上写了一道题，然后开始用他的醋熘普通话讲解，一边讲一边在黑板上写板书。

王老师刚讲完一道小题，突然，扑通一声，似乎是谁从座位上溜下去了，接着传来桌子板凳挪动的声音。根据声音位置判断应该是段巧兰，就是去年因生病耽误了复习未能参加高考的那位女同学。哗啦一下，周围的同学全站立起来，手足无措，慌作一团。王老师急忙从讲台上跑下来问："咋啦咋啦？"张晓云慌里慌张说："不知咋回事她突然就晕倒了。"我同桌孙虎和坐在第四排的戴亮已经快步走过去，将软成一摊泥的段巧兰扶起来。段巧兰头耷拉着，脸色煞白，双目紧闭。我说："戴亮，你先去医疗室，让校医准备一下，我和孙虎送段巧兰，随后就到。"我接过戴亮扶段巧兰的一只胳膊，戴亮急匆匆跑出教室到校医疗室通知校医去了。段巧兰软绵绵的立不住，徐力宏和靳波也过来帮忙扶，搀扶不成只有背，此时，我已顾不得男女有别，自告奋勇说："让我来背吧！"长得壮实的孙虎已抢先弯下腰，说："别争了，还是让我来！"我和徐力宏、靳波帮忙把段巧兰扶上孙虎肩膀，然后跟在孙虎后面，匆匆下楼。

经过保卫处值班室时，两位值班的校警见我们急匆匆的样子，关切地问："需要帮忙不？叫 120 了吗？"我们则一言不发，刚开学时在保卫处挨的那难忘的一耳光，至今记忆犹新，还是敬而远之吧！只是，我不由自主地瞟了一眼，没见那个巴掌有蒲扇大的胖校警。也许他早把我忘了，可我忘不了他。

中途我和徐力宏、靳波要换孙虎，让他歇会儿，孙虎不应声，噔噔噔一直小跑着把段巧兰背到医疗室。校医已和戴亮站在门口等候，和我们一起把段巧兰从孙虎脊背上接下来抬到病床上。孙虎这才坐在凳子上喘粗气，脸上汗珠滚豆豆一样，靳波急忙掏出纸巾递给他。

校医号脉的时候，段巧兰已缓缓醒过来，睁开了双眼，一副没精打采的样子。校医看了她的症状，问她吃早餐了没有，段巧兰摇摇头。校医说："你是低血糖吧？"段巧兰点了点头。校医倒了杯白开水，接着从抽屉里取出一些饼干让段巧兰吃，然后转过身对我们几个说："没事了没事了，让她再休息一会儿，你们去上课吧！"

回教室的路上，大家唉声叹气的，靳波说："上学苦啊！早出晚归，夜以继日，做不完的题、看不完的书、背不完的公式和定律，两周只能休息一天，没有一个好身体真熬不下去。"

第三节课时，段巧兰和她同桌张晓云手拉手走进教室。段巧兰红云满面，羞涩地向全班同学打招呼以示感谢，看样子身体已经恢复了。同学们全站起来鼓掌。

下午放学，我和孙虎、戴亮、靳波几个有说有笑走出学校大门。眼前的情景让我们几个大吃一惊。只见大门西侧路边围了一大帮人，吵吵闹闹的，似乎发生了什么事情，围观的人一个个抻着脖子瞪大眼睛，两辆小车慢腾腾地在路中间晃悠，司机摇下车窗玻璃向外张望，不管不顾后面的车辆按喇叭，一位骑自行车的小伙也刹了闸，一脚撑在地上，另一只脚踩着脚踏板歪斜着身子向人窝里瞅。一片嘈杂喧闹声中，却清晰地听见路边烤红薯的老头被客人训斥着："烤着了！烤着了！咋搞的？眼睛往哪儿瞅？"接下来是老头一连串的道歉声。此刻，我闻到空气中弥漫着一股浓浓的红薯烤煳了的味道。

我们站在学校西侧储蓄所的台阶上居高临下才看清楚，人群中两个小青年拽住两个穿校服的学生不让走。那俩小青年满脸酡红，两眼迷离，双腿拌蒜。靳波灵巧，一闪身钻到人窝里，折返回来后气呼呼地说："两个醉汉惹事，缠住几位学生让给他俩买烟抽。胆大包天，光天化日之下竟敢明目张胆敲诈勒索，活脱脱就是土匪嘛！"孙虎和戴亮一听，脸色瞬间就变了，当即揎拳捋袖。我尽管心里堵得慌，手痒痒的，但怕惹不必要的麻烦，就拦住他俩说："沉住气，不着急！先报警再说！"经我提醒，孙虎忙从兜里掏出手机拨号。我们下了台阶，学校门口又传来一阵喧闹声，我扭头看见保卫处冀主任领着四位校警，手执警棍从学校跑出来，围观的人群自觉闪开了一条道。冀主任和四位校警将几个当事人围了起来。

看来早有人给学校保卫处报警了。谁知那两个醉汉气焰嚣张，根本没把冀主任和校警放在眼里，仍拽住学生胳膊不放手，口出狂言，继续撒泼。冀主任一改往日文质彬彬的模样，手一挥，一声令下，几位校警当即上前扭住两个小青年胳膊。一个没敢抵抗，乖乖就擒；另一个却不老实，扑腾着、谩骂着，胡挖乱抓，扯住一位校警的衣领。那校警不假思索，手一扬，啪一声脆响，一耳光就把那醉汉打醒了。他愣怔了一下，乖乖地不敢动弹了。

那一巴掌又快又准，爽极了，众人都乐了，一片喝彩声，说："打得好！打得好！欺负学生娃，活该！"

这时，一辆警车鸣着警笛来了，车上下来三位民警。

两个醉汉被民警带走了。冀主任和校警们也返回学校。人群慢慢散去，路上的交通也恢复正常。摆红薯摊的老头又开始吆喝："烤红薯，烤红薯——"

说心里话，自从开学初我在厕所抽烟被校警抓住并挨了一耳光后，我心里的疙瘩一直解不开，看见几位校警总觉得不顺眼。上周日晚自习，一帮小混混在学校门口殴打学生，冀主任和几位校警出去制服了几个小混混。我看见冀主任衣服被撕扯烂了，眼镜腿儿断了，一位校警鼻子挂了彩……想起抽烟挨的那一耳光，我还幸灾乐祸。

今天又一次看见校警们为了保护学生不受欺负跑得气喘吁吁。那一声脆响，真的解气，把那个醉汉打醒了，也把我憋在心里的疙瘩解开了。一瞬间我释然了。那个让我纠结了几个月的耳光哟，一直压在我的心头，这下好了，想通了。

我为我因挨那一耳光对他们耿耿于怀感到羞惭。

我们常见冀主任和那些校警在校园里巡逻，觉得他们似乎是多余的，是一件件闲摆设，可是，当师生遇到危险、受到威胁时他们却不顾一切挺身而出，置自己安危于不顾。他们起早贪黑，任劳任怨，他们卑微却伟大。我突然觉得自己心眼太小、心胸太狭隘了。

14

教室外面忽然就起风了。冬天的风逞二杆子劲，伴着尖锐的哨音张牙舞爪狂呼乱叫，把教室外那棵高大的杉树吹得站立不稳、左右摇摆，把教室的玻璃窗冲撞得啪啪作响，不停地颤抖，如被撞疼了一般痛苦地呻吟。两个窗户未来得及关闭，窗帘被风吹得鼓胀起来，似乎要努力挣脱束缚它的绑带，形成两个巨大的鼓胀的布罩，这形状很容易让人浮想联翩。

孙虎瞄见，迅速掏出手机将这稍纵即逝的瞬间抓拍了下来。课桌上一直沉默着的课本、作业本和教辅资料被风催促着纷纷发言，哗哗啦啦一阵子如风中的旗语，课桌上几只中性笔也被风吹得骨碌碌滚落到地上。坐在窗前的同学一时手忙脚乱，急忙关窗户，那个被狂风即兴创作出来的尤物如泄气的皮球猝然干瘪下去，恢复了窗帘的本来面目。正在上课的邓老师和同学们异口同声惊呼道：“好大的风啊！”

邓老师笑嘻嘻说：“风不识字也喜欢读书，喜欢往教室钻，虽然影响了课堂纪律，但好学的精神还是值得赞扬的。”同学们被邓老师俏皮幽默的话语逗笑了。邓老师挥了挥手说：“同学们，一个人要经得起风吹雨打，排除一切干扰专心致志学习才能学有所成，读书时偷的懒，要用一辈子来还。元旦快要到了，让我们集中精力，勤学苦练，以最好的精神状态迎接新的一年吧！”

邓老师不失时机地督促教育我们，让我们不敢有丝毫的懈怠。

我蓦然觉得邓老师的话和昨晚老爸说的话几乎一模一样，中心思想都是让人振作起来，再加一把劲。我理解家长和老师的良苦用心，他们的目的就是让我们勤奋努力，争取考上一个心仪的大学，拥有一个美好的明天。但是他们太啰唆，忧虑过度，总对我们不放心。其实每个复读生心里都明镜似的，我们顶着各种压力复读可不是来偷懒混日子的。

我认为，对于高四一班大多数农村学生而言，高考的意义并没有改变，它依然是改变命运的唯一途径。俗话说“穷人的孩子早当家”。穷人的孩子没靠头，不当家又有啥办法？早当家是被逼出来的，大人若不能为你遮风挡雨，你就必须努力奔跑。况且，高考是相对公平的，可以不比爹娘，通过自己努力就能改变自己的命运。

想想也是，当官的神通广大，有钱的八面玲珑，何愁给儿女找不到工作？哪家的少爷公主吃饱了撑的心甘情愿来受复读的罪呢？“一年高三苦，三年不看书”，何况复读补习是对一个落榜者心理的严峻考验。要复读，首先要经得住心里的煎熬。复读就是来受二茬子苦的，谁听说过哪个当官的有钱人家的公子小姐是自愿来学校复读的？

说心里话，我之所以选择复读，选择补习，选择多受一年煎熬，是因为我天性倔强不服输的性格，想要改变自身命运的想法，还有渴望自己能被社会认同、被人们尊重的虚荣心，以及对未知领域的好奇。我常常想，人家能考上一所“985”或者“211”学校，我为什么不能？我不缺胳膊少腿，也不比别人智力差，只是不够勤奋而已。

风继续野蛮地敲打着玻璃窗，可大家不屑再理它，注意力全集中到邓老师讲解的一篇古文赏析上。风又肆虐了一会儿，也许是自觉无趣，便渐渐悄无声息了。

大家正专心听讲，突然又传来一声咆哮，吓得人一哆嗦，接着又是一阵乒乒砰砰的声音。大家面面相觑，本能地寻找噪声源。让大家惊奇的是，这声音不是来自窗外，而是来自我们前排靠北边的那个位置——噪声源自姚文武同学。

姚文武，就是那个从州城来的同学，在语文课上做数学题，人在曹营心在汉，整天坐在教室发呆不与人交流，极有个性。前几天他同桌就发现他不对劲，说他一会儿自言自语，一会儿又兀自发笑，一会儿又痴痴地盯着窗外发呆半天不吭声。他同桌汇报给我和班长邹长明，我俩汇报给邓老师，邓老师又汇报给学校政教处和保卫处，政教处让通知家长。家长前几天就已通知了，可不知为何一直没见家长来学校。让大家担心的事，终于在课堂上发生了——

姚文武同学突然撒气似的将课桌上的课本、教辅资料和作业本一并掀翻到地上，然后手舞足蹈，声嘶力竭地喊叫。他不知为何突然来了这么大的劲，一系列粗鲁的动作把他周围的女同学全吓坏了，三人蜷缩在座位上瑟瑟发抖，一个尖叫着直接跑出了教室。邓老师也惊得变脸失色，从讲台上跑下来，站在姚文武面前喊他的名字，想安抚他。姚文武同学似乎不认识邓老师了，他目光呆滞，对邓老师的喊话没有任何反应。

姚文武同学的一系列举动和他平常的表现判若两人，虽然很让人吃惊，但是我们男同学不怕，因为姚文武同学人长得瘦小，戴副眼镜显得文弱，而且手里没有武器，对其他任何一位男同学都构不成威胁。我和孙虎、戴亮几个男同学也围拢上去，齐声喊他的名字，想把他喊醒，或者让他安静下来。

此刻，姚文武同学脸色煞白，头发蓬乱，尽管行为反常、嘴里哇哇地喊叫，却并没有攻击人伤害人的意图。他喊叫了一会儿好像用尽了全身所有的力气才逐渐安静下来，两眼茫然地瞅着大家。这怪异的一幕让人觉得刚才似乎有什么东西突然附着在他的身体上抑或是哪根弦绷得太紧突然间断裂了。正在隔壁班上物理课的杨老师不知我们班发生了何事，满脸疑惑急匆匆过来看究竟。

邓老师见我们几个已将姚文武围起来了，赶紧走到教室外面去打电话。我们一边安抚姚文武同学，一边将他掀翻到地上的物品一一捡起来。一阵脚步声响，冀主任领着几个校警来了。

冀主任和颜悦色地牵着姚文武同学的手走出了教室。

我们知道，快乐的心境来自对自己情绪的严格管理，遇到困难和挫折，一定要调整好自己的心态，努力克服困难，正确面对挫折，而不是被困难和挫折吓倒。我觉得姚文武同学可能是因为学习压力太大或者是家庭突发重大变故他承受不了才突然崩溃的。我们同学之间私下常开玩笑说谁的脑子进水了或者脑子花板了，意思就是说谁不对劲了、不正常了。显而易见，我们这代人缺乏挫折教育。

但不管咋样，与我们朝夕相处的同学突然间成了这样子，一下子让人难以接受。

下午，听说姚文武同学被匆匆赶来的几位亲戚从保卫处领走了。

第二天，和他同租一家房子的同学说，姚文武同学的母亲前几天突发疾病去世了，家里人没有告诉他，他不知他从哪儿得到了消息，昨晚哭了一宿。姚文武同学家庭困难，对自己要求又高，思想负担重，学习压力大，今年高考结束后就患上了抑郁症，整天吃什么草酸艾司西酞普兰片，也没见效果。他前两天就情绪反常，神情恍惚，胡言乱语。一会儿自称是县长，上要管天，下要管地，中间还要管空气；一会儿又说他是校长，说杨老师只管教不管学，说李老师逻辑思维差。他一会儿讲微积分，一会儿讲万有引力定律，一会儿又讲氧化还原反应；一会儿用普通话讲评毛主席的《沁园春·雪》，一会儿又用家乡土话讲鲁迅《药》里的夏瑜和华老栓；一会儿白眼一翻，讲鲁迅的《狂人日记》，一会儿又从嘴里冒出一连串的外语。似乎是大脑里储存的知识多得溢出来了——很显然，他的思维混乱了。

姚文武同学为了考上大学忧愁得彻夜难眠，心里结了疙瘩解不开，尚未参加高考就成了这个样子。这是他个人的悲哀，他家里的不幸，也是千千万万个复读生的悲哀和不幸。

我想，考上大学的意义究竟有多大？先成人还是先成才？教育的终极目的到底是什么？这些问题都让我困惑。

姚文武同学离开高四一班这一天，全体同学心情沉重。我相信昨天在教室发生的那一幕一定会铭刻在高四一班全体同学的脑海里。

我忘不了姚文武同学从教室离开的那一刻。我无意中看见杨仓明竟然泪流满面，我心里不由得咯噔了一下，鼻子酸酸的，很不是滋味。

以前本来和我、戴亮、徐力宏关系不错的杨仓明同学今年复读却像变了个人一样。他为了考上大学，整天泡在题海里和难题怪题作斗争，一副壮志未酬的样子。他不只是疏远了我们几个，他几乎和以前所有同学和朋友都不来往了，变成了一匹独来独往的狼。据说，他向父母发了毒誓，说明年一定要考上一本，考不上一本他就自杀。我觉得他钻牛角尖了，下决心奋力拼搏、背水一战勇气可嘉，但万万不能走极端。

我想，这也许是他的自卑心理在作祟。他家里经济状况不好，他总觉得亏欠父母太多，压力大，整天胡思乱想，有了思想包袱，自然对学习不利。我好几次想找他聊聊，他却故意躲我。他做应届生的时候可不是这个样子，那时他还踢球，还和我们一起上山捋槐花、下河逮鱼虾。人真的难以琢磨，一次高考失败让他像变了一个人一样。我很担心，他如果复读一年再考不上大学，那他的天就要塌下来了。

高考可以改变一个人的命运，也可以改变一个人的脾性，让一个人放下他的爱好。高考寄托了多少个学子的期待啊！可是，成长是阻挡不住的，心里有阳光，一直追寻阳光才能健康成长，这也许才是成长的本质。

15

姚文武同学突然在教室发飙这件事情，对邓老师触动很大，也引起了郑校长和学校其他领导的高度重视。周二，学校政教处正式开通了心理咨询热线，并专门安排时间让心理咨询老师有针对性地为毕业班同学进行心理辅导。

下午最后一节自习课，邓老师召开了班委会，在会上他检讨说自己疏忽大意，对个别同学关心不够，没有及时对姚文武同学的心理问题进行疏导。他说："我们班还有几位性格孤僻内向，不愿与人交流的同学，请大家务必关注他们、爱护他们，要让他们能充分感受到班集体的温暖。"最后，他让班干部和班里性格孤僻的同学结对子，开展送温暖送爱心活动。我自然选了杨仓明。

放学后，我和孙虎出教室时，看见杨仓明还在埋头做题，没有一点回家的意思。我知道，他是故意在等同学们全部走了后才走的，他不愿随大流，他已习惯了独来独往。我让孙虎先走，孙虎知道我要送温暖，点了点头先走了。

我站在教室门口，盯着杨仓明，看他紧蹙眉头用笔在纸上划拉。约莫两三分钟后，他才抬起头，看见我的那一瞬间，他愣住了，嘴唇翕动了一下，却未吭声。我说："走走走，先回家吃饭，人是铁、饭是钢，一顿不吃饿得慌，吃了还要上晚自习。"杨仓明犹豫了一下，撂下笔，将书本往桌兜里一塞，慢腾腾走了出来。

我俩并排走着，都想等对方先开口。下了楼梯，经过操场时，杨仓明终于忍不住问："有啥事吧？"操场上一群男生正在热火朝天地打篮球，几位女同学站在旁边兴致勃勃地加油喝彩。看校服他们是高一的学生，他们学习压力小，玩得忘了回家吃饭。我说："人是社会人，不能只活在自个儿的世界里，除了课本和习题，还应该有体育活动、娱乐、团队和友谊以及其他更多的东西。"他看了我一眼，蹙着眉头，冷冷地说："人和人不一样，人分三六九等。"说完，又一声不吭只顾走路。

我说："你孝顺懂事，一门心思想考上大学，这大家都知道。可是，考大学毕竟不是生活的全部。人和人是不一样，但也有许多共性。"我见他没有反应，继续说："我也不会讲人活着的意义之类的大道理，但我想说人活着不能光考虑自己，自私自利，把自己封闭起来，最起码应该做个对社会有用的人吧。让你身边的人能感受到你的温暖，比如孝顺父母、尊敬老师、团结同学、善待身边的每一个人。我听人说你在家里向叔和姨发誓，说明年一定要考上一本，考不上一本就自杀。说过这话没有？"他咬了咬嘴唇，说："说过。"然后一双眼睛直愣愣看着远处。我说："咱们还小，要走的路还很长很长，你说这样的话，多不吉利呀！背上这样的思想包袱，考试能发挥好吗？再说，万一考不上一本，你走了一了百了，可叔和姨咋办？你考虑过他们的感受吗？"他看了看我，欲言又止，盯着远方，目光里充满了忧郁。

我见他有所触动，接着说："我们争取考上心仪的大学，这没错，但考不上大学天也不会塌下来。天底下没上过大学的何止千万，要想开点、想远点，只要肯吃苦，三百六十行，行行出状元，为啥非要在一棵树上吊死？人毕竟是社会人，要和同学们打成一片，不要只活在一个人的世界里。你再这样钻牛角尖，就离姚文武同学的状态不远了。"

他扭过头瞅了我一眼，幽幽地说："我也不想这样啊！可又禁不住地往这方面想。"我说："仓明，慢慢来！先调整好心态，不要胡思乱想。我们复读生都一样，不要对自己太苛刻，尽自己最大的努力就行了。学习之余可以通过运动、音乐、聊天放松一下。我和戴亮、力宏都希望你好，我们永远是朋友。”他看着我，眼睛明显亮了一下，眉头已舒展开。我们分手的时候，他愉快地点了点头说：“谢谢你！”

随后，邓老师和其他班干部也分别找班里那些性格内向、情绪低落的同学谈了话，鼓励开导他们，让他们甩掉思想包袱，轻装上阵。这些同学的精神面貌发生了很大变化，教室的气氛逐渐活跃了起来。

元旦过后，教学楼前忽然多了一面巨大的警示牌，牌子上赫然写着“距离高考还有 156 天”。看见了，心里骤然一紧。我想，大自然春种夏长秋收冬藏，一季又一季，一年又一年。学生呢，十年寒窗苦，一朝题名时。过了元旦，心里瞀乱，周考、月考、期末考，仿佛一浪接一浪汹涌而至，真是大考连小考啊！

即将到来的期末考试又让刚刚舒缓过来的教室气氛骤然紧张起来，每一个人都很在乎自己的成绩和在班级里的排名。怪不得江湖传言：分分分，学生的命根；考考考，学校的法宝。

第一节晚自习前，我和孙虎正为一道数学题解不开急得抓耳挠腮烦躁不安时，坐在我们前排的程娇和孙甜甜走进了教室。程娇的高跟鞋把教室的地板踩得嗒嗒响。她依然是一副旁若无人很高傲的样子，把本来沉浸在课本里和题海里的同学惊得抬起头，给她行注目礼。这其中就包括我和孙虎。怪不得男生们都讨厌她，不屑理睬她。我无意间瞥见跟在她后面的孙甜甜一改往日笑盈盈的样子，眼睛红红的，好像刚哭过。我也没在意，因为女孩子哭鼻子是常事，被蚊蝇叮一下也哭，看见花谢了也哭，月考成绩不理想也哭。女人在某些方面和小孩子一样，哭鼻子不奇怪，动不动发脾气也不奇怪。两个女生在座位上磨磨蹭蹭取出书本，低头看一会儿书又抬头发一会儿愣，似乎心不在焉。果然，过了一会儿，孙甜甜竟趴在课桌上啜泣起来，程娇在旁边低声劝说。周围的同学一脸茫然，不知发生了什么事。

我和孙虎面面相觑，很吃惊。这“小酒窝”平常总是乐呵呵的，好像就没有什么烦心事，今天是怎么了？看样子还受了不小的委屈。

孙虎情绪似乎也受到了小酒窝的影响，他起身叫了程娇走出了教室。过了一会儿，两人又一前一后回到各自的座位上。

孙虎和程娇、孙甜甜毕竟是凤镇高中的同学，关系铁。我见孙虎回来后脸色铁青，比解不开那道数学题还烦躁，就问他是咋回事，孙虎压低声音说："出去说话。"我和孙虎刚走出教室，靳波就跟了出来，接着，戴亮和徐力宏也出了教室。

程娇给孙虎说了事情经过。程娇和孙甜甜租住在学校后边后坡村一个巷道里。巷道里住着一个小混混，见孙甜甜长得靓，就对她动起了歪心思。那小混混整天好吃懒做游手好闲，故意找孙甜甜搭讪，认识后就常把孙甜甜拦在路上送礼物献殷勤。孙甜甜不理睬，也拒收他送的东西。这家伙脸皮厚，竟然提出要和孙甜甜交朋友，被孙甜甜一口拒绝。刚才孙甜甜和程娇来学校时，这无赖又蹲在巷道口，非让孙甜甜和他一起去看电影。孙甜甜不去，这家伙恼羞成怒，污言秽语骂孙甜甜。多亏程娇把孙甜甜拉走了。我们几个听孙虎说完，义愤填膺，异口同声说："揍这个狗日的！太欺负人了。"

我说："咱们高四一班同学一场，同病相怜，如同兄弟姐妹，这事不能不管。"戴亮说："要不然去报警，让警察收拾他。"我说："这无赖暂时又没有把小酒窝咋，最多算是一场小纠纷而已。你报警，没有证据，又没形成啥后果，派出所、治安队拿人家也没办法。"孙虎一跺脚，气呼呼地说："放学直接到他家去收拾他！"我说："你二杆子劲又犯了，难道不想参加期末考试了？高考政审也不想通过了？直接上手太冒失，那叫私闯民宅，寻衅滋事，把握不好度，闹出乱子咋办？"徐力宏看看这个又看看那个，说："文的不行，武的也不行，那到底该咋办？总不能让小酒窝白白受欺负吧？"这时，一直不吭声的靳波发言了，他眼珠一转，说："咱不如先护送小酒窝几次，那小混混如果收敛了，就算了，如果再欺负人，咱就收拾他。"

孙虎把指关节捏得啪啪响，气呼呼地说："你们城里这地痞流氓太可恶了，明目张胆欺负人。”尽管大家心里窝火，但一时也想不出更好的办法，都沉默不语，不愿和他争论。其实，天底下的地痞流氓都可恶，岂止城里的。大家又讨论了一会儿，最后还是一致同意按靳波的提议办。这几天放学后一起护送小酒窝回住处，那家伙如果再放肆，大家就豁出去，把他扭送到派出所。

放学了，征得二位女生同意后，我们雄赳赳气昂昂地紧随在孙甜甜、程娇身后，顺着国道浩浩荡荡开拔到后坡村那条巷道里。程娇在一个小院前停下脚步，手指了一下。我们明白，这是那个小混混的家。可是，小院里空无一人，未见那个小混混的影子，只有一只小狗蹲在院子门口，不动声色地盯着我们。

我们在院子外面等了几分钟，也未见人露面，大家就劝孙甜甜和程娇先回去。说心里话，这个小混混，我既盼望看见他又希望他不出现。为什么希望他出现呢？我们是高四一班同一个战壕里的战友，年轻气盛，有满腔热血，有满满的正义感，最痛恨欺负人的小混混。女同学被人欺负，激活了我们从小就滋生的行侠仗义、打抱不平的英雄情结，因而，大家摩拳擦掌，争先恐后要替小酒窝出气。不希望他出现嘛，是因为我们毕竟是在校复读的学生，基本上没打过架，他出现了就有了打架的可能。如果人家再不听劝告，发生冲突，我们没有那么多闲时间与小混混扯皮。

小混混没有出现，我心里暗自庆幸。可是，我发觉孙虎不这样想，没有遇见那家伙，他很失望，烦躁不安，对着小混混家的院子狠狠啐了一口，咬牙切齿地说：“算这狗日的运气好，如若遇见，他不听警告，一定让他脑袋开花，满地找牙！”

我们顾不得吃饭，按照孙虎的意思，又在巷道里大摇大摆地转悠了几圈。那只小狗不识相，见我们来回走，竟然对着我们汪汪了几声。孙虎一腔怒气正无处发泄，看它不顺眼，一抬脚，那只小狗就翻了个跟头跌在地上，唧唧嘤嘤很委屈地跑回了院子。

我们走来走去的举动也引起了小混混家隔壁一位老伯的注意，他问我们找谁，我们无言以对。走出几步后，孙虎才扭过头憋出了一句话："散步行不行？"老人见他冷倔，也没再搭理他，转身将院门砰一声关了。

我们空跑了一趟。孙虎无奈地说："走走走，撤退！"

16

晚自习的时候，我的右眼莫名其妙地跳了几下，当即想起"左眼跳财，右眼跳灾"这句话，不免心神不宁，坐在教室，书看不进去，也无心做题，总感觉有什么事情要发生。身旁的孙虎也坐卧不宁，趁我不注意，偷偷摸摸从桌兜里取出个明晃晃的东西别在腰间。我瞄了一眼，知道他在为放学送人的事情做准备，就暂时未露声色。坐在前面的戴亮、徐力宏和靳波也心不在焉，不时回头瞄我们一眼。

孙甜甜那件事让人无法释怀，不解决，大家都不得安宁。

按照靳波的建议，我们要当几天护花使者。可是，即将到来的期末考试也不容大家分心，所以这件事一定要尽快解决。我发觉孙虎这家伙太毛躁，一激动就控制不住自己，有点初生牛犊不怕虎的架势。可不能让他鲁莽行事，作为班干部，我必须要为大家着想，把这事处理好。

放学的铃声终于响了。大家一声不吭，面色凝重，仿佛将要去完成一件神圣的使命似的，颇有点风萧萧兮易水寒的意思。我们五个男生和孙甜甜、程娇一起，随着熙攘的人群走出学校大门。

一阵喧嚣过后，周围归于寂静。汹涌的人流逐渐消失在夜色中，只留下几位要加餐的学生在学校门前的小吃摊上逗留。

刚进后坡村，我们老远就看见两位女生出租屋所在的那条巷道口有一盏惨白的路灯，那路灯被一团白雾笼罩着，几个衣着臃肿的人在路灯下来回晃荡，地上交错着斑驳的光影，一个嘴里哈出一股白气搓着双手的人探头探脑地向这边张望。墙角阴暗处有忽明忽灭的亮点，应该是有人躲藏在那儿抽烟。这些人似乎正在借助夜色的掩护谋划一场阴谋。

我打了个冷战，不由得裹紧了棉衣。我发觉这阵势有点不对劲，当即提醒大家说："你们看巷口是不是有几个人？有没有可能是我们下午在巷子里转悠，惊动了那无赖，他叫了帮手，有所防备，设了埋伏，正等着我们往里钻呢？"

大伙驻足观望，异口同声说："是有几个人，但不知是不是和那无赖一伙的。"哪该咋办？大伙一时慌了神，瞬间没了主意。毕竟是一帮少年书生，只擅长纸上谈兵，在书本里倜傥。孙甜甜又开始低声抽泣，程娇搂着孙甜甜肩膀在一旁安慰。

孙虎瞅了我一眼，气鼓鼓地说："你是不是怕了？神经过敏，扰乱军心。"我说："害人之心不可有，防人之心不可无，万一这无赖提前做好了准备，搞突然袭击，咱是不是要吃亏？不是我怕，我只是觉得遇事不能仅逞匹夫之勇，咱学过《孙子兵法·谋攻篇》，那篇课文里不是有一句话——不战而屈人之兵是为上策。咱再想想是不是还有更好的办法。用武力解决问题往往两败俱伤。"我说完，戴亮和徐力宏立即表示赞同我的观点，而孙虎和靳波却不以为然，默不作声。

我不想僵下去，狠狠剜了孙虎一眼，接着说："如果硬来，咱也不怕，可以拼个头破血流，哪怕是鱼死网破，出气了解恨了，但打架以后那无赖报复她俩咋办？不可能让她们搬家吧？房屋是一年一租，有租房协议。她俩天天要从那无赖家门口走，咱不可能天天护送吧？况且打架不管把谁打伤，都属于打架斗殴，扰乱社会治安，若被扣上寻衅滋事的帽子怎么办？还想不想参加期末考试了？"我越说越气，干脆揭开他的小秘密，指了指他的腰说："你腰里别的啥？动刀子可是犯法的，一冲动，捅了人咋办？"听我这么一说，大家把目光全集中在孙虎腰间。

孙虎不由自主地摸了一下鼓囊囊的腰间，嘟囔说：“我只是用来防身，万不得已时才用。”

我说：“把东西给我！冲动是魔鬼，遇事要忍耐，咱不能和那些愚昧无知的地痞流氓一样，只会用拳头、用刀子解决问题。咱是受过十几年教育的学生，要彻底解决问题，就要多动脑子、想办法，不然，书就念到狗肚子里去了。”

孙虎不情愿地扭过头。我忙向戴亮使眼色，戴亮会意，从孙虎腰间取了匕首，别在自己腰上。

我突然灵机一动，说：“我有一个建议，我们去保卫处找冀主任。冀主任一定有办法。”除了孙虎不吭声未置可否外，其他人都表示同意。此时，孙甜甜情绪也已稳定下来。

我们一行返回学校时，正好碰见冀主任领着一帮校警在校园巡逻。一听说我们来报警，冀主任立即问咋回事。孙甜甜简单说了事情经过。冀主任听了气愤不已，他说：“保护师生人身安全是我们的职责。这些地痞流氓太嚣张了！你们不要着急，也不要害怕。”说完，他马上给派出所打电话反映情况。派出所说让学校保卫处先酌情处理，如果对方不听劝阻，他们再派人过来。

打完电话，冀主任催促我们男生赶快回家。见我们几个站着不动，他说：“这事有我们保卫处呢，会处理好的，你们明天还要上课，回去晚了家人操心。”说完，转过身吩咐四位校警带上警棍和警灯，让两位女生跟他们走。可是，孙虎跟在几位校警屁股后面不走，我和戴亮、徐力宏、靳波当然也不肯回家睡觉，因为我们是高四一班的同学，是同一个战壕里的战友，岂能不讲义气，临阵脱逃？

冀主任见我们态度坚决，执意要去，也没再反对。我们随冀主任一行出了学校。路上冀主任又询问了孙甜甜和程娇一些情况，比如她们房东叫什么名字，是干啥营生的，那无赖多大了，以及他家的具体位置。冀主任了解情况后像是安慰她俩，又像是安抚我们，轻描淡写地说："小事一桩，不要慌张，相信我们。"

此时，马路上行人稀少。一家店铺门半遮半掩，漏出来的灯光投射到地上像铺了层白霜。有一位醉汉歪斜着身子走路，嘴里骂骂咧咧的似乎没有喝尽兴，他的身影长长地拖到马路上。一辆小轿车突然疾驰而过，从醉汉不断晃动的影子上碾过去，掀起一股子风，把人的脸颊吹得生疼，地面微微颤抖，路边的行道树也被风吹得簌簌作响。

我们一行十几人到后坡村，接近巷道口的时候，那盏路灯下隐约有个人影一闪，倏忽不见了，两个校警撒腿就追。待我们进入巷道，只见地上胡乱扔着十几只烟头和扯碎的烟盒屑。

我们来到两位女同学的出租屋院落前，大门虚掩着，两位女生推门而入，一行人紧随其后。迎面是一幢三层老式楼房，一楼三间只有一个大门，显然是房东的住处。二楼、三楼各有三间房，三个门，各自独立，应该是出租屋。一楼堂屋里传出电视剧里的喧闹声，房间的灯光透过窗户将院子照得通明。大门左侧不远处有一个水池子，水池子下边放着水桶、水盆、拖把之类，地面湿漉漉的，有的地方已结了层薄冰；大门右侧停放着一辆三轮车，三轮车上放着杂七杂八的物件；一楼的水泥台阶上整齐码放着一摞又一摞黑乎乎的煤球。二楼和三楼有几个房间还亮着灯，应该是下晚自习回来的学生还在继续用功。

冀主任问两位女生房东是不是住在一楼，孙甜甜和程娇同时点头。冀主任盯着一楼房东的窗户，自言自语说："这房东当得好舒服，只管收房租，学生回来迟早也不闻不问，学生出事也不管不顾。"

冀主任忽然想起什么似的指着我们几个男生用命令的口气说："俩女生到家了，你们还站在这儿干啥？赶快回家！这事儿不用你们管，安心学习，不要在这儿影响我们工作！"说完，他指派两位校警到房东屋里了解情况，自己则带着另两位校警要去那无赖家，跟在他身后的一位就是曾因在厕所抽烟打我一耳光的那位胖校警。他现在看起来依然胖嘟嘟憨乎乎的，只是感觉再不像以前那么令人讨厌了。

从巷道出来，我长舒了口气。回家的路上，大家默不作声，只听见寒风呼呼地吹。孙虎瞅了我几次，欲言又止。我能感觉到，他对我的建议和冀主任这样的处理方式是赞成的。

翌日上午，校园里风平浪静，一切安好。

坐在书声琅琅的教室里，我忽然想，冀主任他们昨晚是几点才休息的?

下午，一场声势浩大的校外住宿生冬季安全隐患大排查在学校周边几个村全面展开。郑校长和学校领导亲自带队，全体任课教师以及后勤人员集体参与，保卫处、政教处、后勤处几个部门联动，划分片区，进行拉网式排查，各年级组、各班级紧密配合，深入到每个校外住宿生租住地进行防火、防盗、防触电、防滋扰、防煤气中毒、防食物中毒的“六防宣传”。派出所、巡警队、交警队以及各个社区也派人参加，积极配合。

我们班干部也被邓老师安排协助任课教师走访我们班的校外住宿生。王老师的任务是走访五位校外住宿生，我的任务是协助王老师，给王老师带路。

我陪着王老师走街串巷。第一个排查点在中街村商贸街一条巷道的尽头，是一户农家小院。

冬日的阳光洒了一地。院子里四五只鸡不慌不忙地在菜地边啄食，见我和王老师走过来也不躲避。一个老头坐在院子里择菜，看见我俩，微笑着站起来，等我说明来意，老人转身向屋里喊了声一同学名字，说:“你老师来了。”转身进屋去了。

一同学应声而出，手里还拿着书本，突然看见王老师和我，略显局促，急忙让座。说话间，老人已从屋里出来，手里多了一只茶壶和两只水杯。同学急忙接过茶壶和水杯准备倒茶。

王老师说：“不麻烦了，我们把你的房间看了就走。”同学听了，放下手里的茶壶和水杯，前面领路。进到屋里，只见堂屋里摆设简陋，两只20世纪八九十年代流行的人造革皮沙发，一张木头茶几，当堂摆着一个黑魆魆的粮食柜。老人乐呵呵地向王老师介绍，他住左边这间房子，同学住右边那间房子，说这同学乖得很，学习很用功，今年一定能考上大学。王老师问老人："老人家，您今年有七十岁了吧？"老人说："虚岁七十六了。"王老师问："您家里几口人啊？"老人说："就我一个，老伴几年前去世了，一个女儿嫁到外地，几年回来一次。现在政策好，我有老龄补助、贫困救济金和低保，够吃够喝，逢年过节还有领导来慰问，对我这糟老头还高看一眼，让我住老年公寓我还不去呢！现在你们学生住这儿了，我们两人是个伴，一天有个人说话。"

王老师说："老人家，你真有福气啊！让我看看学生住的房子。"同学又急忙走到前头，把王老师往他屋子里迎。王老师先走到床跟前，摸摸被褥，说："暖和着。"然后看做饭用的液化气炉子、取暖用的电暖器，又询问了同学的学习和家里的情况。等我们从同学房间出来时，房东老人端了一碗核桃、一碗花生，非要我们吃。

临走的时候，老人和同学把我和王老师送出院子。王老师一再叮嘱同学不能使用木炭和蜂窝煤炉子取暖，以防煤气中毒。想不到平常在学校板着脸不苟言笑、看起来有点凶的王老师，出来竟像个老大哥一样。

17

这天下午，县城巷巷道道都穿梭着老师们忙碌的身影。我陪王老师排查的最后一位校外住宿生住在我们学校大门对面的巷道里，中街村245号，从外往里数靠东第五家。对，他就是我同桌孙虎。这地方我来过几次，提醒王老师说这院子里埋伏着一条恶狗，和地痞流氓一样凶恶，但用铁链拴着，不必害怕。我先一步走进院子对着二楼喊：

“虎子，王老师检查来了！”孙虎尚未应声，那条大狼狗——躲在大门后面的霸王却怒吼一声抢先扑出来迎接我们。尽管我和王老师早有心理准备，还是被吓得一趔趄，不由自主地后退了几步。

一楼房东老太太听到响动从堂屋里露出半张脸，厉声喝止了狗吠，接着出来急走几步用身体挡在恶狗前面，嘟哝说：“这畜牲没眼色，怪不得人说瞎狗瞎狗，真是有眼无珠，连老师也咬。”那恶狗遭到主人训斥，识趣地躲到一边，耷拉着舌头，摇着尾巴，再不敢吱声。孙虎这才应声，笑呵呵从楼上匆匆跑下来迎接王老师和我。

孙虎知道下午有老师来检查，已提前将房子打扫得干干净净。书桌上各种课本、辅导资料摆放得整整齐齐，电暖器满脸通红，一张小圆桌上放着一碟花生、一碟瓜子以及用几只一次性杯子泡好的茶水，茶水冒着热气，房间里氤氲着一股淡淡的茶香。

孙虎手上拿着一包猴王烟，撕开，抽出一支递给王老师。王老师不接，说：“听人说你这个孙虎还是个小烟鬼，一身的烟味。”孙虎递烟的手并没有收回来，他死皮赖脸地说：“我们乡下娃，孤陋寡闻，别的没学会，瞎毛病倒沾了不少，抽烟喝酒我上初二那年就学会了。王老师，抽一支嘛，又不是在公众场合。”王老师犹豫了一下，还是接了。孙虎马上掏出打火机为王老师点上。他自己也点了一支。王老师瞥了孙虎一眼，说：“烟瘾还真不小，你们这年龄正长身体，把抽烟的钱买成肉夹馍多好。最好把烟戒了，不然将来女朋友都嫌弃你嘴臭。”

王老师边和孙虎聊边把房间巡视了一番，查看了电暖器插座和电褥子插头，说：“咋没见你的灶具呢？”孙虎说：“三顿饭全买着吃，不会做饭。”王老师说：“看把你能的，天天下馆子，想吃啥吃啥，你爹是大款吧？”孙虎说：“啥大款，乡下的土包子。”我插话说：“他爸是老板。”王老师嘴一撇说：“怪不得呢，有钱的娃就是不一样。”孙虎白了我一眼，说：“啥老板，假的，打肿脸充胖子，外账欠了一屁子。”王老师眼一瞪，说：“咋，还瞧不起你老子？”孙虎嘟哝说：“哪敢啊？我说的是实话。”

孙虎将茶水双手恭恭敬敬地端给王老师，又递给我一杯。他似乎不愿提及他爹的话题，故意打岔说：“王老师，坐吧，请坐吧！您喝茶。”说完走过去从床底下拎出一个白色塑料壶，拧开壶盖，一股浓浓的酒香立即扑出来，在房间里弥漫。孙虎将三只一次性杯子一字摆开，各倒了半杯说：“王老师呀！你是我最尊敬的老师，你来了，我这寒舍蓬荜生辉。这是我们凤镇正宗的苞谷酒，您喝几口烧酒暖暖身子。”王老师眼一瞪说：“瞎说啥？是检查来了还是喝酒来了？”孙虎说：“只尝一点，尝一点。”我也帮腔说：“王老师，这是检查的最后一家，任务也完成了，老师教给学生那么多知识，为学生付出那么多，喝学生一点酒算啥？你不喝孙虎心里过意不去。”见王老师没吱声，也没任何表示，孙虎低声嘟哝说：“王老师如果嫌弃乡下的土酒就算了，让你喝酒又不是贿赂你让你隐瞒安全隐患。你抹开脸随便查！”王老师哈哈一笑说：“怪不得你俩坐同桌，一唱一和的，联合起来忽悠我。那说好，少喝点，我量不行，可不要把我灌醉了。”

孙虎听了，满脸坏笑，端起杯子，对着王老师说：“先干为敬！”然后嘴一张，头一仰，半杯酒不见了。他放下空杯，端起另半杯酒双手递到王老师面前。王老师也不再扭捏，接过酒杯，咕嘟一下灌进了喉咙，然后用手背抹了把嘴唇，顺势抓了一把花生吃。我见状，也学着王老师的样子将剩下的那半杯酒干了。孙虎又拎起酒壶添了三半杯。

孙虎端起酒杯抿了一口，一脸坏笑说：“王老师，听人说您是咱学校的大款，课外时间当家教、办辅导班挣了不少钱，是不是？”王老师一愣，眉毛拧成一疙瘩，说：“你这娃呀！甭听别人煽惑，我只是一个靠出力流汗养家糊口的普通教师而已，岂敢称什么大款，让人笑话。你们知道老师以前被人称作什么？臭老九！老师以前就是没钱、没权、没地位的穷酸书生，被人瞧不起，可谁说就应该让老师受穷？穷则思变嘛，靠知识靠汗水工作之余可不可以创收一点，改变一下自己的经济状况？这社会，人穷了被人瞧不起，有点钱又遭人嫉妒，左不得右不得，活人咋这么难！”我说：“王老师你谦虚了，你开的奥迪，靠工资你能养活得起？不是大款是啥？你是靠知识靠文化光明正大挣的钱你害怕啥？又不是偷的抢的贪污受贿得来的。”王老师指着我和孙虎说：“你们这些学生娃，净扯些钱呀车呀的，一股铜臭味，俗气不俗气？还是复读生，为啥把精力不放在学习上？”我也端起酒杯抿了一口，说：“谁知道我们复读生的苦衷啊！难道复读生都应该是只知道学习的书呆子？”“甭矫情，复读生有啥了不起？我当年也补习了一年，我们那个班，一个教室挤了八十多人，插葱一般，你知道不？比你们现在苦多了。”王老师说，“我们上世纪八九十年代读高中的那些人，有人补习了八年才考上中专，一天上顿下顿糊汤就酸菜，体积大质量小，可怜不可怜？”

孙虎又递给王老师半杯酒，王老师话正讲到兴头上，接住，一饮而尽。孙虎又在他的酒杯里添了回酒。

王老师喝了一杯热茶后，坚决不喝酒了，说：“走走走，到此为止，甭耽误正事，晚上还要上晚自习。”

孙虎把王老师和我送下楼。听到脚步声，那条恶狗慢腾腾站了起来，抖了抖身上的毛，我们出院子时，它双耳端爹，迟疑地向前又挪了两步，虽然目露凶光，却再没有张狂。

第一节晚自习是詹老师的辅导课。她几次走到孙甜甜跟前，看孙甜甜的眼神满是怜惜。我明白她一定是知道了这几天发生在孙甜甜身上的事情。下课后，詹老师把孙甜甜叫走了。

接下来连续几天考试，我发现，笑容又回到了孙甜甜的脸上，她一笑又露出两个小酒窝。看来冀主任真的说话算数。这件让孙甜甜苦恼、让我们纠结的事情被冀主任轻而易举地摆平了。

考试结束，讲评试卷加补课又过了一周。坐在教室里，透过教室的窗户，透过空旷的操场，可以清晰地听到学校外面北新街播放着迎接新年的歌曲。眼看着年味越来越浓了。

18

正月初七，鞭炮的味道还没有散尽，一街两行还是大红灯笼高高挂，我们就开始补课了。

早上第二节课刚下课，年级主任急匆匆跑来通知我们C部复读班去多功能厅听专家做励志报告。记得这是今年复读以来的第五次励志报告，平均一月一次。我们知道，报告会一般都安排在下午同学们最慵懒最容易打瞌睡的时间，这样可一举两得：报告会搞了，我们也趁机休息了。可今天学校怎么把报告会安排在上午学生头脑最清醒最有利于学习的黄金时段呢？询问邓老师后才知道今天请的这位专家是我们的老校友，算是衣锦还乡的成功人士。他回家省亲被母校专门请回来做励志报告，今天是最后一天，要走几个单位，赶时间，所以才把报告会放在了上午。

现在所谓的专家多如牛毛，听王老师说我们学校就有好几位专家。专家到处“传经送宝”，不承想肥了别人的田却荒了自己的地：因常外出讲课、开会、学习，自己班上的课只好让别的老师轮流上。久之，专家所带班级的成绩总不如一心一意教书的教师所带班级的成绩好。单位出一位专家，无形中加大了其他教师的工作量，引起了其他教师的强烈不满。因此，自我包装出来的专家在本单位是不受欢迎的。

不是我贬低专家，也不是我抵触专家，而是我们复读生都成老油条了，各种各样的心灵鸡汤早喝腻了，励志过甚，弦就要崩断了。

我们几个臭味相投的死党，在厕所故意磨蹭了一阵子，进入多功能厅时，发现报告会已经开始，郑校长正热情洋溢地介绍回乡探亲的专家，高度赞扬他是母校的骄傲，是家乡人民的骄傲。众目睽睽之下我们因迟到而满面羞惭，看着年级部主任恨铁不成钢的眼神，我感觉我们几位就是一曲优美乐章里忽然蹦出的几个不和谐的杂音。在大家为郑校长的精彩介绍鼓掌时（这掌声适时响起，就好像是欢迎领导入场似的），我们自知理亏，低头弯腰灰溜溜地溜到最后一排乖乖坐下。

专家很健谈，简单介绍自己后开始讲他奋斗之路的艰辛，七扯八扯一不小心就扯到了我们每一位复读生都要面对的“人生”这个意味深长的话题上。专家说他生在农民家庭，学生时代缺吃少穿，尝尽了人世间的艰辛。他当年也是复读生，高考落榜后又在母校踏踏实实复读了一年才考上大学，大学毕业后继续深造，读硕士、博士，一直到大学当教授，坚持不懈搞科研，最后终于修成正果。他的成功就是不懈奋斗出来的。他不厌其烦地给我们讲他当年遭受的苦难，讲当年求学时吃糊汤、拎酸菜罐子的故事，讲住大通铺宿舍晚上和同学们集体逮跳蚤的故事，讲因为穷没有钱洗澡身上气味重被城里女同学羞辱的故事——故事情节以及泪点和我老爸常给我讲的忆苦思甜故事差不多，看来这是一位靠自己不懈奋斗由苦难磨砺出来的名副其实的专家。

专家语重心长地说：“同学们，今天开始收心，开始加油，开始你们人生中最重要的冲刺。我们那个时代的人生就是路遥笔下高加林的人生，是苦难的拼搏的人生，你们的人生虽已不再为吃穿发愁，但也不能选择安逸，还需要不懈拼搏。人生路上，我们都在奔跑，我们总在赶超一些人，也总在被一些人超越。人生的要义，一是欣赏沿途的风景，二是抵达遥远的终点；人生的秘诀，是寻找一种最适合自己的速度，莫因急进而不堪重荷，莫因迟缓而空耗生命；人生的快乐，走自己的路，看自己的景，超越他人不得意，被他人超越不失志。”专家的讲话又赢得了台下一片掌声。

专家趁机喝了一口水，润了润喉咙，等掌声稍息，继续讲：“即便无人喝彩，也要守住自己的人生。每一次失败，都是成功的伏笔；每一次考验，都是一份收获；每一次泪水，都是一次醒悟；每一次磨难，都是生命的财富；每一次伤痛，都是成长的支柱。”台下再次响起一阵热烈的掌声。

专家在主席台上感情充沛地谈人生，讲大道理，我们蜷缩在会场下面的座位上偷偷摸摸地说悄悄话开小会，毕竟一个寒假没见，都打开了话匣子。大家一致认为专家讲的人生是个深邃浩大的命题。

我说：“都说人生如啥如啥，好像人生就是个万能胶，说啥都能粘上。人生到底是个啥玩意儿？”我话音刚落，戴亮就说：“人生如水，幼年是清澈剔透的小溪，青年是汹涌澎湃的大海，老年是深邃浩渺的湖泊。”

我接着说：“人生如书，有的人活成了散文，有的人活成了杂文，有的人活成了小说，还有的人活成了诗歌。”我还想说“人生就如在大海里玩舢板”，可是，徐力宏用双手挡住嘴巴打岔说：“你俩说得太浅白，看看作家怎么说人生。三毛说过：‘人生有如三道茶，第一道苦若生命，第二道甜似爱情，第三道淡若微风。’马德说过：‘好人生就像一片迷蒙的月色，你只是觉得它美，却永远说不清它美在哪里。’”徐力宏说完，大家低声夸赞：“还是作家说得好！力宏记性好。”

靳波说：“苏轼说过：‘人生如梦，一樽还酹江月。’又简练又有哲学味。”徐力宏得到鼓励，又补充说：“还有一句广告词，人生就像一场旅行，重要的不是目的地，而是沿途的风景和看风景时的心情。”

靳波说完，传来一个细细的声音：“人生就像手纸，不能没事总扯。”一向不苟言笑的杨仓明这句话一下子把大伙逗笑了。一阵嘻嘻的笑声将年级部主任的一双鹰眼吸引了过来，大家立即噤声，换一张面孔，正襟危坐，装出一副认真听讲的样子。

等鹰眼移到别处，坐在我旁边一直未吭声的孙虎才懒洋洋地说：“这人生嘛，就像蹲茅坑，有时你已经很努力了，但结果却努出个屁。专家再励志，我们再用功，补习一年后也总有那几只颗粒无收的可怜虫。”

本来大伙鸡一嘴、鸭一嘴，聊兴正浓呢，却被年级部主任一双鹰眼和孙虎一针见血的一句话说得鸦雀无声了。

专家在上面口吐莲花，我们在下面踊跃发言。这时，阳光透过窗户，在我们面前的会议桌上跳跃。窗外杉树上一群鸟雀叽叽喳喳，好像正在开一场辩论会。

坐在我们前排的是文科复读班的学生，他们不但没有嫌弃我们这几个半罐子晃荡的人嘟嘟囔囔说话干扰他们听报告，反而背对着我们竖起了大拇指。一位戴近视镜的王同学干脆直接转过身说：“人生的路有千万种，不同时代的人，身上会烙上不同时代的印记，贴着不同时代的标签。这个专家非要把他成长的模式硬套在我们这一代人身上不合适。他讲得很精彩，但我们听腻了。”

最后，专家语重心长地勉励我们要树雄心、立壮志，好好学习，不负韶华，为父母、为学校、为家乡增光，勇攀高峰。

乡党专家终于讲完了，复读生们被乡党专家的演讲感动得一塌糊涂，掌声雷动，经久不息。

一堂课又一堂课，一天的日子就这样被格式化地分割完毕。常常是人坐在教室心却飞走了，尤其是下午和晚上，一听见学校外面锣鼓喧天耍社火的声音，就躁动不安，想人家幸福地沉浸在节日的欢乐气氛里，而我们却在冰冷的题海里扑腾。尽管老师一再强调要注意力集中，排除一切干扰，但说不受影响是假的，心如止水是根本不可能的，因为外面的一点欢腾就会勾起我的万千思绪。街道上那欢天喜地的热闹景象和教室里寂静的场面形成鲜明的对比，人心里就愤愤不平。

就这样一天连着一天，吃香喝辣的春节转眼间就过去了。

正月十六，也就是第二学期正式开学的第一天，已进入阳历的二月下旬。第一轮复课正式启动。

下午最后一节课是班会，学校政教处与年级部组织班级文化观摩活动。班长邹长明因病请假，邓老师就让我代表我们班去参加活动。

我们一行人一走进一楼高三 A1 班教室，眼睛瞬间亮了，一股青春朝气扑面而来，教室坐满了身着清一色天蓝色校服的学生，课桌上摞的书和学习资料占了课桌的一大半，学习气氛格外浓厚。

高三 A1 班同学见我们观摩团进来，唰一下全站起来，集体鼓掌。等我们还礼毕，他们又唰一下坐下，像军训时一样，动作干净利落、整齐划一。

高三 A1 班的学生是应届提高班里成绩最优秀的学生，他们勤奋自律，校服整齐划一，哪像我们复读班的学生，就像一锅大杂烩，穿啥颜色啥样式衣服的都有，一看就是一支杂牌部队。

我仔细观察，高三 A1 班教室黑板上方条幅上写着：吾志所向，一往无前；愈挫愈勇，再接再厉。左侧墙上是：距高考一百零五天。右侧墙上是两个斗大的红字“勤奋”。

教室南边墙上条幅的内容是：全力以赴的最大障碍是自以为全力以赴；不比智力比努力，不比起点比进步。北边墙上的条幅写着：手中不能无书，等待不能不学；竞争不是比谁努力，而是比谁更努力。

教室中间的房梁柱上粘贴着一条大红色条幅，上面写着：静下来铸我实力，拼上去亮我风采。条幅上面写满了全班同学的签名。最下面的落款是高三 A1 班全体同学。

教室后面的黑板是用彩色粉笔写的以“迎接第一轮复课”为主题的一期板报，黑板上方有一副对联：年轻没有失败；青春炫出色彩。黑板左边写着一首诗：

予你，予高考
又是春日的花香、书声
映着朝阳的脸庞

握紧蛰伏多年的锋芒
踏上征途
看那些楼房
你们的身影还倒映在墙
斑驳的球鞋还挂念球场
你们放心翱翔
向着那参天的理想
我抬头仰望
看接触星星的宇航
看你们的英姿飒爽
刻着自命不凡的理想
太空那么宽广
雪与云都不做隐藏
但愿你们如愿以偿

黑板右边写着三段话：

当你是地平线上一棵草的时候，不要指望别人会在远处看到你，即使他们从你身边走过甚至从你身上踩过，你也没有办法，因为你只是一棵草。如果你变成了一棵树，即使在很远的地方，别人也会看到你，并且欣赏你，因为你是一棵树。

一个人摔倒了十次就再也不愿爬起来了，他就还是失败者，但是他哪怕是摔倒了一万次，第一万零一次站起来继续往前走，他就有成功的可能。

世界以痛吻我，我却报之以歌。

三段话的上面写着一副对联：

迎着晨风想一想今天该怎么努力

踏着夕阳问一问今天学会了什么

黑板的空白处贴着同学们用各色彩纸手工制作的心愿条，第一个心愿条是这样写的："我的梦想是考一个师范大学，然后挣好多的钱，成为一个有钱人……"我心里嘀咕，考师范大学还想挣好多钱呀？真是异想天开，没门！另一张心愿条上写着："考上外语学院，三年奋斗，梦想起航去见他——Karry。"我一看下面是位女生的名字，心想又是一个早恋女生。我皱了皱眉头，旁边站的几位观摩代表却开心地笑了，说："应届生就是有个性，敢说心里话。"

我想，这心愿这理想也太现实了吧！如果让郑校长看见了这些心愿条上的内容，那将会是怎样一副情景呢？

19

2 月底的一天，距离高考还有一百天时间，学校为鼓舞士气专门组织了一场声势浩大的百日誓师大会。

初春的天气乍暖还寒，太阳怕冷似的显得苍白无力，但同学们一个个兴致勃勃，脸上溢满了笑意。

下午 2 点 40 分，高三年级部三十个班共一千七百余名学生，组成了三十个学生方队，加上一百余名教师组成的教师方队，在东操场一字排开。一个金黄色的巨大气拱门下面，是用大红色地毯铺就的主席台，主席台前花团锦簇。

这场面不禁让我想起学校对面丹都超市开业时的热闹景象。那天锣鼓喧天，鞭炮齐鸣，彩旗飘飘，丹都超市不光请了县上几位领导来剪彩，还请了市上三位知名歌手来助兴。那天，尽管我们装模作样地坐在教室里全神贯注认真听讲，其实魂魄全被丹都超市的喧闹声吸引走了。

站在操场上，我还是有点小激动，虽然宣誓这场面去年已见识过一次，但再来一回还是心跳加速、热血上涌。等会儿我还要为我们高四一班领誓呢。我们每个班都制作了班旗，编撰好了班级的誓词，各班的旗手已经站在各班的队伍前面挥舞着班旗。旗子被旗手们挥舞得猎猎作响。

一声尖锐的哨音响过，操场上霎时一片寂静，大家的目光唰一下全集中在主席台上。站在主席台正中衣着臃肿的郑校长用正宗的方言对着麦克风喊道："百日誓师大会现在开始——"郑校长声音浑厚悠远绵长，在操场的上空回荡。

首先宣誓的是由应届生里面的佼佼者组成的团队——高三 A1 班。高三 A1 班的高考冲刺誓词是：不负父母的期盼，不负恩师的厚望；不做懦弱的退缩，不做无益的彷徨。奋斗一百天，倾热血满腔，让梦想与希望在六月飞扬；奋斗一百天，同日月争光，让雄心与智慧在六月闪光。我们，注定成功！我们，必将辉煌！

接下来，按班级顺序宣誓。

高三 A5 班的誓词是：十二寒暑，宝剑出；决战百日，击剑舞。我们庄严宣誓：我是水滴，定能穿石；我是雄鹰，定要翱翔。脚踏实地海让路，锲而不舍山移位；竭尽全力拼过程，问心无愧看结果。

高三B7班的誓词是：心无旁骛，分秒必争；百日竞渡，斩浪劈风；鹰隼试翼，百鸟震恐；铁军出征，亮剑称雄。问天下，谁堪敌手？我B7班，绝霸一方！

……

领誓人念一句，同学们跟一句，领誓者领完誓，振臂一呼，应者齐声呐喊，群情振奋，口号声响彻云霄。一班一个风格，一班一道风景，气氛浓重而热烈，场面煞是壮观。

到我们高三C1班（高四一班）时，由我领誓，我扯开嗓子喊："高四一班，卧薪尝胆，高考路上，一马当先；全力以赴，苦战百天，超越自我，不负韶华！"我喊一句同学们跟一句，宣誓完毕，同学们热烈鼓掌，其他班也受到感染，积极响应，于是，掌声、呐喊声响成一片，操场上成了欢乐的海洋。

等各班宣誓毕，高三年级部主任领誓，高三年级全体任课教师宣誓，老师们宣誓结束，欢声雷动。下来是A部、B部、C部的学生代表分别发言。我们班班长邹长明代表C部六个班发言。他学习好，普通话也说得好，而且说话精气神足，铿锵有力，加上文笔好稿子写得棒，发言极富感染力，引起了复读生们的共鸣，因而又赢来一阵又一阵的掌声。

学生代表发言毕，接着是老师代表讲话，詹老师娉娉婷婷走上讲台，她热情洋溢的讲话，不断地被喝彩声和鼓掌声打断。

最后是郑校长讲话，郑校长勉励我们要发扬"时不我待只争朝夕"的精神，拿出自己最好的精神状态，全身心地投入到紧张的复习备考当中，不断进步，争取取得最好的成绩。

誓师大会让人激情澎湃、热血沸腾，我暗自发誓，一定要鼓足干劲，力争上游，争取考一所"985"或者"211"大学。

百日誓师大会后，距离高考的日子将会从百位数变成十位数，就意味着高考将要大踏步地向我们走来。

晚自习时，同学们默不作声，偌大的教室只能听见轻轻翻动书页的声音和笔在纸上写字如蚕吃桑叶一样的声音，偶尔还夹杂两声咳嗽声和轻轻的叹息声。

晚自习下课，我没有立即走，让孙虎、戴亮他们先走，故意拖拉了一会儿，又解决了一道数学题，等走出教室才发觉外面细雨绵绵。出了校门，走在湿漉漉的大街上，细雨在路灯的灯光里像雪花一样纷纷扬扬，空荡荡的街道此刻沉睡般安静，只能听见我自己唰唰的脚步声。

这天晚上，我又一次梦见自己在高考的考场上遇到了不会做的题，眼看考试要结束了，我还有几道题没做完，可是我写字的右手忽然动弹不得，写不成字，我大喊，嗓子却发不出声音，急得大汗淋漓，两脚乱蹬，一蹬就把自己蹬醒了。醒来后，冷汗浸湿了线衣，我不由得打了个寒噤。这样熟悉的梦境去年高考结束后就曾出现过几次，随着时光流逝，随着去年高考远去，隐藏在心里的伤痛逐渐淡忘了，可今年的高考又大踏步向我走来，这可怕的情景又重新出现在我的梦里。我不知道这挥之不去的梦魇还会折磨我多久。

我想起了去年那难熬的暑假，先是等待录取分数线，等自己的成绩，估算每一科能得多少分，最高得多少分，最低得多少分，各科加一块儿合计能得多少分。我估算了一遍又一遍，盼望自己的成绩能在分数线以上，熬煎得整晚上睡不着觉，直到成绩和分数线公布以后，等来的是失望和梦想破灭的声音。到八月中下旬，几乎天天都有某同学被某所高校录取的消息传来，让人既羡慕又嫉妒。这怪不了别人，只能怨怼自己。在父母的叹息声中，在深深的自责中，我熬过了一天又一天，直到下定决心再复读一年，直到进入高四一班。

考上大学，享受金榜题名后的喜悦，也意味着登上了一个新台阶，迈过了人生一道坎。可是，成绩出来后，大家关注的都是高分数段的同学，看谁考上了清华北大，看谁考上了“985”或者“211”大学，却很少有人关注那些失落痛苦的落榜生。可怜的落榜生们一部分默默地收拾起行囊出去打工四处漂泊，一部分不服输，重新拾起课本，鼓起勇气下定决心重整旗鼓，准备东山再起。落榜后的日子是寂寞的、痛苦的、不堪回首的。

我相信每一个复读生都有一段伤心的故事，遭受过一次甚至多次理想破灭的打击。其实，谁都明白，像我们这样不是官二代和富二代、拼不过爹、没有任何背景和资源的学生，不加倍努力，是不可能轻易成功的。我知道，每一种成功的背后，都有一种苦行僧般的付出。

现在，不能再自怨自艾下去了，我必须要振作起来。我要用自己的实际行动来证明自己。我要通过自己的努力、成长和蜕变，彻底摆脱高考落榜带给我的失落、自卑和惶恐。

我想起小时候那些无忧无虑的日子，没有烦恼，到处疯耍，对这个光怪陆离的世界充满了好奇，整日揣摩天上飘过的云朵要到哪儿去，水里的游鱼晚上在哪儿歇脚，苞谷棒子上挂的红缨是干啥用的……少年的我满脑子整天都是些稀奇古怪的想法，盼望着和小树一起长大。可长大了，读的书越来越多，知道的事情越来越多，各种各样的烦恼也随之而来并与日俱增。多么想回到那个无忧无虑的年代啊！可惜时光不能倒流，也无法摆脱成长的烦恼。

听说学校下周将举办第十届春季体育节。这体育节嘛，其实就是以前的运动会。为了搞一个隆重的开幕式，高一高二年级学生在操场上吹吹打打起早贪黑地训练。一连几天，敲锣打鼓的声响震得教室玻璃颤抖，震得我们魂不守舍，连晚自习时间也不停歇。窗外不时传来打篮球、踢足球的叫喊声，我们坐在教室里，定力再好，完全不受影响也是不可能的。邓老师一定看出了我们的焦虑，无奈地摇了摇头，长叹了一声说："唐三藏西天取经，路上遇到了无数妖魔鬼怪，经受了无数诱惑，战胜了无数艰难困苦，最后才终于修成了正果，可见没有顽强的毅力，没有一个坚定的目标，没有一副金刚不坏之身，难成大器啊！"

十天后，体育节终于结束。喧嚣归于沉寂。

一个月匆匆忙忙过去了，校园里红色、粉色的桃花开了，雪白的梨花开了，图书楼前紫藤长廊里的紫藤花也开了，开得热烈，一朵连一朵青紫色的蝶形花冠，漂亮极了。紫藤花香味四溢，在校园里弥漫。那紫藤枝蔓繁茂，缠绕在一起，让人辨不清到底有多少株。我想，这紫藤长久地在原地等待，也许就是为了这一年一度的繁盛之季。

20

最近，应届生班里出现了许多不和谐的声音。那些对高考绝望、不爱学习的学生，要么趴在课桌上睡觉，要么逃课。班主任也镇不住，好话说尽，他们就是刀枪不入、软硬不吃。老师的话不听，家长的话不听，被老师和家长说烦了干脆直接逃学。

那些勉强留在教室里的学生也不安分。戴亮他弟戴强说他们班有个同学，刚满十八岁就顶了一头的白发，自尊心强，桀骜不驯，像个刺猬，谁挨扎谁。一次，“少年白”趴在课桌上睡觉，老师把他叫醒后批评了几句，顺口说了句“莫等闲、白了少年头，空悲切”，“少年白”马上站起来，恶狠狠地对老师说：“你揭谁短呢？白头发咋？不用你管！我考不上大学照样活得好好的，绝对不会比你差！”老师盯了他半分钟，最后只“唉”了一声，再没吭声。

最近，一轮轮复课，一轮轮模拟考试就像一个浪头又一个浪头接连不断地打来，让我们应接不暇。其实，正月初七那天乡党专家来做报告，我和孙虎、戴亮几个人在多功能厅里讨论人生的话题时我就想说，人生就如在大海里玩舢板，虽然多是阳光灿烂风平浪静的日子，但乌云翻滚、惊涛骇浪的时候也不可避免，要么蔑视它，就当玩冲浪，锻炼了体能，磨砺了意志，让自己变得更强大，要么赶紧上岸逃之夭夭，不然就要面临被海浪打翻、葬身鱼腹或者沉没海底的命运。我们总要选择一种活下去的方式，如果不愿沉沦、不愿逃避，那就拼搏吧！

我们复读生好歹经历过去年那一连串的浪打浪，经历就是财富，考就考呗，反正已经考成老油条了，也不在乎再在油锅里多炸几回。

但是，应届生就不一样，他们对连续不断的模拟考试产生了抵触情绪，部分应届生用弃考表示抗议，几十名应届生联名给郑校长写信说：“模拟考试太频繁，没有消化时间，达不到查漏补缺的效果。高中这三年最大的收获就是学校把我们培养成了考试机器，考得头疼欲裂，考得肝肠寸断……”

郑校长为此专门召集高三年级全体师生开会，在会上严肃地说：“你们要想实现到高三毕业时如雄鹰展翅，不经过考试的磨砺和敲打怎么能行呢？成绩就是吃苦吃出来的，是反复考试考出来的，只依赖老师讲授，自己不反复做题训练怎么能行呢？偷懒、自我满足，是惰性的温床！氦氖氩氪氙原子的最外层电子都处于满足的状态，因此它们懒得与其他物质起反应，成了惰性气体。人是高级动物，也是有惰性的。我们必须克服惰性，反复磨炼，才能取得优异的成绩。真正的战士都是久经沙场锻炼出来的。”

为疏导应届班同学的厌战心理，第四轮模拟考试后，学校专门从省城请来了心理咨询师为毕业班学生做心理调适。那心理咨询师现身说法，说他当年离高考还有一个多月时间，晚上就翻来覆去睡不着觉，一会儿想这，一会儿想那，脑子乱成一团。想落榜了多丢人哪，越想越睡不着，彻夜难眠。第二天到学校坐在座位上困得眼睛睁不开，痛苦不堪，心里的煎熬无法用语言描述。这样的情况持续了几天，他爸妈见了心疼，说：“我娃不熬煎，考个啥样子就是啥样子，考不上了爸妈养你，不用担心。”这话就像一剂良药，让他豁然开朗，晚上一挨枕头就睡着了，考试前那几天睡得格外香，考试发挥得也很好。心理咨询师开导我们：“我们知道，考试不光是检验学生对知识或技能的掌握程度，也是对心理素质的检验。许多学生一遇到考试就不由自主地紧张，这就叫考试焦虑症。熟练地掌握了所学的知识，考试考多了，就逐渐适应了、慢慢习惯了。临近高考，你说不紧张那是假的，你会自然而然地被一种气氛推着。你必须自己调节自己的紧张情绪，驾驭自己的情绪。听听音乐，踢一场球或者到校园里走一圈，你就会舒服多了……”

从第一轮复课启动仪式开始，励志报告，百日宣誓，成人典礼，六轮模考，心理调适，一波又一波的活动让我们不敢有丝毫懈怠，一次又一次模拟考试把我们弄得焦头烂额，校园里弥漫着一股“烤焦”的味道。

看书、背诵、做题，考试、讲评，再考、再评……每天机械地重复着同一套路的生活，我们似乎都成了标准化的机器人。

我们坐在教室里用眼神互相勉励，排除一切干扰，一心一意复习。我们再没闲暇时间去谈论什么比特币、雾霾和达喀尔拉力赛，也没有时间谈论歌星、影星和球星的秘闻和糗事，甚至没有了谈论心仪女生的兴趣，我们一头扎进课本和题海里顾不得喘息。

5 月 6 日这一天立夏，刚好下午两节是作文课，邓老师站在讲台上说：“同学们，今天是立夏，离高考只有一个月时间了。唐代诗人高骈写过一首《山亭夏日》：‘绿树阴浓夏日长，楼台倒影入池塘。水晶帘动微风起，满架蔷薇一院香。’”邓老师一边朗诵一边在黑板上用粉笔写下这首诗。然后，他一句一句地解释、翻译。邓老师摇头晃脑地翻译完这首诗后意味深长地说：“这首诗写出了立夏时分温暖舒适，一派悠闲自在、怡然自得的景象。春天短暂易逝，教会我们珍惜时光；夏日万物蓬勃生长的姿态，更让我们体会成长的意义。希望同学们抓住这最后一个月的大好时光，查漏补缺，好好复习，不负时光。”

我忽然想起去年高考前一个月，为了安心复习，我一个人住在老爸单位的办公室里。高考前一天晚上，爸妈买了个西瓜来看我，安抚我、鼓励我。爸妈走了后我怎么也睡不着，爸妈期待的眼神一直在我脑海里萦绕着，挥之不去。我在床上辗转反侧，想落榜了怎么办之类的问题。这些问题一直困扰着我，直到窗外泛白才迷迷瞪瞪睡着……

今天，我心里很平静。今后的日子我也要坦然地去面对。

距离高考的日子愈来愈近，一个个问号被拉直，一个个疑惑被解开。

距离高考只有一周的时间了，各科教师来教室等待学生提问题，每一位老师都流露出依依不舍的表情，师生之间说话格外和气。许多同学坐在教室里什么也不干，或用眼睛说话，或干坐着发呆，或互写赠言、互赠纪念品，或合影留念，教室里弥漫着离别的情绪。大家都知道在教室待不了几天了，因此格外珍惜最后相处的日子。

6 月 2 日这天，是高考前我们留在学校的最后一天。应届生们一大早就开始照毕业照，吵吵闹闹的。我知道，离别的时候快要到了。

第三节课下课，上厕所的时候，我们看见年级部几位老师已在高三教学楼上挂出了两副巨型对联，我和孙虎好奇，就跑到前面细看。一副写着：引万道清泉百余同仁苦战三载鸾翔凤集传薪火；倾一腔热血数千学子磨剑十年郄诜丹桂攀高峰。另一副写着：十年磨剑争分夺秒立志凌绝顶；今朝竞渡你追我赶破浪展雄风。里面有两个字“郄诜”连我们这些老油条都不认识，一位应届生同学向我俩请教，把我俩问得脸皮发烧。我俩只有摇头说：“惭愧！惭愧！中国文化博大精深啊！我们不懂的东西太多了。”

我俩回到教室，急忙向邓老师请教这两个字的读音和含义。邓老师微笑着说，这两个字读 qiè shēn，郄诜是人名，“郄诜高第”是一个成语，指科举高中，荣登榜首，出自《晋书·郄诜传》。“郄诜丹桂”喻科举及第，获得功名，这里指金榜题名。我从心底敬佩邓老师知识渊博，治学严谨。

教学楼两边也立了两块展板，上书：十年磨剑惜时立志凌绝顶；一朝试锋六月扬眉传佳音。我感觉高考的脚步越来越近了。

最后一节课，忽然听见楼下一片欢呼，我们急忙跑出教室，看见应届生们正在歇斯底里地扯书撕作业，那些能熬出分数的东西全部被撕成了碎片，教学楼上一片嘈杂，纸片像雪花一样四散飞舞。他们正在表演六月飞雪。我们复读生们趴在栏杆上，默默地看着这一切，回想去年同样的情景，心里说不出是啥滋味……

我忽然看见楼下拐角处站着一个熟悉的身影，从侧面也能辨出他是谁，瘦削的肩膀，鬓角的白发，对，他就是郑校长。他一个人呆呆地默默地杵在那里。他的身后，站着学校几位领导以及冀主任和保卫处的校警们。他们都默默地站在那里，没有制止，只是默默地看着正在发生的这狂热的一幕。

纷纷扬扬的纸片飘啊飘，终于飘累了，地上像落了一层雪。这是一部分应届生留给母校最后的礼物和纪念。他们酣畅淋漓地释放了憋闷已久的情绪，拍一拍屁股走了，把一地的纸片留给了学校，留给了郑校长和冀主任他们。我们这些复读生没有走，我们在邓老师的带领下，自觉地加入清扫垃圾的队伍中。

我在这花园一样美丽的校园学习了四个年头，我和这里建立了深厚的感情。邓老师、詹老师、王老师、郑校长、冀主任，孙虎、戴亮、徐力宏、杨仓明、靳波，以及小酒窝、段巧兰、张晓云、程娇等同学，他们都给我留下了许多美好而难忘的回忆。这些回忆都与这所校园分不开。面对同一所学校，一届又一届的毕业生都会有不同的经历和不同的感受，如果你说“我喜欢这里”，那这里一定有很多让你怀念的记忆。如果你说“我讨厌这里”，那这里肯定给了你很多痛苦的回忆。

只有真正了解它，才可以说爱它，才可以说深爱它。

分别的时候，邓老师脸色凝重地说：“高考后，你们这个复读班恐怕再也聚不齐了。因为每个人都会有自己的生活，除了亲人没人会一直在乎你，只有你自己能为自己的未来负责。但是，‘高四一班’一定会永远地烙在你们的记忆里。来日方长，祝你们金榜题名，将来成为国家的栋梁之材。”

后记

流涛

爱拼才会赢

我第一部短篇小说《翅膀》，写于2010年10月，而中篇小说《高四一班》于2019年10月画上最后一个句号，时间跨度达十年之久。这前后照应的两篇小说写的是我最熟悉的校园生活。这十年间我发表了两百余篇文章，出版了《流涛散文集》和长篇小说《蓝金子》，现在又要出《西街往事》这部中短篇小说集。

岁月是把杀猪刀啊！几十年的光阴不仅改变了我的发型，扭曲了我的线条，把我从一头秀发变成了现在的光葫芦，把我从风度翩翩的青葱少年变成了身材臃肿的富态男，也充实了我的头脑。几十年间，社会风云变幻，人们从贫穷走向富裕，人心却越来越浮躁，这在我的小说里都有所反映。

这十年是我反思与沉淀的十年，我把以前的一些经历和所见所闻写成了故事，尽量原汁原味地奉献给大家。可以说小说中的人物都来自生活，是真实可信的。加西亚·马尔克斯说过，真实永远是文学的最佳模式。我就是秉承了这一点并一直按照这种模式干的。

年轻时我做过许多美梦，激情满满，不甘于现状，总想胡成精弄出些赢人事情。我上过大学，当过语文老师，当过班主任，我为我的学生哭过笑过，也帮我的学生打过架。当了四年老师，一不顺心，牙一咬下海扑腾了八年。八年里，我经营过儿童服装和化妆品，办过娱乐中心、书社、公交公司和酒店，开过沙场，贩过锑矿，也在外漂泊流浪过一年，在南方和东三省做过生意，在广州的桑拿天里蒸过，在佳木斯的冰天雪地里冻过。这些经历，让我积累了大量的写作素材。

这十年间，我静下心，工作之余一有空就读书。读书成了我生活中的一部分。我觉得阅读不仅是一个好习惯，也是我建立世界观、认识世界、获取知识的有效途径。书读多了，就不断萌生写作的冲动。读是一种吸纳，写是一种倾吐，吐纳之间，便是有滋有味的人生。我坚持不懈地写，终于守得云开见月明，一篇篇文章相继见诸报刊。

写作是一种自我追求，文章要自然流出，从心底里汩汩流出来。阅读的东西经过思考消化后才能变成自己成长的营养，多思考才会有感而发，写出来的东西才有味道。写作的时候，你得忍受孤独和寂寞。写出来后，等待发表或出版时还会遇到许多意想不到的困难和挫折。

好在我能遵从我内心的呼喊，忍受了孤独寂寞，战胜了艰难困苦，顽强地坚持了下来。感谢上苍对我的眷顾，让我沐浴着阳光雨露，我的花骨朵一一绽放开来，并不断地散发出馨香。

搦管操觚也需要一定的勇气，质疑生活的勇气。对生活当中的一些困惑和迷茫沉淀思考后要敢于发出一些感慨和疑问，与读者产生共鸣，赞美善良，鞭挞丑恶，抒发情怀。写东西如果怕这怕那，束缚自己的框框太多，就写不出有真情实感和能令读者产生共鸣的文章。

我没有刻意地去玩弄什么技巧。正如荣获第三届茅盾文学奖的当代著名作家霍达在其经典作品《穆斯林的葬礼》后记中说的："写作也是三百六十行当中的一行，但是它恐怕不能像某些行当一样当'活儿'干。这个'活儿'太神圣，太复杂，有各种各样的技巧，但技巧却不是最重要的，或者说这技巧只能含在作品之中，而不能让人可触可摸，一道道工序地去品评：‘这活儿做得地道。’最高的技巧是无技巧，仅仅炫耀技巧就失去了灵魂。让人看见的技巧是拙劣的技巧。”

我只是把我经历过的一些事情和留存在我脑海里的那些活生生的人物如实地描写出来。加西亚·马尔克斯在他的名著《百年孤独》中说：“生命中真正重要的不是你遭遇了什么，而是你记住了哪些事，又是如何铭记的。”儿时的一些记忆是刻骨铭心的，一些往事时不时就会涌上心头，像《安生》《豁牙》《流行风》《艾虎》《大杂院》《庆堂》《八饼》以及《西街往事》等小说里的人物，都是我的发小和乡亲邻里。我是在龙驹古寨（今天的丹凤县城）西街长大的，花庙、西马庙、十亩地、洋铁板，这些儿时的地名都已湮没在日益远去的时光里，当年的那些玩伴如今都成了五十岁左右的老小伙子。西街给我留下了许多难以磨灭的记忆，因此，怀旧的小说在这部集子里占了很大的篇幅。

我敬畏文字，力图让我的文字干净，力图宣传真善美，传播正能量。因为我是教师，我写作的目的和我的教育理想殊途同归，都是教人向善的，教人感恩惜福的。我描写的对象多是卑微的小人物，通过描写他们的命运反映和剖析他们所处的那个年代的一些历史真相。忆苦思甜，是为了让人们珍惜今天这来之不易的幸福生活。

我多年从事教育管理工作，时间大多被日常的琐碎事情切成小块，只能在繁忙的工作之余利用周末和假期忙里偷闲，挤出点时间，码些文字，抚慰一下自己的灵魂。不能因为爱好而愧对饭碗，让人说我不务正业。我明白，教师才是我的职业，是我谋生的手段，因此，立身的事情我从来不敢马虎。

尽管是业余写作，是忙里偷闲，我还是不懈地坚持了下来，日积月累，才有了这诸多文字面世。十年时间出版三本作品，与那些帮助过我、支持过我的贵人分不开。他们是我笔耕不辍的动力。我会用不同的方式向帮助过、支持过我的人表达敬意和谢意。

我始终相信，一分耕耘一分收获。华罗庚讲，勤能补拙是良训，一分辛苦一分才。我的第二部散文集也已呈现雏形，开始校对，它将成为我的第四部著作。俗语说，熬出来的男人，逼出来的本事。闽南有首歌，叫《爱拼才会赢》，诚哉斯言！

2019 年 11 月

故土情怀的永恒关照

——品读流涛中短篇小说集《西街往事》

顾新闻

继《流涛散文集》和长篇小说《蓝金子》之后，流涛中短篇小说集《西街往事》应该说是流涛近年出版的第三部作品了，对我触动极大。不仅仅是因为作家的勤奋和高产，更是因为其文学品质和内涵有了意想不到的提升，成为当代文坛餐桌上又一道丰盛的佳肴。

就题材而言，流涛游弋在城市和乡村两个场域，特别是他生活和学习过的故土，戴着神秘面纱的龙驹西街和他无限留恋的母校，曾经发生和演绎过的陈年往事、奇人异事，从细微处敏锐地捕捉到了现实生活中令人心动、心颤乃至心悸的一个个侧面，突显了当代人面临的人生困顿、心理纠结、生存尴尬、灵肉纠葛及沉重的精神枷锁。每一部作品都有一个故事的核，但作者又不是以通俗的故事取悦于读者。他沉浸于小说的细节、语言、结构、形式，用自己对小说艺术的探索，构建着属于自己的独特的艺术天地，绘制了一幅今日与往昔龙驹寨城乡演变的“清明上河图”。

《西街往事》属于综合性文学载体。从客观的角度评判，一部小说是否成功，至少有四条评价标准：第一，精彩喜人的传奇故事；第二，栩栩如生的人物造像；第三，雅正精辟的语言文字；第四，浑然一体、严密精致的结构布局。我想，除了第四项略有欠缺外，《西街往事》在其他几方面都合乎要求。不论是短篇还是中篇都是以“我”为主线贯穿始终，需要时随时提溜出来亮相。作者往往将一个司空见惯的素材发酵，使其发生化学反应。在素朴中蕴含着悲天悯人的力量，使读者从人性黑洞中窥见了一丝暖色和光明。

《黑娃》《豁牙》《艾虎》《八饼》《庆堂》等中短篇，其中心人物一个个都是历尽艰辛和波折的苦行僧。这么一群标识着各自特殊经历的乡村人物的滋生，与乡村基层组织的优抚和教管以及个别职能缺位有直接关系，说明加强这方面的工作不论是过去还是当下都尤其迫切。作者观照了少年成长的心理流变，具有对惯性生活常态普遍意义的悖逆特质。叙事沉稳，蓄力无形，直至寒冰炸裂，强劲撼魂，余韵绵长，令人读之思之，感慨万千。他们的反叛，源自内心的寂寞、惶恐，于是，转移、安放这一惶恐，成为他们的必然选择。

中篇《老五》中的主人公一生四波五折，终成正果。小说写得很温暖，也很感人。

作者以文学的坦诚和真实映照本心，与塑造的人物同呼吸、共进退，且浑然一体，自成品格。说明作者是一个很富于人文情怀的人，时代斑驳的影子给他留下了铭心的记忆。他痴迷小说建构与情思承载，善于将不同时代的记忆共置于同一个叙事时空，呈现各色人等。他生于乡土，谙熟乡土乃至基层社会的种种繁复、怪诞世象，善于以饱满的多层次画面聚焦骤变中骚动的乡土中国。

流涛是教师出身，在教育战线上浸润多年，现今又担负着学校的管理责任，对校园生活再熟悉不过。虽然写自己的身边事是很难的，很难做到客观公正，但流涛没有被束缚，身在其中，又置身其外，麻利地从自己的圈子里跳出来，往高处走，把镜头拉长，给读者展现出了一条无比优美的叙事弧线，将故事讲得有声有色、出神入化。《翅膀》通过一个初三学生的自述，反映了现行教育体制下青少年学生由最初的抵触、无奈和彷徨，到最终获得自省的一段真实历程，很有思想性、批判性，值得深思。《高四一班》通过对校园所凝结的精神进行描绘以及教育对于生活的一些辐射性思考，书写快意的高四人生，是一部非常成功的中篇。

纵观流涛的小说创作，他善于以坚实的现实图景，流畅、生动的人物塑造，以整体性社会面孔，去考量社会前进中的得与失。他似乎有写不完的乡土故事。他清晰的乡土记忆，源自他与生俱来的憨厚、温情和善念。他笔下的小人物，抗争、彷徨、忧郁、善良，在生活这个大舞台上，演绎着人生的悲欢。最为巧妙的是，作者将人物的情感包裹在故事的发展过程中，显得隐秘而含蓄，却让人读之不舍，流连忘返。

众所周知，小说是讲故事的文学样式。人在情境中，事在环境中，传奇在情节，好戏在细节，奇迹见绝活。由于作者抓住了人物的身份与个性，运用不同的语境语言，特色鲜明地刻画出不同的人物形象，比如《大杂院》《西街往事》等小说，诸多悲欢离合的故事情节跌宕起伏，但是，所有冲突的结局别具一格，出人意料，又合情合理，是情理之中的大团圆。有些故事是从阴云密布到皓月当空，有些故事是从孤独绝望到红烛高照，有些故事是从明镜高悬到破镜重圆。流涛描述世俗生活百态，笔墨精细雅正，粗话雅说，点到为止，脏事略说，适可而止。使读者阅读之后，哀而不伤，疼而不痛，感慨系之，悲欣交集。《大杂院》里上演的多是喜乐有趣的故事，中间穿插的也多是柔和欢快的旋律。小主人公“我”夜间把上面放着一顶草帽的土豆袋子当成了人影，哭喊着有贼，闹了笑话，弟弟把暖水瓶当作《地雷战》里炸鬼子的地雷突袭人。《西街往事》里有这样的描写：“我那时大约七八岁，眼馋那些小玩意儿，口袋里哪怕有一分钢镚也会毫不犹豫地贡献给柳忠民，可惜大多时候我手在口袋里摸索半天拿出来的仍然是十个手指头，只有眼巴巴地让眼睛过过瘾。”“曾多次作为生产队投机倒把典型被批斗的万元户柳忠民，勤俭一场，最后给自己挣了个地主帽子戴。”前段很是逗人，后段不免心酸。小说之外，自然有作者的用意。

我们说，作品是作者心灵向度的一种间接投射。流涛中短篇小说集《西街往事》的心理描写与故事铺设、人物塑造囿于一体，合情合理。作者写奇人怪事，写病态、变态和非常态的笔法很细腻，也很节制，作为读者，能够体会到作者提笔多有牵挂，可谓爱恨交加，落墨细思量。

流涛中短篇小说集《西街往事》描绘的是社会生活中的人物得失，这些生活的碎片，看似微小，但足以更改历史发展的脉络。文学的魅力在于无数假如。流涛关照的是人性深处的嬗变，关照的是故土未来之永恒。无疑，该书也是可以作为一部地方存史来收藏的。

总之，作为一部艺术分量很重的小说集，我们乐见她的早日面世，同时希望流涛先生能够坚守自己的艺术观，创作出更多更好的优秀作品。

2019 年 11 月

顾新闻，笔名闻风，陕西省作家协会会员，《大西部》杂志执行主编。出版有报告文学集《点爱成金》、文学评论集《闻风评论》等。

不谈小说

陈年喜

流涛先生嘱我给他即将出版的中短篇小说集《西街往事》写个评论。虽然为他的长篇小说《蓝金子》写过评论，为他的散文集和小说《八饼》写过评论，但我心里还是说，身边那么多知心知肺的大咖都没写，你一个隔山隔水四海云游之人能写个什么，也不怕歪嘴和尚念错了经？但回头又一想，人家或许正是取外来和尚好念经之意呢，就写几句吧。

过去有老梗“我的朋友胡适之”。今天我也可以借光说“我的朋友流涛先生”。但这里，不谈小说，说点无关的内容。

流涛好热闹，也十分仗义，有点“水泊人物”的味道。但与好汉们纯然的义气相较，又似乎丰富出无数内容。我每年匆匆忙忙回家一次或两次，家乡的朋友为我洗尘，每次不管闲忙，他都第一个到场，不但到场，还要一杯一杯复一杯，把我身上的尘土洗个干净，浇去一干人胸中的块垒，也浇出文学激情的火苗。小城的文学点点薪火也一直在这种诗酒交筹中完成一轮轮延续。

这是一个块垒深重的年月，身体上的块垒可以用手术刀割去，胸中的块垒却人人无计可施。聚会中，饭饱酒足之余，话语便如山洪，拦都拦不住。流涛讲的是他少年时的人事、故园的风雨、职场的云水，总之，是各色人等命运的种种情恨跌宕。这些早被风吹雨打去的故事被他悄悄化成了一篇篇文字，《安生》《豁牙》《八饼》《大杂院》……如一份份人间时光的呈堂证词。唐诗为近三百年盛衰的唐作证，宋词把风雨如磐的宋记录，杂曲抒写了舞台下那个年月的民生飘摇。文章千古事，小说的使命与意义大概也如此吧。

但流涛是真正的生活派，他的职业是教书育人，这个需要真本事，也一点不敢马虎，他做到了。但他也文艺，可文艺青年的颓、文艺中年的滑，他一概没有。他也曾下海谋生，生死场上，拿出过生活的悍勇来。他不但自己下海，也鼓励身边的文艺青年们下海试试身手。生活可以没有文艺，但不能没有吃穿。我虽然认识他差不多有十年了，却又似乎十分陌生，不明白他身上的好奇、乐观、激情与丰满打哪儿来的。

我曾向他请教怎么读书，手机剥夺了一代人的眼睛和时间，已经很少有人读书了，就连我这样嗜书如命的人也渐渐疏远了书。知道他一直还保持着读纸质书的习惯，当下的、古典的、外国的，都在读。大概由此让他有了足够的储备和识辨眼光。写作这个活，功夫有时在书外，有时在书内，说到底是两者兼蓄，没有纯然的天才。重要的，是一个“化”字，生活要化，书本也要化。流涛显然胃动力比常人好许多。

北宋司马池有首诗《行色》：冷于陂水淡于秋，远陌初穷到渡头。赖是丹青不能画，画成能遣一生愁。极写山水之繁、愁思之苦。流涛这些年的所做何尝不是用笔用心对一方地理烟尘的泼墨与苦思？这些文字展开来就是一幅家园人事悲欣兴亡的图景。这些故园烟尘的打捞与绘画工作，恐怕要纠缠、穷尽他的一生了。

我知道，流涛这些年一直在做减法，在把身上多余的衣服一件件脱去，目的是在文学之河中游得更畅快更自由一些，最终游上心中那方河岸，与故乡和岁月，与那些逝去的、在场的物事赤条条相见。这件事，做起来并不容易。

说到底，文学终归是人学，这个人不单是别人，更多的是写字的那个人。流涛把自己全放在一篇篇文字里了，无遮无拦，书里纸外那样重合而统一：一个大写的生活的人。

2018 年正月初七，我们一干人沿着冠山沟后面的水泥小路闲走，其时地丁初开，初春无涯，大家七嘴八舌。流涛提着一瓶酒走在人群中间，酒瓶晃悠，酒在瓶里动荡，那一刻让人突然想到，原来一个作家与常人在日子上并无二致，又让人止不住想：那闲淡的身体深处，还不知道在怎样江河喧腾呢。

2019.11.26　绥阳

陈年喜，男，20 世纪 70 年代初生，90 年代开始写作，迄今有诗歌散文评论文字见于《诗刊》《扬子江诗刊》《星星诗刊》《草堂》《天涯》《红岩》《散文选刊》《散文》（海外版）等。曾获 2016 中国工人诗人桂冠奖。出版诗集《炸裂志》。“商洛诗八家之一”，现为澎湃新闻镜相签约作者，在贵州某企业做文案工作。

我眼中的流涛

徐　博

认识流涛是在2002年。那年我被下派到离县城五十里之外的花瓶子乡承担扶贫任务，同时学校安排社会阅历相当丰富的流涛与我共事。2005年年初，扶贫任务结束，我成了他的内勤。从此，我们便开始了同处一个办公室的生活，直到现在。

在单位这个特定环境中，两人能连续在一个办公室待十四个年头的情况并不多见，一天二十四个小时，我们在一起就有十多个小时。别人戏谑，说我们在一起的时间比和自己老婆在一起的时间还要长。的确，长时间的朝夕相处，着实让老婆心生醋意，也使我对他有了比较深入的了解。他既是我的领导，也是朋友，更是兄长。所以，在流涛的中短篇小说集《西街往事》出版之际，大家都在热议作品之时，我想谈谈我所认识的流涛。一方面是自己文学造诣浅薄，无法对作品评头论足；另一方面是文如其人，希望大家能通过了解流涛这个人而更加深刻地了解他的作品。

文学来源于生活又高于生活，没有丰富的人生阅历和生活积淀，想要产出优秀的文学作品实属不易。流涛1989年大学毕业后被分配至丹凤中学，任教四年后，响应学校号召，先后办过书社，远赴广州、东北推销过医疗器械，经营过化妆品，钻过洞子贩过矿，办过酒店、公交公司、沙场。2000年返回学校后，先后担任丹凤中学公安科副主任、主任，副校长。丰富的人生阅历使他对社会、对生活、对人性都有了较为深刻的认识和思考，也为他提供了丰富的创作素材，让他的作品更加贴近生活，更加真实地反映生活中的人和事。很多作家行文如流水却苦于没有绝好素材，有些有阅历有生活的人却无妙笔生花之力，而流涛既有阅历又有妙笔，所以就有了接连不断发表的文章以及《西街往事》这部中短篇小说集。

看过流涛文章的人都知道他写作的最大特点就是语言风趣幽默，让人感觉轻松、愉悦，总想着作者应该是一个温文尔雅的教书匠，很难将他同“一介武夫”和“光头佬”联系起来。受作品感染，许多不认识他的读者都想一睹尊容，验证自己的猜测。我曾在办公室亲眼见到好几个外地的作家来找他，就是为了见见这个文字风趣幽默的刘老师。其实，流涛从小习武，是一个文武双全的人，他热爱文学，但工作、创作两不误。主管学校安稳工作，学校安全稳定；主管德育工作，素质教育有声有色；主管年级工作，团队凝聚力强；主管学校行政事务，各部门协调有度。在我看来，他是一个大器晚成、厚积薄发的作家，谁也不曾想到当初那个站在太阳谷酒店门前西装革履、风度翩翩的刘老板日后会成为享誉一方的作家。自2010年开始创作以来，他已在几十种报刊发表散文、小说、游记二百余篇。2017年由太白文艺出版社出版了《流涛散文集》，2018年陕西旅游出版社出版了其长篇小说《蓝金子》并于2019年再版，两本书均在省内外产生强烈反响，他也顺理成章地成为陕西省作协会员、商洛作协理事、陕西省散文学会会员等。

热爱文学创作的人一定也是爱好读书的人，尤其是写小说更是要博古通今，要上知天文、下知地理，方方面面的知识都要通晓，真正是一个杂家。流涛热爱阅读，办公室窗下堆的全是他看过的书籍、报纸，家里和办公室的书柜里塞满了他收藏的书籍。繁忙的工作之余，他总要挤出时间坚持阅读，每天阅读不少于四五个小时，但还是求知若渴，老说时间不够用。别人下班了，他在看书，别人喝酒打牌的时候，他也在看书。但热爱读书的人并不一定就是书呆子，他办的流涛书社曾是县城规模最大的书社，学校许多棘手的问题在他手里都能迎刃而解。

热爱文学创作的人也一定是善于思考的人，而思考的基础是观察。他有善于观察的习惯，生活中的点滴小事和遇到的形形色色的人都是他认真观察的对象，所以作品中出现了大量的细节描写，使人物形象更加生动鲜活丰满。他热爱旅游，但到哪儿都不白旅游，别人旅游带回来一堆照片，他旅游后便有一篇篇游记问世。生活中的细微小事往往就是他绝好的写作素材。丰富的人生阅历和善于观察的良好习惯使他看问题透彻，见解独到。学校老师都喜欢和他交流，和他一聊，心中的疙瘩马上释然，大家笑曰，他就是老师的心灵鸡汤。毫不恭维地说，他是我最敬佩的人，他就是一部永远读不完的书。我的经历特简单，毕业后一直从事学校工作，以前就是一个十足的书呆子，在他的言传身教下，我的思维开阔了，性格开朗了，处事稳妥了。这是他给我的最大财富。

流涛生在西街、长在西街，西街是他永远的记忆。这里的人脑瓜灵光，思想活泛，走在了改革开放和脱贫致富的前列。经济的刺激引发了物欲横流，这里曾是打架斗殴涉赌涉毒的集中地，不少年轻人迷失了自我。像流涛这种出淤泥而不染，顺利考上大学又一直兢兢业业工作的人在西街少之又少。尤其是历经八年商海沉浮，还能安心上班、静心读书、用心创作，而且依然保持正直、真诚、善良的本色，实属不易。他绝对是一个很有德行的人，作为一个教书匠的我是万万做不到的，可能也是许多人所做不到的。他始终坚守作家的社会责任，聚焦生活在社会底层的老百姓，无论是老五、艾虎、豁牙，还是八饼、庆堂、黑蛋，都是生活在社会底层的小人物。在流涛看来，虽然他们或好赌、或打架、或坑蒙拐骗，但他们有血有肉，性本善良，也渴望幸福生活，他们应该受到社会的关注。他把这些小人物的命运写出来，不是为了丑化底层百姓，更不是为社会丑恶歌功颂德，而是要让年轻人吸取教训以此为戒，能经得起诱惑，走正道、干正事。

流涛交友广泛，热心仗义，爱憎分明，有种路见不平一声吼的侠侠肝义胆。用他的话来说是“朋友来了有美酒，敌人来了有猎枪”。他做人宁折不弯，做事雷厉风行，对待朋友赤胆忠诚，在单位里不计个人得失，想方设法维护职工权益，是大家心中公认的“涛哥”。他用自己独特的人格魅力感染着身边的许多人。他紧跟时代，但又对传统文化和儒家思想有着深厚感情，如他所说，社会再变，我们都不能丧失做人的本质，要用真、善、美去回报这个社会。

文学作为一种特殊的审美活动，不仅有高雅的娱乐功能，还具有重要的教化作用。三十年的教育生涯滋养了他深厚的教育情怀，他另辟蹊径，把文学和教育紧密结合，在提升学生文学素养的同时对学生进行潜移默化的教育引导。他接触了大量调皮捣蛋的学生，这些学生是大家心中的另类。他从学生的视角探寻厌学问题的根源，希望学生能够保持成绩和快乐这两个翅膀的平衡，展翅高飞。我曾经也是一名补习生，深知补习的日子是灰暗的，补习生是学校里不受关注的弱势群体，不光承受巨大的考学压力，还要面对别人的另眼相待。流涛走进《高四一班》，希望更多的人了解补习生、关爱补习生，做有温度的教育，让这些身心俱疲、压力山大的学生能够迎着朝阳轻装上阵。

文学的道路是艰辛的，但有耕耘必有收获。衷心祝愿流涛在文学创作的道路上越走越远，越走越好！

徐博：中学高级教师，现任丹凤中学副校长。